ro
ro
ro

Michael Böckler hat sich als Krimiautor einen Namen gemacht. In seinen Romanen verknüpft er spannende Fälle mit touristischen und kulinarischen Informationen. Sein besonderer Fokus liegt dabei auf dem Wein. Er hat Kommunikationswissenschaft studiert und lebt in München. Südtirol kennt er seit seiner Kindheit, bereist die Region auch heute noch regelmäßig – und natürlich liebt er die Südtiroler Weine.

MICHAEL BÖCKLER

# Tödlich im Abgang

Ein Wein-Krimi
aus Südtirol

Rowohlt Taschenbuch Verlag

Originalausgabe
Veröffentlicht im Rowohlt Taschenbuch Verlag,
Hamburg, September 2020

Redaktion Arno Hoven
Covergestaltung yellowfarm GmbH, Stefanie Freischem
Coverabbildung Arun Dangwal / Getty; senorcampesino / iStock
Satz aus der DTL Dorian
bei Pinkuin Satz und Datentechnik, Berlin
Druck und Bindung GGP Media GmbH, Pößneck, Germany
ISBN 978-3-499-27350-6

Die Rowohlt Verlage haben sich zu einer nachhaltigen Buchproduktion verpflichtet. Gemeinsam mit unseren Partnern und Lieferanten setzen wir uns für eine klimaneutrale Buchproduktion ein, die den Erwerb von Klimazertifikaten zur Kompensation des $CO_2$-Ausstoßes einschließt.
www.klimaneutralerverlag.de

FSC www.fsc.org
MIX
Papier aus verantwortungsvollen Quellen
FSC® C014496

# Prolog

*Das Gotteshaus war der Heiligen Dreifaltigkeit geweiht. Der spitz zulaufende Kirchturm ragte hoch über dem Vinschgauer Talgrund. Im Inneren gab es mittelalterliche Fresken, eine barocke Holzdecke und eine Empore aus dem siebzehnten Jahrhundert. Eine Grabplatte erinnerte an ein längst ausgestorbenes Grafengeschlecht. In manchen Reiseführern wurde der Sakralbau kulturgeschichtlich interessierten Feriengästen zur Besichtigung empfohlen. Am heutigen Tag aber und zu dieser Stunde war die Kirche menschenleer – und totenstill.*

*Menschenleer? In der dritten Reihe der Holzbänke kniete ein einsamer Mann, vornübergebeugt und mit gefalteten Händen. Es machte den Anschein, als ob er betete. Aber der Eindruck täuschte.*

*Dem Mann ging in diesem Moment vieles durch den Kopf, aber gewiss kein Gebet. Dabei wäre es so leicht:* Im Namen des Vaters, des Sohnes und des Heiligen Geistes. In Demut und Reue bekenne ich meine Sünden …

*Stattdessen hämmerten qualvolle Erinnerungen gegen seine Schädeldecke, als ob sie sich hinauszwängen und seine Schuld in das leere Kirchenschiff hineinschreien wollten. Kurz darauf verwandelten sich die peinigenden Gedanken in einen dunklen Strudel, der ihn unaufhaltsam in die Tiefe zog. In die Hölle, wo der Teufel und das Fegefeuer auf ihn warteten. Wie sollte man bei diesem Martyrium beten?*

*Immer wieder hatte er es versucht – geschafft hatte er es nie. Auch hatte er nie den Weg zum Beichtstuhl gefunden. Schon deshalb, weil er nicht daran glaubte, dass ein Pfarrer in der Lage war, ihm seine Schuld zu vergeben.* So spreche ich dich los von deinen Sünden … *Wenn es nur so einfach wäre.*

*Außerdem bekam er Herzrasen bei der Vorstellung, dass jemand Kenntnis von seiner Tat haben könnte. Beichtgeheimnis hin oder her. Den Glauben an die Kirche hatte er längst verloren, auch jenen an die Unverletzlichkeit des Bußsakraments.*

*Irrationalerweise suchte er dennoch immer wieder Zuflucht in einer Kirche. Vielleicht hoffte er, dass sich etwas von der heiligen Ruhe auf sein Inneres übertragen und die Wogen seiner Seelenqual glätten könnte? Doch wusste er, dass das Gegenteil der Fall war. Es wurde alles wieder aufgewühlt. Und er wollte es so. Zu groß war die Schuld, die er auf sich geladen hatte. Also tat er Buße – indem er sich bei seinen Kirchenbesuchen quälte und sich seinem inneren Dämon stellte.*

*Auf ihm lastete die schlimmste aller Sünden. Er hatte gegen das fünfte Gebot verstoßen. Du sollst nicht töten! Bis zu seinem Lebensabend würde ihn verfolgen, dass er einen Mord begangen hatte. Einen Mord zudem aus kühler Berechnung. Wäre es nach seinem Herzen gegangen, hätte er anders entschieden. Minderte das seine Schuld? Nein, es steigerte sie sogar ins Unermessliche.*

*Dass darüber hinaus noch eine weitere Person zu Tode gekommen war, versuchte er zu verdrängen. Weil die emotionale Nähe zu diesem Opfer fehlte, gelang ihm das ganz gut. Er wollte sich mit dieser Tragödie nicht auch noch belasten.*

*Wie lange lag dieser finsterste Moment in seinem Leben zurück? Mal kam es ihm vor wie eine Ewigkeit. Dann wieder schien es ihm wie gestern.*

*Aber er machte Fortschritte. Die Abstände zwischen seinen Kirchenbesuchen wurden größer. Auch quälten ihn immer seltener Albträume, die ihn mitten in der Nacht schweißnass und zitternd aufschrecken ließen.*

*Vor allem schaffte er es zunehmend gut, die Angstattacken auf das Kircheninnere zu beschränken, vor dem Heiligen Kreuz und im An-*

*gesicht der Mutter Maria. Er konzentrierte alle quälenden Gedanken auf diese Phasen der inneren Einkehr. Um danach wieder frei zu sein. Bis zum nächsten Mal.*

*

*Wie immer dauerte es seine Zeit, bis er spürte, dass sich sein Atem langsam beruhigte. Dass sich die Verkrampfung um sein Herz löste, auch jene der gefalteten Hände. Und dass der Geist wieder frei wurde.*

*Als er sich schließlich in der Lage fühlte, ins Leben zurückzukehren, stand er auf. Er bekreuzigte sich, was nicht mehr war als ein Ritual, und nahm von seinen Erinnerungen Abschied. Nicht nur von seinen Erinnerungen, sondern auch von dem Menschen, den er mal begehrt hatte – um ihn dann umzubringen.*

*Schweren Schrittes verließ er die Kirche. Mit hängenden Schultern. Es war keiner da, der ihn beobachtete. Nicht einmal der Pfarrer. Vielleicht der liebe Gott? Doch fehlte ihm der Glaube. Seine Schritte wurden leichter. Der gebückte Gang aufrechter.*

*Er setzte eine dunkle Sonnenbrille auf und trat hinaus in das klare Licht des Vinschgau, wo der Ortler nicht fern war und die Etsch, vom Reschen kommend, nach Meran strömte. Es hieß, dass der Gebirgsfluss in der Lage sei, alle peinigenden Gedanken hinwegzuspülen. Doch das war eine Mär.*

# 1

Emilio Baron von Ritzfeld-Hechenstein war kein Freund von Feierlichkeiten und Empfängen. Genau genommen scheute er sie wie der Teufel das Weihwasser. Ihm widerstrebte es, wildfremden Menschen die Hand zu schütteln und dabei ein freundliches Gesicht aufzusetzen. Er hasste es, dumm herumzustehen und inhaltsleere Gespräche zu führen. Er verabscheute lauwarmen Prosecco. Das herumgereichte Fingerfood löste bei ihm nur verständnisloses Kopfschütteln aus. Warum sollte er wie in der Steinzeit mit den Fingern essen? Wenn dann noch Reden gehalten wurden, denen man mit geheucheltem Interesse folgen sollte – spätestens in solchen Momenten setzte sein Fluchtreflex ein.

Dass Emilio trotz dieser ausgeprägten Abneigung am heutigen Tag genau einer solchen Veranstaltung in Meran beiwohnte, war einzig auf die Überzeugungskraft von Phina Perchtinger zurückzuführen. Und darauf, dass er seiner Freundin nur schwer etwas abschlagen konnte. Im Ortsteil Obermais wurde ein Waisenhaus eingeweiht, in dem vor allem Flüchtlingskinder untergebracht waren. Ihre alte Unterkunft war abgebrannt, doch jetzt hatten sie ein neues Zuhause bekommen. Dank eines anonymen Spenders. Wie schön – aber musste man sich deshalb ein schlecht gespieltes Adagio von Händel anhören? Auf der Blockflöte? Emilio langweilte sich zu Tode, aber noch hielt er den Fluchtreflex unter Kontrolle. Ob Phina seine Selbstdisziplin zu schätzen wusste?

Er sah sie von der Seite an und stellte fest, dass sie glücklich lächelte. Wenigstens etwas. Für Phina, die im Überetsch zwischen Bozen und Kaltern ein Weingut besaß, auf dem er mit ihr wohnte, war das Waisenhaus eine Herzensangelegenheit. Er konnte sich noch gut an die Panik in ihren Augen erinnern, als sie von dem schlimmen Brand gehört hatte. Und an ihre Erleichterung, als sich herausstellte, dass von den Kindern keines ernsthaft verletzt worden war.

Nun hielt sich Emilio nicht gerade für einen Kinderfreund. Aber natürlich hatte auch er sich gefreut, dass den Kindern kein Leid geschehen war. Sie konnten ja nichts dafür, dass sie auf der Welt waren. Grundsätzlich konnte er den Fortpflanzungstrieb der Menschen nicht verstehen. Abgesehen von dem Akt als solchem … Aber musste man dafür gleich Kinder in die Welt setzen? Emilio hielt es für einen Segen, dass mit ihm der uralte Adel derer von Ritzfeld-Hechenstein ausstarb. So ersparte er einem Kind, mit seinen degenerierten Genen leben zu müssen.

Während Emilio noch darüber nachdachte, was für eine Zukunft eine Welt haben würde, auf der es keine Kinder gab – was vielleicht doch keine so schöne Perspektive war, jedenfalls für die Menschheit –, hörte die Musik plötzlich auf. Vorne stand ein Rednerpult. Der Bürgermeister von Meran machte sich auf den Weg dorthin. Ganz zweifellos mit der Absicht, eine Rede zu halten. Emilio spürte, wie sich sein Atem beschleunigte. Der Fluchtreflex ließ sich nicht länger unterdrücken.

«Phina, bitte entschuldige, ich muss mal kurz raus.»

Sie sah ihn fassungslos an. «Du kannst doch nicht einfach gehen, ausgerechnet jetzt …»

«Tut mir leid, mir geht's gerade nicht so gut.»

Er hauchte Phina einen Kuss auf die Wange und trat die Flucht an. Sie versuchte noch, ihn festzuhalten. Vergeblich.

Wenn Emilio einen Entschluss gefasst hatte, war er nur schwer zu stoppen.

*

Draußen angekommen, holte er einige Male tief Luft. Schon ging es ihm besser. Tatsächlich hatte er sich ja nicht wirklich schlecht gefühlt. Er hatte es einfach nicht länger ausgehalten. Emilio lief zu seinem Landrover. Weil er es eilig hatte, klemmte er sich seinen antiken Gehstock, den er immer bei sich führte, unter den Arm. Er kam gut auch ohne ihn zurecht. Genau genommen brauchte er ihn nicht. Aber er hatte sich nach einer schon lang zurückliegenden Schussverletzung am Bein an den Stock gewöhnt. So wie andere Leute an ihr Handy, das sie sich fortwährend ans Ohr oder vors Gesicht hielten. Das war eine schreckliche Zivilisationskrankheit. Sein Gehstock dagegen war ein Familienerbstück, und zwar ein ganz besonderes. Er war innen hohl, und wenn Emilio ihn entriegelte, dann konnte er den darin verborgenen Degen herausziehen. Sein Großvater hatte mit ihm mal die Unschuld einer feinen Dame verteidigt. Wie ritterlich. Aber nicht ganz selbstlos. Schließlich hatte er sie später geehelicht und mit ihr fünf Kinder gezeugt.

Minuten später parkte Emilio vor einer nahe gelegenen Weinschenke. Der Einfachheit halber auf dem Bürgersteig. Emilio liebte kleine Gesetzesübertretungen. Er neigte zum zivilen Ungehorsam. Anders verhielt es sich bei gröberen Verstößen gegen Recht und Ordnung. Wenn sie von kriminell veranlagten Menschen begangen wurden, ließ er sich sogar dazu hinreißen, sie unnachsichtig zu verfolgen – vorausgesetzt, es gab einen Auftraggeber, der ihn dafür bezahlte. Das war eine Frage des Prinzips. Und der Ehre. Das Geld brauchte er nicht.

Nicht mehr. Seiner Tante Theresa sei Dank. Er sollte ihr mal wieder Blumen ans Grab stellen.

Er bestellte einen Grappa. Die Wirtin sah ihn verwundert an. Er bestellte sonst nie Tresterschnaps. Aber sie konnte ja nicht wissen, was er gerade durchgemacht hatte. Als er gleich im Anschluss einen seiner Lieblingsweine aus der hervorragenden Lage Mazzon orderte, schien sie beruhigt. Das war der Emilio, den sie kannte – und liebte. Behauptete sie wenigstens. Gott sei Dank platonisch, denn sie hatte die Figur einer trächtigen Haflinger-Stute.

Emilio ließ den Blauburgunder im Glas kreisen. Er erfreute sich an der kirschroten Farbe, er inhalierte den Duft und goutierte zarte Himbeeraromen, er ließ den ersten Schluck eine Weile auf der Zunge und am Gaumen verweilen … und zu guter Letzt durch die Kehle rinnen. Emilio verstand es, aus einem Glas Wein den maximalen Genuss herauszuholen. Das war eine Kunst, die er beherrschte wie kaum ein anderer. Sie war ihm quasi in die Wiege gelegt worden. Er war auf dem väterlichen Weingut im Rheingau aufgewachsen. In zwölfter Generation. Dann hatte sich sein Vater erhängt – und das renommierte Weingut gehörte mittlerweile einer Bank. Doch das war eine andere Geschichte. Kein Mensch interessierte sich mehr dafür, nicht einmal er selbst. *Tempi passati* …

Die Wirtin servierte ihm unaufgefordert ein Gericht von der Mittagskarte. Ein Risotto mit Radicchio. Sie wusste, was ihm guttat.

Als er mit dem Teller fertig war, bekam er unerwarteten Damenbesuch. Phina! War denn der Empfang schon vorbei? Oder hatte auch sie das Weite gesucht?

«Habe ich mir doch gedacht, dass du hier bist», begrüßte sie ihn. «Hättest wenigstens noch die Rede des Bürgermeisters abwarten können.»

«Eben nicht», grummelte er.

«Er hat sich bei allen bedankt …»

«Ich hab's befürchtet.»

«Ganz besonders bei dem Finanzier des Waisenhauses, der anonym bleiben möchte.»

Emilio verdrehte die Augen. «Anonym? Ein anonymer Idiot. Wie kann man so sentimental sein und sein Geld für diese unerzogenen Kinder zum Fenster hinauswerfen?»

Er bemerkte, dass Phina ihn seltsam ansah. Weil er sich über den Spender lustig machte? Das Recht nahm er für sich in Anspruch.

«Stimmt, du bist ein Idiot», stellte sie fest. «Ein anonymer, ein sentimentaler Idiot, um genau zu sein. Außerdem schizophren, sonst könntest du nicht so einen Unsinn daherreden.»

Schizophren? Jetzt schoss sie aber deutlich über das Ziel hinaus. Nur weil er gelegentlich Dinge tat, die im Widerspruch zu seinen Äußerungen standen, war er doch nicht psychisch krank. Höchstens ein wenig sonderbar; das mochte sein.

Phina beugte sich zu ihm. «*Kimm, loss dr a Bussl gebn*», sagte sie auf gut Südtirolerisch.

«Wer von uns beiden ist jetzt sentimental?»

«Ich bin es ganz sicher», antwortete sie. «Außerdem muss dir ja jemand im Namen der Kinder für alles danken.»

«Besser du als der Bürgermeister. Er riecht nach Knoblauch, ist dir das aufgefallen?»

«Gibst du mir nur deshalb den Vorzug?»

Emilio runzelte die Stirn. «Muss ich noch darüber nachdenken. Wo bleibt das *Bussl*?»

## 2

Bastian Steingruber war ein leidenschaftlicher Winzer, der vor keinem Experiment zurückscheute. Vor kurzem hatte er in einer Fachgazette gelesen, dass er ein «Weinverrückter» sei. Ein größeres Kompliment hätte man ihm kaum machen können. Denn nach seiner Überzeugung brauchte es im Leben viel Verrücktheit, wollte man wirklich Großes erreichen. Ganz sicher war ein Kolumbus verrückt gewesen. Auch ein Reinhold Messner, als er ohne Sauerstoff auf den Everest wollte. Natürlich war Bastian nicht so größenwahnsinnig, seine Visionen auf eine ähnliche Stufe zu stellen. Mit Kolumbus schon gleich gar nicht. Na ja, ein bisschen vom Geist eines Messner hatte er vielleicht schon. Schließlich strebte auch er zu den höchsten Gipfeln. Sein Ziel war es, die besten Weine zu kreieren, die vorstellbar waren. Mit oder ohne Sauerstoff.

Natürlich fing auch bei ihm die Arbeit ganz normal im Weinberg an. Das war nun mal die Basis für jeden guten Wein. Aber schon da folgte Bastian kompromisslos seinen Vorstellungen vom biodynamischen Anbau. Er verzichtete auf Pestizide und Kunstdünger. Stattdessen füllte er schon mal Hörner mit Kuhmist und vergrub sie über den Winter zwischen den Rebstöcken. Beim Rebschnitt oder der Weinernte achtete er auf die Mondphasen. Er lehnte Reinzuchthefen ab und überließ die Gärung den kosmischen Kräften. Mit dieser Philosophie war er in Südtirol nicht alleine. Immer mehr Winzer erzeugten ihren Wein auf biodynamische Weise. Viele waren wie er Anhänger des Anthroposophen Rudolf Steiner. Aber nur wenige so fanatisch.

Bastian Steingrubers größte Leidenschaft galt dem Ausbau des Weines. Hier gab es nach seiner Überzeugung noch viel unerforschtes Land. *Terra incognita!* Klassischerweise erfolgte die Reifung in Edelstahltanks. Oder in Holzfässern. Dabei spielte die Größe ebenso eine Rolle wie etwa bei den kleineren Barrique-Fässern das Toasting. Das Holz musste zum Wein passen und die richtigen Noten hervorheben. Aber das wusste jeder Anfänger. Bastian dagegen experimentierte mit anderen Behältnissen. So hatte er ein Faible für große Betoneier. In ihnen könne der Wein langsam um sich selbst kreisen, argumentierte er, und auf diese Weise zu seiner spirituellen Mitte finden. Außerdem sei das Ei der Ursprung des Lebens – mithin die ideale Form, um in ihm etwas reifen zu lassen. Das sei leicht zu begreifen. Doch nicht allen Weinen, so hatte er herausgefunden, tat das Betonei gut, manche kreiselten sich darin offenbar zu Tode. Oder sie kamen entgegen der Theorie gar nicht erst in Bewegung. Er hatte es auch schon mit Granitfässern versucht, um die Mineralität der Weine hervorzuheben. Überzeugt hatte ihn das Ergebnis nicht. Ohne zu wissen, woran es lag.

Seine neueste Leidenschaft galt Amphoren. In diesen Tongefäßen hatten schon die alten Babylonier ihren Wein gelagert. Das konnte so falsch also nicht sein. Vor zwei Jahren hatte Bastian Steingruber erstmals große Amphoren mit Gewürztraminer gefüllt, oben mit Wachs abgedichtet und bis zur Oberkante in der Erde vergraben.

Das Ergebnis war, nun ja, gewöhnungsbedürftig. Und das war geschmeichelt. Irgendwas hatte er falsch gemacht.

Dennoch hatte er den Wein in Flaschen gefüllt – und diese in einem Metallkäfig in einem Bergsee versenkt. Dort bekam der Gewürztraminer eine zweite Chance. Der Sage nach lebte im

See eine verwunschene Jungfrau. Vielleicht hauchte sie seinem Wein neues Leben ein …

Den Floh, Weinflaschen unter Wasser zu deponieren, hatte ihm ein Freund ins Ohr gesetzt, der mindestens so verrückt war wie er selbst. Baron Emilio war ein notorischer Querdenker – diesen Wesenszug schätzte er an ihm. Man musste ja nicht alles in die Tat umsetzen, was seinem Freund nach dem dritten Glas Wein so einfiel. In diesem Fall konnte Emilio allerdings ganz nüchterne Argumente vorbringen. Er hatte von Weinen berichtet, die nach Schiffsuntergängen Jahrzehnte später geborgen wurden. Bei ihrer Verkostung habe sich herausgestellt, dass sie sich unter Wasser prächtig entwickelt hatten. Beim verunglückten Gewürztraminer würde er sich allerdings keine Wunder erwarten, hatte er gesagt. Offenbar glaubte Emilio nicht an die Magie verwunschener Jungfrauen.

Weil Bastian die Flinte nicht so schnell ins Korn warf und weiterhin an die Kraft der Amphoren glaubte, hatte er vor kurzem einen zweiten Versuch gestartet. Diesmal mit Lagrein. Und mit dickwandigeren Amphoren, die man nicht eingraben musste.

Zudem hatte er einen weiteren Geistesblitz. Er wusste schon länger, dass die Whisky-Destillerie Puni aus Glurns im Obervinschgau ihre Single Malts in Bunkern aus dem Zweiten Weltkrieg lagerte. Keine schlechte Idee, wenn man die wesentlichen Parameter wie Luftfeuchtigkeit, Temperatur und Dunkelheit in Betracht zog. Die Kellerei St. Pauls ließ in einem ähnlichen Bunker einen besonderen Sekt gären. Auch kannte er einen Affineur, der seinen Käse in einem Bunker reifen ließ. Natürlich kam es für Bastian nicht in Frage, seine Amphoren neben Käselaiben zu lagern. Wer mochte schon einen Wein mit den Aromen eines würzigen Graukäse oder eines süßen Kloaznkas?

Da erschien es ihm als Wink des Schicksals, als er von einem Apfelbauern in Mals hörte, der einen Weltkriegsbunker sein eigen nannte, nichts mit ihm anzufangen wusste und ihn deshalb gerne verpachten würde. Schnell wurde Bastian mit ihm handelseinig. Späterer Kauf nicht ausgeschlossen.

Eine kurze Bedenkzeit hatte er zuvor aber doch benötigt. Denn nach seiner Überzeugung übertrugen sich positive wie negative Schwingungen auf den Wein. Weshalb in seinem Barrique-Keller in Girlan immer Musik von Vivaldi lief. Es verbot sich also, die Amphoren mit dem Lagrein einem blutrünstigen Ambiente auszusetzen. Aber die Bunker des Südtiroler Alpenwalls waren nie zum Einsatz gekommen. Mit etwas Phantasie konnte man sie sogar als Fanale des Friedens interpretieren. Jedenfalls wollte Bastian sie so sehen – und diese Botschaft seinem Wein mitgeben.

Jetzt lagerten im Vinschgauer Bunker zwölf Amphoren mit Lagrein. Das Eisentor am Eingang war mit einem Vorhängeschloss gesichert. Ein Dreivierteljahr würde er dem Wein Zeit geben, zu reifen und zu sich selbst zu finden. Hoffentlich mit einem besseren Ergebnis als bei seinem ersten Versuch mit dem Gewürztraminer.

# 3

Emilio ging seiner Lieblingsbeschäftigung nach – nämlich dem süßen Nichtstun. Er lag im Liegestuhl und döste vor sich hin. Phina war mit dem Traktor in ihren Weinbergen unterwegs. Die Vinothek des Weinguts Perchtinger hatte zwar geöffnet, aber gerade war wenig los, weshalb der alte Oskar ohne seine Hilfe auskam. Folglich konnte er sich mit reinem Gewissen im Schatten der Pergola von den Strapazen des Alltags erholen. Strapazen? Emilio gestand sich ein, dass er momentan keinen Belastungen ausgesetzt war. Weder körperlichen noch seelischen.

Er dachte an die viel zitierte Work-Life-Balance. Die hatte er aktuell außer Kraft gesetzt, weil er sich bei seiner Arbeit als Privatdetektiv eine Auszeit gönnte. Man konnte keine Waage ins Gleichgewicht bringen, wenn eine Schale leer war. Wie er ohnehin die Auffassung vertrat, dass es den Widerspruch zwischen Arbeit und Leben eigentlich nicht geben sollte. Wenn die Arbeit Spaß machte, war sie Bestandteil des Lebens. So wie für Phina der Weinbau. Wenn die Arbeit keinen Spaß machte, sollte man sich eine andere suchen. Punktum!

So weit die Theorie. Dass das in der Praxis nicht für jeden eine Option darstellte, war ihm klar. Insofern betrachtete er es als Privileg, die Wahl zu haben, entweder nichts zu tun – oder Kriminalfälle aufzuklären. Bis vor kurzem war Letzteres für ihn eine ökonomische Notwendigkeit gewesen. Dank Theresas großzügigem Testament war er vom Zwang des Gelderwerbs befreit. Aber er hielt sich für zu jung, um nur noch dem Müßiggang zu frönen. Es grauste ihn bei der Vorstellung … etwa hinter einem Golfball herzulaufen. Da verfolgte er lieber Mörder, Diebe, Vergewaltiger, Erpresser … Das war in jedem Fall kurzweiliger. Und diente überdies einem höheren Zweck.

Emilio tat sich schwer, sich mit seinem Alter zu identifizieren. Mal fühlte er sich wie ein kopfloser Jüngling, dann wieder kam er sich vor wie ein altersweiser Greis. Die Wahrheit lag dazwischen: Emilio war Mitte vierzig. Er konnte also beides sein. Jung und alt – abwechselnd oder gleichzeitig.

Oft wurde er von sich selber überrascht. Entweder weil er sich mit jugendlichem Übermut in ein Abenteuer stürzte. Oder weil plötzlich sein Verstand einsetzte und aus den Tiefen seiner Lebenserfahrung kluge Entscheidungen herbeiführte. So gesehen war er sich selber ein fortwährendes Rätsel.

Ähnlich verhielt es sich mit seinem Phlegma. Emilio konnte tagelang antriebslos herumhängen. So wie gerade eben, wo er wie ein toter Frosch im Liegestuhl lag. Toter Frosch? Lieber verglich er sich mit einem Krokodil. Diese Reptilien konnten aus ihrer Starre urplötzlich zum Leben erwachen – um ihr ahnungsloses Opfer blitzschnell anzugreifen und zu verschlingen.

Allerdings war gerade kein Opfer verfügbar. Nur eine angebrochene Weinflasche und sein Glas neben dem Liegestuhl. Er tastete danach und nahm einen Schluck. Die Augen musste er dafür nicht öffnen. Dass es ein Vernatsch war, merkte er auch so.

Ihm fiel wieder das Bild vom Frosch ein. Dabei kam ihm das Museum für moderne Kunst in Bozen in den Sinn. Denn zur Eröffnung des *Museion*, das war schon einige Jahre her, hatte der Künstler Martin Kippenberger einen Frosch ans Kreuz genagelt. Die Gotteslästerung hatte für große Empörung gesorgt. Emilio hatte der Frosch gefallen, auch wenn er sein Schicksal nicht teilen wollte. Dann lieber doch ein schlafendes Krokodil …

Emilio döste vor sich hin. Seine schlaftrunkenen Gedanken wurden dabei nicht gescheiter. Was ihn nicht störte. Das war er von sich gewohnt.

*

Erst eine Fehlzündung von Phinas Traktor holte ihn in die Realität zurück. Dabei gab es bei einem Diesel keine Fehlzündungen. Wie auch immer, jetzt war er wach. Phina winkte ihm lachend zu und fuhr weiter. Emilio sah ihr gedankenverloren hinterher. Dabei schoss ihm durch den Kopf, dass er ein Idiot war. Denn obwohl er mit ihr eine großartige Frau an seiner Seite hatte, konnte er den Lockungen des Weibes nicht immer widerstehen. Aktuell hatte ihn eine gewisse Tilda Kneissl am Haken. Oder umgekehrt? Er sie? Egal. Sie war Fotokünstlerin, trank gerne Champagner, stammte aus dem Grödnertal, hatte eine aufregende Figur und eine geheimnisvolle Aura. Sie war ihm zum ersten Mal bei einer Trauerfeier im Kloster Neustift begegnet. Und danach …

Emilio hüstelte. Dabei gab es keinen Grund, verlegen zu sein. Sah man mal davon ab, dass er mit ihr eine Affäre hatte.

Um sich abzulenken, setzte er sich auf und blätterte in der Südtiroler Tageszeitung *Dolomiten.* Dabei stieß er auf einen Artikel über die Bunker und Panzersperren des faschistischen Alpenwalls im oberen Vinschgau. Das Thema interessierte ihn aus zwei Gründen. Erstens wusste er, dass sein Freund Bastian Steingruber auf die Idee gekommen war, in einem dieser Bunker Amphoren mit Lagrein zu lagern. Zweitens hatte er am morgigen Tag einen Ausflug auf dem Programm, der ihn dorthin führen würde. Nicht alleine, sondern – wieder musste er hüsteln – mit besagter Tilda, an die er gerade nicht denken wollte. Sie bereitete aktuell eine Fotoausstellung mit Motiven des Alpenwalls vor, von denen manche wie Kunstinstallationen in der Landschaft stünden. Behauptete sie jedenfalls. Man müsse sie nur entsprechend in Szene setzen. Dann wirkten sie wie ein Projekt von Christo und Jeanne-Claude. Nun ja, das war sicher ein allzu kühner Vergleich. Aber neugierig war er dennoch.

Für morgen hatte ihn Tilda eingeladen, sie auf eine ihrer Fotoexkursionen zu begleiten. Er hatte zugesagt. Natürlich aus rein künstlerischem Interesse.

Von Bastian Steingruber hatte er sich den Schlüssel für seinen Bunker mit den Amphoren geben lassen. War sicher spannend, sich das mal anzuschauen. Und ein gutes Fotomotiv für Tilda war es vermutlich obendrein.

Den Artikel in der Zeitung las er recht schnell. Die wesentlichen Fakten hatte er zuvor schon gekannt: Die Befestigungen waren mit gigantischem Aufwand von 1938 bis 1942 entlang der Grenze zum Deutschen Reich errichtet worden. Auf Befehl Mussolinis, der Adolf Hitler offenbar nicht traute und eine Invasion fürchtete. Zum Alpenwall *Vallo Alpino del Littorio* gehörten bizarre Panzersperren wie jene auf der Hochebene Plamort am Reschenpass. Die «Drachenzähne» waren aus Holzpfählen errichtet, mit Beton ummantelt und mit Eisenspitzen versehen. Hinzu kam eine Vielzahl von Bunkern, ordentlich durchnummeriert, genau sechsundsechzig allein im Vinschgau. Zum Beispiel die unterirdische Anlage Nummer zwanzig. Während dieser «Etschquellbunker» leicht zu finden war und besichtigt werden konnte, lagen andere Bunker bis heute versteckt und waren nur Einheimischen bekannt. Als potenzielle Fotomotive eigneten sich jene Bunker besser, die oberirdisch angelegt waren und eine abgerundete Form hatten. Einige befanden sich in unmittelbarer Nähe der Ortschaft Mals. So auch der berühmt gewordene Bunker Nummer dreiundzwanzig des Benny von Spinn. Aus der Wand ragte ein Wohnwagen. Auf dem Dach hatte er eine sogenannte «Friedensterrasse» eingerichtet. Die Bretter des Geländers symbolisierten die Tonfolge von John Lennons *Give Peace a Chance*. Der kreative Geist, der dieses Wunderwerk geschaffen hatte, war allerdings 2019 aus dem Leben geschieden.

Emilio hätte ihn gerne kennengelernt. Er mochte Menschen mit Visionen. Auch wenn sie etwas «verrückt» wirken mochten. So wie Bastian Steingruber mit seinen Weinen.

# 4

Während Emilio mit Tilda ins Vinschgau fuhr, gab es in unmittelbarer Nähe von Bozen einen Mann, der wie er bester Dinge war und den schönen Tag genoss. Ohne zu ahnen, dass genau heute etwas Entscheidendes passieren würde. Etwas, das für ihn den Anfang vom Ende bedeuten konnte. Nicht sofort, vielleicht kam er auch davon, aber es würde ihn ganz sicher in große Gefahr bringen. Da konnte er sich noch so oft in eine Kirche zurückziehen, um Buße zu tun und um Vergebung zu bitten. Das Schicksal würde unbarmherzig seinen Lauf nehmen – und die Vergangenheit ihn einholen.

Ähnlich wie diesem Mann – der nicht vorhersehen konnte, was in den nächsten Stunden geschehen würde – sollte es auch Emilio ergehen. Für ihn hatte der Tag ebenfalls ein unvorhersehbares Ereignis in petto. Ein höchst dramatisches zudem.

Noch war er ahnungslos. Er saß am Steuer seines Landrovers und fühlte sich ausgesprochen wohl, was nicht zuletzt an Tildas Gesellschaft lag, die wie immer unverschämt gut aussah. Emilio verdrängte alle Gedanken an Phina, die nichts von seinem Ausflug wusste. Die aber auch nicht danach gefragt hatte. Sie war es gewohnt, dass Emilio nach dem Frühstück verschwand, ohne ihr zu sagen, was er vorhatte. Steckte er in Ermittlungen, schwieg er sowieso. Auch sonst legte er Wert auf seine Unabhängigkeit.

Tilda legte wie unbeabsichtigt eine Hand auf seinen Oberschenkel. Er warf ihr einen Blick zu. Ein vieldeutiges Lächeln umspielte ihre Lippen. Eigentlich hatten sie mit ihrem Cabrio fahren wollen. Aber weil sie auf der Suche nach den Bunkern womöglich durch unwegsames Gelände fahren mussten, hatten sie sich für seinen Landy entschieden. Mit dem blöden Nebeneffekt, dass er selbst gerade keine Hand frei hatte. Denn die Lenkung war so ausgeschlagen, dass er fortwährend gegensteuern musste. Auch in nüchternem Zustand fuhr er gelegentlich Schlangenlinien.

*

Naturns lag bereits hinter ihnen. Auch die Burg Juval, wo Reinhold Messner in den Sommermonaten lebte. Und wo das dazugehörige Weingut Unterortl exquisite Rieslinge und Weißburgunder zustande brachte. Wie das Vinschgau überhaupt einen bemerkenswerten Aufschwung als Weindestination erlebte. Emilio mochte viele der Weine, die auf den kargen Böden entstanden. Vorbei war die Zeit, als in dem regenarmen Tal so große Armut herrschte, dass die Kinder im Sommer als «Schwabenkinder» zu Fuß über die Pässe geschickt wurden, um sich in Süddeutschland als billige Arbeitskräfte zu verdingen.

Sie kamen an Kastelbell vorbei, wohin es Emilio sonst nur verschlug, um in einem seiner Lieblingslokale zu speisen. Bei Jörg Trafoier im Kuppelrain.

Es folgten die Orte Schlanders, Laas …

«Warst du mal dort?», fragte Tilda.

«Wo soll ich gewesen sein?», erwiderte er geistesabwesend. In Gedanken war er gerade bei Hirschmedaillons in Portweinsauce.

«In den Steinbrüchen von Laas», antwortete sie. «Der Laaser Marmor ist doch weltberühmt.»

«Weltberühmt? Vielleicht in Südtirol», relativierte er ihre Behauptung, skeptisch wie immer.

«Nein, wirklich. Sogar in New York haben sie für die neue U-Bahn-Station am Ground Zero Laaser Marmor verwendet.»

Er sah sie ungläubig an. «Wirklich?»

«Ich erzähl keinen Quatsch. Der Laaser Marmor ist nicht nur extrem widerstandsfähig, sondern auch besonders schön.»

«Kein Grund, ihn von hier über den Atlantik zu schaffen», meinte Emilio.

«Ich mache im Steinbruch immer wieder mal Modeaufnahmen», überging sie seine kritische Bemerkung. «Der weiße Marmor eignet sich hervorragend als Hintergrund für bunte Fashion … einfach irre. Toll ist auch die schräge Materialbahn aus den dreißiger Jahren, mit der die schweren Marmorblöcke ins Tal transportiert werden …»

Emilio musste schmunzeln. Tilda hatte Temperament und konnte sich leicht für etwas begeistern. Sogar für ihn.

«Zeige ich dir das nächste Mal», fuhr sie fort. «Heute sind die Bunker dran. Viele habe ich schon fotografiert. Doch einige Motive fehlen mir noch.»

Es folgte die Abzweigung zum Stilfser Joch. Es war nicht mehr weit nach Glurns und Mals.

*

Wenige Zeit später erreichten sie auf Umwegen den Bunker, für den Emilio den Schlüssel besaß. Tatsächlich fehlte er noch in Tildas Sammlung. Wobei es ihr ja nicht darum ging, alle Bunker und Unterstände des Alpenwalls zu fotografieren. Was eine Mammutaufgabe wäre, denn alleine um Mals sollten es vierundzwanzig sein. Dreihundertfünfzig in ganz Südtirol.

Vielmehr suchte Tilda nach ausgefallenen Formen und Perspektiven – im Wechselspiel mit der Natur, wie sie sagte. In ihrem Studio würde sie die Bilder bearbeiten und zu großformatigen Kunstwerken umgestalten. Verbunden mit politischen Botschaften. Das konnte sie, darin war sie gut. Oft griff sie dabei zum Pinsel und übermalte die Fotos. Am Schluss tat sich der Betrachter schwer, zu entscheiden, ob es sich um ein Foto oder ein Gemälde handelte.

Sie parkten wenige Meter entfernt auf einer Wiese. Tilda fand, dass Emilios ramponierter Landrover durchaus als Vordergrund taugte. Er sähe kaum jünger aus als der Bunker, stellte sie fest. Emilios Hinweis, dass selbst der älteste Landrover erst nach dem Zweiten Weltkrieg gebaut und außerdem das Vinschgau seines Wissens nicht von den Engländern befreit worden war, tat sie mit einem Lachen ab. Ob er noch nie etwas von künstlerischer Freiheit gehört habe?

Während sie mit der Kamera umherschweifte, sich mal auf den Boden legte, um kurz darauf auf das Dach des Landrovers zu klettern und von dort zu fotografieren, öffnete Emilio das Schloss am Eisentor. Er tat dies bedächtig und mit gemischten Gefühlen. Sicher, er wusste, dass all die Bunker des Alpenwalls nie zum Einsatz gekommen waren. Kein Schuss war jemals von hier abgefeuert worden. Blut war nicht geflossen – jedenfalls nicht im Kampf. Bedrohlich wirkten sie trotzdem auf ihn. Aber von außen auch schön. Eine seltsame Melange.

Emilio hatte eine große Taschenlampe dabei. Von Bastian wusste er, dass es drinnen keinen Strom und deshalb auch kein Licht gab. Zögernd betrat er den Bunker. Der Aufbau sei bei allen gleich, hatte ihm Tilda zuvor erklärt. Eine Etage sei unterirdisch, eine oberirdisch angelegt, mit bis zu sechs Meter dicken Mauern aus Beton. Mit Schießscharten für Kanonen. Sogar eine nach oben für die Flugabwehr. Mit Mannschaftsräumen, Sanitäreinrichtungen, Küche … und einem ausgeklügelten System zur Belüftung.

Nach wenigen Schritten blieb er überrascht stehen. Er hatte verrottete Mauern wie in alten Burgen erwartet. Aber im Inneren wirkte alles so gut erhalten wie gerade eben gebaut. Dabei sei der Bunker im Originalzustand, hatte Bastian gesagt. Nur wenige Wände seien herausgebrochen, um mehr Platz zu haben. Das habe der Apfelbauer Mayr gemacht, von dem er den Bunker gepachtet hatte. Ursprünglich sollte auch der Eingang vergrößert werden, um landwirtschaftliche Fahrzeuge unterstellen zu können. Aber das Projekt habe er nicht umgesetzt. Was nichts machte, denn für Bastians Amphoren war der Eingang groß genug.

Emilio entdeckte einige Fledermäuse, die an der Decke hingen. Der Strahl seiner Taschenlampe schien sie nicht zu irritieren.

Er betrat den großen Raum, von dem ihm Bastian Fotos gezeigt hatte. Vor ihm standen die Amphoren aus Ton. Emilio fühlte sich an die Terrakotta-Armee des chinesischen Kaisers Qin Shi Huang Di erinnert. Nur roch es hier nach Wein. Hatte er gerade noch das Bunkerinnere als beklemmend empfunden, verspürte er plötzlich eine völlig andere, mystische und positive Ausstrahlung.

«Nicht erschrecken, du bekommst Besuch», hörte er von hinten Tildas Stimme.

Er sah den Kegel ihrer Taschenlampe näher kommen.

«Wow, sieht das schön aus», raunte sie. «Das hätten sich die armen Schweine, die diesen Bunker gebaut haben, nicht träumen lassen, dass er mal dazu dient, zerbrechlichen Amphoren Schutz zu bieten.»

Emilio klopfte gegen eine. «Und zwar Amphoren randvoll mit Wein», ergänzte er.

«Das muss ich fotografieren. Fragt sich nur, wie ich das mit dem Licht hinbekomme …»

«Im Auto habe ich Streichhölzer.»

«Witzbold.»

Emilio deutete auf einen Gang, der weiter nach hinten führte.

«Zuerst will ich mich noch ein bisschen umsehen. Kommst du mit?»

«Na klar, glaubst du, ich bleib hier alleine mit deinen Amphoren und den Fledermäusen?»

«Sind nicht meine Amphoren.»

Er ging voraus, Tilda folgte dicht hinter ihm.

Mit ihren Taschenlampen leuchteten sie in die kleinen Räume, die am Gang lagen. Sie hatten keine Türen und waren völlig kahl. Als ob sie darauf warteten, dass jemand den Innenausbau endlich zu Ende brachte. Tilda, die den Aufbau der Bunker kannte, wusste, dass eine Kammer für die Offiziere bestimmt gewesen war, eine andere als Munitionsdepot gedient hatte.

Einige Schritte später führte eine Treppe in die untere Ebene. Aber sie ignorierten sie und gingen geradeaus weiter.

«Bleib mal stehen!», sagte Tilda.

Sie leuchtete auf einen Mauerabschnitt, der sich in der Struktur vom Rest des Bunkers unterschied.

«Sieht komisch aus, findest du nicht?»

Emilio runzelte die Stirn. «Nein, nur anders. Da hat wohl jemand versucht, den Beton zu verputzen.»

Tilda strich mit den Fingern über den Putz. Sie trat zurück und machte ein Foto.

«Warum sollte jemand ein Stück der Mauer verputzen?», entgegnete sie. «Graffiti haben wir ja schon einige gesehen …»

Nachdenklich schauten beide auf den seltsamen Mauerabschnitt.

«Früher haben hier junge Leute Partys gefeiert», wusste Tilda zu erzählen. «Wie in den meisten Bunkern, bevor sie mit Stahltüren verschlossen wurden.» Sie lachte. «Aber bestimmt hatten sie Besseres zu tun, als eine Wand zu verputzen.»

«Stimmt, da fällt mir einiges ein.»

Emilio leuchtete in die Kammern, die vom Gang abgingen. An den grauen Wänden gab es Rußspuren. Oben waren erstarrte Tropfsteine zu erkennen.

Er betrachtete den verputzten Mauerabschnitt. Dann drehte er die Taschenlampe um und klopfte an verschiedenen Stellen dagegen.

«Hört sich hohl an», flüsterte Tilda. «Meinst du, dahinter verbirgt sich ein Raum?»

«Hat jedenfalls dieselbe Breite wie die Eingänge zu den anderen Kammern.»

«Könnte also sein. Ich liebe Geheimnisse. Vielleicht gibt es dort einen verborgenen Schatz? So ähnlich wie die verschwundenen Goldbarren in der Franzensfeste …»

«Oder Weinflaschen», hatte Emilio spontan einen anderen Gedanken. «Die Franzosen haben während der deutschen Besatzung ihre wertvollsten Weine eingemauert …»

«So alt ist der Putz nicht. Den Wein kannst du dir also abschminken.»

Emilio sah auf sein Handy. Natürlich hatte er keinen Empfang.

«Komm, lass uns rausgehen. Ich ruf meinen Freund an, der den Bunker gepachtet hat. Vielleicht weiß er, was es mit der verputzten Mauer auf sich hat.»

*

Während Emilio draußen telefonierte, geisterte Tilda fotografierenderweise um den Bunker, immer auf der Suche nach noch ausgefalleneren Perspektiven. Stirnrunzelnd beobachtete er, wie sie mit umgehängter Kamera auf einen Baum kletterte. Irgendwann würde sie sich bei ihrer Arbeit das Genick brechen …

Bastian Steingruber sagte, dass ihm von einer verputzten Mauer im Bunker nichts bekannt sei. So genau habe er sich nicht umgesehen. Auf Emilios Bitte erkundigte er sich beim Apfelbauern, von dem er den Bunker gepachtet hatte. Aber auch dem Mayr Gustl war die Mauer nie aufgefallen. Außerdem sei sie ihm egal. Es gäbe wirklich Wichtigeres, zum Beispiel eine aus Asien nach Südtirol eingeschleppte Wanze, die einige seiner Apfelbäume befallen habe.

Emilio konnte ihn verstehen. Bei Bastian wunderte er sich aber doch über das Desinteresse. Schließlich war sein Freund ansonsten ein ausgesprochen neugieriger Mensch.

«Hast was dagegen, wenn ich die Mauer einschlage?», fragte Emilio.

«Solange meinen Amphoren nichts geschieht, kannst du im Bunker tun und lassen, was du willst. Vergiss nur nicht, hinterher wieder abzusperren.»

«Okay, dann mache ich mich mal an die Arbeit …»

«Jetzt gleich?»

«Natürlich. Indiana Jones würde auch nicht warten.»

«Indiana Jones? Bist jetzt verrückt, oder glaubst du wirklich, dass sich hinter der Mauer ein Schatz verbirgt?»

«Nein, natürlich nicht. Obwohl … kann man's wissen? Also dann, servus …»

«Stopp, stopp. Emilio, eine Sache müssen wir noch klären.»

«Die wäre?»

«Falls du wirklich was findest, gehört die Hälfte mir. Schließlich ist das mein Bunker.»

Emilio lächelte. Jetzt hatte er doch Bastians Neugier geweckt.

«Streng genommen gehört er deinem Apfelbauern ...»

«Aber ich bin der Pächter.»

«Okay, halbe-halbe.»

«Ausgemacht. Und ruf mich an, sobald ...»

«Natürlich, mein lieber Bastian.»

*

Bei der Arbeit im Weinberg brauchte man viele Werkzeuge. Auch solche für grobe Tätigkeiten. Letzte Woche hatte ihn Phina gebeten, im Baumarkt eine schwere Hacke mit zwei stabilen Zinken zu kaufen. Ihr Zweck war es, den Boden zwischen den Rebzeilen zu lockern. Emilio hatte ihren Auftrag pflichtschuldigst ausgeführt – doch prompt vergessen, ihr die Hacke zu übergeben. Sie lag noch hinten in seinem Landrover. Wie so vieles andere. Was sich jetzt als Glücksfall erwies.

Emilio winkte Tilda herbei und machte sich mit der Hacke auf den Weg zurück in den Bunker.

Sie klatschte in die Hände. «Emilio, das wird ein Spaß.»

«Das wissen wir erst hinterher. Vielleicht stoßen wir hinter dem Putz auf eine dicke Betonwand, und das war's dann.»

«Nein, nein, ich spüre, dass wir was entdecken werden.»

Tilda hatte eine esoterische Ader. Die war ihm fremd. Aber gespannt war er auch.

Vor der Mauer angekommen, gab Emilio Tilda seine Taschenlampe und bat sie, ihm zu leuchten.

«Wie soll ich gleichzeitig fotografieren?»

«Kannst du hinterher immer noch. Bitte geh einen Schritt zur Seite, ich will dich nicht versehentlich erschlagen.»

Sie lachte. «Versehentlich oder mit Absicht? Vielleicht hast du mich in eine Falle gelockt?»

Interessanter Gedanke. Einen besseren Platz konnte man sich kaum aussuchen …

Emilio holte aus und ließ die Hacke mit voller Wucht gegen die Mauer krachen. Der Schlag hallte im Bunker wider. Putz splitterte. Emilio wiederholte die Aktion – schon lockerten sich die ersten Ziegelsteine. Diese sahen völlig anders aus als die übrigen im Bunker. Nicht nur die Form unterschied sich, auch die Farbe: Rotorange statt Grau.

«Die Mauer wurde nachträglich eingezogen», stellte Tilda fest.

Emilio sah, wie es blitzte. Irgendwie schaffte sie es, trotz der beiden Taschenlampen in den Händen auch noch ihre Kamera zu betätigen.

Die ersten Steine brachen heraus und fielen splitternd zu Boden. Hinter den Ziegelsteinen war keine Betonwand, sondern ganz offenbar ein Hohlraum. Emilio fand Spaß daran, auf die Ziegel einzuschlagen. Etwas zu zerstören konnte sehr befriedigend sein. Vor allem, wenn es dabei was zu entdecken gab.

Er machte eine kurze Pause, stützte sich auf die Hacke und schnaufte durch. Um seine Fitness hatte es schon mal besser gestanden.

«Machst du schlapp?»

Bei diesen Worten fühlte er sich in seiner Ehre gekränkt. «Wie kommst du bloß darauf?», erwiderte er.

Tilda hielt die Kamera durchs entstandene Loch und machte eine Blitzlichtaufnahme. Dann schaute sie aufs Display.

«Ist was zu erkennen?»

«Nein, nur dass es sich um eine Kammer handelt. Scheint leer zu sein.»

«Wäre aber schade.»

«Auf geht's, mach weiter! Oder soll ich dich ablösen?»

«Kommt nicht in Frage.»

Emilio holte aus und begann, weiter auf die Ziegel einzuschlagen. Mit den Zinken der Hacke ließen sich gelockerte Steine gut rausbrechen. Entsprechend wurde das Loch rasch größer. Noch immer konnten sie nicht erkennen, ob in der Kammer etwas gelagert war. Weder Goldbarren noch Weinflaschen. Sollte die Arbeit umsonst sein? Aber warum sollte jemand einen Raum zumauern, der leer war? Eine Erklärung fiel ihm nicht ein, aber möglich war alles.

Bald war das herausgeschlagene Loch groß genug, um hindurchzusteigen.

Emilio machte eine einladende Handbewegung. «*Ladies first.*»

«Ein Kavalier der alten Schule. Oder hast du Schiss?»

«Schiss vor was? Vor der gähnenden Leere des Nichts?»

Tilda reichte ihm seine Taschenlampe und kletterte durch die Öffnung.

Er erwartete, dass sie gleich was sagte. Auch wenn die Kammer tatsächlich leer war.

Doch von Tilda war nichts zu hören. Er konnte nur den Widerschein ihrer Lampe sehen.

«Was ist?», fragte Emilio, während auch er durch die Maueröffnung stieg.

«O mein Gott …»

Das war nicht die erwartete Antwort. Vor allem klang Tildas Stimme gepresst und seltsam heiser.

Zunächst sah er nur ihren Rücken. Offenbar starrte sie nach unten in eine Ecke. Er schob sie sanft zur Seite. Dann stockte auch ihm der Atem …

# 5

Phina saß auf ihrer Lieblingsbank, die vor einem Steinblock inmitten ihrer Weinberge stand. Hierher zog sie sich gerne zurück, wenn sie meditieren oder ungestört nachdenken wollte. Schon als Kind hatte sie sehr oft hier gesessen. Die alte Bank, die noch ihr verstorbener Vater gebaut hatte, gab es freilich nicht mehr; sie war verfallen. Aber sie hatte an diesem für sie wichtigen Ort die Überreste der alten weggeräumt und eine neue errichtet. In den alten Südtiroler Geschichten wurde von magischen Plätzen erzählt. Wenn es diese wirklich gab, dann war das hier einer. Davon war sie überzeugt. Sie glaubte, die besondere Energie zu spüren, die von diesem Fleck Erde ausging. Phina liebte es, mit geschlossenen Augen hier zu sitzen und der Natur zu lauschen. Die nächste Straße war weit genug entfernt, um nur die Stille hören zu können. Ihr Vater hatte von einem mythischen «Kraftort» gesprochen, von denen es in Südtirol viele gab. Oft fanden sich dort Spuren heidnischer Kultstätten. Auf dem Felsen in ihrem Rücken waren eingeritzte Zeichen. Ihr Vater hatte erzählt, dass sie seit grauer Vorzeit existierten. Einst hätten sich hier Schamanen getroffen. Aber das sei in Vergessenheit geraten. Heute wüsste nur noch ihre Familie von der Magie und dem Kraftfeld dieses Ortes.

Ihre Familie? Phina atmete tief durch. Von ihrer Familie lebte niemand mehr – nur noch sie selbst.

Was war mit Emilio? War er ihre Familie? Verheiratet war sie mit ihm nicht. Emilio war … Sie suchte nach dem richtigen

Wort ... Er war ihr Lebenspartner. Soviel war klar. Auch «Lebensgefährte» würde es treffen. Beide Begriffe waren ziemlich unromantisch. Als ob sie eine Geschäftsbeziehung unterhielten. Noch desillusionierender wäre «Lebensabschnittspartner». Sie hoffte, dass Emilio für sie mehr war. Und umgekehrt auch sie für ihn. Sicher war sie sich aber nicht.

Phina hörte ein Rascheln und sah in die Richtung des Geräuschs. Zwischen den Weinstöcken entdeckte sie umherstreifende Hühner. Sie freute sich darüber. Genauso wie über den Marienkäfer auf ihrem Handrücken. Nicht nur, weil er schön aussah. Zudem war er ein Nützling. Und sprach wie die Hühner dafür, dass in ihrem Weingarten die Natur mit sich im Einklang war.

Wo war sie gerade mit ihren Gedanken stehengeblieben? Ach ja, dass sie zwar Emilio hatte, dass ihr aber eine wirkliche Familie fehlte, weil alle nahen Verwandten gestorben waren. Kinder hatte sie keine. Und wie sie seit wenigen Tagen wusste, würde sie auch nie welche bekommen. Ihr Frauenarzt hatte sie mit der Diagnose konfrontiert, dass sie aufgrund einer nicht behandelbaren hormonellen Störung unfruchtbar war. Sie hatte es schon länger geahnt, jetzt hatte sie Gewissheit. Ein schönes Gefühl war das nicht, denn sie liebte Kinder.

Phina wischte sich eine Träne von der Wange – und ärgerte sich über sich selbst. Denn sie hasste es, Gefühle zu zeigen. Aber erstens war sie alleine, und zweitens mussten die Gefühle mal raus. Die Bank vor dem mythischen Felsen war der richtige Ort dafür.

Ihr fiel das Waisenhaus in Meran ein. Die Kinder dort hatte sie in ihr Herz geschlossen. Sie war Emilio unendlich dankbar dafür, dass er die von Theresa geerbte Villa für das Waisenhaus zur Verfügung gestellt hatte und das Projekt mit einer großzügigen Spende unterstützte. Ausgerechnet Emilio, der nach außen immer so tat, als ob er keine Kinder mochte. Aber ohne ihn würde es das Waisenhaus nicht geben. Harte Schale, weiches Herz. Sie kannte niemanden, auf den das mehr zutraf als auf Emilio.

Zu den Kindern zählte die fünfjährige Zola. Phina liebte die Kleine. Sie stammte aus dem westafrikanischen Mali und hatte keine Eltern. Nicht zum ersten Mal ging ihr durch den Kopf, dass sie Zola adoptieren könnte. Jetzt erst recht, wo sie wusste, dass sie selber keine Kinder bekommen würde.

Was Emilio wohl dazu sagen würde? Mit Zola spielte er gerne Memory – um sich zu ärgern, dass die Kleine ihn ständig schlug. Mittlerweile versuchte er, ihr Schach beizubringen.

Emilio, Emilio … Wenn nur sein Freiheitsdrang nicht wäre. Sie wollte gar nicht wissen, was er den ganzen Tag so trieb. Und doch erfuhr sie es regelmäßig. Von Freundinnen, die nichts Besseres zu tun hatten, als ihr zu berichten, dass sie Emilio in weiblicher Begleitung gesehen hätten. So wie vor einer Stunde. Eine blonde Frau sei zu ihm in seinen Landrover gestiegen. Sie sei flippig angezogen gewesen und habe mehrere Kameras dabeigehabt. Ihr Cabrio der Marke Alfa Romeo habe sie zuvor auf einem Parkplatz abgestellt.

Na, vielen Dank auch. Genau diese Information hatte ihr heute noch gefehlt. Es ging ihr schon so nicht gut. Immerhin wusste sie aufgrund der Beschreibung, wer die Frau war. Sie hieß Tilda Kneissl. Emilio war ihr erstmals auf einer Beerdigung im Kloster Neustift begegnet. Er bewunderte ihre künstlerischen Arbeiten. Was ihm sonst noch an ihr gefiel, konnte sie sich denken. Bei nächster Gelegenheit würde sie ihn zur Rede stellen. Er sollte sich darüber im Klaren sein, dass ihre Toleranz Grenzen kannte.

# 6

Emilio stand neben Tilda, die regungslos am Boden kniete. «O mein Gott», hatte sie gesagt. Jetzt verstand er, warum. In der Ecke der Kammer lag ... eine zusammengekrümmte ... mumifizierte ... Frauenleiche ...

Der Anblick war so grauenvoll, dass Tilda für den Moment sogar das Fotografieren vergaß. Die Haut der Leiche war lederartig verschrumpelt, die Wangen bis auf die Knochen eingefallen ... lange verfilzte Haare ... ein knielanges, rotes Kleid ... nackte, verkrampfte Füße ...

«Nicht gerade das, was wir erwartet hatten», flüsterte Emilio.

«Eine Mumie ...» Ihre Stimme war kaum zu verstehen. «Eingemauert – wie kann das sein?»

«Einen Suizid schließe ich aus», sagte Emilio, der sich seinen schwarzen Humor selbst in dieser Situation bewahrte.

Tilda richtete sich langsam auf. Sie hatte sich so weit gefangen, dass sie sich wieder in der Lage sah, zu fotografieren.

«Wie lange, glaubst du, liegt die Leiche hier schon?», fragte sie.

«Kann ich nicht beurteilen. Ich weiß nur, dass menschliche Körper bei geeigneten Bedingungen relativ schnell mumifizieren können. Ganz von selbst. Da reichen wenige Jahre.»

«Dafür spricht auch ihr Kleid; es ist gut erhalten.»

«Trotzdem kommt jede Hilfe zu spät.»

«Das ist nicht witzig.»

Er ging auf ihre Bemerkung nicht ein. Außerdem hatte sie recht.

«Kannst du bitte außer der Leiche auch die Wände der Kammer fotografieren», bat er. «Und die Decke und den Boden.»

Ohne den mumifizierten Leichnam zu berühren, inspizierte er ihn im Schein seiner Taschenlampe. Dabei stellte er sich die Frage, ob die Frau noch gelebt hatte, als sie eingemauert wurde. Ihre zusammengekrümmte Haltung sprach dafür. Eine grauenvolle Vorstellung.

«Schwer abzuschätzen, wie alt die Frau war», murmelte er.

«Nicht so alt. Das Kleid und der Gürtel deuten auf eine junge Frau hin. Auch trägt sie am Fußgelenk ein Kettchen …»

Er beugte sich vor. «Richtig, habe ich gar nicht gesehen. Machst du bitte von der Kette eine Nahaufnahme.»

«Arbeite ich jetzt bei der Spurensicherung?»

«Das überlassen wir den Profis. Aber deine Fotos sind sicher besser.»

«Davon kannst du ausgehen.»

«Sobald du fertig bist, verlassen wir den Tatort und verständigen die Polizei.»

«Tatort?»

«Das hier war ganz sicher kein christliches Begräbnis.»

*

Draußen angekommen, rief Emilio in der Bozner Quästur bei Commissario Sandrini an. Mit ihm arbeitete er häufiger zusammen. Nicht immer reibungslos. Genau genommen hielt Emilio nicht viel von ihm. Aber sie kannten sich, und Sandrini hatte gelernt, dass es nicht zu seinem Nachteil war, mit dem Privatdetektiv zu kooperieren. Denn Emilio überließ ihm gerne den Ruhm, sobald er einen Fall aufgeklärt hatte.

Als er ihm nun vom Fund der mumifizierten Leiche erzählte, reagierte der Commissario ungläubig.

«Baron Emilio, Sie nehmen mich auf den Arm. Die letzte Mumie, die bei uns gefunden wurde, war der Ötzi. Außerdem, wie sollte eine Mumie ins Vinschgau gelangen? Ein Weltkriegsbunker ist doch keine altägyptische Pyramide.»

Sandrinis Begriffsstutzigkeit konnte ganz schön nerven.

«Wir haben auch keinen Pharao gefunden, sondern eine weibliche Leiche, die mumifiziert ist», stellte Emilio klar. «Alle Anzeichen deuten auf ein Gewaltverbrechen hin», fügte er hinzu, falls Sandrini auch das nicht kapiert haben sollte. «Also schicken Sie umgehend ein Team. Wir brauchen einen Forensiker, die Spurensicherung, also das volle Programm.»

Emilio hörte den Commissario stöhnen. «Können Sie sich das nicht endlich mal abgewöhnen?»

«Was soll ich mir abgewöhnen?»

«Immer wieder über Leichen zu stolpern. Wenn Sie wüssten, wie viel Arbeit Sie mir damit machen. Jetzt graben Sie schon jahrhundertealte Leichen aus. Nur, um mich in den Wahnsinn zu treiben.»

Eine interessante Sichtweise, die aber an der Realität vorbeiging.

«Die Frau ist erst wenige Jahre tot», korrigierte Emilio ihn. Auch wenn er sich, was die genaue Zeitspanne betraf, natürlich nicht sicher sein konnte.

«Wie kann sie dann mumifiziert sein?»

«Das wird uns der Gerichtsmediziner erklären.»

«Baron Emilio, wir sind gerade mit einem wirklich schlimmen Fall beschäftigt, der alle unsere Kapazitäten bindet. Ihre Mumie kann doch sicher noch etwas warten.»

«Ist nicht Ihr Ernst? Ich melde Ihnen den Fund einer Leiche, und Sie wollen sich erst um andere Dinge kümmern.» Emilio machte eine kurze Pause. «Aber einverstanden, dann informiere ich die Presse, dass wir eine mumifizierte Leiche gefunden haben.»

«Die Presse informieren?» Sandrinis Stimme überschlug sich. «Um Gottes willen, nur das nicht. Dann habe ich auch noch die Pressefuzzis im Nacken. Baron Emilio, ich flehe Sie an, bitte behandeln Sie den Leichenfund mit äußerster Diskretion. Ich verspreche Ihnen auch, dass ich meine Leute sofort losschicke.»

Na bitte, warum nicht gleich?

«Sehr schön, ich warte.»

Emilio nannte ihm die Koordinaten des Bunkers. Und er gab ihm die Empfehlung, ohne Blaulicht und Sirene zu kommen. Denn in zwei Punkten hatte der Commissario recht: Übertriebene Eile war bei einer mumifizierten Leiche nicht geboten. Und auf übertriebenes Aufsehen konnten sie auch verzichten.

# 7

In der Kammer mit der mumifizierten Leiche waren Scheinwerfer aufgestellt. Spurensicherer nahmen mit Spezialgeräten jeden Quadratzentimeter in Augenschein. Zum Beispiel suchten sie nach eingetrockneten Blutspuren und genetischem Material. Dabei standen sie sich wechselseitig im Weg, denn viel Platz gab es nicht – obwohl die Frauenleiche bereits rausgeschafft war und auf einer Spezialfolie im Gang lag. Die erste Untersuchung hatte der Rechtsmediziner Professor Dr. Turmstaller noch am Fundort durchgeführt. Jetzt examinierte er den mumifizierten Körper genauer. Emilio stand neben ihm und beobachtete ihn bei seiner Arbeit. Tilda hielt sich im Freien auf, um sich von den schockierenden Eindrücken zu erholen.

Turmstaller hatte einen ausgezeichneten Ruf. Emilio und er kannten sich von einem früheren Fall und von gemeinsamen Weinverkostungen, weshalb der Rechtsmediziner seine Anwesenheit akzeptierte.

«Genaueres kann ich erst sagen, wenn ich den Leichnam im Institut untersucht habe. Aber zweifellos haben wir hier einen sehr ungewöhnlichen und aus forensischer Sicht überaus faszinierenden Fall», erklärte er.

Daran hatte Emilio keinen Zweifel. Zwar hatte Südtirol mit dem Ötzi die berühmteste Mumie des Alpenraumes aufzubieten, aber allzu häufig dürfte Turmstaller keine auf dem Seziertisch haben.

«Wie kommt es, dass die Frau in dem eingemauerten Verlies mumifiziert ist? Und wie lange ist sie schon tot?»

«Zwei Fragen, mein lieber Baron. Die erste kann ich Ihnen leicht beantworten. Damit ein Körper auf natürliche Weise mumifiziert, müssen besondere klimatische Bedingungen gegeben sein, die zu einer raschen Austrocknung führen und auf diese Weise den Verwesungsprozess unterbinden.»

«Beim Ötzi war es das Eis, nicht?»

«Richtig. Er wurde quasi gefriergetrocknet. Bei unserer armen Frau hier liegt dagegen der Vergleich mit getrocknetem Speck nahe …»

Emilio dachte, dass der Professor eine überaus plastische Art hatte, sein Wissen zu vermitteln.

«Die Kammer hat Lüftungsrohre, so wie der ganze Bunker», fuhr er fort. «Die sind anscheinend noch voll funktionsfähig. Andere Bunker in Südtirol weisen eine hohe Luftfeuchtigkeit auf, dieser aber ist durch die Belüftung extrem trocken. Die hohe Trockenheit ließ die Flüssigkeit im Körper rasch verdunsten, weshalb es zu keiner bakteriellen Verwesung kam. Wie gesagt, das ist wie beim Speck.»

«Ich hab's verstanden, vielen Dank. Ich werde versuchen, bei der nächsten Brotzeit nicht daran zu denken. Was ist mit meiner zweiten Frage?»

«Wie lange die Frau schon tot ist? Diese Frage ist wesentlich schwerer zu beantworten. Dazu muss ich unter anderem erst die Organe untersuchen. Sie verschrumpeln wie getrocknetes Obst, aber langsamer als die Haut. Darüber hinaus gibt es eine Vielzahl weiterer Indikatoren, die ich jetzt nicht ausführen möchte.»

Keine gefriergetrockneten Lebensmittel, kein Speck, kein Obst … Der Professor konnte einem ein komplettes Abendessen vergällen.

«Sobald ich den Leichnam auf dem Seziertisch habe, kann ich Ihnen Genaueres sagen.»

Die gemeinsam verkosteten Weine schienen sich auszuzahlen. Denn natürlich müsste ihm der Professor gar nichts sagen. Wahrscheinlich dürfte er es nicht einmal.

«Handelt es sich um Monate, Jahre oder Jahrzehnte?», wollte es Emilio dennoch etwas genauer wissen.

«Mehr als ein Jahr, weniger als ein Jahrzehnt.» Der Professor räusperte sich. «Sie könnten mir übrigens noch eine dritte und vierte Frage stellen.»

«Ich weiß, aber ich will Ihre Geduld nicht überstrapazieren.»

«Sie wollen drittens wissen, wie dieses Geschöpf zu Tode gekommen ist, richtig?»

«Natürlich interessiert mich das. Wurde die Frau lebendig eingemauert?»

«Es spricht vieles dafür. Allerdings hat sie am Hinterkopf eine gut erkennbare Verletzung, die von einem heftigen Schlag herrühren dürfte. Ich glaube aber nicht, dass der Schlag ihren Tod herbeigeführt hat. Meine vorläufige und unverbindliche These wäre also, dass die Frau erst niedergeschlagen und dann ohnmächtig eingemauert wurde. Wäre sie bei Bewusstsein gewesen, hätte man sie fesseln müssen. Später dürfte sie dann aufgewacht sein.»

Der Gedankengang war plausibel und logisch schlüssig. Dem Forensiker war seine lange Erfahrung mit Kriminalfällen anzumerken.

«In totaler Finsternis. Eine grauenvolle Vorstellung.»

«Wie gesagt, alles unter Vorbehalt. Und nur unter uns. Wie auch meine Antwort auf Ihre vierte Frage.»

«Die ich noch nicht gestellt habe …»

«Die aber auf der Hand liegt. Natürlich interessieren Sie sich für das Lebensalter der verstorbenen Person. Ich schätze, dass sie noch relativ jung gewesen ist. Vielleicht Ende zwanzig? Wie gesagt, in wenigen Tagen bin ich schlauer.»

Ende zwanzig? Das würde zu Tildas Einschätzung aufgrund des Kleides und des Kettchens am Fußgelenk passen.

«Dann könnten wir uns auf ein Glas Wein treffen?»

Der Professor lächelte. «Aber Sie laden mich ein.»

«Mit dem größten Vergnügen.»

# 8

Sandrini saß in seinem Büro und klopfte mit einem Bleistift auf den Schreibtisch – so lange, bis die Spitze abbrach. «*Che brutto giorno*», murmelte der Commissario. Was für ein verdammter Scheißtag. Erst der ermordete Zuhälter im Froschbrunnen am Bahnhofsplatz. Heute Morgen um sechs Uhr hatte man ihn entdeckt. Hätte er nicht einfach in der Talfer ersaufen und weggeschwemmt werden können? Am besten bis ins Trentino, wo er für ihn nicht mehr zuständig wäre. Dann der Anschiss seines Vorgesetzten, der ihm vorwarf, im Fall eines Drogenrings im Stadtviertel Don Bosco nicht voranzukommen. Dabei waren dafür eigentlich die Carabinieri zuständig. Man konnte doch nicht jeden Mist auf seinem Schreibtisch abladen.

Und jetzt, zu allem Überfluss, kam noch der Baron Emilio daher und präsentierte ihm eine eingetrocknete Frauenleiche in einem Vinschgauer Weltkriegsbunker. Da durfte man sich doch wohl die Frage stellen, ob der Baron nichts Besseres zu tun hatte. Warum saß er nicht in einer Bozner Weinbar und ließ sich dort mit Blauburgunder volllaufen? Er hatte Zeit für so etwas und konnte es sich leisten. Aber nein, stattdessen musste er seine Nase wieder mal in Dinge stecken, die ihn nichts angingen. Was hatte er überhaupt in einem Bunker zu suchen? Er habe die Leiche durch Zufall entdeckt, hatte er gesagt. Haha, durch Zufall … Weil es völlig normal war, in finsteren Bunkern herumzukriechen und gegen Wände zu klopfen? Den Bären konnte der Baron jemand anderem auf die Nase binden, aber nicht ihm. Doch die Hintergründe würde er noch herausbekommen, ganz sicher sogar.

Immerhin hatte er ihm ausreden können, die Presse zu verständigen. Das hätte noch gefehlt. Die Journalisten nervten ihn so schon genug. Sie waren so lästig und eklig wie Schmeißfliegen. Leider gab es kein Spray, mit dem man sie vertreiben könnte. Vernichten und für alle Zeiten ausmerzen – das wäre noch besser.

Sandrini sah sich seinen abgebrochenen Bleistift an. Er hatte keine Lust, ihn zu spitzen, und warf ihn Richtung Papierkorb. Der war nicht weit entfernt, aber er verfehlte ihn trotzdem. Wie gesagt, ein Scheißtag.

Vom Professor Turmstaller hatte er bereits die kurze Nachricht erhalten, dass die mumifizierte Frau gewaltsam zu Tode gekommen war. Nun ja, davon konnte man ausgehen, wenn der Baron Emilio eine Leiche fand. Er zog das Verbrechen magisch an. Oder umgekehrt, das Verbrechen ihn … *Non fa differenza.*

Sandrini schloss am Schreibtisch eine Schublade auf. Dort hatte er seine «Medizin» gelagert. Die in vielen Fläschchen abgefüllt war. Akkurat aufgereiht. Lauter kleine Fernet-Brancas. Leider gab es den Magenbitter nicht auf Rezept, dabei half nichts anderes so gut gegen seine Leiden. Er nahm eines der Fläschchen heraus, schraubte die Kappe ab und trank es auf ex. Viel war ja nicht drin, aber genug, um seine strapazierten Nerven und Magenwände zu beruhigen.

Er schraubte die leere Flasche wieder zu und legte sie zurück in seine Schublade. Erstens wollte er nicht erneut den Papierkorb verfehlen. Zweitens galt es, Beweismittel vor der Putzfrau und – wichtiger noch – vor seiner Sekretärin zu verbergen. Mariella machte zwar wunderbare Maronenplätzchen, aber sie musste nicht alles wissen.

Später würde er ihr eine Pressemeldung diktieren. Kurz und knapp. Möglichst so, dass sie bei den Lesern keine besondere Neugier weckte. Etwa: *Leiche im oberen Vinschgau gefunden. Tod liegt schon länger zurück. Umstände und Identität unklar. Die Polizei ermittelt.* Das musste reichen. Mögliche Nachfragen von Journalisten sollte Mariella abwimmeln und darauf verweisen, dass es bislang keine weiteren Erkenntnisse gab.

Natürlich kam er nicht umhin, sich irgendwann auch um die Bunkerleiche zu kümmern. Vor allem, wenn sich bestätigte, dass es sich um einen Mordfall handelte. Aber eilig hatte er es nicht. Commissario Sandrini musste unwillkürlich lächeln. Warum selber arbeiten, wenn einem jemand die Arbeit abnahm? Baron Emilio hatte die Leiche entdeckt – und würde ganz sicher auf eigene Faust ermitteln. Sandrini musste nur sicherstellen, dass er selbst auf dem Laufenden blieb. Üblicherweise gelang ihm das auf dem Umweg über Mariella, die sich mit dem Baron gut verstand. Die ihm auch mal vertrauliche Informationen zuspielte und dachte, dass er das nicht mitbekam. Dabei hatte er gar nichts dagegen – solange er am Schluss auf den fahrenden Zug aufspringen konnte. Bildlich gesprochen. Jedenfalls besser, als unter die Räder zu kommen. Bis es so weit war, konnte er sich dem toten Zuhälter aus dem Froschbrunnen und den Drogendealern von Don Bosco widmen. Und wenn alles vorbei war, würde er sich krankmelden und in einer *Clinica di riabilitazione* bei Rom einen Reha-Aufenthalt antreten …

# 9

Emilio und Tilda blieben, bis die letzten Polizisten abgerückt waren. Professor Turmstaller verabschiedete sich mit Handschlag. Emilio beobachtete schmunzelnd, wie Tilda kurz zögerte. Dann erinnerte sie sich offenbar, dass der Gerichtsmediziner bei seiner Untersuchung Gummihandschuhe getragen hatte, und ergriff die ausgestreckte Rechte.

Zuvor war der mumifizierte Leichnam unter Turmstallers Aufsicht langsam und mit größter Vorsicht in einen schlichten Aluminiumsarg gebettet worden. So viel Rücksichtnahme hatte Emilio noch selten beobachtet. Aber bei der toten Frau überwog wohl die Angst, dass etwas abbrechen könnte. Im rechtsmedizinischen Institut würde der Leichnam sofort gekühlt werden. Womöglich sogar tiefgefroren. Doch so genau wollte Emilio es nicht wissen.

Er schloss den Bunker ab. Im Wissen, dass Bastian Steingrubers Amphoren den Ansturm der Exekutive unversehrt überstanden hatten. Er ließ Tilda noch einen Moment warten, um seinen Freund anzurufen. Bislang wusste der noch nichts von der unheimlichen Entdeckung.

«Hallo Emilio, hab schon auf deinen Anruf gewartet. Na, was gefunden?»

«Ja, kann man so sagen.»

«Na super. Du erinnerst dich an unsere Vereinbarung? Die Hälfte gehört mir.»

Emilio zögerte.

«Wenn du darauf bestehst?»

«Natürlich.»

«Dann hast du die Wahl. Willst du den Oberkörper mit Kopf? Oder von der Hüfte abwärts bis zu den Füßen?»

Statt einer Antwort hörte Emilio zunächst … nichts. Bastian hatte es offenbar die Sprache verschlagen. Emilio gestand sich ein, dass sein Vorschlag pietätlos war. Er hätte Bastian auch schonender und weniger makaber von der Toten berichten können.

«Willst du damit sagen …» Bastians Stimme war kaum wiederzuerkennen.

«Sorry, mein Lieber. Ja, ich wollte dir sagen, dass wir die Mauer aufgebrochen und dahinter eine mumifizierte Frauenleiche gefunden haben.»

«Eine Frauenleiche? Mein Gott, wie schrecklich.»

«Die Polizei war schon da, das Opfer ist unterwegs nach Bozen. Deinen Amphoren geht es übrigens gut.»

«Wirklich? Was ist mit dem Verwesungsgeruch?»

«Es gibt keinen. Wie gesagt, die tote Frau ist mumifiziert … und sozusagen geruchsneutral.»

War das schon wieder pietätlos? Aber wie sollte er es sonst formulieren?

«Trotzdem … Ich glaube, ich lasse meine Amphoren wieder abholen.»

«Können wir später bereden. Bist du im Büro? Dann komme ich vorbei.»

«Ja, ich bin da.» Bastian Steingruber räusperte sich. «Eine mumifizierte Frauenleiche …», fuhr er leise fort. «In meinem Bunker … Den Pachtvertrag werde ich kündigen …»

*

Eine Pizzeria an der Hauptstraße hatte noch geöffnet. Sie setzten sich an einen Tisch und bestellten eine Capricciosa zum Teilen. Aber vorab brauchten beide einen Grappa. Sogar Emilio, dem nicht so schnell etwas auf den Magen schlug.

«Unseren Ausflug habe ich mir romantischer vorgestellt», sagte Tilda.

«Romantisch? Dann hättest du dir vielleicht keine Kriegsbunker aussuchen sollen. Unter Romantik stelle ich mir was anderes vor.»

Tilda sah ihn mit blitzenden Augen an. Ihre Bluse war weit aufgeknöpft ... Was schon die männliche Bedienung beträchtlich abgelenkt hatte. So sehr, dass er die Bestellung erst im zweiten Anlauf verstand.

Unter dem Tisch stupste ihn Tilda mit dem Fuß an. Dabei hauchte sie ihm einen Kuss zu.

«Du hast eben keine Phantasie.»

Da täuschte sie sich. Auf dem Gebiet hatte er sogar viel Phantasie. Dennoch hatte er beim heutigen Ausflugsziel keine erotischen Abenteuer erwartet. Allerdings auch keine eingemauerte Leiche.

«Das nächste Mal kommst du zu mir nach Klausen», flüsterte sie. «Da sind wir vor Überraschungen sicher.»

Er zog eine Augenbraue nach oben. «Hab nichts dagegen, wenn du mich überraschst», rutschte ihm heraus.

«Ich weiß, mein lieber Emilio, ich weiß ...»

Jetzt war es aber genug. Gott sei Dank wurde in diesem Moment die Pizza serviert.

*

Eineinhalb Stunden später setzte Emilio Tilda bei ihrem geparkten Alfa ab. Er bat sie, ihm später eine Auswahl ihrer Fotos zu mailen, und zwar jene von der Frauenleiche und der Kammer. Die anderen interessierten ihn heute nicht. Er wollte sich die Bilder am Abend in Ruhe ansehen und dabei auf Details achten.

Tilda verabschiedete sich mit einer plötzlichen und sehr innigen Umarmung. Und mit einem Kuss auf den Mund. Erschrocken sah er sich um. Hatte sie jemand beobachtet? Südtirol war ein Dorf, wenn es um die Verbreitung von Indiskretionen ging. Er würde Tilda um mehr Zurückhaltung in der Öffentlichkeit bitten müssen.

Er schaute ihr hinterher, als sie im Cabrio mit wehenden Haaren davonbrauste. Selber schuld, dass er sich auf eine so auffällige Person eingelassen hatte. Die Liaison barg unkalkulierbare Risiken – vor allem im Hinblick auf Phina. Und er stellte sich die Frage, ob es das wert war.

Emilio beschloss, derartige Überlegungen für den Moment auszublenden. Die aktuellen Ereignisse erforderten seine volle Konzentration. Ereignisse? Nun, im Grunde gab es bislang nur ein einziges, nämlich den Fund einer mumifizierten Frauenleiche. Der Plural war dennoch gerechtfertigt, denn natürlich würden auf diesen dramatischen Vorgang fast zwangsweise weitere Ereignisse folgen. Schließlich hatte Professor Turmstaller einen gewaltsamen Tod festgestellt. Mit der logischen Konsequenz, dass sich Emilio aufgefordert fühlte, die näheren Umstände aufzuklären und den oder die Täter zu überführen. Fast empfand er es als moralische Verpflichtung der unbekannten Toten gegenüber. Das Schicksal hatte es so gewollt, dass sie ausgerechnet von ihm entdeckt wurde, einem privaten Ermittler, der seine Nase schon in Fälle gesteckt hatte, die ihn noch weniger etwas angingen. Commissario Sandrinis Ehrgeiz würde sich in Grenzen halten. Also brauchte die Tote einen Menschen wie ihn, der *post mortem* ihre Interessen vertreten und für Gerechtigkeit sorgen würde. Ohne Bezahlung. *Pro bono.* Er konnte es sich leisten – also hatte er quasi ihr Mandat.

Emilio startete seinen Landy und fuhr nach Girlan zum Weingut seines Freundes Bastian Steingruber. Dort traf er ihn nicht im Büro, sondern im Barrique-Keller an, wo er gerade mittels eines gläsernen Weinhebers Fassproben entnahm. Natürlich hörte er sofort auf, als er Emilio kommen sah.

«Was machst du aber auch für Sachen?», sagte Bastian anstelle einer Begrüßung. «Findest in meinem Bunker eine Leiche. Was hast du dir dabei gedacht?»

Hatte es seinem Freund im Barrique-Keller das Hirn vernebelt?

«Habe ich nur gemacht, um dich zu ärgern», gab Emilio zur Antwort.

Bastian runzelte erst die Stirn. Dann entspannte sich sein Gesicht. «Hast recht, kannst ja nichts dafür, dass du mit deinem kriminalistischen Röntgenblick durch Wände schauen kannst ...» Er reichte Emilio sein Weinglas mit der Fassprobe. «Magst mal probieren? Blauburgunder. Noch bissel kratzig, wird aber noch ...»

«Danke, nein. Bin gerade nicht in Stimmung.»

Emilio öffnete auf seinem Handy ein Bild von der mumifizierten Leiche.

«Schau, das war deine Untermieterin. Der Gerichtsmediziner schätzt sie auf Ende zwanzig.»

«O mein Gott, wie grauslig.»

«Jetzt ist sie in Bozen in der Gerichtsmedizin, wo sie genauer untersucht wird.»

Bastian schüttete die Fassprobe auf den Boden und stellte das Glas weg. Seine Hand war schon mal ruhiger.

«Weiß man, wie das arme Dirndl zu Tode gekommen ist?»

«Offenbar wurde sie erst niedergeschlagen, dann eingemauert. Dort ist sie dann ihren Verletzungen erlegen oder verdurstet …»

«Oder erstickt?»

«Nein, das ganz sicher nicht. Die Kammer ist wie der ganze Bunker sehr gut belüftet. Deshalb auch die Mumifizierung.»

«Wie auch immer, ein schrecklicher Tod. Ich mag mir das gar nicht vorstellen.»

«Lass es besser sein. Ich muss dich was fragen …»

Bastian hob die Hände. «Ich war's nicht.»

Emilio stellte fest, dass er diese Reaktion nicht als spaßige Bemerkung, sondern mit nüchterner Professionalität zur Kenntnis nahm. Offenbar befand er sich bereits im Ermittlungsmodus. Und im Zuge dessen kam zunächst jeder als Täter in Frage. Selbst sein Freund Bastian. Aber nur theoretisch.

«Glaube ich dir. Was ich dich fragen will: War der Bunker schon mit einem Eisentor verschlossen, als du ihn übernommen hast? Und wie lange schon?»

«Ja, er war abgesperrt. Ich denke, auch schon länger, denn die Scharniere waren verrostet; ich musste sie erst ölen. Genaueres kann dir aber nur der Gustl Mayr sagen, dem der Bunker gehört.»

«Innen gibt's Graffiti. Also muss er früher mal zugänglich gewesen sein.»

Bastian nickte. «Das war er ganz sicher. Lange Zeit hat sich ja keiner um die Bunker im Vinschgau gekümmert. Damals waren sie super Abenteuerspielplätze für Kinder. Und junge Leute haben in ihnen wilde Partys gefeiert.»

Wilde Partys? Das lebendige Einmauern von Frauen hatte hoffentlich nicht zu den Exzessen gehört.

«Ich werde den Mayr morgen besuchen», sagte Emilio. «Und ihn befragen.»

«Ja, mach das. Kannst ihm gleich sagen, dass ich vom Pachtvertrag zurücktrete.»

Emilio winkte ab. «Warum denn? Deine Amphoren haben's dort doch gut. Die Spurensicherung ist fertig. Ich muss auch nicht mehr rein.» Er gab Bastian den Schlüssel. «Der Bunker – er sei fortan ein Hort der Ruhe und des Friedens.»

Ganz so melodramatisch hatte er es nicht gemeint. Aber es sprach nichts dagegen, dass sein Wunsch in Erfüllung ging.

«Und noch was: Das mit der mumifizierten Frauenleiche solltest du erst mal für dich behalten.»

# 10

Phina verriegelte am späten Nachmittag gerade ihre Vinothek, als Emilio auf den Hof fuhr. Immerhin kam er schon jetzt und nicht tief in der Nacht, dachte sie, doch auch so würde sie ihn zur Rede stellen. Emilio war ihr wichtig – zu wichtig, um ihn so ohne Weiteres an eine Frau mit lockerem Lebenswandel zu verlieren. Er musste wissen, was auf dem Spiel stand. Wenn er trotzdem weitermachte, war das seine Entscheidung. Wobei er dann auch die Konsequenzen tragen musste. Sie selbst ebenfalls – aber dazu war sie bereit. Besser, als sich hinters Licht führen zu lassen.

Sobald er ausstieg – so nahm sie sich vor –, würde sie ihn mit der Frage überrumpeln, was er heute getrieben hatte. Und mit wem er zusammen gewesen war. Ganz sicher würde er ihr verheimlichen, dass Tilda zu ihm ins Auto gestiegen war. Und was sie gemeinsam unternommen hatten, würde er auch für sich behalten. Wahrscheinlich aus gutem Grund.

Stattdessen würde er versuchen, sich eine Geschichte auszudenken – aber sie hatte nicht die Absicht, ihm dafür die Zeit zu geben. Diesmal würde er nicht davonkommen.

Sie beobachtete, wie Emilio aus dem Landrover sprang. Ganz schön sportlich für jemanden, der fast immer einen Gehstock bei sich hatte. Aber wie sie wusste, führte er den Stock nur zum Schein mit sich. Er brauchte ihn nicht. Zwar hatte er am Bein tatsächlich eine Schussverletzung erlitten, aber sie war längst verheilt und behinderte ihn nicht im Geringsten.

«Hallo, mein Lieber», begrüßte sie ihn. «Schon da?»

Der spöttische Unterton war ihr so rausgerutscht. Hoffentlich hatte er ihn überhört.

«Ja, aber du wirst nicht glauben, was ich heute erlebt habe.»

Nein, das würde sie tatsächlich nicht.

«Na, erzähl, was hast du Schönes erlebt?»

Emilio legte den Kopf zur Seite und sah sie seltsam an. Ahnte er, dass sie gerade versuchte, ihn aufs Glatteis zu führen?

«Schön ist was anderes», antwortete er.

Na klar, er durfte ja nicht zugeben, dass er mit Tilda schöne Stunden verbracht hatte, überlegte Phina. Also würde er ihr gleich ein Märchen auftischen – und dabei ganz sicher Tilda mit keinem Wort erwähnen.

Er deutete zum Haus. «Komm, lass uns reingehen. Der Hof ist nicht der richtige Platz für das, was ich dir erzählen möchte.»

Aha, brauchte er Bedenkzeit?

«Aber eines kann ich dir gleich sagen: Wir haben in einem Bunker aus dem Zweiten Weltkrieg eine Leiche gefunden ...»

«Wir?»

«Ja, Tilda Kneissl und ich.»

Phina sah ihn perplex an. Jetzt hatte Emilio in wenigen Sekunden all ihre Erwartungen zunichte gemacht. Der Fund einer Leiche war so gravierend, dass es sich dabei um keine erfundene Geschichte handeln konnte. Auch dass er mit Tilda zusammen gewesen war, hatte er im gleichen Atemzug erwähnt. Was zwar an der Tatsache nichts änderte, aber er hatte sie nicht angeschwindelt.

Sie folgte Emilio ins Haus. Sie ärgerte sich, dass es ihr nicht gelungen war, ihn zu überrumpeln. Andererseits war es ihr erspart geblieben, sich zu blamieren. Das wäre unweigerlich passiert, wäre sie gleich in die Offensive gegangen. Dann stünde sie jetzt da wie eine eifersüchtige Kuh.

Als sie am Küchentisch saßen, konnte sie sich eine Bemerkung dennoch nicht verkneifen.

«Ich hab schon gehört, dass du dich mit Tilda getroffen hast», sagte sie.

«Ist ja auch kein Geheimnis», antwortete er völlig entspannt. «Tilda arbeitet an einem Fotoprojekt über den faschistischen Alpenwall im Obervinschgau. Bastian hat mir den Schlüssel für seinen Bunker gegeben ...»

Sie sah ihn überrascht an.

«Bastian hat einen Bunker?»

«Den hat er vor kurzem gepachtet, um dort seinen Lagrein in Amphoren reifen zu lassen.»

«Echt? Der Bastian ist ein Spinner.»

Emilio zuckte mit den Schultern. «Kann schon sein, aber wie du weißt, mag ich Spinner. Jedenfalls wollten wir uns seinen Bunker anschauen. Ich wegen der Amphoren und Tilda zum Fotografieren.»

Trotzdem hätte er ihr vorher von dem geplanten Ausflug erzählen können, dachte Phina. Aber das war typisch für ihn. Emilio sagte nur selten, was er vorhatte. Oft, weil er es am Morgen selber noch nicht wusste. Er war ein Langschläfer und kam nur langsam auf Touren.

«Und bei dieser Gelegenheit habt ihr eine Leiche gefunden?», fragte sie.

Wortlos hielt er ihr sein Handy entgegen.

Als sie das Bild sah, lief ihr ein Schauder über den Rücken.

«O mein Gott ...»

*

Im Folgenden erfuhr sie von Emilio die ganze Geschichte. Dass die Leiche im Bunker eingemauert gewesen war. Wie es zur Mumifizierung kommen konnte. Dass es sich bei der Toten offenbar um eine junge Frau handelte. Dass sie anfänglich wohl noch gelebt hatte … und in ihrem Verlies jämmerlich …

Phina hielt sich die Ohren zu. So genau wollte sie das nicht wissen. Und vorstellen wollte sie es sich noch viel weniger.

# 11

Für den Mann begann der Tag, so wie er es mochte. Mit einer Tasse Kaffee, frisch ausgepresstem Orangensaft, würzigen Vinschger Paarln, hausgemachter Marmelade … Dazu die aktuelle Tageszeitung. Es ging ihm gut, er konnte sich nicht beklagen. Schon länger hatte er keine Notwendigkeit mehr gesehen, in einer Kirche Buße zu tun und sich zu quälen. Offenbar gab es auch bei Todsünden eine moralische Verjährung, die zwar die Tat nicht ungeschehen machte, aber den Druck auf die Seele minderte.

Er schlug die Dolomiten *auf und las einen Artikel über eine Premiere im Stadttheater Bozen. Dann einen Autotest, den er wesentlich spannender fand. Des Weiteren erfuhr er, dass sich zwei Obstgenossenschaften zusammengeschlossen hatten, doch das wusste er sowieso schon. Bei Gröden war ein Reisebus mit einer Seniorengruppe aus Wien von der Straße abgekommen. Ernstlich verletzt wurde dabei nur eine Kuh, die unglückseligerweise im Weg stand. Das wenigstens war amüsant – nur nicht für die Kuh.*

*Gerade wollte er die Zeitung zur Seite legen, weil ihn nichts wirklich interessierte, da fiel sein Blick auf die Überschrift einer kurzen Nachricht …*

*Von einer Sekunde auf die andere wurde ihm schwindlig. Kalter Schweiß trat auf seine Stirn. Er rang nach Luft …*

Leichenfund im Vinschgauer Bunker, *lautete die Headline.*

*Wie konnte das sein? Nein, bitte nicht …*

*Es folgten nur wenige Zeilen:* In einem Bunker bei Mals wurde gestern die Leiche einer Frau entdeckt. Ihr Tod liegt offenbar schon länger zurück. Die näheren Umstände ihres Ablebens sind ebenso unklar wie die Identität der Frau. Derzeit wird der Leichnam von der Bozner Gerichtsmedizin untersucht. Ein Gewaltverbrechen ist nicht auszuschließen. Die Polizei ermittelt.

*Mit einer fahrigen Handbewegung stieß er das Glas Orangensaft um. Er hatte Mühe, sich auf dem Stuhl zu halten. Plötzlich konnte er nicht mehr scharf sehen. Hinter seinen Schläfen pochte es.*

*Fühlte es sich so an, wenn man kollabierte? Würde er die nächsten Minuten überleben?*

*Unsinn. Er war ein Mann in den besten Jahren, da starb man nicht so einfach. Schon gleich nicht im Sitzen beim Lesen der Zeitung.*

*Aber vielleicht wäre es sogar das Beste für ihn. Einfach die Lichter ausknipsen. Servus, ciao! Ende der Vorstellung.*

*Es gelang ihm, sich zu beruhigen. Leicht fiel ihm das nicht, denn die Nachricht in der Zeitung hatte ihm … den Boden unter den Füßen weggezogen. Gott sei Dank war er gerade alleine, da musste er seine Panikattacke niemandem erklären und nicht nach Ausflüchten suchen.*

*Langsam setzte auch sein Verstand wieder ein. Nun denn, man hatte die Leiche gefunden. Damit war zwar nicht zu rechnen gewesen – aber war das so schlimm? Außerdem müsste es im Artikel wohl richtiger heißen, dass man die Knochen einer Leiche gefunden hatte. Er hatte mal gelesen, dass nach ungefähr vier Jahren von einem Verstorbenen im Sarg nur noch das Knochenskelett übrig sei. Vier Jahre? Dobra war schon länger tot. Ihre Identität würde nicht mehr festzustellen sein. Und selbst wenn, es würde keine Spur geben, die zu ihm führte. Warum regte er sich also auf?*

*Mittlerweile hatte er sich wieder im Griff. Sein Atem hatte sich beruhigt. Nichts würde passieren, gar nichts.*

*Er sah auf die Uhr. Gleich musste er los. Mit dem Auto. Gut so, am Steuer konnte er sich schon immer am besten ablenken – und seine Aggressionen abreagieren.*

# 12

Erneut war Emilio auf dem Weg ins Obervinschgau. Diesmal ohne Tilda. Er hatte sich mit dem Apfelbauern Gustl Mayr verabredet, um mit ihm über seinen Bunker zu reden. Mayr wusste, dass Emilio dort eine Leiche gefunden hatte. Und zwar hinter der verputzten Mauer, nach der Bastian Steingruber am Telefon gefragt hatte. Details aber wusste er nicht. Auch hatte sich die Polizei bei ihm noch nicht gemeldet. Was Emilio kaum überraschte. Sandrini hielt Wort und kümmerte sich zunächst um Fälle, die ihm wichtiger erschienen.

Gustl Mayr sollte auf ihr Gespräch also fast so neugierig sein wie er selbst. Ob er ihrem Treffen allerdings entspannt entgegensah, konnte man nicht wissen. Höchstwahrscheinlich schon – allerdings nicht, wenn …

Emilio runzelte die Stirn. Nun ja, rein hypothetisch könnte der Apfelbauer Mayr auch der Mörder sein. Dann wäre er gerade nicht ganz so entspannt. Bald würde er es wissen.

Emilio hielt sich für einen guten Psychologen. Er glaubte, in den Gesichtern der Menschen lesen zu können, er interpretierte ihre Mimik und achtete auf ihre Körpersprache. Er spürte, wenn sie nervös wurden. Oder wenn sie im Begriff waren, ihn anzulügen. Oft ahnte er sogar, was sie als Nächstes vorhatten.

Er erinnerte sich an gestern Abend. Schon als er auf dem Hof vorfuhr und aus dem Auto stieg, hatte er bemerkt, dass Phina unter Strom stand. Bei ihr tat er sich natürlich besonders leicht, weil er sie kannte. Auch ihre Stimme. «Hallo, mein

Lieber, schon da?», hatte sie zur Begrüßung gesäuselt. Das war nicht ihre Art zu sprechen. Sie war eine Frau der klaren Worte. Süßholzraspeln gehörte nicht zu ihrem Repertoire. Außerdem signalisierte ihre angespannte Körperhaltung, dass was im Busch war. Und dann: «Na, erzähl, was hast du Schönes erlebt?» Spätestens da war ihm klar gewesen, worauf sie hinauswollte. Offenbar hatte sie erfahren, dass er mit Tilda zusammen gewesen war. Und jetzt wollte sie ihn zur Rede stellen. Dazu hätte sie schon einige Male Grund gehabt, worauf er nicht stolz war, aber ausgerechnet am gestrigen Tag hatte er ein reines Gewissen. Weil er somit geahnt hatte, was ihm drohen würde, war er in der Lage gewesen, ihr Vorhaben im Ansatz zu ersticken. Frei nach Clausewitz: *Angriff ist die beste Verteidigung.* Dafür hatte es nicht mehr bedurft, als von sich aus und wie selbstverständlich Tilda zu erwähnen … In Kombination mit ihrem spektakulären Leichenfund war aus dem heiklen Thema erst mal die Luft raus. Aber nicht für immer, das war ihm klar. Er war also gut beraten, sich eine Strategie zurechtzulegen. Doch wie könnte diese aussehen? Allzu viele Optionen gab es nicht. Im Grunde nur zwei. Und beide gefielen ihm nicht.

Emilio zwang sich, seine Gedanken auf die Gegenwart zu lenken und sich auf das bevorstehende Treffen mit dem Apfelbauern Mayr zu konzentrieren. Hoffentlich konnte er auch bei ihm erahnen, was in seinem Kopf vorging.

Plötzlich überholte ihn hupend ein giftgrün lackierter Lieferwagen, der dann so knapp vor ihm einscherte, dass er bremsen musste. Emilio hob empört den Mittelfinger. Schließlich fuhr er in seinem alten Landrover exakt die vorgeschriebene Höchstgeschwindigkeit – mit durchgedrücktem Gaspedal. Kein Grund also, ihn zu behandeln wie ein rollendes Verkehrshindernis.

Emilio beschloss, sich nicht zu ärgern. In der Ruhe lag die

Kraft. Außerdem würde der Kerl gleich seine verdiente Strafe bekommen, denn hinter der nächsten Kurve lauerte eine automatische Radarfalle. Die kannte er von gestern.

Drei, zwei eins ... Bingo. Er konnte sich ein Grinsen nicht verkneifen.

*

Eine halbe Stunde später hatte er sein Ziel erreicht. Er fuhr auf den Parkplatz – und entdeckte den giftgrünen Lieferwagen. Erst jetzt sah er die Aufschrift: «Apfelgut Gustl Mayr & Sohn». Na klar, der Raser war längst da. Alternativ hätte er im Straßengraben landen können.

Emilio fand den Weg ins Büro des Chefs. Gustl Mayr begrüßte ihn mit dem kräftigen Händedruck eines Bauern. Auch sonst machte er einen kernigen Eindruck. Er hatte ein kariertes Hemd an und trug den typischen blauen Schurz, ohne den sich traditionsbewusste Südtiroler «nur halb angezogen» fühlten.

Mayr deutete auf eine Sitzecke.

«Nehmen S' Platz, Herr Baron. Der Steingruber hat mir schon von Ihnen erzählt. Sie sind so eine Art Sherlock Holmes, habe ich recht?»

Emilio lachte. «Mein Freund übertreibt schamlos. Ich bin nur ein unbedeutender und minderbegabter Privatdetektiv, der gelegentlich Ermittlungsaufträge übernimmt.»

«Soso, minderbegabt ... Warum suchen Sie sich dann nicht einen anderen Job?»

Emilio dachte noch darüber nach, was er auf diese despektierliche Bemerkung entgegnen sollte, da schlug sich der Gustl Mayr feixend auf den Oberschenkel.

«Das war ein Scherz, Herr Baron. Nun erzählen S' schon, warum sind Sie hier?»

«Ich denke, das wissen Sie.»

«*Sell woll*, wegen der Leich, die Sie in meinem Bunker gefunden haben. Aber deshalb hätten S' ja nicht zu mir kommen müssen.»

«Nein, hätte ich nicht. Aber ich hoffe, Sie können mir ein bissel was über den Bunker erzählen. Außerdem will ich Ihnen ein Foto der Toten zeigen ...»

«Und ich soll Ihnen sagen, ob ich die Frau kenne. *I verstea.* Dann zeigen S' schon her.»

War er nervös, aufgeregt? Er machte nicht den Eindruck.

Emilio zeigte ihm das Foto – ohne ihn vorzuwarnen, was er gleich zu sehen bekam.

Mayr riss entsetzt die Augen auf. «Heilige Mutter Maria, wie schaut denn die aus? Wie eine Schwester vom Ötzi ...»

«Ist allerdings fünftausend Jahre jünger.»

«*Sigg man ihr aber nitt an.* Dem roten Kleidl schon, aber ihr selbst nicht ...»

«Nach Ansicht des Gerichtsmediziners lag die Leiche höchstens zehn Jahre im Bunker; länger liegt ihr Tod nicht zurück.»

«Wirklich? Warum schaut sie dann so grausig aus?»

«Das liegt an den besonderen Bedingungen im Bunker. Da braucht's für eine Mumifizierung nicht lange.»

«*Jo verreck ...*»

Emilio dachte, dass der Kraftausdruck im doppelten Sinne passend war. Und auch, dass es Zeit wurde, sein Gegenüber etwas zu verunsichern.

«Seit wann gehört Ihnen eigentlich der Bunker?»

Mayr schüttelte immer noch ungläubig den Kopf. «Höchstens zehn Jahre ist s' tot, haben Sie g'sagt ... *des glab i nitt.*»

«Ist aber so. Deshalb noch mal: Seit wann gehört Ihnen der Bunker?»

«Da muss ich nachdenken ... Ungefähr fünfzehn Jahre

wird's wohl her sein. Damals konnte man sich von der Fraktionsverwaltung für sechstausend Euro einen solchen Bunker ersteigern. Ich hab mir gedacht, das ist nicht viel Geld für so viel Beton. Außerdem steht er auf meinem Grund ... Eigentlich a Frechheit. Meinen Vater haben die Faschisten Ende der dreißiger Jahre enteignet, jetzt hab ich unsere eigene Parzelle zurückkaufen müssen. *Ober scheiß drauf.* Ich hatte die Idee, im Bunker meine landwirtschaftlichen Maschinen unterzustellen. Ich hab schon mit den Umbauten angefangen, dann aber festgestellt, dass der Aufwand zu hoch ist. Sie müssen sich vorstellen – die Außenmauern sind fast sechs Meter dick ... brutal. Mit dem Pressluftbohrer *kemmen S' do nitt durch* ...»

Emilio fand es bemerkenswert, dass der Apfelbauer gerade laut über die Sinnhaftigkeit des Bunkerkaufs nachdachte. Würde er das machen, wenn er etwas mit der Leiche zu tun hatte? Oder war das ein gezieltes Ablenkungsmanöver? In diesem Fall wäre er besonders ausgekocht.

«Die Frau wurde also zu einem Zeitpunkt eingemauert, als Sie schon der Besitzer des Bunkers waren», schlussfolgerte Emilio.

«Falls der Leichendoktor recht hat, dann wird's wohl so gewesen sein.» Er zuckte mit den Schultern. «Ich kann's nicht ändern. Wenn sich jemand an einem meiner Apfelbäume aufhängt, bin ich genauso unschuldig.»

Da hatte er recht. So konnte man es sehen. Vor allem, wenn er wirklich so ahnungslos war, wie er tat.

«Früher war der Bunker allgemein zugänglich, richtig?»

«Allgemein zugänglich? Sie meinen, dass *a jeder hat innikennen*? Ja, da haben'S recht. Vor einigen Jahren habe ich dann ein Eisentor angebracht und abgeschlossen. Ich wollt ja nicht, dass sich in meinem Bunker noch einer das Genick bricht ...»

«Vor wie vielen Jahren genau?»

«Mit dem Tor? Da muss ich nachdenken. Ich glaub, vor fünf Jahren … oder sechs. Da müsste ich in den Rechnungen nachschauen. Warum wollen S' das wissen …? Ach so, ich versteh. Irgendwie muss die Leich ja reingekommen sein.»

«Auch der Mörder.»

Er zuckte zusammen. «Mörder? Ist die Frau vielleicht umgebracht worden?»

War er begriffsstutzig? Oder warum hatte er das nicht kapiert?

«Die Frau wurde auf grausame Weise umgebracht. Und zwar in Ihrem Bunker.»

«*Voter in Himml*, das darf nicht sein.»

«Ist aber so. Deshalb ist es wichtig, zu welchem Zeitpunkt Sie das Tor eingebaut haben.»

«Ich werde in meinen Unterlagen nachschauen.»

«Sobald wir vom Gerichtsmediziner den genauen Todeszeitpunkt erfahren, werden wir wissen, ob das vorher war … oder ob der Mörder einen Schlüssel hatte.»

Mayr kniff die Augen zusammen. «*Des g'fallt mr nitt*, dass Sie diese Möglichkeit in Betracht ziehen.»

«Warum? Wer hatte denn alles einen Schlüssel?»

«Nur ich.» Er deutete auf seinen Schreibtisch. «Der Schlüssel lag immer in der Schublade. Jetzt hat ihn der Bastian Steingruber.»

«Alles klar. Warten wir also ab, was der Gerichtsmediziner sagt. Und Sie suchen bitte in der Zwischenzeit raus, wann das Tor eingebaut wurde.»

«Das mache ich, aber es ist Ihnen hoffentlich klar, dass ich mit der Leich nichts zu tun hab.»

Emilio beließ es bei einem angedeuteten Nicken. Denn so klar war das natürlich nicht. Zwar hatte er den Eindruck, dass ihn der Apfelbauer nicht belog. Was nicht ausschloss, dass er die Tote sehr wohl gekannt hatte, aber sie halt in ihrem Zustand auf dem Foto nicht erkennen konnte. Theoretisch könnte er ihm auch etwas vorspielen – und sehr wohl Dreck am Stecken haben. Es war entschieden zu früh, ein Urteil zu fällen.

«Was machen die asiatischen Apfelwanzen?», wechselte Emilio abrupt das Thema.

Mayr sah ihn überrascht an.

«Hat Ihnen der Bastian Steingruber davon erzählt? *Halyomorpha halys* heißen s' auf Lateinisch. Die Scheißdinger bohren meine Äpfel an. Wenn ich könnte, würde ich jede einzeln erschlagen.»

«‹Erschlagen› ist ein wenig unpassend.»

«Warum?»

«Weil die Frau im Bunker auch erschlagen wurde. Niedergeschlagen trifft's besser, denn sie hat noch gelebt, als sie eingemauert wurde.»

«*Oje, dia G'schicht weard ja olaweil grausiger.* Stimmt das auch alles, was Sie mir grad erzählen? Sie sind ja nicht von der Polizei …»

«Kann sein, dass die sich bei Ihnen auch noch meldet.»

«*Sell fahlat mr nou.*»

«Aber die Polizei wird Ihnen nichts anderes sagen …»

Emilio hörte, dass gerade jemand in seinem Rücken das Büro betrat.

«Was soll uns die Polizei sagen?», mischte sich der Besucher in ihr Gespräch.

Emilio drehte sich um. Ein junger Mann stand breitbeinig vor ihm. Nun ja, jung war relativ. Vielleicht Mitte dreißig. Groß gewachsen und forsch im Auftreten.

«Mein Sohn Ludwig», stellte ihn Mayr vor.

«Und wer sind Sie?», herrschte der Sohn Emilio an.

Höflich war was anderes.

«Ritzfeld mein Name», antwortete Emilio, ohne ihm die Hand zu reichen. Der Mann war ihm auf Anhieb unsympathisch. Was relativ ungünstig war, wenn man in einem Mordfall ermittelte. Weil es dann schwerfiel, objektiv zu urteilen.

«Ich habe mit Ihrem Vater gerade über seinen Bunker gesprochen …», gab er ihm dennoch eine Erklärung, «in dem gestern eine Leiche gefunden wurde.»

«Die Leiche war in unserem Bunker?»

Tat er nur so, oder war er wirklich überrascht?

«Ich hab's heute früh in der Zeitung gelesen», fuhr er fort.

Emilio kannte die Meldung. Er hatte sie selber heute Morgen in den *Dolomiten* entdeckt. Und sich amüsiert, dass Sandrini offenbar wirklich nur das Allernötigste mitgeteilt hatte. Weniger ging nicht. Und tatsächlich ging aus der Meldung nicht hervor, um welchen Bunker es sich konkret handelte.

«Welcher Idiot hat eigentlich die Leiche gefunden?», fragte Ludwig. «Und was hatte der in unserem Bunker zu suchen?»

Emilio dachte, dass er den Idioten nicht persönlich nehmen sollte. Natürlich tat er es dennoch.

«Ludwig, die Leiche hat der Baron …», versuchte der Alte ihn aufzuklären.

Doch Emilio fiel ihm ins Wort. Er blickte Ludwig direkt ins Gesicht und herrschte ihn an: «Sagen Sie mal, waren Sie das, der mich vorhin wie ein Geistesgestörter mit dem grünen Lieferwagen Ihrer Firma überholt und zum Bremsen gezwungen hat?»

«*Jo und?* Demnach sind Sie der Fahrer von dem schrottreifen Landrover auf unserem Besucherparkplatz?»

«Der Wagen ist ein seltenes Sammlerstück und in einem einwandfreien technischen Zustand», stellte Emilio richtig.

«Sammlerstück? Da lachen ja die Hühner.»

Emilio sah ihn schief lächelnd an. Dieser Ludwig hatte es

in Rekordzeit geschafft, sich bei ihm so richtig unbeliebt zu machen. Er spielte mit dem Knauf seines Gehstocks. Rein hypothetisch: Was, wenn er leicht erregbar wäre, mit verminderter Impulskontrolle? Dann könnte es doch sein, dass er jetzt seinen Stock entriegelte, den Degen herauszog und diesen Schnösel aufspießte. Eine in früheren Jahrhunderten durchaus gebräuchliche Reaktion zum Zwecke der Satisfaktion. Emilio hatte ab und zu solche Phantasien. Selbstredend wusste er sich zu beherrschen. Doch schon der Gedanke erfreute ihn und ließ ihn lächeln.

«Was gibt's zu grinsen?», fragte Ludwig.

«Das wollen Sie nicht wissen», gab Emilio zur Antwort.

Er hielt dem Junior sein Handy mit dem Bild der Toten hin.

«Kennen Sie die Frau?», fragte er.

Ludwig zuckte zusammen.

*«Jo wie schauggt denn die aus?»* Er brauchte einen Moment. «Keine Ahnung, ob ich die kenne. Weiß ja nicht, wie sie zu Lebzeiten ausgesehen hat. Außerdem dürfte sie wohl schon lange vor meiner Geburt gestorben sein.»

Da täuschte er sich. Oder wusste er, dass das nicht stimmte?

«Und das Kleid?»

«Ich bin kein Spezialist für Damenoberbekleidung.»

Warum konnte der Kerl nicht normal antworten?

«Ich nehme an, Sie kennen den Bunker von innen?»

«Na klar. Als Kinder haben wir darin gespielt und später Partys gefeiert. Super Location dafür. Aber warum wollen Sie das wissen? Wer sind Sie überhaupt, dass Sie solche Fragen stellen?»

«Ich bin Privatdetektiv und ermittle im Mordfall besagter Bunkerleiche.»

«Besagter Bunkerleiche? Sie haben eine komische Art, sich auszudrücken. In wessen Auftrag ermitteln Sie?»

Gute Frage! Im Auftrag der Toten?

«Mein Kunde möchte anonym bleiben», gab Emilio zur Antwort.

Weil er zum Schluss kam, dass eine Fortsetzung des Gesprächs nichts bringen würde, stand Emilio auf und verabschiedete sich. Dem Mayr senior gab er die Hand und bedankte sich für die Auskünfte. Sobald er Genaueres zum Todeszeitpunkt wisse, würde er sich melden. Den Junior ignorierte er. Aber nur für den Augenblick. In Zukunft würde er ihn genauer unter die Lupe nehmen. Und zwar schon bald.

# 13

Wo hatte diese Kröte seine Durchwahl her? Normalerweise landeten alle Anrufe in seinem Vorzimmer bei Mariella, die im Abwimmeln von neugierigen Journalisten Routine hatte. Was es mit der Leiche im Vinschgau auf sich habe, wollte der Reporter wissen. Commissario Sandrini dachte, dass ihn das einen Scheißdreck anging. Aber ganz so deutlich wollte er es ihm nicht sagen. Schlechte Presse brauchte er gerade so nötig wie einen Kropf. Also beherrschte er sich und antwortete ihm, dass es bislang zu seinem Bedauern keine neuen Erkenntnisse gebe. Nein, er könne ihm aus ermittlungstechnischen Gründen den genauen Fundort nicht mitteilen. Auch sei die gerichtsmedizinische Untersuchung noch im Gange. Mit Ergebnissen sei erst in den nächsten Tagen zu rechnen. Zum gegebenen Zeitpunkt würde er eine Pressekonferenz ansetzen.

Sandrini überlegte, wie er den Reporter ruhigstellen könnte. Er hatte gerade wirklich keine Nerven, Fragen zur verschrumpelten Mumie zu beantworten. Die war schon so lange tot, die konnte warten. Zunächst musste er den Mord am Zuhälter aufklären, gleichzeitig im Fall des Drogenrings von Don Bosco weiterkommen. In beiden Fällen hatte er seine Vorgesetzten und die Staatsanwaltschaft im Nacken. Nach der Toten aus dem Bunker krähte kein Hahn. Damit das auch so blieb, warf er dem Reporter einen Köder hin. Er verriet ihm unter dem Siegel der Verschwiegenheit ein bislang noch unbekanntes Detail beim Zuhältermord. Und er deutete an, in welche Richtung die

Ermittlungen liefen. Der Reporter stieg darauf ein. Jetzt hatte er was zum Recherchieren. Die Leiche im Vinschgau dürfte er fürs Erste vergessen haben. Hoffentlich.

Sandrini legte auf und atmete tief durch. Gerade noch gut gegangen. Es blieb also dabei: Emilios tote Leiche … nun ja, Leichen waren immer tot, aber diese besonders … Also seine mausetote Leiche, die aussah wie eine Gruselfigur aus der Geisterbahn, würde sich gedulden müssen. Mit etwas Glück kam der Baron in der Zwischenzeit voran. Zwar verbot es sich, Polizeiarbeit outzusourcen, sie also von einem externen Amateur erledigen zu lassen … Sandrini stutzte kurz und korrigierte sich sogleich: Ein Amateur war der Baron ganz gewiss nicht, nur gelegentlich etwas unkonventionell in seiner Vorgehensweise. In Wahrheit beneidete er ihn um seine Freiheiten. Als Commissario war er an Vorschriften und Dienstanweisungen gebunden. Sonst wäre er sicher genauso genial wie der Baron … Genial? Nun, das war übertrieben. Aber gelegentlich hatte Emilio seine lichten Momente, das musste er zugeben.

Jedenfalls würde er ihm im Falle der Bunkerleiche keine Knüppel zwischen die Beine werfen. Sollte der Baron doch ruhig beim Professor Turmstaller in der Gerichtsmedizin herumspionieren. Er würde so tun, als ob er davon nichts erfuhr. Wenn Emilio bei seinen Ermittlungen weiterkam, sollte es ihm recht sein. Sandrini überlegte, dass er sogar einen Schritt weitergehen und dem Baron über Mariella eigentlich vertrauliche Informationen zuspielen könnte. Er kratzte sich am Kopf. Wenn es denn welche gäbe, was vorläufig nicht der Fall war. Aber das machte nichts – weil es ihn im Prinzip nicht interessierte. Er öffnete seine Schublade und schraubte ein Fläschchen Fernet-Branca auf. Ab jetzt galt seine volle Konzentration wieder dem toten Zuhälter aus dem Froschbrunnen und den Drogendealern von Don Bosco.

# 14

*Mortui vivos docent* stand über dem Eingang des Sektionssaals. Emilio blieb kurz stehen und dachte über das Motto nach. «Die Toten lehren die Lebenden» – nun, das war als Leitspruch für die Pathologie zweifellos passend. Emilio wusste zwischen Pathologen sowie Rechtsmedizinern beziehungsweise Forensikern zu unterscheiden. Letztere waren für die Opfer von Gewaltverbrechen zuständig. Pathologen suchten dagegen nach den Ursachen von Erkrankungen. Die Obduktion von verstorbenen Patienten gehörte dazu, war aber nur ein Teilbereich. Doch die Lebenden lehrten die Toten in beiden Fällen – vorausgesetzt, sie gaben ihre Geheimnisse preis. Professor Turmstaller galt auf seinem Gebiet als Koryphäe. Also gab es Grund zur Hoffnung, dass unter seiner gründlichen Examination die mumifizierte Leiche Rede und Antwort stehen würde. *Mortui vivos docent.* Auf dass er von ihr so viel wie möglich erfuhr. Als Lebender wollte Emilio von ihr Hinweise bekommen, die ihn zu einem anderen Lebenden führten: zu ihrem Mörder! Sei er männlich oder weiblich. Egal, ob es sich um eine oder mehrere Personen handelte …

Zunächst musste die Leiche ihre Identität preisgeben, musste verraten, wer sie war und warum man sie womöglich umgebracht hatte. Auch Tote konnten sprechen, nur verstand man sie nicht sofort.

Emilio traf den Professor nicht im Sektionssaal an. Er dachte an Fernsehkrimis, in denen die Forensiker gerne bei ihrer Arbeit gezeigt wurden. Um zu demonstrieren, wie abgebrüht sie waren, ließ man sie dabei gerne etwas essen. Ein belegtes Brot oder zumindest einen Apfel – direkt neben dem aufgeschnittenen Leichnam.

Professor Turmstaller hatte er noch nie im Sektionssaal essen sehen. Das war nicht zuletzt ein Gebot des Respekts den Toten gegenüber. Und für Emilio ein weiterer Grund, sich Fernsehfilme nur dann anzuschauen, wenn ihn Phina dazu nötigte. Sonst wusste er mit seiner Zeit Besseres anzustellen. Zum Beispiel ein Buch zu lesen. Oder, noch besser: gar nichts zu tun! Frei nach Oscar Wilde: «Nichtstun ist die allerschwierigste Beschäftigung und zugleich diejenige, die am meisten Geist voraussetzt.» Einen wichtigen Hinweis hatte Wilde dabei vergessen: Mit einem Glas Wein klappte das kultivierte Nichtstun am besten. Jedenfalls nach Emilios nicht unbeträchtlicher Lebenserfahrung.

Professor Turmstaller saß in seinem Büro im ersten Stock und bereitete eine Vorlesung vor.

«Der Herr Baron, habe die Ehre», begrüßte er ihn.

«Professor, seien Sie herzlich gegrüßt.»

Emilio sah auf die Uhr.

«Waren Sie eigentlich schon beim Essen?»

«Warum? Wollen Sie mich einladen?»

«Gerne. Haben Sie Zeit?»

Turmstaller lachte. «Zeit habe ich natürlich keine. Aber ich nehme sie mir.»

«Wunderbar. Jetzt gleich?»

«Ja, aber erst setzen Sie sich bitte hin. Was ich Ihnen zur Toten aus dem Bunker erzählen kann, ist nicht für fremde Ohren geeignet.»

Emilio freute sich, dass der Professor ihm bereitwillig Auskunft geben wollte. Er hatte es gehofft. Selbstverständlich war es aber nicht.

«Übrigens habe ich vorhin einen merkwürdigen Anruf aus dem Büro von Commissario Sandrini bekommen», berichtete Turmstaller. «Seine Sekretärin …»

«Mariella.»

«Richtig, also diese Mariella hat mich gebeten, den Obduktionsbefund erst nach Abschluss aller Untersuchungen ins Kommissariat zu schicken.»

«Was ist daran merkwürdig?»

«Na ja, das kann dauern. Normalerweise will Sandrini so schnell wie möglich einen Zwischenbericht.»

Emilio schmunzelte. Offenbar wollte Sandrini den Fall tatsächlich auf die lange Bank schieben.

«Wirklich merkwürdig aber war», fuhr Turmstaller fort, «dass mir Mariella von Sandrini ausrichtete, ich dürfe dem Herrn Baron gerne ausführlich und im Detail die Ergebnisse meiner forensischen Untersuchungen mitteilen. Allerdings ausdrücklich nur in diesem speziellen Fall. Verstehen Sie das?»

Emilio nickte. «Der Commissario leidet momentan unter Arbeitsüberlastung.»

Turmstaller grinste. «Das tut er immer, selbst wenn es für ihn nichts zu arbeiten gibt.»

«Deshalb entdeckt er gerade das Delegationsprinzip. Ich soll mir wohl für ihn den Kopf zerbrechen. Er steigt erst dann in die Ermittlungen ein, wenn die Vorarbeit erledigt ist.»

«Verstehe. Aber warum machen Sie da mit?»

Emilio zuckte mit den Schultern. «Weiß auch nicht. Aber irgendwie fühle ich mich dazu verpflichtet. Schließlich habe ich die Leiche entdeckt. Warum ausgerechnet ich? Weil es das Schicksal so wollte? Damit ich ihren Mörder finde? Sandrini möchte ich das nicht überlassen. Er würde nur halbherzig suchen – und die Ermittlungen so bald wie möglich einstellen.»

«Da haben Sie vermutlich recht. Also fangen wir an. Wollen Sie es populär oder fachmedizinisch?»

«Gerne in einer Sprache, die ich auf Anhieb verstehe.»

Turmstaller lächelte. «Also fachmedizinisch. Als gebildeter Mensch mit Lateinkenntnissen werden Sie vermutlich das meiste verstehen.»

Emilio wehrte ab. «Nein, bitte nur die wesentlichen Fakten in Laiendeutsch.»

«Schade. Nun gut, dann fasse ich zusammen. Der Todeszeitpunkt lässt sich nicht exakt bestimmen, aber ich gehe davon aus, dass die Frau vor sechs bis sieben Jahren zu Tode gekommen ist. Dafür sprechen alle wesentlichen Parameter – bis hin zu den Bedingungen im Bunker. Nächster Punkt: Wie alt war sie zum Zeitpunkt ihres Ablebens? Die Methoden der forensischen Altersdiagnostik erlauben eine klare Einschätzung: Das Opfer war Ende zwanzig. Sagen wir achtundzwanzig bis höchstens einunddreißig. Übrigens spricht einiges dafür, dass es sich um eine gut gewachsene und vermutlich hübsche Frau gehandelt hat. Mit blonden, schulterlangen Haaren. Sie war etwa ein Meter siebzig groß. Leider hatte sie gesunde Zähne …»

«Warum leider?»

«Weil man sonst anhand von Füllungen oder Kronen womöglich ihren Zahnarzt ausfindig machen könnte. Auch hatte sie noch ihren Blinddarm und ihre Mandeln. Da kommen wir also ebenfalls nicht weiter. Keine größeren Narben oder Knochenbrüche. Die Frau war aus medizinischer Sicht in einer ausgezeichneten Verfassung. Labortechnische Untersuchungen laufen zwar noch, aber bislang deutet nichts auf irgendwelche Erkrankungen hin.»

Emilio dachte, dass sich wohl jeder Patient über einen solchen ärztlichen Befund freuen würde. Nur blieb der jungen Frau die Freude versagt – sie war tot.

«Was die Verletzung am Hinterkopf betrifft», fuhr der Professor fort, «ist diese auf einen kräftigen Schlag mit einem großen, stumpfen Gegenstand zurückzuführen. Die Computertomographie zeigt Knochenabsplitterungen, ebenso ist eine Blutansammlung unter der Schädeldecke festzustellen. Aber gestorben ist sie nicht daran. Die Frau dürfte ohnmächtig eingemauert worden sein. In ihrem Verlies ist sie wohl wieder zu Bewusstsein gelangt. Sie hat abgebrochene Fingernägel, weil sie wahrscheinlich an der Mauer gekratzt hat. Das müsste sich durch den Bericht der Spurensicherung bestätigen lassen. Jedenfalls ist die gute Frau letztlich verdurstet, also durch Herzstillstand nach Nierenversagen verstorben. Das dauert normalerweise zwischen drei und sieben Tagen. Exitus. Das war's dann.»

«Kein schöner Tod.»

«Definitiv nicht. Wobei der Tod selten schön ist.»

Da hatte der Professor recht, dachte Emilio. Obwohl man über den Zustand des Todes ja nicht viel weiß. Entscheidend sind die Bedingungen des Sterbens – und die waren bei der eingemauerten Frau ganz sicher schrecklich.

«Ich kann Ihnen einen vorläufigen Bericht mitgeben», sagte der Professor. «Sandrini will ihn ja nicht.»

«Ja, gerne.»

«Ich hoffe, Ihnen ist nicht der Appetit vergangen. Ich würde jetzt nämlich gerne auf Ihre Essenseinladung zurückkommen.»

«Ich habe einen robusten Magen.»

Emilio machte Anstalten aufzustehen.

«Einen kurzen Moment noch. Eine Information habe ich Ihnen nämlich bislang vorenthalten.»

Emilio sah ihn fragend an.

«Die junge Frau war im fünften Monat schwanger!»

Emilio schluckte. Hatte er gerade gesagt, er habe einen robusten Magen? Die Frau war schwanger gewesen … Also hatte der Täter einen Doppelmord begangen …

«Es wäre ein Mädchen geworden.»

«Fragt sich, ob der Mörder von ihrer Schwangerschaft wusste», überlegte Emilio laut.

«Das kann ich Ihnen nicht sagen. Manchen Frauen sieht man den fünften Monat nicht an.»

«Womöglich liegt hier sogar das Motiv begründet …», setzte Emilio seinen Gedankengang fort. «Der Vater des ungeborenen Kindes könnte uns vielleicht weiterhelfen.»

«Mag sein.»

«Bevor ich mich auf die Suche nach dem Vater machen kann, müsste ich erst die Identität der jungen Frau herausfinden.»

«Vielleicht hilft Ihnen das bei Ihrer Suche …»

Professor Turmstaller überreichte Emilio … ein goldenes Kettchen.

«Die ist vom Fußknöchel der Toten. Wir haben die Kette gereinigt und poliert. Zwischen den Gliedern gibt's kleine Herzchen, alle unterschiedlich in der Form. Und einen winzigen eingefassten Edelstein. Nichts Wertvolles. Es sieht aber nach einer Juwelierarbeit aus. Leider gibt's keine Gravur, außer der, dass es sich um Gold handelt.»

Emilio schaute ihn ungläubig an. Dass seine Hilfsbereitschaft so weit gehen würde, hätte er nicht gedacht.

«Die kann ich haben?»

Turmstaller grinste. «Als Leihgabe. Nicht zum Weiterverschenken.»

Emilio sah sich die Kette genauer an. Tatsächlich schien es sich um ein Einzelstück zu handeln, jedenfalls nicht um eine Industrieware aus Fernost …

Der Professor stand auf. «So, jetzt können wir gehen.»

# 15

Südtiroler Sektrisotto mit Pseirer Saibling, Radieschen, Granny Smith und Kresse ... Aber kein Dessert! Weder weiße Schokolade an Himbeeren noch zweierlei Sorbets mit Früchten. Emilio fand, dass man es nicht übertreiben sollte. Und Professor Turmstaller stimmte dem freiwilligen Verzicht zu – vor allem, weil er Probleme mit seinem Zuckerstoffwechsel hatte.

Sie saßen über den Bozner Lauben auf der Dachterrasse vom Restaurant Thaler arôme. Während Touristen, die den Weg hierher gefunden hatten, den weiten Blick über die Dächer der Altstadt und den Dom auf den gegenüberliegenden Kohlerer Berg genossen, steckten Emilio und der Professor ihre Köpfe in die Weinkarte. Als Ersatz für die Nachspeise suchten sie nach einem geeigneten Süßwein. Sie entschieden sich für ein Passito Cuvée aus Gewürztraminer und Sauvignon. Ein Dessert wäre billiger gekommen. Wie sich der Süßwein auf Turmstallers Blutzucker auswirkte, war Emilio egal.

Eine halbe Stunde später verabschiedeten sie sich. Sie hatten es fertiggebracht, während des ganzen Essens die tote Frau mit keinem Wort zu erwähnen. Eine stillschweigende Übereinkunft, um die kleinen Freuden des Lebens ungetrübt genießen zu können. Der Professor machte einen schläfrigen Eindruck. Emilio vermutete, dass er zunächst wohl ein Nickerchen machen würde. Nicht auf dem Seziertisch, sondern auf dem abgewetzten Sofa in seinem Arbeitszimmer.

Emilio dagegen fühlte sich munter genug, um einen weiteren Termin wahrzunehmen. In der Jackentasche hatte er die Herzchenkette vom Fußgelenk der Toten. Seine vorläufig wohl einzige Spur, um die Identität der Frau herauszufinden. Groß war die Chance nicht, denn die Kette musste ja nicht zwingend aus Südtirol stammen. Aber vielleicht eben doch. Er würde morgen damit beginnen, die in Frage kommenden Juweliere zwischen Bozen und dem Vinschgau abzuklappern. Heute stand dagegen noch ein Damenbesuch auf seiner Agenda. Nein, nicht bei Tilda in Sterzing, sondern bei einer Dame, die sehr viel näher weilte – nur einen kurzen Spaziergang entfernt.

Emilio lief durch die Kapuzinergasse, dann quer rüber zum *Museion* und von dort zur Drususbrücke, von wo es nur noch wenige Schritte bis zur Quästur der Staatspolizei waren. Zuvor hatte er seinen Besuch angekündigt. Bei Mariella, der Sekretärin von Commissario Sandrini. Sie hatte ihm gesagt, dass ihr Chef einen Auswärtstermin habe. Sie waren also ungestört.

Mariella begrüßte ihn mit strahlenden Augen. Emilio wusste, dass sie ihn mochte. Sie hatte ein ausgesprochen fröhliches Wesen – und neuerdings rote Haare.

«Schöne Farbe», sagte er und umarmte sie. Auch ließ er sich zu zwei Wangenküsschen hinreißen. Schließlich wusste er, was sich gehörte. Und was sie von ihm erwartete. Viel näher würden sie sich allerdings nie kommen, denn leider neigte Mariella zu Übergewicht – was geschmeichelt war. Streng genommen war sie ausgesprochen adipös. Und sie bevorzugte ein Parfüm, mit dem man Katzen narkotisieren könnte. Aber sie war lieb und hatte ein ausgesprochen einnehmendes Wesen. Vor allem war sie allzeit hilfsbereit und auskunftsfreudig.

Zu ihren Gewohnheiten zählte, dass sie ihn mit selbstgebackenen Maronenplätzchen verwöhnte. Auch heute zauberte sie umgehend eine kleine Schale hervor. Jetzt erwies es sich als kluge Entscheidung, dass er beim späten Mittagessen aufs Dessert verzichtet hatte.

«Lieber Baron, ich habe Ihren Besuch schon vor Ihrem Anruf erwartet.»

Er zog eine Augenbraue nach oben. «Das überrascht mich. Oder haben Sie heute Geburtstag? Dann hätte ich die Blumen vergessen.»

«Nein, mein Guter. Ich bin Jungfrau ...» Sie wurde rot. «Ich will sagen, ich bin im Sternzeichen Jungfrau geboren.»

«Ein Erdzeichen. Ich hätte es wissen müssen, Sie haben alle positiven Eigenschaften einer Jungfrau. Sie sind fröhlich, warmherzig, pflichtbewusst, hilfsbereit ...»

«Sie machen mich verlegen. Sie kennen sich mit Sternzeichen aus?»

Tatsächlich hielt Emilio Sternzeichen und Horoskope für Unfug. Aber seine verstorbene Tante Theresa in Meran hatte daran geglaubt, weshalb er darin geübt war, bei einer Tasse Tee über Sternzeichen zu plaudern – und dabei an etwas anderes zu denken. Doch heute hatte er wirklich anderes im Sinn. Wenn schon, dann wüsste er gern das Sternzeichen einer mumifizierten Leiche. Besser noch das Geburtsjahr und den Namen. Aber selbst Nostradamus könnte diese Angaben nicht aus den Sternen lesen.

«Nicht wirklich, Mariella», antwortete er wahrheitsgemäß. «Aber in Ihrem Fall fällt es leicht. Darf ich auf den Grund meines Besuches zu sprechen kommen ...»

Mariella lächelte. «Ich habe schon alles vorbereitet.»

«Alles vorbereitet? Wie darf ich das verstehen?»

«Sie sind doch wegen der Leiche hier, die Sie in einem Vinschgauer Bunker entdeckt haben, richtig?»

Er schob sich ein weiteres Maronenplätzchen in den Mund.

«Können Sie Gedanken lesen?»

Sie reichte ihm eine schmale Mappe. «Da ist der kriminaltechnische Untersuchungsbericht drin. Aber erwarten Sie sich nicht zu viel, die Spusi hat keine wirklich verwertbaren Hinweise gefunden. An den Wänden der Kammer gibt's Kratzspuren, die Sie wahrscheinlich schon selber gesehen haben.»

Sie hatte recht, die waren ihm aufgefallen. Tilda hatte sie fotografiert, aber sie waren nichts anderes ... als eben Kratzspuren einer verzweifelten und im Dunkeln gefangenen Frau. Ohne eine versteckte Botschaft.

«Sie stammen von einer Haarspange, die unter der Leiche gefunden wurde. Leider ein millionenfach hergestellter Billigartikel, der uns nicht weiterhilft. Die Ziegel, mit denen die Todeskammer zugemauert wurde, gibt's in jeder Baustoffhandlung. Ebenso den Mörtel und den Putz.»

Todeskammer? Emilio dachte, dass Mariella wohl zu viele schlechte Psychothriller gelesen hatte. Ansonsten aber hatte sie völlig recht. Leider. Denn auch er hatte die Hoffnung gehegt, dass das Baumaterial womöglich einen Hinweis liefern könnte.

«Natürlich wurde die Leiche auf Fremd-DNA untersucht», fuhr sie fort. «Aber auch hier gibt es kein verwertbares Material. Vielleicht aufgrund der Mumifizierung? Die Untersuchung des roten Kleides hat ebenfalls nichts ergeben ...»

Stimmt, er hatte vergessen, den Professor danach zu fragen. Aber der war auf menschliches Gewebe spezialisiert, nicht auf textile Stoffe.

«Jedenfalls konnte kein Etikett gefunden werden, kein Modelabel und keine Herkunftsbezeichnung.»

Er hatte es befürchtet.

«Mariella, Ihre Zusammenfassung des Berichts erspart mir fast die Lektüre. Commissario Sandrini weiß hoffentlich, was für eine qualifizierte und zudem kriminalistisch hochbegabte Fachkraft in seinem Vorzimmer sitzt.»

Sie klimperte mit den Wimpern.

«Ich denke schon. Auch wenn er das so nie sagen würde. Sie müssen wissen, mein Chef liest nicht gerne. Stattdessen bittet er mich sehr häufig um eine mündliche Zusammenfassung. Deshalb bin ich geübt darin.»

Warum überraschte es ihn nicht, dass Sandrini nur ungern las? Das erklärte so manches.

«Leider liegt mir das forensische Gutachten von Professor Turmstaller noch nicht vor», sprach sie weiter. «Sonst würde ich Ihnen unter dem Siegel der Verschwiegenheit auch hier Einblick gewähren.»

«Mariella, Sie beschämen mich.»

Sie sah ihn verschmitzt an. «Oder waren Sie bereits bei ihm und wissen ausnahmsweise mehr als ich? Ich habe ihm ja von Sandrini ausgerichtet, dass er Ihnen Auskunft geben darf.»

«Dafür danke ich Ihnen. In der Tat komme ich gerade vom Professor. Weshalb ich Sie gleich um einen weiteren Gefallen bitten möchte. Mich würde interessieren, ob aus der Zeit von vor sechs bis sieben Jahren eine Vermisstenanzeige vorliegt, die zu unserem Opfer passt. Laut Turmstaller war sie zum Todeszeitpunkt etwa dreißig Jahre alt. Sie hatte blonde, schulterlange Haare und war ungefähr ein Meter siebzig groß. Könnten Sie das bitte bei Gelegenheit für mich überprüfen?»

Sie verschränkte die Arme.

«Nein, kann ich nicht», antwortete sie.

Emilio sah Mariella überrascht an. Warum weigerte sie sich plötzlich, ihm zu helfen?

Ein Lächeln umspielte ihre Mundwinkel. «Weil ich das bereits getan habe. Natürlich ohne diese genauen Angaben. Aber in den letzten zehn Jahren wurde in der Autonomen Provinz Bozen-Südtirol keine Frau jungen bis mittleren Alters vermisst gemeldet, die nicht wiederaufgetaucht wäre. Tot oder lebendig.»

«Mariella, Sie sind einfach unglaublich.»

«In diesem Fall hatte sogar Commissario Sandrini die Idee», gab sie zu. «Aber eine solche Überprüfung gehört ja zur üblichen Polizeiroutine», relativierte sie gleich wieder.

Als ob sich Sandrini immer an die *übliche Polizeiroutine* erinnerte …

«Schade. Also bleibt die Identität unserer Toten im Dunkeln», stellte Emilio fest.

«Tja, wenn's so einfach wäre, hätte der Commissario mir nicht erlaubt, Ihnen einige Informationen durchzustecken.» Wieder musste sie lächeln. «Er konnte ja nicht wissen, dass ich das sonst auch getan hätte.»

Konnte er das wirklich nicht? Oft hatte Emilio den Eindruck, dass der Commissario dies zumindest ahnte. Er nahm die Indiskretion so lange billigend in Kauf, wie sie seinem Vorteil diente.

«Mir fällt noch eine weitere Bitte ein.»

Jetzt naschte sie selbst von ihren Plätzchen.

«Nur zu», sagte sie mit vollem Mund.

«Der Bunker gehört einem gewissen Gustl Mayr aus Mals im Vinschgau.»

«Gustl wie Gustav oder August?»

«Keine Ahnung. Ich glaube, einfach Gustl. Er ist Apfelbauer. Könnten Sie ihn bitte mal überprüfen. Irgendwelche Auffälligkeiten, Vorstrafen et cetera et cetera. Sie wissen schon. Noch wichtiger aber wäre mir sein Sohn: Ludwig Mayr.»

«Ludwig wie Ludl?»

«Vielleicht nennen ihn so seine Freunde. Mir wurde er von

seinem Vater als Ludwig vorgestellt. Er ist mir ... nun ja, wie soll ich sagen ... Er ist mir suspekt.»

«Glauben Sie, er kommt als Täter in Betracht?»

«Prinzipiell kommt jeder in Betracht. Vorläufig haben wir sonst keine Kandidaten. Und irgendwo müssen wir ja anfangen.»

# 16

Tilda Kneissl hatte ihr Studio im beschaulichen Klausen, wo sie auch wohnte. Ihr modernes Atelier passte auf den ersten Blick dort ebenso wenig hin wie umgekehrt eine Südtiroler Barockkirche nach Dubai. Auf den zweiten Blick war es aber genau richtig hier. Denn zum einen galt Klausen schon vor über hundert Jahren als Künstlerkolonie. Zum anderen lag in Südtirol die Kombination moderner Industriearchitektur mit mittelalterlicher Bausubstanz im Trend. Bei Tildas Atelier war auf einer Seite die komplette Hausmauer bis unter den Giebel herausgebrochen und durch riesige Glasscheiben ersetzt worden. Innen wechselten sich Stahlträger mit alten Holzbalken ab. Tilda liebte es, hier zu arbeiten. Wenn sie nicht wie so oft für Fotoproduktionen auf Reisen war. Sie führte ein unstetes Dasein. In vielerlei Hinsicht. Auch in Bezug auf Männer. Wobei sie durchaus monogam sein konnte … Nur nicht allzu lange.

Momentan fand sie es spannend, mit Emilio verbandelt zu sein und ihn immer wieder aus der Reserve zu locken. Denn eigentlich wollte er seiner Phina treu bleiben; darüber war sie sich im Klaren. Gleichzeitig aber war er ein Freigeist. So wie sie selbst. Also eine Art Seelenverwandter. Weshalb es Spaß machte, ihn so lange zu reizen, bis er gegen seine Vorsätze verstieß. Tilda lächelte versonnen. Es war ein Spiel … Und sie liebte es, zu spielen.

Tilda stand in ihrem Studio vor einer meterhohen Stahlplatte, an der sie mit Magneten großformatige Fotoabzüge befestigt hatte. Es handelte sich ausschließlich um Fotos aus dem Bunker. Auf einigen war die mumifizierte Leiche zu sehen. Auf anderen die Kratzspuren, stark vergrößert und in hoher Auflösung. Sie konnte nicht glauben, dass sie ausschließlich von den Fingernägeln des Opfers stammten. Sie würde Emilio danach fragen. Entgegen ihren Gewohnheiten betrachtete Tilda die Fotos diesmal nicht unter künstlerischen Gesichtspunkten. Vielmehr war ihr kriminalistischer Spürsinn geweckt. Sie ging einige Schritte zurück und kniff die Augen zusammen. Dann trat sie wieder ganz dicht ran, um bestimmte Einzelheiten genauer in Augenschein zu nehmen.

Dass bei den Kratzspuren keine geschriebene Nachricht zu erkennen war, hatten sie schon im Bunker festgestellt. Wie denn auch? Schließlich hatte die junge Frau im Dunkeln nichts sehen können, zuvor eine schwere Kopfverletzung erlitten und gewusst, dass sie nicht mehr lange leben würde. Warum aber kratzte sie dann an den Wänden herum? Das machte nur Sinn, wenn sie eben doch eine Botschaft hatte hinterlassen wollen. Vielleicht war sie zwischendurch zusammengebrochen und hatte nach einer Erholungspause weitergemacht – ohne zu wissen, wo sie zuvor aufgehört hatte? Die Interpretation war eine Frage der Phantasie. Und Tilda hatte viel Phantasie.

Sie schloss die Augen und warf sich auf den Boden. Dann kroch sie zu einer Wand ihres Ateliers und zog sich dort mühsam in die Höhe. Dabei kratzte sie mit den Fingernägeln über die Farbe. Sie begann, einen Buchstaben zu schreiben, kam nicht weit, ließ sich wieder fallen.

Tilda überlegte, dass es im Liegen viel leichter fiel, Zeichen oder Buchstaben in die Wand zu ritzen.

Sie stand auf und schaute sich erneut ihre Fotos an. Diesmal konzentrierte sie sich auf die Kratzspuren ganz unten. Aber Fehlanzeige, auch hier kam sie nicht weiter.

Was war eigentlich mit dem Boden? Auch von ihm hatte sie Fotos. Er war gefliest. Es hatte sie erstaunt, mit was für einem Aufwand diese Bunker gebaut worden waren, wenn man bedachte, dass sie eigentlich militärischen Zwecken dienen sollten. Sie holte sich eine Lupe und untersuchte die einzelnen Kacheln.

Sie hielt den Atem an, als sie … tatsächlich … auf einer Fliese Kratzspuren entdeckte. Handelte es sich dabei um Zeichen? Vielleicht sogar um Buchstaben? Oder waren das nur letzte, verzweifelte Spuren einer sterbenden Frau?

Sie glaubte, eine Ziffer zu erkennen. Eine Sieben vielleicht. Mit Querstrich. Und danach … Gekritzel … und ein Kreuz.

Tilda gab auf. Das Rätsel der Spuren würde sich nicht lösen lassen.

Was war mit dem Kettchen am Fußgelenk, das sie auf Emilios Wunsch ganz genau fotografiert hatte? Details waren dennoch nicht zu erkennen. Man müsste es abnehmen und reinigen. Waren das kleine Herzen? Gut möglich, aber nicht eindeutig festzustellen.

Gab es sonst irgendwelche Anhaltspunkte, die einen Hinweis auf die Identität der Toten geben könnten? Es blieb ja nicht mehr viel – bis auf das rote Kleid. Dass an diesem kein Modelabel feststellbar war, hatte sie schon von Emilio gehört. Der Stoff war erstaunlich gut erhalten. Wieder nahm sie die Lupe, um sich das Gewebe und die Struktur genauer anzuschauen. Danach studierte sie den Kragen, der einen ungewöhnlichen Schnitt aufwies. Welche Auffälligkeiten gab es bei den halblangen Ärmeln? Besonders interessierte sie der Gürtel, der eindeutig zum Kleid gehörte. Auf ihm waren rautenförmige Pailletten zu erkennen. Sie folgte dem Kleid nach unten. Sie entdeckte aufgenähte Seitentaschen, auch mit Pailletten. Und am unteren Saum, etwa auf Kniehöhe, eine

Bordüre, die allerdings ziemlich in Mitleidenschaft gezogen war.

Dennoch hatte sie mittlerweile eine recht genaue Vorstellung vom Kleid der Toten – ihre langjährige Erfahrung als Modefotografin half ihr dabei. Sie holte sich einen Skizzenblock und zeichnete das Kleid auf. Modisch geschnitten, wie es eine junge Frau mögen würde. Daneben einige Details. Zum Beispiel die Pailletten auf dem Gürtel. Anschließend kolorierte sie das Kleid. Mit einem Rot, das zum Style passte. Denn natürlich sah die Farbe auf den Fotos verblasst aus.

Sie sah sich ihre fertige Modezeichnung an. Nicht gerade wie ein Original von Karl Lagerfeld – aber sie war zufrieden. Vor allem sollte sie ihren Zweck erfüllen. Tilda beabsichtigte, durch die wichtigsten Modeboutiquen in Bozen und Meran zu bummeln, was sie sowieso gerne tat, und die Zeichnung vom Kleid zu zeigen. Vielleicht erinnerte sich jemand daran? Natürlich war das höchst unwahrscheinlich. Erst recht war nahezu ausgeschlossen, dass sie auf diese Weise an den Namen der Toten kam. Ihr fiel ein Spruch ein: «Du hast keine Chance, also nutze sie!» Tilda lächelte. Sie war gut darin, Chancen zu nutzen, die es eigentlich nicht gab.

# 17

Die junge Frau war bezaubernd schön, sie hatte schulterlange blonde Haare, drehte sich im Kreis und lächelte ihn an. Sie öffnete ihr Kleid und ließ es zu Boden gleiten. Darunter war sie … nackt.

Emilio wälzte sich im Bett auf die andere Seite. Normalerweise schlief er tief und fest wie ein Stein. Schon gleich neigte er nicht zu erotischen Träumen. Dennoch hatte sich die Frau soeben vor seinen Augen ausgezogen. Warum hatte sie das getan? Jetzt strich sie sich zärtlich … nein, nicht über ihre Brüste, sondern über ihr gewölbtes Bäuchlein. Fast schon beruhigt konstatierte Emilio, dass ihn im Schlaf keine Sexphantasien heimsuchten. Um wenige Atemzüge später festzustellen, dass ihm das fast lieber wäre – jetzt, wo er wusste, wer die junge Frau in seinem Traum war. Mit den Bildern einer nackten Venus vor seinem geistigen Auge könnte er selig weiterschlafen. Aber nicht angesichts einer entblößten Frau, zu deren Füßen ein rotes Kleid lag, die ein goldenes Kettchen am Fußgelenk trug und die ihm etwas zuflüsterte. Er konnte ihre Worte verstehen: «Hilf mir …», wisperte sie.

Wie sollte er ihr helfen? Die Frau war tot, schon seit vielen Jahren. Da kam jede Hilfe zu spät.

«Hilf mir», wiederholte sie, «indem du meinen Mörder findest. Ich will, dass er bestraft wird. Ich will, dass er Höllenqualen erleidet, die mindestens so schlimm sind wie jene, die er mir angetan hat …»

Er hätte es sich denken können. Auch hatte er mit dem ersten Teil ihrer Bitte kein Problem. Er sah sie ohnehin als seine Auftraggeberin an. Auch wenn er dies dem Ludwig Mayr auf seine Frage hin verschwiegen hatte, weil der ihn sonst für verrückt erklärt hätte. Aber dem Wunsch, ihrem Mörder «Höllenqualen» erleiden zu lassen, würde er nicht entsprechen können. Er war kein Racheengel – nicht einmal in seinen Träumen.

Sie winkte ihn zu sich heran. «Komm näher, komm ganz nah zu mir …», raunte sie leise mit samtener Stimme.

Oje. Warum denn das? Er zog es vor, selbst im Traum einen Sicherheitsabstand einzuhalten.

«Dann verrate ich dir seinen Namen», fuhr sie fort. «Ich flüstere ihn dir ins Ohr, damit du ihn finden und bestrafen kannst …»

Das würde sie tun? Okay, überredet. Denn damit würde alles beträchtlich einfacher sein. Also überwand Emilio seine Scham und näherte sich der nackten Frau. Er war voller Begierde – aber nicht auf ihren Körper, sondern auf den Namen, den sie ihm gleich verraten würde.

«Findest du mich eigentlich schön?», hauchte sie. «Schön und begehrenswert?»

«Ja, du bist schön und begehrenswert», antwortete er. Was sollte er sonst sagen? Erstens stimmte es, und zweitens wollte er sie nicht verstimmen. Hoffte er doch, aus ihrem Mund, der seinem Ohr schon ganz nah war, gleich etwas anderes zu hören, nämlich den Namen …

Stattdessen schlug ihm plötzlich ein Kissen auf den Kopf. «*Sog amoll, spinnscht iatz?*», fuhr ihn eine höchst irdische Stimme auf Südtirolerisch an. «Wer soll schön und begehrenswert sein?»

Verdammt, hatte er im Traum gerade laut gesprochen? Und

warum schlief er ausgerechnet heute mit Phina in einem Bett? Eigentlich hatte er sein eigenes Zimmer, auf der anderen Seite des Flurs. Aber sie besuchten sich häufig, das schon. Jetzt fiel ihm ein, warum er neben ihr lag. Oder war das auch ein Traum? Jedenfalls hatte Phina mit ihrer Kissenattacke seine Hoffnung auf Aufklärung zunichtegemacht. Schlechtes Timing – ein ganz schlechtes. Wo doch die tote Frau ihm gerade den Namen ihres Mörders verraten wollte …

Wieder traf ihn das Kissen. «*Trau di nitt zu sogn, du hasch grod von mir getramt! Deis glab i dir nitt.*»

Aber genau das lag ihm auf der Zunge. Die Ausrede, dass er von ihr geträumt hätte, wäre aus seiner Sicht völlig plausibel. Außerdem hatte er vor wenigen Sekunden noch geschlafen. Wie sollte ihm da auf die Schnelle eine bessere Begründung einfallen? Eine, die Phina überzeugen würde? Emilio fühlte sich von dieser Situation völlig überfordert. Erst die tote Frau und jetzt Phina. Die eine lockte ihn, näher zu kommen, um ihm was ins Ohr zu säuseln. Die andere schlug mit dem Kissen nach ihm. Gott sei Dank nur mit einem Kissen …

*

Stunden später, beim gemeinsamen Frühstück, konnte sich Emilio nicht mehr erinnern, wie er die Situation entschärft hatte. Er beobachtete Phina beim Aufschäumen der Milch für den Cappuccino. Vor ihm stand ein Glas mit frisch ausgepresstem Orangensaft. Es sah ganz so aus, als ob sie ihm verziehen hätte. Dabei hatte es gar nichts zu verzeihen gegeben. Er war im Traum nur seiner Arbeit nachgegangen und hatte ein Mordopfer befragt. Oder hatte die Leiche von sich aus zu ihm gesprochen? Er wusste es nicht mehr. Nur, dass sie aus unerfindlichen Gründen nackt war und ihm den Namen ihres

Mörders verraten wollte. Emilio war Realist genug, um zu wissen, dass es dazu sowieso nicht gekommen wäre. Womöglich wäre die Frau im letzten Moment zu Staub zerfallen. Oder sie hätte sich wie in einem Horrorfilm in eine Mumie verwandelt. Nur eines hätte sie ganz sicher nicht getan – ihm den Namen ihres Mörders zu verraten.

Phina setzte sich zu ihm und bestrich eine Scheibe Krustenbrot mit hausgemachter Marillenmarmelade, die es auch in ihrer Vinothek zu kaufen gab.

«Du hast also wirklich nicht von deiner Tilda geträumt?», brachte sie unversehens das Thema erneut zur Sprache, von dem er gehofft hatte, es wäre erledigt.

Aber er hätte es sich denken können. Phina war vom Sternzeichen Skorpion. Und Skorpione waren nicht nur leidenschaftlich, was er definitiv bestätigen konnte, sie waren auch eifersüchtig und nachtragend. Das wusste er von seiner Tante Theresa. Die hatte ihm mal einen Text über die Charaktereigenschaften von Skorpionen vorgelesen. Allerdings fast nur positive, weil sie mit Phina befreundet gewesen war.

Emilio schüttelte den Kopf. «Ganz bestimmt nicht. Außerdem ist sie nicht *meine* Tilda.» Er deutete auf zwei Mappen, die vor ihm lagen. «Das hier sind der Untersuchungsbericht der Spurensicherung und das forensische Gutachten vom Professor Turmstaller. Die habe ich gestern Abend vor dem Zubettgehen gelesen, und die Ergebnisse sind mir offenbar in der Nacht durch den Kopf gegangen …»

«‹Schön und begehrenswert› hast gesagt. Klingt, ehrlich gesagt, mehr nach Tilda als nach einer vertrockneten Mumie.»

«Die Frau war aber nicht immer eine Mumie. Laut Turmstaller war sie zu Lebzeiten *schön und begehrenswert.*»

Hatte der Professor das tatsächlich so gesagt?, überlegte Emilio. Na ja, jedenfalls so ähnlich.

«Und dann hast du von ihr geträumt? Neben mir im Bett? Das muss man sich erst mal trauen …»

«Tut mir leid. Soll nicht wieder vorkommen», antwortete er lächelnd.

«Das will ich dir auch geraten haben. Weder von ihr solltest in meinem Bett träumen – noch von Tilda. Apropos, hast du dich mit ihr schon wieder getroffen?»

Eifersüchtig und nachtragend … Langsam begann er, an Sternzeichen zu glauben.

«Mit der Leiche oder mit Tilda?», versuchte er es mit einem Scherz.

«Mit Tilda natürlich.»

Phina war offenbar nicht zum Scherzen aufgelegt.

«Nein, warum sollte ich?»

Gegenfragen waren ein probates rhetorisches Mittel, sich unter Bedrängnis Vorteile zu verschaffen.

Doch bei Phina versagte auch dieser Trick, indem sie einfach nicht darauf einging.

Sie sah ihn ernst an. «Überleg dir genau, was du tust.»

Emilio nahm ihre Hand. «Das tu ich, meine liebe Phina. Du musst dir wegen Tilda keine Gedanken machen.»

Fast glaubte er im Moment selber daran. Doch wusste er, dass es ganz so einfach nicht war.

Ihm fiel als weiterer rhetorischer Kniff der entschlossene Themenwechsel ein. Allerdings konnte dieser nur funktionieren, wenn er mit einer hammerartigen Neuigkeit verknüpft war.

«Habe ich dir schon gesagt, dass die tote Frau aus dem Bunker schwanger war?», fragte er.

Phina sah ihn konsterniert an.

«Wirklich? Sie war schwanger?», stammelte sie.

«Ja, im fünften Monat. Mit einem Mädchen.»

«O mein Gott …»

«Verstehst du jetzt, dass mir die tote Frau nicht aus dem Kopf geht und mich selbst im Schlaf verfolgt?»

Rhetorisch war diese Bemerkung ein Fehler, weil sie den bereits vollzogenen und geglückten Themenwechsel mit dem vorher Gesagten in Zusammenhang brachte. Aber er wollte den Casus Tilda mit einem rationalen Argument abhaken.

«Ja, ja ...», antwortete Phina leise. Sie war mit ihren Gedanken tatsächlich nicht mehr bei Tilda. Ihre Liebe zu den Waisenkindern im Meraner Heim tat ein Übriges. Er konnte ihr ansehen, dass sie emotional tief getroffen war. Einen erwachsenen Menschen umzubringen, das war eine Sache, doch einem Embryo die Chance auf ein Leben zu nehmen eine ganz andere.

«Ich darf mir das gar nicht vorstellen», fuhr sie fort. «Mit der Mutter geht auch das heranreifende Kind in ihrem Leib zugrunde. Wie schrecklich. Meinst du, der Mörder hat von ihrer Schwangerschaft gewusst?»

Gute Frage – die hatte er sich auch schon gestellt.

«Wenn ich das wüsste, wäre ich einen großen Schritt weiter.»

«Oder war es vielleicht sogar der Vater?», setzte sie ihren Gedanken fort.

«Das eine schließt das andere nicht aus. Vielleicht war es der Vater, der aber keine Ahnung von ihrer Schwangerschaft hatte. Auch das wäre möglich. Alternativ könnte der Täter ihr Ehemann gewesen sein, der von einem Seitensprung seiner Frau erfahren und sie deshalb umgebracht hat. Mit oder ohne Kenntnis ihrer Schwangerschaft. Oder die Schwangerschaft hatte mit dem Mord überhaupt nichts zu tun, auch das könnte sein.»

«Trug sie einen Ehering?»

«Nein, aber das besagt nichts. Außerdem ist Mord aus Eifersucht an keinen Trauschein gebunden.»

Sie warf ihm einen schiefen Blick zu. «Da hast du recht. Kannst darüber nachdenken, wenn du tot bist.»

Der Witz war gut. Fast hätte Emilio gelacht – dann fiel ihm ein, dass ihre Bemerkung womöglich gar nicht als Witz gedacht war. Zuzutrauen war es ihr. Folglich war es besser, keine Reaktion zu zeigen.

«Die Tote hatte zwar keinen Ehering, aber am Fuß ein hübsches Kettchen mit kleinen Herzen und einem Edelstein», berichtete er. «Das wollte ich dir sowieso zeigen. Für den Augenblick ist das Fußkettchen meine einzige Spur.»

«Wo soll die Spur hinführen?»

Emilio zuckte mit den Schultern. «Zu ihrem Mörder?»

Er stand auf und holte den kleinen Klarsichtbeutel mit dem Kettchen.

«Hier ist das Corpus Delicti. Kannst es gerne rausnehmen und dir genauer anschauen.»

«Das hat die Tote am Fuß gehabt? Nein, *do graus i mi davor.*»

Nur kurz ging Emilio durch den Kopf, wie widersprüchlich Menschen sein konnten. Vor kurzem hatte er Phina beobachtet, wie sie im Weinkeller mit bloßen Fingern eine tote Maus am Schwanz aufgehoben und entsorgt hatte. Da hätte *er* sich geekelt.

«Ist in der Pathologie gereinigt, sterilisiert und poliert worden», erklärte er. «Musst dich nicht grausen.»

Phina nahm die Kette zögerlich heraus und betrachtete sie.

«Hübsche Arbeit. Aber ein Name ist nicht eingraviert.»

«Schön wär's. Aber vielleicht kann ich den Juwelier finden, der das Stück hergestellt hat?»

«Wird schwer sein. Die Kette kann ja von überall herkommen.»

«Du verstehst es, mich zu motivieren.»

«Tut mir leid, aber ist halt so.»

«Mal unterstellt, die Kette stammt doch von hier. Welcher Juwelier käme dafür in Frage?»

Sie schüttelte den Kopf. «Wie soll ich das wissen? Du weißt doch, dass ich keinen Schmuck trage. Ich kenn mich mit Rebscheren aus und mit Schubkarren, aber doch nicht mit kleinen Goldherzen, die man am Fußgelenk trägt.»

Stimmt, sie war die falsche Ansprechpartnerin, wenn es um filigranes Geschmeide ging. Dagegen wüsste vielleicht Tilda … Aber an Tilda wollte er gerade nicht denken.

«Könntest mir allerdings mal einen Schmuck schenken», regte Phina an. «Aber bitte nicht so ein *Futzlzuig* für die Füße.»

Er lächelte. «Hinweis verstanden. Aber was ist mit dem Schmuck, den du von Tante Theresa geerbt hast?»

«Der ist nun wirklich futzlig …»

«Ich bitte dich – der ist bestimmt sehr wertvoll», unterbrach er sie.

«Mag ja sein, aber den trage ich frühestens, wenn ich mal im reifen Alter zum Kaffeekränzchen bei Hofe eingeladen werde. Wobei Theresas Schmuck wahrscheinlich selbst der Kaiserin Elisabeth zu spießig gewesen wäre.»

Phina gab ihm das Kettchen zurück.

«Viel Glück damit. Ich würde mir wirklich wünschen, dass du das Schwein erwischst.»

«Ganz sicher», sagte er leise. Wobei er nicht hätte sagen können, worauf sich seine Zuversicht gründete. Höchstens auf seine Lebenserfahrung. Denn bisher hatte er noch jeden erwischt. Nur schade, dass der Täter das nicht wusste, sonst würde er vielleicht nervös werden und sich zu unüberlegten Handlungen hinreißen lassen. Oder, noch besser, er ergab sich gleich freiwillig.

# 18

Gustl Mayr schlug mit der Faust auf den Tisch. «*Du bisch a saggrischer Depp*», herrschte er seinen Sohn an. «Meinst, du kannst alles besser machen, haust dir aber die Nächte um die Ohren und bist am Tag zu müd zum Arbeiten. Schau dich doch mal im Spiegel an: Hast Augenringe wie ein Waschbär. Ich weiß auch nicht, was die Weiber an dir finden.»

Ludwig Mayr saß ihm im Polohemd gegenüber. Aufreizend lächelnd und die Sonnenbrille nach oben in die gegelten Haare geschoben. Sein Vater dagegen im blauen Schurz mit kariertem Hemd und hochgekrempelten Ärmeln. Ludwig braun gebrannt, sein Vater mit rotem Kopf und Zornesfalten auf der Stirn. Größer könnte der Kontrast nicht sein.

«*Dia Gitschn* wissen schon, was sie an mir haben», entgegnete der Sohn grinsend. «Da mach dir mal keine Gedanken.»

«Ja, aber was für Mädels! *Flietschn sein des*, alle miteinander. Da ist keine dabei, die du mir als Schwiegertochter ins Haus bringen könntest.»

Ludwig schlug provozierend lässig die Beine übereinander. «Da ist schon die eine oder andere dabei, die dir gefallen würde. Vielleicht nicht als Schwiegertochter, aber zum *Schnaksln.*»

«*Bua*, pass auf, was du sagst. Nur weil deine Mutter, Gott hab sie selig, vor einigen Jahren von uns gegangen ist, bin ich kein Hallodri wie du. Erst kommt die Arbeit …»

«*Siggsch*. Und bei mir kommt erst das Vergnügen.»

«Genau das ist dein Problem. Erinnere dich, dein sogenanntes Vergnügen hat uns schon mal viel Geld gekostet.»

«Das war ein Ausrutscher; darüber wollten wir nicht mehr reden.»

«Aber ungeschehen kann man nichts machen.»

«Doch, das kann man», antwortete der Sohn trotzig. «Hast ja gesehen.»

«Wird Zeit, dass du kapierst, worauf es im Leben ankommt. Wir müssen den Betrieb am Laufen halten, da musst auch du dich *einihängen*.»

«Mach ich doch, Vater. Ich hab ganz viele neue Ideen ...»

«Die kannst realisieren, wenn ich tot bin. Jetzt müssen wir erst mal die *deppatn* Schädlinge in den Griff bekommen. Da kannst gern eine neue Idee einbringen, wenn du eine hast ...» Die Zornesröte verschwand, und Gustl Mayr sah seinen Sohn mit großem Ernst an. «Ich wollt dich aber ganz was anderes fragen: Warum hast du auf den Baron so rotzig reagiert? Hättest ruhig etwas freundlicher sein können. Ist nicht gut, sich einen Privatdetektiv zum Feind zu machen, der eng mit der Polizei zusammenarbeitet.»

«So, tut er das? Woher willst du das wissen?»

«Ich hab mich beim Steingruber Bastian erkundigt, der unseren Bunker gepachtet hat und uns den Scheißdreck hoffentlich abkauft. Der kennt den Baron gut und sagt, dass er einen heißen Draht zur Quästur in Bozen hat. Außerdem sei er ein hartnäckiger Ermittler, der noch jeden zur Strecke gebracht habe, wenn er sich erst mal in einen Fall verbissen hat.»

Ludwig Mayr beugte sich nach vorn. Ganz so entspannt wie eben wirkte er nicht mehr.

«Na, wennschon», wischte er das Thema vom Tisch. «Deshalb muss ich nicht nett zu ihm sein. Ist ein arroganter Adliger, solche Typen *honn i dick*.»

«Du musst lernen, dich zu beherrschen. Ab und zu ist's gescheiter, jemanden nicht zu provozieren. *Versteasch?*»

«Das sagst ausgerechnet du. Was war mit der Wirtshausschlägerei, die du letztes Jahr angezettelt hast? Da hast dich auch nicht beherrscht.»

«Nein, habe ich nicht. Aber erstens ist der Franz ein Depp, dem man ab und zu eine aufs Maul hauen muss. Und zweitens ...»

Ein Lächeln huschte über seine Lippen.

«... und zweitens habe ich gewonnen!»

«Stimmt, der Franz musste zum Nähen ins Krankenhaus», räumte der Sohn ein.

«Wenn man davon überzeugt ist, im Vorteil zu sein, kann man ein Risiko eingehen. Aber das muss man sich immer vorher überlegen. Das musst dir merken, *Bua*. Und jetzt sagst mir ehrlich, ob du eine Ahnung hast, wer die Leich in unserem Bunker sein könnte.»

«Habe ich doch schon dem Wichser gesagt: Wie soll ich eine vertrocknete Leiche erkennen, die auf dem Foto wie eine Zombieschwester vom Ötzi ausschaut? Nein, ich hab keine Ahnung.»

Gustl Mayr runzelte seine wettergegerbte Stirn.

«Gehörte das vielleicht zu euren Partyspielchen? Mädels einmauern, und dann habt ihr eine vergessen?»

Die Gesichtszüge des Sohnes entgleisten.

«Spinnst du? Wir haben ja viel Scheiß gemacht, aber doch nicht so was.»

«Bist da ganz sicher?»

«Das traust du mir doch nicht wirklich zu? Ist doch absurd. Genauso gut könnte ich dich verdächtigen, dass du im Bunker eine aufmüpfige Geliebte hast verschwinden lassen, damit meine Mutter nichts von deinen Seitensprüngen mitbekommt ...»

Der alte Mayr schnellte hoch, holte aus – und verpasste seinem Junior eine schallende Ohrfeige. So schnell, dass der Ludwig nicht reagieren konnte. Und so kräftig, dass es ihn vom Stuhl haute.

# 19

Den Vormittag verbrachte Emilio in Phinas Vinothek. Er konnte nicht behaupten, dass er der Arbeit mit Freude oder gar mit Begeisterung nachging. Er tat dies einzig Phina zuliebe. Denn es nervte ihn, mit wildfremden Menschen Konversation zu machen, erst recht, mit ihnen über Wein zu reden. Vor allem dann, wenn sie vom Thema wenig bis gar keine Ahnung hatten. Leider traf das in der Mehrzahl der Fälle zu. Wobei es ein interessantes psychologisches Phänomen gab, dem er den Namen «reziproke Geschwätzigkeit» gegeben hatte. Denn nach seiner Beobachtung redeten jene Kunden in der Vinothek am klügsten daher, die am wenigsten von Wein verstanden.

Gerade hatte er einen Karton Grauburgunder an einen Mann verkauft, der seiner jungen Freundin zuvor wortreich erklärt hatte, dass die Traube identisch mit der für den französischen Chablis sei, nur wäre der Wein in Südtirol viel billiger. Ein in jeglicher Hinsicht haarsträubender Unsinn. Hätte er ihn korrigieren sollen? Damit hätte er den Mann vor seiner Freundin bloßgestellt und ihm den Tag versaut. Wogegen ja grundsätzlich nichts sprach, aber er war heute gnädig gestimmt. Auch hatte er der Versuchung widerstanden, ihm zusätzlich eine Flasche Chardonnay zu verkaufen und zu behaupten, die Traube wäre verwandt mit dem Gewürztraminer – nur nicht so aromatisch. Wahrscheinlich hätte er diesen Schwachsinn sogar geglaubt. Immerhin waren ja beides Weißweine.

Emilio schaute auf die Uhr. Noch eine halbe Stunde, dann

würde er in der Vinothek von Oskar abgelöst, der beim Zahnarzt war. So lange würde er noch durchhalten – und immer freundlich lächeln. Was über einen längeren Zeitraum unweigerlich zu einer Gesichtslähmung führte.

Eine attraktive Frau kam herein, im besten Alter und ohne männliche Begleitung. Na bitte, es geschahen noch Zeichen und Wunder. Durch die Scheibe sah er ihr geparktes Auto. Ein alter, grüner Porsche 911. Ein Klassiker. Emilio fasste den Entschluss, sich in der verbliebenen Zeit ausschließlich um sie zu kümmern. Ob sie was von Wein verstand? Und wenn nicht, machte es auch nichts. In ihrem Fall würde er nachsichtig sein. Zudem war er durchaus der Ansicht, dass man von Wein nicht viel Ahnung haben musste; es genügte völlig, wenn man wusste, welcher Wein einem schmeckte. Es musste nicht einmal ein besonders teurer sein. Ihn störte es nur, wenn siebengescheit dahergeredet wurde.

Aus dem Augenwinkel beobachtete er, wie sie an den Weinregalen entlangging – und genau bei den richtigen Flaschen stehen blieb.

Ihn beschlich das Gefühl, dass sie seine Theorie der reziproken Geschwätzigkeit widerlegen könnte.

Schließlich kam sie zu ihm an die Theke. Sie hatte keinen Lippenstift aufgelegt und verbreitete keine Parfümwolke. Das waren schon mal gute Voraussetzungen. Wenigstens würde sie riechen, was im Glas war.

«Wie kann ich Ihnen helfen?»

«Frau Perchtinger ist nicht da?», fragte sie in gutem Deutsch, aber mit italienischem Akzent.

«Leider nein, sie hat einen Termin in Trient. Sie müssen mit mir vorliebnehmen», erwiderte er in fließendem Italienisch. Emilio hatte eine italienische Mutter und war zweisprachig aufgewachsen. Er liebte es, Italienisch zu sprechen. Vor allem mit schönen Frauen. «Darf ich Ihnen etwas zum Probieren anbieten?»

Erstaunlicherweise fiel ihm bei ihr das Lächeln ganz leicht. Ob er einen blauen Burgunder vorschlagen sollte, passend zu ihrer Augenfarbe? Doch er wusste sich zu beherrschen.

«*I miei complimenti*, Ihr Italienisch ist ausgezeichnet», antwortete sie. «Ich würde tatsächlich gerne einen Wein probieren, aber ich weiß nicht, ob Sie mir meinen Wunsch erfüllen können.»

Ihm gefiel ihre Stimme. Gleichzeitig ging ihm durch den Kopf, dass er gerade schon genug Probleme mit Frauen hatte. Mit Phina, mit Tilda – und mit der Toten aus dem Bunker. Ob sie so ähnlich ausgesehen hatte? Die blonden Haare stimmten schon mal, auch die Körpergröße. Nur war die Tote wohl um einiges jünger gewesen.

«Ich würde nämlich gerne von einem bestimmten Wein vier verschiedene Jahrgänge probieren», fuhr sie fort. «Meinen Sie, das geht?»

«Könnte schwierig werden. Hängt natürlich von Ihrem präferierten Wein ab.»

Gerade wollte sie antworten, da hob er eine Hand.

«Sagen Sie nichts! Machen wir eine Wette: Ich gieße Ihnen verdeckt ein Glas ein, und Sie sagen mir, welcher Wein das ist und ob ich den richtigen getroffen habe. Falls ja, würde ich mich um die anderen Jahrgänge bemühen.»

Emilio konnte nicht sagen, warum er diesen Vorschlag machte. Aber er fand ihn spannend.

«Ich liebe es zu wetten», erwiderte sie mit einem vieldeutigen Lächeln, «vor allem, wenn der Einsatz stimmt.»

Er glaubte ihr aufs Wort.

«Das freut mich. Darf ich Sie um einen Moment Geduld bitten? Ich bin gleich wieder da.»

Er ging ins Hinterzimmer und holte aus dem Weinklimaschrank die Flasche, von der er annahm, dass es die richtige war. Er hatte nämlich genau beobachtet, vor welchem Regal sie zuvor am längsten stehen geblieben war. Tatsächlich würde ihr Wunsch bei diesem Wein am meisten Sinn machen. Auch wenn er genau genommen für dieses Experiment viel zu teuer war. Erst recht, wenn er von ihm verschiedene Jahrgänge aufmachen sollte. Sofern sie überhaupt noch vorrätig waren.

Er öffnete die Flasche, roch am Korken, probierte … tadellos. Er goss den Wein in ein Degustationsglas – und ging mit diesem zurück in die Vinothek. Jetzt war er neugierig.

Sie nahm das Glas entgegen. Sie schwenkte den Wein im Glas, routiniert aus dem Handgelenk – so hatte er es erwartet –, und roch an ihm.

«Was ist eigentlich Ihr Einsatz?», fragte sie lächelnd.

«Dass ich mich um die anderen Jahrgänge bemühe, das ist mein Einsatz. Sie dagegen haben nichts zu verlieren. Eigentlich eine blöde Wette.»

«Da haben Sie recht. Sie haben unser Spiel wirklich nicht durchdacht.»

Er konnte ihr nicht widersprechen. Hätte er als Einsatz ein gemeinsames Candle-Light-Dinner vorschlagen sollen? Nein, er hatte schon so genug Probleme am Hals.

Er beobachtete sie beim Probieren. Sie tat das sehr gewissenhaft und doch ohne die übertriebene Attitüde des ausgiebigen Schlürfens und Schmatzens, die er ziemlich albern fand.

«Und? Ist das der Wein, für den Sie sich interessieren? Können Sie mir vielleicht die Rebsorte sagen?»

Sie schaute ihn belustigt an.

«Baron, Sie beleidigen mich. Natürlich erkenne ich die Rebsorte.»

Baron? Die Frau wusste, wer er war?

Wortlos ging sie zum Weinregal und wählte die richtige Flasche aus. Sie kam mit ihr zurück und stellte sie auf den Degustationstresen.

«Nur haben Sie einen älteren Jahrgang geöffnet. Wenn ich mich nicht sehr täusche, einen vorzüglichen 2000er. Sehr generös. Das war einer meiner vier Wunschjahrgänge.»

Er hatte es geahnt. Die Frau stellte seine Theorie der reziproken Geschwätzigkeit auf den Kopf. Sie sagte wenig – und wusste alles. Sogar den Jahrgang.

«Ganz genau. Respekt!»

Sie lächelte.

«War nicht so schwierig, mein lieber Baron. Nach allem, was ich von Ihnen gehört habe, hätten Sie das auch gekonnt.»

Sie hatte von ihm gehört? Hoffentlich nur Gutes. Was aber unwahrscheinlich war.

«Gut möglich», sagte er mit der gebotenen Bescheidenheit. «Aber dennoch: Respekt!»

«Außerdem gebe ich das Kompliment zurück. Sie haben meine Gedanken gelesen und exakt den richtigen Wein geöffnet. Das war fast schon übersinnlich. Insofern haben wir beide die Wette gewonnen.»

«Ja, so könnte man das sehen. Nachdem Sie offenbar wissen, wer ich bin, darf ich auch Sie um Ihren werten Namen bitten?»

«Sabrina – sagen Sie einfach Sabrina zu mir», antwortete sie lächelnd.

Nun, ihr Vorname war nicht wirklich zielführend. Aber er respektierte ihre Zurückhaltung.

«Sabrina, fast kann ich mir denken, für welche anderen Jahrgänge dieses Weins Sie sich interessieren …»

«Ich denke mir, dass Sie sich das denken können.»

Wieder dieses bezaubernde Lächeln.

«Aber dafür müsste ich in unsere Schatzkammer. Wir haben nur noch wenige Flaschen vorrätig.» Emilio räusperte sich verlegen. «Und eine Degustation könnte ich nur verantworten, wenn Sie … also … Sie verstehen … wenn …»

«Ich verstehe sehr wohl. Wenn mir die Jahrgänge zusagen, nehme ich alle Flaschen, die zu haben sind. Zum Preis, den Sie mir nennen. Das wäre der Deal, einverstanden?»

Wow, dachte Emilio, das war für ihn heute der mit Abstand interessanteste Tag, den er je in Phinas Vinothek verbracht hatte. Apropos Phina: Sie war in Trient. Also konnte er sie nicht fragen, geschweige denn ihr diese ominöse Sabrina vorstellen. Aber er hatte Prokura, gewissermaßen – jedenfalls ging er davon aus. Sie deshalb anzurufen fände er uncool.

«Sabrina, auch Sie können meine Gedanken lesen. Ja, ich bin einverstanden. Wollen wir, nur zur Sicherheit, die Jahrgänge präzisieren?»

«Nicht nötig. Wenn Sie nichts dagegen haben, begleite ich Sie in die Schatzkammer.»

Ihm schoss durch den Kopf, dass sie auch eine potenzielle Diebin sein könnte, die die örtlichen Gegebenheiten ausspionieren wollte. Es konnte sich ebenfalls um eine zahlungsunfähige Verrückte handeln, die zufällig viel von Wein verstand. Aber er hörte auf seine innere Stimme. Und die sagte ihm, dass diese Sabrina alles sein könnte, nur keine Betrügerin. Wer wie sie nicht nur einen Wein, sondern sogar den Jahrgang identifizieren konnte, war eine Auserwählte, von Bacchus geküsst – und zu keiner Straftat fähig.

Als sie die Vinothek verließen, um über den Hof ins Haupthaus zu gehen, in dessen Keller sich die «Schatzkammer» befand, fuhr ein Kleinbus mit Besuchern vor.

«Tut mir leid. Wegen Krankheitsfall geschlossen!», rief er dem Fahrer zu. Sie beschleunigten ihre Schritte.

Sabrina hakte sich bei ihm ein.

Emilio fragte sich, ob es ein unkalkulierbares Risiko war, mit dieser aparten und, wie es schien, seelenverwandten Person ohne Begleitung in den Keller zu gehen, wo die Raritäten des Hauses gelagert waren. Wo es Kerzen gab, die man anzünden konnte …

*

Zwanzig Minuten später hatten sie den Termin im Keller absolviert. Mit Anstand. War ja klar. Sie standen nun auf dem Hof vor ihrem grünen Porsche.

«Wir sind also handelseinig», sagte sie und streckte die Hand aus. «Ich schicke Ihnen morgen per Mail meine Bestellung. Wäre nett, wenn Sie mir diese umgehend bestätigen könnten.»

Er schlug ein und besiegelte das Geschäft. Auf die gute alte Art.

«So, ich muss weiter», sagte sie. «War nett, Sie kennengelernt zu haben.»

«Ganz meinerseits. Für mich war es sogar ein außerordentliches Vergnügen.»

«Das haben Sie nett gesagt. Wir sehen uns bestimmt mal wieder. Und grüßen Sie Frau Perchtinger von mir.»

Sie steckte ihm ihre Visitenkarte in die Brusttasche seines Sakkos. Dann stieg sie in ihren Porsche, winkte ihm zu – und fuhr davon.

Sekunden später kam Phina mit ihrem Auto durchs Tor. Sie bremste direkt vor Emilio, stieg hektisch aus und deutete dem Porsche hinterher.

«Sag mal, war das die Reganza?»

Er zuckte mit den Schultern. «Welche Reganza? Ich weiß nur, dass sie Sabrina heißt.»

«Sabrina Reganza. Wenn ich gewusst hätte, dass sie kommt, wäre ich nie nach Trient gefahren.»

Er fischte die Visitenkarte aus der Brusttasche und schaute kurz drauf.

«Stimmt, Sabrina Reganza.» Er runzelte die Stirn. «Reganza, Reganza … Irgendwie kommt mir der Name bekannt vor.»

Aber er konnte ihn nicht zuordnen.

«Das ist die Chef-Sommelière gleich mehrerer Sternerestaurants in Italien, Frankreich und Deutschland. Sie kauft für die Restaurants die besten Weine ein und bildet die Sommeliers aus. So ein Mist, dass ich nicht da war. Vielleicht hätte ich ihr einige Flaschen von mir verkaufen können. Ein Traum, sie auf einer Weinkarte in einem ihrer Restaurants zu finden …»

Phina sah richtig unglücklich aus. Emilio nahm sie in den Arm.

«Alles gut. Dein Traum geht in Erfüllung.»

Dann erzählte er ihr von Sabrinas Bestellung.

# 20

Bozen wird oft mit den Flüssen Etsch und Eisack assoziiert, dabei wird der Ort in Wahrheit durch die Talfer geprägt. Der Fluss entspringt auf über zweitausend Meter Höhe am Penser Weißhorn, fließt durch das Sarntal und schließlich mitten durch Bozen. Was auch insofern bedeutend ist, dass auf der östlichen Seite traditionell die vorwiegend deutschsprachige Bevölkerung lebt. Während jenseits des anderen Talferufers als Folge der Zuwanderungspolitik unter Mussolini primär Italienisch gesprochen wird. Tatsächlich stellt heute die italienische Sprachgruppe in Bozen die überwältigende Mehrheit dar.

Emilio fühlte sich auf beiden Seiten der Talfer gleichermaßen wohl. Er genoss es geradezu, nach Lust und Laune zwischen den Sprachen und Kulturen zu pendeln. Schon gab es in den Restaurants statt Topfenknödel und Speckwurzen köstliche *Tagliolini con gamberi* und *Branzino al forno*. Man wünschte sich *una bella giornata*, und zum Abschied bekam die Bedienung *un bacino* auf die Wange. Wenig später konnte man dann wieder unter den Lauben zur Verdauung einen Nusseler trinken oder einen Edelbrand.

Als bekennender Flaneur war Emilio auch sonst ein großer Fan der Talfer, denn entlang des Flusses gab es auf beiden Seiten Promenaden, Grünflächen – und Bänke, auf denen man sich niederlassen konnte. Wie heute, wo er mit Mariella verabredet war. Von der Quästur an der Via Marconi musste Sandrinis

Sekretärin in der Mittagspause nur die Drusus-Brücke überqueren, um über die *Passeggiata Lungo Talvera degli Alpini* zur Wassermauer Promenade zu gelangen, wo er auf sie wartete. Etwas Bewegung tat ihr nach seiner Einschätzung gut, weshalb er ihr nicht entgegenging.

Obwohl es nicht weit war, hatte Mariella bei ihrer Ankunft einen roten Kopf. Kurzatmig war sie also auch noch. Sie sollte wirklich etwas gegen ihr Übergewicht unternehmen. Aber das würde er ihr nie sagen. Jeder war für sich selbst verantwortlich.

«Mein lieber Baron», begrüßte sie ihn. «Es ist schon lange her, dass ich mich mit einem Mann auf einer Bank an der Talfer verabredet habe. Wie romantisch.»

Er glaubte ihr aufs Wort. Jedenfalls, was die Zeitspanne betraf. Das mit der Romantik sah er natürlich anders.

«Wie schön, dass Sie Zeit haben», sagte er ausweichend.

Mariella klimperte mit den Augen. «Für Sie doch immer, mein lieber Emilio.»

Oje, jetzt musste er aufpassen. Am besten käme er gleich auf den wahren Grund ihres Treffens zu sprechen. Aber er sollte die Kurve nicht allzu abrupt nehmen, sonst würde er ihre Gefühle verletzen.

«Was macht die Kirchenmusik?», fragte er stattdessen. «Singen Sie noch im Chor?»

Sie klatschte freudig in die Hände. «Dass Sie sich das gemerkt haben? Natürlich singe ich noch. Nächste Woche in der Herz-Jesu-Kirche. Vielleicht können Sie es einrichten, auch dorthin zu kommen? Ich würde mich über Ihren Besuch sehr freuen.»

Sie holte aus ihrer Handtasche ein Döschen.

«Ich habe Ihnen meine selbstgebackenen Maronenplätzchen mitgebracht, die Sie so lieben.»

Emilio fühlte sich an seine Kindheit erinnert. Da hatte er

mal zum Geburtstag von seiner Mutter eine Prinzregententorte bekommen und aus Höflichkeit gesagt, dass sie ihm gut schmecken würde. Fortan hatte er bis ins Erwachsenenalter zum Geburtstag immer eine Prinzregententorte erhalten. Dabei mochte er viel lieber Käsekuchen. Und später sogar Kaviar. Aber nein … immer wieder aufs Neue Prinzregententorte. Da sah man mal wieder, was falsche Höflichkeit anrichten konnte.

Auch bei Mariella kam er aus der Nummer nicht mehr raus. Gott sei Dank wusste sie nicht, wann er Geburtstag hatte.

Emilio nahm eines von den angebotenen Plätzchen. Immerhin waren sie wirklich köstlich.

«Morgen fahre ich erneut nach Mals im Vinschgau, um mich mit dem Apfelbauern Gustl Mayr zu treffen», sagte er, um diskret einen Themenwechsel herbeizuführen.

«Apropos Äpfel, kennen Sie eigentlich meine leckeren Apfelkekse? Die müssen Sie unbedingt mal probieren …»

Emilio beschloss, sich nicht ablenken zu lassen.

«Haben Sie zufällig was über ihn in Erfahrung gebracht?»

«Über den Mayr Gustl aus Mals? Natürlich habe ich das – beziehungsweise habe ich nicht, wenn Sie verstehen.»

Jetzt wurde sie auch noch kompliziert.

«Nicht ganz, meine liebe Mariella. Wollen Sie damit andeuten …?»

«Ganz genau, Sie verstehen mich auch ohne Worte. Der Mayr aus Mals hat sich im Leben noch nicht viel zuschulden kommen lassen. Also gab es nichts, was ich in Erfahrung bringen könnte. Sieht man mal von einer Wirtshausschlägerei ab, in die er letztes Jahr verwickelt war, und von einem Strafverfahren wegen Steuerhinterziehung. Aber das sind ja Kavaliersdelikte. Sonst hat er eine reine Weste. Wie Sie wahrscheinlich wissen, ist der arme Mann verwitwet. Da tut er mir wirklich leid …»

Mariella konnte sehr empathisch sein. Verstümmelte Leichen machten ihr wenig aus, aber gebrochene Herzen gingen ihr an die Seele.

«Was ist mit seinem Sohn Ludwig?»

«Ein fescher junger Mann. Wir haben sein Foto in unserer Kartei. Gut schaut er aus, das schon, aber er fährt zu schnell Auto. Und er trinkt zu viel. Er hat schon mal seinen Führerschein abgeben müssen. Auch hatte er vor Jahren mal eine Anzeige wegen versuchter Vergewaltigung am Hals …»

Hoppla, das war interessant.

«… aber das Verfahren wurde eingestellt. Das Mädel hat ihre Anzeige zurückgezogen.»

Emilio warf Mariella einen skeptischen Blick zu. «Weil der Vater bezahlt hat?»

Sie zuckte mit den Schultern. «Keine Ahnung. Aber Sie haben recht; oft läuft es so.»

«Ich mag den Ludwig nicht», gab Emilio zu. «Und jetzt mag ich ihn noch weniger.»

«Können Sie sich vorstellen, dass der Ludwig Mayr die Frau im Bunker umgebracht hat?»

«Ich kann mir grundsätzlich alles vorstellen. Aber deshalb muss es nicht so gewesen sein. Wäre fast zu einfach.»

«Richtig, da wäre auch der Commissario drauf gekommen …»

Emilio grinste. «Schon deshalb kann es eigentlich nicht stimmen.»

«Oder vielleicht doch? Sie werden es herausfinden.»

Mariella reichte ihm zum Abschied einen Umschlag.

«Hat mich einige Überredungskünste gekostet. Aber dem Commissario steht momentan das Wasser bis zum Hals, da unterschreibt er fast alles.»

# 21

Tilda Kneissl bummelte durch Bozen. Das tat sie gerne. Auch wenn sie einige Modegeschäfte vermisste, die sie früher geliebt hatte. Dafür machten an anderer Stelle neue auf. In Bozen war gerade viel in Bewegung – nicht zuletzt durch Filialen internationaler Ketten und das Projekt «WaltherPark» im Bahnhofsareal. Von allen modebewussten Frauen Südtirols traf der Umbruch Tilda wohl am wenigsten. Denn durch ihre Arbeit als Fotografin kam sie regelmäßig nach Mailand, Paris, London und sogar New York. Dort holte sie sich ihre Inspirationen. Bei ihrem heutigen Bummel durch Bozen hatte sie sowieso ein anderes Ziel im Auge. Sie hatte ihr iPad dabei, auf dem die Zeichnung des roten Kleides gespeichert war. Es war markant, nicht zuletzt aufgrund der rautenförmigen Pailletten. Dennoch machte sie sich keine falschen Hoffnungen. Tilda lächelte vor sich hin. Nun ja, ein klein wenig wohl schon, sonst könnte sie sich ja die Mühe sparen.

Sie konzentrierte sich auf jene Boutiquen, die es schon länger gab, denn der Kauf des Kleides musste ja viele Jahre zurückliegen. Deshalb machte es auch keinen Sinn, mit Verkäuferinnen zu reden, die erst seit kurzem im Job waren. Sie zeigte ihre Illustration gezielt älteren, erfahrenen Fachkräften. Diese wunderten sich zwar, warum sie ausgerechnet die Herkunft dieses Kleides wissen wollte. So toll war es nun auch nicht. Dennoch fühlten sich die meisten herausgefordert und holten sogar alte Kataloge hervor, um dort in den Kollektionen nachzusehen.

Zu dumm, dass im Kleid kein Modelabel gefunden wurde. Wofür es mehrere Erklärungen geben konnte. Möglicherweise war es im Laufe der Jahre verrottet. Oder das Kleid war ohne Etikett in den Verkauf gekommen, was freilich unwahrscheinlich war. Oder die junge Frau hatte das Etikett herausgetrennt, was nach Tildas Erfahrung wiederum zwei Ursachen haben konnte. Sie selbst trennte alle Etiketten heraus, die auf der nackten Haut kratzten. Den zweiten Grund kannte sie nicht aus eigener Erfahrung, weil sie nur exklusive Mode trug. Aber viele Frauen entfernten die Etiketten, wenn sie von Billiglabels stammten. Das allerdings wäre die ungünstigste Variante, denn in diesem Fall würde die Spur des Kleides nie zur Identität der Käuferin führen. Ach so, es gab sogar eine noch ungünstigere Möglichkeit: Das Kleid könnte die Tote selbst geschneidert haben. Tilda verwarf den Gedanken, denn sie war ein Mensch, der sich weigerte, immer von den schlechtesten Annahmen auszugehen. Sie glaubte an die Kraft des positiven Denkens. Also kamen als Erklärung für das fehlende Modelabel nur die Verrottung in Betracht oder das Heraustrennen, weil es kratzte. Punkt! Und weil das so war, würde sie ihre Recherchen fortsetzen. Nicht nur in Bozen. Auch in Meran gab es Geschäfte, die in Frage kamen.

Tilda fiel plötzlich noch eine weitere Möglichkeit ein. Online-Shopping! Wie lange war die Frau schon tot? Wie sehr war das Einkaufen im Internet zu ihren Lebzeiten schon verbreitet gewesen? Tilda stellte fest, dass man sich selbst mit der Methode des positiven Denkens im Nichts verlieren konnte.

# 22

Zeitgleich mit Tilda Kneissl streifte auch Emilio durch die Bozner Altstadt. Eigentlich hätten sie sich über den Weg laufen müssen, aber im Unterschied zu ihr ging er an allen Modeboutiquen achtlos vorbei. Ihn interessierten ausschließlich die Juweliergeschäfte, von denen es in Bozen mehr gab, als er gedacht hätte. Er hatte zuvor im Internet recherchiert und die Namen und Adressen aufgeschrieben. Sein Weg führte kreuz und quer von der Gerber- und Bindergasse über die Lauben und den Rathausplatz bis zur Postgasse. Überall zeigte er das Fußkettchen der Toten. Natürlich ohne zu sagen, was es mit dem Schmuckstück auf sich hatte. Er deutete an, dass die Kette bei einem Hehler sichergestellt wurde und er gerne die rechtmäßige Besitzerin ausfindig machen würde. Sehr glaubwürdig war diese Erklärung nicht, denn das Kettchen war zwar hübsch, aber trotz des kleinen Edelsteins nicht wertvoll genug, um seine Bemühungen zu rechtfertigen. Auskunft bekam er dennoch, schon weil er vorgab, sich für Schmuckstücke in der Auslage zu interessieren. Einem potenziellen Kunden erfüllte man auch die sonderbarsten Wünsche. Mit der Lupe untersuchten die Juweliere das Kettchen und fanden – nichts. Außer dass laut Prägung der Goldgehalt bei fünfundsiebzig Prozent lag, dass der violett schimmernde Edelstein ein billiger Amethyst war, aber auch, dass es sich eindeutig um keine Massenware handelte, sondern um eine individuelle Anfertigung. Doch von wem sie stammen könnte, wusste keiner zu sagen. Dafür war das Schmuckstück nicht ausgefallen genug.

Emilios Hoffnungen schwanden, aber er gab nicht auf. Beharrlichkeit und Geduld waren für einen privaten Ermittler unverzichtbare Charaktermerkmale und mindestens so wichtig wie Scharfsinn und Furchtlosigkeit – wahrscheinlich noch wichtiger. Frustriert war er trotzdem. Allerdings gab es Juweliere und Schmuckgeschäfte nicht nur in Bozen. Also würde er seinen Aktionsradius systematisch erweitern. Wie ein Stein, den man ins Wasser warf, woraufhin sich immer größere Kreise auf der Oberfläche bildeten.

Aus der Museumstraße kommend, schlenderte er gedankenverloren mitten auf den Obstmarkt. Das war ein Fehler, denn offenbar waren gerade mehrere Reisegruppen gleichzeitig unterwegs, die sich gegenseitig im Weg standen. Es bedurfte einer geschmeidigen Guerillataktik, diesem Menschenknäuel zu entkommen. Und viel Selbstbeherrschung, dabei nicht den Gehstock als Waffe einzusetzen. Emilio flüchtete in die Dr. Streitergasse. Und dort, einer spontanen Eingebung folgend, betrat er die «Lisa Wineboutique». Erleichtert, dem Rummel entkommen zu sein, setzte er sich auf einen Barhocker. Ohne lange zu fragen, goss ihm Lisa nach der Begrüßung einen Comitissa ein, einen Metodo Classico von Lorenz Martini. Sie wusste, was ihm guttat. Mit der aufsteigenden Perlage verflüchtigte sich sein Frust.

Plötzlich fuhr ihm jemand von hinten durch die Haare. Er hasste das. Bevor er reagieren konnte, bekam er einen Kuss auf die Wange gehaucht. Den Duft kannte er, auch die Lippen. Nun gab es in unmittelbarer Umgebung des Obstmarktes viele Vinotheken, wo man sich hätte verfehlen können. Doch Tilda hatte wie er ausgerechnet diese ausgewählt. Der Zufall war ein Eichhörnchen.

Tilda glitt auf den Barhocker neben ihm. Sie tat dies mit einer lasziven Bewegung – sie konnte das geradezu unvergleichlich gut. Eine andere Frau würde sich einfach setzen.

«Hallo, mein Schatz, wie geht's?», begrüßte sie ihn.

Mein Schatz? Er sah sich um. Hatte das jemand gehört? Er entdeckte keine von Phinas spionierenden Freundinnen in der Weinbar. Und Lisa war diskret. Trotzdem hätte es einen verschwiegeneren Platz geben können, um sich zu treffen. Und sie hätte sich weniger auffallend kleiden können.

«Mir geht's gut», antwortete er. «Und jetzt noch besser», rutschte ihm heraus.

Sie lächelte. «Weil du mich getroffen hast, ich verstehe.»

«Ich dachte eher an den Spumante im Glas ...», widersprach er.

«Ich liebe deinen Charme. Hast du was Neues von unserer Mumie gehört?»

Er zuckte mit den Schultern. «Keine Ahnung, sie spricht nicht zu mir.»

«Wie wär's zur Abwechslung mal mit einer vernünftigen Antwort?»

Okay, sie hatte recht.

«Professor Turmstaller hat sich darauf festgelegt, dass die Frau vor sechs bis sieben Jahren ermordet wurde», berichtete er. «Darüber hinaus gibt's keine wirklich neuen Erkenntnisse.»

Dass die Tote schwanger war, verschwieg er. Tilda musste nicht alles wissen.

«Sechs bis sieben Jahre ...», wiederholte sie nachdenklich. «Das ist wirklich nicht so lange her. Da müsste man doch rausbekommen, um wen es sich bei der Toten handelte. Aber das weißt du immer noch nicht, richtig?»

Emilio wunderte sich über ihr Engagement. Irgendwie war es aber auch verständlich, denn sicherlich war sie noch nie zuvor auf ein Mordopfer gestoßen. Genau genommen war er erst durch sie auf die nachträglich eingezogene Mauer im Bunker aufmerksam geworden. Ohne Tilda läge die Mumie immer noch unentdeckt in ihrem Verlies. Er sollte ihr also dankbar sein.

«Nein, leider nicht. Mit dem Namen der Toten wären wir einen großen Schritt weiter.»

Sie holte ein iPad aus ihrer Umhängetasche und zeigte ihm die von ihr angefertigte Zeichnung des Kleides.

«Schaut aus wie in einem Katalog», sagte er bewundernd.

«Ich grase gerade einige Boutiquen ab und frage nach dem Kleid. Ist zwar nicht besonders vielversprechend, aber vielleicht haben wir Glück.»

Er sah sie verwundert an. Offenbar hatte er jetzt eine Assistentin.

«Keine schlechte Idee. Du sagst mir Bescheid, wenn du was rausbekommst?»

«Wenn du mich lieb bittest …»

«Was ich hiermit tue.»

«Aber wie gesagt, ich rechne nicht wirklich mit einem Erfolg.»

«Dann geht's dir wie mir. Ich verfolge nämlich momentan eine ähnlich aussichtslose Spur.»

Er legte das Fußkettchen der Toten auf den Tresen.

«Ich klappere die Juweliere ab. Bislang vergebens.»

Tilda nahm die Kette und sah sie sich genauer an. Zweifellos hatte sie auf diesem Gebiet mehr Expertise als Phina.

«Na ja, sieht schöner aus als an der Leiche und auf meinen Fotos, ist aber trotzdem nicht mein Geschmack. Zu filigran und verspielt.»

Er erinnerte sich an Phinas Worte. Zu «futzlig» hatte sie gesagt. Was so ziemlich aufs Gleiche herauskam.

«Außerdem wäre mir der Stein zu klein. Was ist das – ein Amethyst? Alles unter einem einkarätigen Diamanten läuft bei mir unter Modeschmuck.»

«Ganz schön anspruchsvoll.»

Sie lächelte. «Aber nein, ich habe sogar einen ganz einfachen Geschmack. Ich bin immer mit dem Besten zufrieden.»

Das war ein Zitat. Emilio wusste, von wem der Spruch stammte. Nämlich von Oscar Wilde. Dass der gute Mann bei seinem Tod völlig verarmt war, könnte er als Gegenargument anführen. Aber das würde vom Thema ablenken.

«Die Tote war vermutlich nicht so gut situiert wie du.»

«Stimmt, auch das Kleid ist keine Haute Couture.»

Sie pendelte mit dem Kettchen vor ihren Augen hin und her.

«Ich weiß in Naturns …» Sie unterbrach sich, als ob sie nachdenken musste. Fiel ihr ein Name nicht ein, oder hatte ihr Zögern einen anderen Grund? Jedenfalls sprach sie nach kurzer Pause weiter. «Ich kenne dort einen Goldschmied, der auch als Gutachter arbeitet und wahrscheinlich alle Juweliere der Region kennt. Den solltest du mal fragen. Vielleicht kann er dir einen Tipp geben?»

Emilio dachte, dass Tilda wirklich eine gute Assistentin abgab. Was nichts daran änderte, dass er lieber alleine arbeitete.

# 23

Wieder einmal hatte er Zuflucht in einem Gottesgebäude gesucht. Diesmal in keiner Kirche, sondern in einer kleinen, abgelegenen Wallfahrtskapelle, von der man weit ins Tal blicken konnte. Der Legende nach befand sich an dieser exponierten Stelle in grauer Vorzeit ein keltischer Opferplatz. Später hatte genau hier ein Mädchen aus einem Bergbauernhof eine Marienerscheinung. Zur Kapelle führte ein steiler Kreuzweg mit Stufen und verwitterten Tafeln, die die Gebetsstationen markierten. Aber die Fähigkeit zum Gebet war ihm abhandengekommen. Spätestens vor nunmehr sieben Jahren, als er die Tat begangen hatte, die ihn auf ewig verfolgen würde.

Er kniete auf einer Bank und hielt die Augen geschlossen. Den Kopf auf die gefalteten Hände gestützt. Wenn Gott, an den er nicht glaubte, ihn so sehen könnte, würde er glauben, er wäre ein frommer Mann. Nein, nein … das würde er natürlich nicht, denn er könnte ja in seine Seele blicken – und seine Gedanken lesen. Weil aber außer dem sogenannten himmlischen Vater niemand dazu in der Lage war, musste er jetzt nur sein finsteres Geheimnis im tiefsten Inneren vergraben. So tief, dass es dort unauffindbar blieb. Dann konnte ihm nichts geschehen. Und er konnte so weiterleben wie bisher. Nach außen unbeschwert und frei von jeglicher Pein. Ein Mann in den besten Jahren, gutgelaunt und voller Elan.

Dass es ihm von Stunde zu Stunde dennoch schwerer fiel, die lockere Fassade aufrechtzuerhalten, lag daran, dass man Dobras Leiche gefunden hatte – oder was davon noch übrig war. Plötzlich war alles wieder da, so, als ob es gerade geschehen wäre. Dobra in ihrem roten

Kleid. Der Spaten, mit dem er sie niedergeschlagen hatte. Die Ziegelsteine, der Mörtel, die Maurerkelle …

Seine Hände verkrampften sich. Sein Herz schlug bis zum Hals …

Vielleicht sollte er doch beten, einfach so, zur Beruhigung.

«Vater unser, der du bist im Himmel, vergib mir meine Schuld, erlöse mich von dem Übel. In Ewigkeit. Amen.»

Da hatte er einiges vergessen. Aber die «Kraft und die Herrlichkeit» waren für ihn schon seit langem nicht so wichtig. Und das «tägliche Brot» war gesichert, darum musste er nicht bitten.

Wieder und wieder stellte er sich dieselbe Frage: War es möglich, ihm die Tat nachzuweisen? Zeugen gab es keine, dafür hatte er gesorgt. Was ein weiteres Verbrechen darstellte, ihn seltsamerweise aber keine Sekunde belastete. Weil die Maßnahme zwangsläufig und folgerichtig gewesen war. Sie war gewissermaßen alternativlos. Weshalb sich die Schuldfrage relativierte.

Was war mit möglichen Spuren im Bunker? Davon gab es aus jener Zeit so viele, dass man ihm daraus keinen Strick drehen konnte. Außerdem fehlte etwas Entscheidendes: Er hatte kein Motiv. Warum hätte er die hübsche und begehrenswerte Dobra umbringen sollen?

Er begann hysterisch zu kichern. Daraus wurde ein erst unterdrücktes, dann lautes Lachen, das in der leeren Kapelle gespenstisch widerhallte.

Kein Motiv, kein Motiv … Warum machte er sich Sorgen? Er war ein freier Mann – und er würde es bleiben. Das war so sicher wie das … wie das Amen in der Kirche.

Er gab sich einen Ruck und stand auf. Beim Hinausgehen hielt er inne. Er holte sein Portemonnaie hervor und steckte Geld in den Opferstock. Aber nicht viel, denn den Ablasshandel, mit dem man sich von seinen Sünden freikaufen konnte, gab es nicht mehr. Aber eine Kerze zum Anzünden. Er tat dies in Gedenken an Dobra. Ganz so, als ob sie durch eine schlimme Krankheit von ihm gegangen wäre und er um sie trauerte. Aber so war es nicht gewesen …

# 24

Emilios Freund Bastian Steingruber hatte auf seinem Weingut in Girlan einen Verkostungsraum mit einem langen Holztisch, an dem er normalerweise Besuchergruppen platzierte. Heute saßen sie am späten Nachmittag zu zweit beieinander. So richtig fröhlich war die Stimmung nicht. Dabei hatte Bastian einen Chardonnay geöffnet, der all jene Ignoranten Lügen strafte, die dem Kürzel ABC anhingen. Was so viel bedeutete wie *Anything But Chardonnay*. Eine Geringschätzung, die sich auf unterdurchschnittliche Chardonnays – vor allem aus der Neuen Welt – gründete, aber der Traube bitter unrecht tat. Schließlich wurden bis heute die besten und teuersten Weißweine überhaupt aus Chardonnay gekeltert. Nämlich die großen Burgunder wie Montrachet, Meursault oder Corton-Charlemagne. Auch ein Chablis war nichts anderes als ein sortenreiner Chardonnay. Und beim Champagner war der Chardonnay die einzige zugelassene weiße Traube. In Südtirol wurden unter anderem der Löwengang von Lageder und die Sophie von Manincor aus Chardonnay gekeltert.

Bastian hatte den Ehrgeiz, mit seinem Chardonnay in Italien ganz vorne mitzuspielen. Dabei verzichtete er ausnahmsweise auf alle Experimente. Das Ergebnis war ein Weißwein «mit seidiger Textur, einer eleganten Duftigkeit, deutlich mineralischer Note und mit dezenten Eichenholzaromen». So stand es in einem renommierten Weinführer. Emilio fand keinen Grund, dieser poetischen Beschreibung zu widersprechen.

Dass sie trotz dieses feinen Tropfens wenig euphorisch waren, lag an der Mumie im Bunker. In vielerlei Hinsicht. So konnten sich beide nicht frei machen vom tragischen Schicksal der jungen Frau. Bei Bastian kam hinzu, dass er sich um seine Amphoren sorgte. Der Lagrein sei empfänglich für atmosphärische Schwingungen. Er fürchtete, dass im Bunker die so wichtigen *good vibrations* fehlten, sich vielleicht sogar ins Gegenteil verkehrt hatten.

Emilio widersprach dieser Befürchtung, weil er sie für physikalischen Unfug hielt. Die Lagerungsbedingungen für den Lagrein hätten sich um keinen Deut geändert. Dass Emilio dennoch auch selber schlecht drauf war, lag in seinen Ermittlungen begründet. Es war weder zu erwarten, dass Tilda mit ihrer künstlerisch wertvollen Modezeichnung weiterkam. Noch glaubte er, dass ihn das Fußkettchen weiterbringen würde. Und andere Spuren hatte er nicht. Nun gut, mit den beiden Mayrs hatte er einen Dickkopf und einen Heißsporn, denen man einiges zutrauen könnte. Aber das war's dann schon.

«Wie lang kennst du eigentlich den Gustl Mayr schon?», fragte Emilio. «Und seinen Sohn, den Ludwig?»

«Schon lang, wir haben uns mal im landwirtschaftlichen Versuchszentrum Laimburg kennengelernt.» Er lachte. «Dort kommen sich Äpfel und Wein näher als sonst wo. Aber ich kenn den Gustl nicht gut. Und den Ludwig fast gar nicht.»

«Gustl Mayrs Frau ist vor einigen Jahren gestorben, stimmt's?»

Bastian Steingruber nickte. «Ja, das war eine traurige Sache. Sie hatte einen schweren Unfall mit ihrem Auto, lag anschließend wochenlang im Koma. Irgendwann haben sie die lebenserhaltenden Maschinen abgestellt. Das war's dann.»

«Noch so eine tragische Geschichte», stellte Emilio fest. «Dabei könnte es im Vinschgau so schön sein.»

«Dort bringen sich mehr Leute um als woanders. Muss am Tal liegen, da werden die Menschen depressiv. Oder kommen auch sonst auf dumme Gedanken. Kennst du die Geschichte vom Gattenmord auf dem Stilfserjoch?»

Emilio trank einen Schluck vom Chardonnay.

«Nein, noch nie gehört ...»

«Wird dir gefallen, ist was Kriminalistisches. Ein eleganter Engländer – ich glaube, er hieß Henry Tourville, vielleicht aber war er auch Franzose ... Na, egal. Jedenfalls hat er 1876, das Jahr habe ich mir gemerkt, am Stilfserjoch Urlaub gemacht. Zusammen mit seiner frisch angetrauten, deutlich älteren Gattin. Von einer Wanderung ist er alleine zurückgekommen und hat Alarm geschlagen. Seine Frau sei abgestürzt. Die Helfer fanden ihre Leiche ...»

«Ich nehme an, sie ist nicht freiwillig zu Tode gekommen. War sie vermögend?»

«Emilio, du hast den richtigen Beruf gewählt. Genauso war es nämlich. Die Gattin war schweinereich, und er der Universalerbe. Henry Tourville wurde verdächtigt, sie in den Abgrund gestoßen zu haben, um an ihr Geld zu kommen. Er hat die Tat natürlich geleugnet, aber das hat ihm nichts geholfen. Er wurde des ‹meuchlerischen Gattenmordes› angeklagt und zum Tode am Strang verurteilt.»

«Künstlerpech», konstatierte Emilio lapidar.

«Vielleicht lag's an der Höhenluft? Da kommen einem die abscheulichsten Einfälle. Zum Beispiel, sein Eheweib umzubringen ...»

«Auf diese Idee kommen auch Menschen auf Meereshöhe. Dafür braucht's nicht den Vinschgau.»

«Hast auch wieder recht. Dabei könnte man sich einfach scheiden lassen ...»

«Und aufs Geld verzichten? Was glaubst du, wie viele ‹Gattenmorde› es wegen des schnöden Mammons auf der Welt gibt? Wahrscheinlich jede Minute einen. Und ob dabei die Männer statistisch als Täter vorne liegen, ist nicht gesagt. Dem sogenannten schwachen Geschlecht traue ich auf diesem Gebiet einiges zu.»

«*Jo, Luadr sein's schun dia Weibr …*»

Emilio nahm diese Einschätzung schmunzelnd zur Kenntnis. Er sah keine Veranlassung, seinem Freund zu widersprechen. Auch wenn er es anders formulieren würde.

Nachdenklich schaute er auf sein Weinglas. Eine Kristallkugel wäre ihm gerade lieber. Dann könnte er in ihr vielleicht lesen, was passiert war. Nicht auf dem Stilfserjoch vor hundertfünfzig Jahren, sondern im Bunker vor nicht einmal einer Dekade. Die Tote im roten Kleid war wie dazumal die reiche Engländerin das Opfer. Aber ihr Tod wurde nicht als Unfall inszeniert, ihr Mörder hatte sie einfach verschwinden lassen. Wenn es nach ihm gegangen wäre – für immer und ewig. Weshalb es wohl nicht ums Geld gegangen war. Es musste ein anderes Motiv geben. Aber welches? Es war müßig, ohne einen einzigen Anhaltspunkt draufloszuspekulieren.

«Weißt du, ob der Mayr eine Freundin hat?», fragte Emilio. Er sagte dies ohne tieferen Grund, der Gedanke war ihm nur gerade durch den Kopf gegangen.

«Der Ludwig hat viele Freundinnen …»

«Nein, ich meine den alten Mayr.»

«Ach so.» Bastian kratzte sich nachdenklich am Kinn. «Ob der Gustl jetzt wieder eine Freundin hat? Wünschen würde ich es ihm. Aber zu Ohren ist mir nichts gekommen. Wie gesagt, so gut kenne ich ihn auch wieder nicht.»

«Oder vielleicht schon zu Lebzeiten seiner Frau?»

«Du meinst eine Liebschaft vor ihrem Unfall? Ja mei, ausschließen kann man nichts. Aber warum interessiert dich das?»

Emilio zuckte mit den Schultern. «Einfach so. Immerhin ist er der Besitzer des Bunkers, in dem eine Frauenleiche gefunden wurde. Da interessiert mich, was für ein Mensch er ist und wie seine Lebensumstände aussehen.»

«Ich versteh. Also, ich glaub, der Gustl ist ein grundehrlicher Kerl. Der macht nichts Unrechtes. Bei seinem Sohn wäre ich mir dagegen nicht so sicher. Der Ludwig hat dem Vater schon viel Kummer bereitet.»

Inklusive des Vorwurfs einer versuchten Vergewaltigung, dachte Emilio. Weil er aber nicht sicher davon ausgehen konnte, dass Bastian das wusste, ließ er diese Sache unerwähnt.

«Ich kann's mir vorstellen», sagte er stattdessen. «Wie auch immer, morgen fahre ich erneut nach Mals, um mit den beiden zu reden.»

Bastian schenkte etwas Chardonnay nach.

«Was meinst? Soll ich meine Amphoren im Bunker lassen?»

«Kennst ja meinen Standpunkt. Von der Leiche hat dein Lagrein nichts mitbekommen. Außerdem ist sie jetzt weg. Am besten lässt du deinen Wein einfach in Ruhe. Ihn auf einem Laster in der Gegend herumzuschaukeln, tut ihm auch nicht gut.»

«Hast recht. Ruhig hat er es jetzt. Im Bunker herrscht quasi …» – er räusperte sich – «… herrscht quasi Totenstille!»

# 25

In der Bozner Quästur herrschte wieder mal dicke Luft. Vielleicht nicht überall, aber ganz sicher im ersten Stock der Staatspolizei, wo Sandrini sein Büro hatte. Dabei hätte der Commissario allen Grund, sich zu freuen. Denn der Mörder des Zuhälters aus dem Froschbrunnen war überführt. In zwei Stunden war eine Pressekonferenz angesetzt. Da könnte er stolz über den Fahndungserfolg berichten und die professionelle Arbeit seiner von ihm höchstpersönlich geleiteten Sonderkommission loben. Aber daraus würde nichts werden. Denn unglückseligerweise hatte der Täter beim Zugriff Widerstand geleistet und aus seiner Wohnung im dritten Stock auf die anrückenden Polizeibeamten geschossen. Dabei wurden zwei Kollegen verletzt, gottlob nicht lebensgefährlich. Das hätte natürlich nicht passieren dürfen – aber wer konnte schon ahnen, dass der Mann einfach drauflosballerte. Da half es nicht viel, dass ein Scharfschütze der *Polizia di Stato* den «Froschmörder» – wie er in der Presse bezeichnet wurde – in seinem Fenster erschossen hatte. Als er unten auf dem Asphalt aufschlug, war er schon tot. Eine Schießerei in Bozen, wenn auch in einem Randbezirk, musste grundsätzlich und mit allen Mitteln vermieden werden; das war ein ungeschriebenes Gesetz. Weder durfte das Sicherheitsgefühl der Bürger beeinträchtigt werden, noch war so etwas gut für den Fremdenverkehr. Man würde ihm in der Pressekonferenz also die Hölle heiß machen. Auch seine Vorgesetzten hatten ihn schon zum

Rapport bestellt. Erschwerend kam hinzu, dass er zwar den Mörder des Zuhälters aus dem Verkehr gezogen hatte, aber nichts Stichhaltiges über die Hintergründe wusste. Mit seinem Tod hatte sich der Killer einem Verhör entzogen. Das war aus Sandrinis Sicht in höchstem Maße unfair und erschwerte seine Arbeit beträchtlich. Warum hatte sich der Mann nicht einfach widerstandslos verhaften lassen? Woher kam all diese Aggression auf dieser Welt? Sandrini stöhnte. In jungen Jahren hatte er an das Gute im Menschen geglaubt. Dann war er aus unerfindlichen Gründen zur Polizei gegangen. Vielleicht hätte er besser Pfarrer werden sollen.

Mariella stellte ihm eine Tasse mit Beruhigungstee auf den Tisch. Das war lieb von ihr. Nur glaubte er nicht, dass dieses Heißgetränk in der jetzigen Situation helfen würde. Auf einem Zettel notierte er sich Stichwörter für die bevorstehende Pressekonferenz. Er wollte für alle Fragen gewappnet sein. War nur zu hoffen, dass die Reporter beim Thema blieben. Schließlich war bekannt, dass parallel Ermittlungen gegen einen Drogenring im Stadtviertel Don Bosco liefen. Aber da könnte er sich mit der bewährten Floskel aus der Affäre ziehen, dass sie Fortschritte machten, aber aus ermittlungstechnischen Gründen zum aktuellen Zeitpunkt keine Informationen herausgeben dürften. Etwaige Nachfragen würde er mit vieldeutigem Lächeln souverän an sich abperlen lassen.

Was könnte noch passieren? Was lag sonst in der Luft? Sandrini blickte an die Decke, als erhoffte er sich von dort eine Eingebung. Natürlich, ein Thema gab es noch, das von einem vorlauten Reporter angesprochen werden könnte: der Leichenfund im Vinschgau. Viel mehr als das, was in der offiziellen Presseverlautbarung stand, dürfte nicht bekannt sein. Normalerweise würden sich die Pressefuzzis wie ausgehungerte Aasgeier auf diesen Fall stürzen. Dass sie bis jetzt Ruhe gaben, lag am «Froschmörder». So gesehen hatte der Fall auch was Gutes. Erst wenn es hier nichts mehr zu schreiben gab, würde sich die Journaille auf die unbekannte Frauenleiche einschießen. Wie hieß es doch so treffend: Jeden Tag wird eine neue Sau durchs Dorf getrieben. Das hatte er bei seiner Berufswahl nicht bedacht.

Blieb also als Wunsch der Zwiespalt, dass er aus der Nummer mit dem erschossenen «Froschmörder» möglichst schnell und unbeschadet herauskommen, gleichzeitig aber nicht so bald nach der Mumie gefragt werden wollte. Mumie? Gott sei Dank wusste niemand von diesem Status der Verstorbenen, denn seitdem man den Ötzi gefunden hatte, sorgte in Bozen allein das Wort «Mumie» für maximale Aufregung. Von Mariella wusste Sandrini, dass Emilio weiterhin am Fall dran war. Er selbst hatte sogar ein Papier unterschrieben, das dem Privatdetektiv die Arbeit erleichtern sollte. Auf Drängen von Mariella. Der Not geschuldet, in der er sich gerade befand. Noch einmal würde er das nicht machen. Hoffentlich ging Emilio diskret vor. Und hoffentlich machte er Fortschritte … Am besten so, überlegte Sandrini, dass er ihm den Täter zum rechten Zeitpunkt auf einem silbernen Tablett servieren konnte – punktgenau zu einer dann erneut anstehenden Pressekonferenz. Aber das war Zukunftsmusik. Jetzt musste er erst mal den heutigen Tag überstehen. Er trank Mariellas Beruhigungstee. Weil er der Wirkung misstraute, schüttete er ein Fläschchen Fernet-Branca in die Tasse …

# 26

Emilio saß mit Phina beim Abendessen. Zu Hause auf dem Hof, am großen Bauerntisch in der Küche. Sie hatte «Schöpsernes» zubereitet, einen typischen Südtiroler Lammeintopf mit Speckknödel. Dazu gab es ein Glas Bier. Sie hatte die Lammstücke nach dem Anbraten mit reichlich Rotwein abgelöscht.

«Na, schmeckst raus, welcher Wein im Essen ist?», fragte sie im Spaß.

Das war natürlich Humbug. Im Eintopf waren Zwiebeln verkocht, Karotten, Sellerie, Lauch, Rosmarin, Thymian … Wie sollte Emilio da den verwendeten Wein identifizieren?

«Ich kann's ja versuchen», antwortete er dennoch.

Mit einem Löffel probierte er von der Sauce. Erst roch er mit geschlossenen Augen an ihr, dann ließ er sie auf der Zunge zergehen.

«Jetzt veralberst du mich aber», sagte sie.

Er glaubte, in ihrem Gesicht leichten Zweifel zu entdecken. Hielt sie es vielleicht doch für möglich?

Emilio fuhr sich mit der Zunge über die Lippen, ganz so, als ob er sich auf die letzten Nuancen konzentrierte.

«Beim Jahrgang möchte ich mich nicht festlegen», sagte er. «Aber dass es sich um einen Lagrein handelt, steht für mich außer Frage. Ich tippe auf eine Riserva aus der hervorragenden Bozner Lage Gries.»

Phina sah ihn mit offenem Mund an. Emilio musste sich

beherrschen, um nicht zu lachen. Er wollte den Moment ihrer Fassungslosigkeit auskosten und so lange wie möglich andauern lassen.

«Lagrein, Riserva, Gries …» stammelte sie.

Er deutete aufs Essen. «Darf ich jetzt endlich anfangen? Wäre doch schade, wenn das Schöpserne kalt wird.»

Phina nahm einen Schluck vom Bier. Fehlte nur noch, dass ihre Hand zitterte. Ihr war anzusehen, dass sie fieberhaft nach einer logischen Erklärung suchte.

«Die Flasche kannst du nicht gesehen haben», stellte sie fest. «Beim Kochen warst du noch nicht da, und ich habe die Flasche in unserem Glascontainer entsorgt.»

Emilio begann zu essen. Sollte er beleidigt sein, dass sie an seinen Fähigkeiten zweifelte?

«Schmeckt köstlich», lobte er ihr Essen. «Vielleicht noch eine Prise Salz, aber sonst perfekt. Na ja, und etwas Majoran …»

Phina schien das Kompliment überhaupt nicht zu hören. Wahrscheinlich hätte er zur geschmacklichen Abrundung des Lammeintopfs auch einige Tropfen Blausäure vorschlagen können, sie würde es nicht merken. So sehr beschäftigte sie das Rätsel um den Wein.

«Bitte, fang jetzt endlich an zu essen», forderte er sie auf.

«Die Flasche kannst du nicht gesehen haben …», wiederholte sie kopfschüttelnd.

Wie lange sollte er sie noch zappeln lassen? War wirklich schade um das Schöpserne.

«Nein, das konnte ich nicht», bestätigte er. «Aber den Korkenzieher, mit dem du die Flasche geöffnet hast – den habe ich gesehen.» Er deutete zur Arbeitsplatte neben dem Herd. «Der Korken ist noch dran. Den kenn ich natürlich. Sogar der Jahrgang steht drauf, aber ich wollte nicht übertreiben.»

Phina schnappte nach Luft. «Du bist ein, du bist ein …»

«Idiot, ich weiß.» Emilio lachte. «Aber ein aufmerksamer Beobachter, das musst du zugeben.»

«Das weiß ich schon lange. Deshalb hast du ja auch den richtigen Beruf. Aber mich so aufs Glatteis zu führen ...»

«Hättest ja nicht eine so blöde Frage stellen müssen.»

«Hast auch wieder recht. Wollt halt nur einen Spaß machen.»

Er grinste. «Hat ja auch geklappt.»

«Für dich vielleicht schon.»

«Ich finde, das reicht.»

Endlich widmete sich auch Phina dem Essen. Emilio hatte nichts dagegen, eine Weile zu schweigen. Er ließ den zur Neige gehenden Tag Revue passieren, der ihn bislang keinen Schritt weitergebracht hatte. Was ihn zwar frustrierte, aber nicht in Hoffnungslosigkeit versinken ließ. Getreu seiner Maxime, dass Geduld von all den Tugenden eine der wichtigsten war. Jedenfalls in seinem nicht immer einfachen Beruf. Nur selten machte man es ihm so einfach wie Phina mit ihrem Korken.

«Ich muss mich bei dir bedanken», sagte sie plötzlich.

Das kam überraschend, denn Phina neigte nicht dazu, Dankbarkeit zu zeigen, geschweige denn, sie auszusprechen. Was natürlich auch daran liegen könnte, fiel ihm selbstkritisch ein, dass er ihr dazu nur selten Gelegenheit gab.

«Immer gerne», antwortete er.

«Sie hat sich wirklich gemeldet», fuhr sie fort.

Jetzt stand er auf dem Schlauch. Wer könnte sich gemeldet haben?

Sein verdutzter Blick blieb nicht unbemerkt, denn Phina erklärte: «Sabrina Reganza, die Sommelière und Weineinkäuferin. Vorhin ist ihre Bestellung eingegangen. Ich könnte dich umarmen.»

«Was hält dich davon ab?»

«Der Küchentisch. Er ist zu groß. Aber ich hol es später nach, versprochen. Jedenfalls hast du die Reganza offenbar charmant betreut …»

«War mir ein Vergnügen.»

Phina lächelte. «Ich glaub's. Sie würde dir gefallen.»

«Falsch, sie *hat* mir gefallen», präzisierte er. «Weshalb es mir leichtgefallen ist, sie von deinen Weinen zu überzeugen. Was übrigens auch ohne mich geklappt hätte. Deine Weine sprechen für sich.»

«Du bist lieb. Und plötzlich so ehrlich …»

«Bin ich doch immer.»

«Auch bei dem, was du mir von deiner Freundin Tilda erzählst?»

Tilda war das falsche Stichwort. Warum geriet sie plötzlich aufs falsche Gleis? Dabei war gerade alles so nett.

«Natürlich, ich bin immer ehrlich. Jedenfalls zu dir.»

«Will ich dir auch geraten haben. Aber zurück zur Reganza. Es ist ein Megaerfolg, dass meine Weine zukünftig in ihren Sternerestaurants angeboten werden. Südtiroler Weine tun sich in dieser Liga schwer. Von wenigen Ausnahmen abgesehen.»

«Ab jetzt gehörst du dazu. Ist doch großartig.»

«Ja, das ist es.»

Sie sah Emilio mit geröteten Wangen an.

«Ich will mit dir was besprechen», sagte sie. «Ganz was anderes.»

Oje, dachte er, bitte nicht schon wieder Tilda.

«Die kleine Zola aus dem Waisenhaus – du magst sie doch, oder?»

«Abgesehen davon, dass sie ein Kind ist, wofür sie nichts kann, mag ich sie. Da hast du recht.»

«Auch wenn sie dich beim Memory schlägt?»

«Das letzte Mal habe ich gewonnen.»

«Was hältst du davon, wenn ich Zola adoptiere?»

Wie kam sie plötzlich auf diese verrückte Idee? Er bemühte sich, nicht allzu verdutzt dreinzuschauen.

«Adoptieren? Warum denn das?»

«Weil ich selber keine Kinder kriegen kann.»

Er wusste schon länger, dass sie diesen Verdacht hegte, aber jetzt schien sie Gewissheit zu haben.

«Das weißt du sicher?»

«Ja, von meinem Frauenarzt. Definitiv.»

Emilio hatte kein Problem damit. Andererseits wusste er ja von Phinas Kinderliebe …

Er stand auf, ging um den Tisch herum und umarmte sie. Wortlos.

Sie wischte sich eine Träne von der Wange.

Emilio hasste rührselige Momente wie diese. Aber wie es schien, gehörten sie zum Leben.

«Wenn du Zola adoptieren willst», beantwortete er ihre Frage, «und wenn das dein Herzenswunsch ist, auch jener von der kleinen Rabaukin, dann ist das deine freie Entscheidung. Dann würde ich dir raten, es zu tun.»

«Aber dich betrifft es doch auch. Kannst du dir vorstellen, mit Zola unter einem Dach zu leben?»

Gute Frage. Da müsste er erst darüber nachdenken. Welche Konsequenzen hätte das? Könnte er dann noch ungestört sein nachmittägliches Nickerchen auf der Terrasse abhalten? Oder würde ihn das ungezogene Negerkind mit einer Feder wach kitzeln? Er zuckte innerlich zusammen. Negerkind? So etwas dürfte er in Zukunft auch nicht mehr sagen. Nicht mal denken. Und nachts nackt das Zimmer wechseln, hinüber zu Phina – das ginge dann wohl auch nicht mehr. Und untertags? Zola war ein fröhliches Kind. Sie würde lachend durchs Haus trampeln.

Emilio wusste nicht, ob er dieser Unruhe nervlich standhielt. Es gab viele Unwägbarkeiten. Aber letztlich war es einzig und allein Phinas Entscheidung.

«Vorstellen kann ich mir vieles», antwortete er. «Ob's mir aber gefällt, kann ich dir erst später sagen.»

«Du bist wirklich ehrlich.»

«Sag ich doch.»

«Es gäbe noch ein klitzekleines Problem», fuhr Phina nach einer kurzen Pause fort.

«Das wird sich doch lösen lassen.»

«Weiß nicht. Hängt von dir ab.»

Wieder einmal passierte es, dass Emilio den Eindruck hatte, schwer von Begriff zu sein.

«Versteh ich nicht.»

Sie sah ihn ernst an. Viel zu ernst.

«Ich bekomme die Genehmigung für die Adoption nur, wenn ich auf den Papieren einen Lebenspartner eintragen kann.»

Uups, das war heftig. Wie konnte sie da von einem «klitzekleinen» Problem sprechen?

«Keine Angst, deshalb musst du mich nicht heiraten», fügte sie hinzu. Offenbar hatte sie seinen Gesichtsausdruck richtig gedeutet. «Aber für die Adoption wäre es auch nicht gut, wenn du morgen mit deiner Tilda durchbrennst.»

«Ich verstehe – für die Adoption wäre es nicht gut. Wäre es dir sonst egal?»

«Möchtest du, dass ich dir einen Teller an den Kopf werfe?», gab sie zur Antwort. «Oder warum sagst du so was?»

«Weil du mir immer wieder mit Tilda kommst.»

«Ich weiß schon, warum.» Wieder machte sie eine Pause. «Aber ich verstehe, dass die Idee mit Zola für dich überraschend kommt.»

«Könnte man so sagen.»

«Deshalb schlage ich vor, dass du es dir durch den Kopf gehen lässt. Morgen Nachmittag hole ich Zola im Waisenhaus ab, und wir gehen zu dritt zum Rudern – auf dem Kalterer See. Was hältst du davon?»

«Kann Zola überhaupt schwimmen?»

«Weiß ich nicht. Musst halt auf sie aufpassen.»

Oje, das ging ja gut los. Offenbar bekäme er mit der Adoption Verantwortung aufgehalst. Das widerspräche einem seiner wichtigsten Prinzipien. Er wollte für niemanden Verantwortung tragen. Es fiel ihm schon schwer genug, auf sich selbst achtzugeben. Und er schätzte seine Unabhängigkeit über alles. Er wollte stets die Option haben, sein Leben von heute auf morgen auf den Kopf zu stellen. Ob er das dann auch wirklich tat, war eine andere Frage. Kurzum: Er musste über Phinas Idee der Adoption wirklich nachdenken. Er könnte ihr ja den Vorschlag machen, einen anderen Mann als Lebenspartner eintragen zu lassen. Sozusagen pro forma. Da würde sich doch einer finden. Ganz sicher sogar. Emilio sah in ihrem Gesicht, dass sie gleichzeitig glücklich wie auch bangend und zweifelnd war. Er gab ihr einen Kuss. Und er verwarf den Gedanken mit dem Alibi-Mann. So dumm war er nun doch nicht. Was machten Tiere, die in die Enge getrieben wurden und um ihr Überleben fürchteten? Sie suchten ihr Heil in der Flucht. Okay, das war eine Option. Rein theoretisch. Oder sie fassten all ihren Mut zusammen und griffen an. Aber wen sollte er angreifen? Phina war ja nicht sein Gegner. Und Zola schon gleich gar nicht. Blieb als dritte Möglichkeit, sich tot zu stellen. Emilio beschloss, genau das zu tun. Im übertragenen Sinne und als Übergangslösung, bis er eine endgültige Entscheidung getroffen hatte. Fürs Erste brauchte er ein Ablenkungsmanöver.

«Ich bin morgen im Vinschgau, um die Mayrs in die Mangel

zu nehmen», sagte er. «Danach habe ich einen Termin in Naturns. Aber ich werde mich beeilen, dann könnte ich es schaffen. Ich meine, mit dem Rudern auf dem Kalterer See.»

«Lieb von dir. Zola wird sich freuen.»

«Wirklich? Sie wäre das erste Kind, das sich auf mich freut.»

# 27

Tilda Kneissl konnte hartnäckig sein. Wenn sie sich etwas in den Kopf gesetzt hatte, zog sie es durch. Selbst wenn sie ahnte, dass sie ihr Ziel nicht erreichen würde. Dann war es halt nicht zu ändern, aber wenigstens hatte sie es versucht. Außerdem glaubte sie unverdrossen an die Kraft des positiven Denkens. Weshalb sie ihre Tour durch die einschlägigen Boutiquen fortsetzte. Nachdem sie gestern durch Bozen gelaufen war, konzentrierte sie sich heute auf Meran. Überall zeigte sie die von ihr angefertigte Zeichnung des roten Kleides. Erntete aber nur Kopfschütteln. Sie war kurz davor, auch die Modegeschäfte in Meran von ihrer Liste zu streichen, da fiel ihr ein, dass sie einen Laden vergessen hatte, der etwas abseits lag. Sie lief über die Winterpromenade an der Passer entlang. Das Rauschen des Flusses begleitete sie. Die Kaiserin Sisi fiel ihr ein, die hier ihre Spaziergänge gemacht hatte – und überaus modebewusst gewesen war. Schon deshalb bewunderte Tilda die österreichische Kaiserin. Auch wegen ihrer Freiheitsliebe und ihres Selbstbewusstseins. Was kaum einer wusste: Sissi hatte sich, schon in höherem Alter, auf die Schulter einen Anker als Tattoo stechen lassen. In einer Hafenkneipe. Die Monarchin war ihrer Zeit wirklich weit voraus.

Fast wäre Tilda an der Boutique vorbeigelaufen, so sehr war sie in Gedanken bei der Kaiserin. Sie blieb stehen und warf einen Blick ins Schaufenster. Nicht gerade *alta moda*, aber ganz nett. Neben dem Eingang entdeckte sie ein Schild: «Maßschneiderei». Tilda betrat den Laden und sah sich um. Eine ältere Verkäuferin kam auf sie zu. Etwas eigen, mit kräftigem Lidstrich und grell geschminkten Lippen, aber nicht unsympathisch. Schnell kamen sie ins Gespräch. Sie hieß Gerti mit Vornamen und war zugleich die Besitzerin. Tilda zeigte ihr die Illustration des roten Kleides. Sie rechnete fest damit, dass Gerti wie all ihre Vorgängerinnen den Kopf schütteln würde. Umso größer die Überraschung, als sie, ohne lange nachzudenken, sagte, dass sie das Kleid kenne.

«Wirklich? Sind Sie sich sicher?»

Gerti deutete auf die Details, auf den Kragen, auf die Ärmel, auf die rautenförmigen Pailletten.

«Ich bin mir sogar hundertprozentig sicher. Wissen Sie auch, warum?»

«Nein, aber ich würde es gerne wissen.»

Gerti stützte die Hände in die Hüfte und sah sie strahlend an.

«Weil ich das Kleid selbst geschneidert habe. Deshalb!»

Tilda war baff. Ihre Beharrlichkeit hatte sich ausgezahlt. Auch ihr Glaube an die Kraft des positiven Denkens.

In kurzen Worten erklärte Tilda den Grund ihrer Recherche. Natürlich ohne die Leiche zu erwähnen, die das Kleid getragen hatte. Vielmehr sagte sie vage, dass sie eine junge Frau suche, die das Kleid vielleicht vor sechs oder sieben Jahren gekauft habe.

Gerti gab sich mit dieser Erklärung zufrieden.

«Die Illustration gefällt mir», sagte sie. «Wer hat sie gemacht?»

«Ich habe mal Modezeichnerin gelernt …»

«Na dann, ich verstehe. Sie haben Talent, aber ich vermute, das wissen Sie?»

Natürlich wusste Tilda, dass sie Talent hatte – auf vielen Gebieten.

«Darf ich auf meine Frage zurückkommen: Können Sie sich erinnern, wer das Kleid bei Ihnen vor sechs bis sieben Jahren gekauft hat?»

«Vor sieben Jahren, um genau zu sein», präzisierte Gerti. «Nur bei meiner damaligen Sommerkollektion habe ich diese Pailletten verarbeitet. Ich entscheide mich jedes Jahr für eine andere Besonderheit, Sie verstehen?»

Tilda dachte, dass sich «Sommerkollektion» nicht gut anhörte. Wie viele Teile wird es von diesem Kleid wohl gegeben haben? Und wie sollte sich Gerti an die Käuferinnen erinnern?

«Diese Pailletten sind ganz entzückend», sagte Tilda. Was gelogen war, denn eigentlich fand sie die rautenförmigen Aufnäher spießig.

«Ich habe das Kleid nur zweimal geschneidert», erzählte Gerti. «Eines hängt noch heute in meinem Schrank. Das andere hat diese reizende Person gekauft. Ich kann mich noch genau erinnern. Schon deshalb, weil ich ...»

Sie sah Tilda verlegen an.

«Nun ja, weil ich nur wenige meiner Schneiderarbeiten verkaufe. Mein Hauptgeschäft ist die Konfektionsware, die hier rumhängt. Die junge Frau war ausgesprochen nett. Leider hatte sie wohl nur wenig Geld, deshalb haben wir lange gefeilscht. Am Schluss habe ich ihr das Kleid viel zu billig verkauft, das weiß ich noch. Sie wollte ihren Freund damit beeindrucken. Ja, das hat sie gesagt. Da bin ich schwach geworden. Deshalb habe ich es auch gekürzt, damit ihre Beine besser zur Geltung kommen. Und in der Taille ... Obwohl, da bin ich mir nicht sicher. Oder hatte sie zu viel Oberweite? Na egal. Das Kleid hat ihr blendend gestanden.»

«Davon bin ich überzeugt. Können Sie sich noch an den Namen der Kundin erinnern?»

Gerti dachte nach. Sie schien sich wirklich das Hirn zu zermartern.

«Leider nein. Ich weiß nur, dass sie blond war und Deutsch mit einem ausländischen Akzent gesprochen hat. Aber wie sie hieß? Tut mir leid, keine Ahnung.»

«Ein ausländischer Akzent? Können Sie ihn zuordnen?»

«Nein, da bin ich ganz schlecht. Vielleicht slawisch ... Ja, das könnte sein.»

Tilda überlegte, auf welche Sprachen ein slawischer Akzent hindeuten könnte. Russisch, Polnisch, Tschechisch, Serbisch ... Das half ihr nicht wirklich weiter. Doch immerhin wusste sie jetzt, dass die tote Frau im Bunker nicht aus der Gegend war.

«War die Frau auf Durchreise? Oder hat sie hier gelebt?»

«Meine Liebe, das alles ist sieben Jahre her. Wie soll ich das wissen! Aber ich glaube, sie hat hier gelebt. Denn ich bin ihr Wochen später mal unter den Lauben begegnet. Da hat sie mein Kleid getragen.»

«Gerti, ich bin froh, dass ich Sie getroffen habe ...»

«Tut mir leid, dass ich Ihnen nicht mehr sagen kann.» Sie zögerte. «Darf ich mir was wünschen?»

«Natürlich. Womit kann ich Ihnen eine Freude machen?»

«Ich hätte gerne Ihre Illustration von meinem Kleid.»

«Sehr gerne. Ich bringe sie Ihnen in den nächsten Tagen vorbei. Vielleicht fällt Ihnen bis dahin noch was ein ...»

«Glaube ich zwar nicht. Aber ich werde darüber nachdenken, das verspreche ich.»

Tilda dachte, dass sie mehr nicht erwarten konnte. Auch, dass sie bei ihrer Suche nach der Identität der Toten einen respektablen Teilerfolg erzielt hatte.

Emilio würde staunen.

# 28

Entgegen seinem Naturell war Emilio schon zu früher Stunde ins Vinschgau unterwegs. Wofür er sich selbst lobte, denn er tat dies einzig Phina zuliebe. Mit der festen Absicht, sich am Nachmittag rechtzeitig zum Rudern mit Zola auf dem Kalterer See einzufinden. Den Gefallen wollte er ihr tun; er hatte nicht vor, sie zu enttäuschen. Obwohl er noch zu keinem Schluss gekommen war, ob und inwieweit er namentlich in irgendwelchen Adoptionspapieren aufgeführt werden wollte. Als Lebenspartner oder als was sonst auch immer. Gerne hätte er bei der Autofahrt darüber nachgedacht, aber Emilio war biorhythmisch eine Eule, die am frühen Vormittag zu schläfrig war, solch schwerwiegende Gedanken zu wälzen. Es kostete ihn genug Anstrengung, am Steuer die Augen offen zu halten.

In Mals angekommen, fand er sich pünktlich im Besprechungszimmer vom «Apfelgut Gustl Mayr & Sohn» ein. Sicherheitshalber hatte er einen Termin vereinbart – und tatsächlich wurde er von Vater und Sohn erwartet. Da war er sich nicht so sicher gewesen, vor allem beim jungen Ludwig. Weniger überraschend war, dass beide ausgesprochen missgelaunt dreinblickten.

Gustl Mayr ging auch gleich in die Offensive.

«Ehrlich g'sagt, sehen wir nicht ein, warum wir mit Ihnen sprechen sollen. Sie sind nicht von der Polizei, was also geht Sie das alles an?»

Sein Sohn Ludwig legte nach.

«Am besten wäre, Sie machen auf dem Absatz kehrt, besteigen Ihre Schrottkarre und lassen uns in Ruhe.»

Emilio hatte mit einem unfreundlichen Empfang gerechnet. Aber nicht damit, dass der Sohn schon wieder sein Auto beleidigte. Gleichzeitig ging ihm durch den Kopf, dass das Verhalten der beiden unlogisch war. Warum ließen sie sich auf einen Gesprächstermin ein, um ihn stante pede wieder rauszuwerfen?

«Ich lasse Sie sehr gerne in Ruhe», antwortete Emilio beherrscht. «Aber erst, nachdem Sie mir einige Fragen beantwortet haben.»

Ludwig deutete auf seine Ohren. «Sind Sie taub oder schwer von Begriff? Wir werden einem Privatschnüffler wie Ihnen gar nichts beantworten. Ist doch seltsam, dass wir von der Polizei keinen Pieps hören. Und wissen Sie auch, warum? Weil wir mit der Toten im Bunker nichts zu tun haben. So einfach ist das. Im Unterschied zu Ihnen verfügt die Polizei über Sachverstand. So, und jetzt bitte ich Sie, Leine zu ziehen. Anderenfalls rufen wir bei der Quästur in Bozen an und erstatten Anzeige. Wegen … wegen …»

Emilio stellte fest, dass dem jungen Mayr auf Anhieb kein Grund einfiel. Das war amüsant. Er hatte die Sache nicht zu Ende gedacht.

«Ich habe die Nummer des zuständigen Kommissars auf meinem Handy abgespeichert. Ich kann Sie gerne mit ihm verbinden», bot Emilio ihm an. «Damit Sie Anzeige erstatten können. Vorher bitte ich Sie allerdings, einen kurzen Blick auf dieses Schriftstück zu werfen.»

Emilio zog ein Papier aus seinem Sakko und reichte es dem Vater. Ludwig beugte sich rüber, um mit draufschauen zu können.

Es handelte sich um ein Schreiben mit dem offiziellen Briefkopf der *Polizia di Stato, Questura Bolzano*. Mit dem sinngemäßen Inhalt, dass der Baron Emilio von Ritzfeld-Hechenstein für die Mordkommission als externer Fallanalytiker tätig sei. Im Rahmen dieser Tätigkeit sei er autorisiert, Ermittlungen und Befragungen durchzuführen. Versehen mit dem Stempel der Staatspolizei. Und unterschrieben von Commissario Sandrini.

Mariella hatte ihrem Chef dieses Schreiben abgeluchst. Mit der Zusage, dass Emilio diesen «Freibrief» nach Abschluss des aktuellen Falls vernichten und keinen Missbrauch treiben würde. Emilio lächelte in sich hinein. Letzteres konnte er nicht wirklich versprechen.

«Was ist ein Fallanalytiker?», fragte Gustl Mayr. «Ich kenn nur Fallobst.»

Na, immerhin hatte der Alte seinen Humor nicht verloren. Emilio hatte Mariella den hochtrabenden Begriff gerade deshalb vorgeschlagen, weil sich dahinter viel verbergen konnte – und selbst Sandrini nicht wirklich wusste, wie ihm ein Fallanalytiker helfen könnte. Er war an Resultaten interessiert und nicht an psychologischem Geschwurbel.

«Ich analysiere die Umstände einer Straftat und leite daraus mögliche Täterprofile ab», erklärte Emilio. «Im Auftrag der Polizei …» – das war übertrieben, denn diesen *Auftrag* hatte er sich selbst erteilt – «spreche ich mit Zeugen und möglichen Tatverdächtigen. Mit dem Ziel, den Täter zu identifizieren.»

«Also sind Sie so eine Art *Profiler*», stellte der Junior fest. Er schien beeindruckt. Offenbar hatte er genug amerikanische Krimiserien gesehen, um sich darunter was Tolles vorzustellen. Die Realität sah zwar anders aus, aber das spielte keine Rolle. Was zählte, war das Erscheinungsbild. Wie so oft im Leben.

«*Profiler*? Ja, das trifft es gut. Ich versetze mich in die Perspektive des Täters …»

Emilio machte eine Pause und sah Ludwig forschend an.

Ganz so, als ob er das gerade tun würde. Sich also in die Perspektive des Täters versetzen.

«Okay, okay», sagte der Junior beschwichtigend. «Das hätten Sie ja gleich sagen können. Bei Ihrem ersten Besuch haben Sie noch von einem anonymen Auftraggeber gesprochen.»

Emilio lächelte. «Den gibt es zudem.» Es konnte nicht schaden, für weitere Verunsicherung zu sorgen.

«Natürlich werden wir Sie nach Kräften bei Ihrer Arbeit unterstützen», versicherte Ludwig Mayr. «Auch wir sind ja an der Aufklärung dieses abscheulichen Verbrechens interessiert.»

Was doch ein Blatt Papier alles bewirken konnte, überlegte Emilio. Aus einem überheblichen und aggressiven Schnösel machte es in wenigen Augenblicken ein sanftes Lamm. Weil Emilio aber solchen wundersamen Metamorphosen keinen Glauben schenkte, hielt er den Ludwig Mayr weiterhin für einen aufgeblasenen Deppen.

«*Freila seimr sell*», bestätigte der Alte, was Emilio als Zustimmung interpretierte. «Aber Sie verstehen, dass wir …»

«Ja, natürlich verstehe ich das. Nachdem wir das geklärt hätten und weder Sie noch ich unbegrenzt Zeit haben, können wir also unser Gespräch zum zweiten Mal beginnen. Meine erste Frage: Seit wann genau ist der Bunker mit einem Eisentor verschlossen?»

«Ich habe die Rechnung rausgesucht», antwortete der Senior. «Das Tor habe ich vor fünf Jahren einbauen lassen.»

«Der Mord liegt länger zurück. Also hätte jeder in den Bunker gelangen können, um die Frau dort niederzuschlagen und anschließend einzumauern.»

Emilio überlegte, dass diese von ihm getroffene Feststellung nicht besonders scharfsinnig war. Dafür hätte es keinen Fallanalytiker gebraucht. Zutreffend war die Schlussfolgerung trotzdem. Und wenig hilfreich zugleich.

An den Junior gerichtet fragte Emilio: «Haben Sie in den Jahren zuvor noch Partys im Bunker gefeiert?»

«Na klar. Wie ich Ihnen schon mal sagte, ist der Bunker eine super Location für Partys. Zu Halloween haben wir auch noch in den letzten Jahren im Bunker Gruselfeste gefeiert. Ich weiß ja, wo der Schlüssel liegt.»

Warum war er so ehrlich, das ungefragt zuzugeben? Weil er besonders raffiniert war? Oder leichtsinnig? Oder unschuldig? Leider war Emilio kein *Profiler*, der bei seinem Gegenüber durch die Schädeldecke die Gedanken lesen konnte.

«Mich interessieren die Partys in den Jahren vor dem Einbau des Tores. Können Sie mir sagen, wer damals alles daran teilgenommen hat?»

Emilio vermied es, das genaue Todesjahr zu nennen. Bestimmte Informationen hielt man besser zurück.

Ludwig lachte. «Keine Chance. Wir waren oft vierzig oder mehr. Freunde haben Freunde mitgebracht, und die wieder Freunde … Sie verstehen.»

«Eine blonde junge Frau, die plötzlich verschwunden ist, befand sich zufällig nicht darunter?»

«Natürlich nicht. Hätte ich Ihnen doch gesagt. Aber da waren so viele Frauen dabei, auch blonde, dass ich den Überblick verloren habe. Manche kamen häufiger, andere nur einmal. Zu Halloween hat man sie eh nicht erkannt. Da wurden aus Blondinen schwarze Hexen, Vampire oder Werwölfe.»

Die Tote war nicht maskiert. So viel stand fest. Obwohl sie als Mumie gut auf eine Halloween-Party gepasst hätte. Doch schon allein der Gedanke war pietätlos.

Emilio überlegte, dass er zum Abschied die beiden Mayrs wieder gegen sich aufbringen könnte. Nicht aus Freude am Unfrieden, sondern weil ihn zwei Fragen wirklich noch interessierten.

Zunächst wandte er sich an den jungen Mayr. «Sie hatten mal ein Verfahren wegen versuchter Vergewaltigung am Hals …»

Ludwig Mayr bekam einen roten Kopf. An seiner Stirn traten die Adern hervor. Verblüffend, wie schnell das ging.

Emilio hob beruhigend die Hände. «Die Einzelheiten interessieren mich nicht. Ich will nur wissen, wie lange das her ist und wo die Frau, die Sie angezeigt hat, heute lebt?»

Er hätte auch fragen können, ob sie überhaupt noch lebte. Aber er wollte nicht übertreiben.

«Das war vor sieben Jahren», antwortete der Vater anstelle seines Sohnes, dem es sichtlich schwerfiel, sich zu beherrschen. «Das Verfahren wurde eingestellt, weil der Ludwig unschuldig war.»

So konnte man das darstellen, dachte Emilio. Allein ihm fehlte der Glaube.

«Die Frau lebt heute in Udine», fuhr der Alte fort. «Sie arbeitet dort in einem Hotel.»

Woher wusste er das? Weil sie ihr immer noch Schweigegeld überweisen mussten?

«Und die *Schlomp* hat schwarze Haare», ergänzte Ludwig kurzatmig, «falls Sie das auch noch wissen wollen.»

«Da sie noch lebt, ist mir ihre Haarfarbe egal. Jetzt habe ich nur noch eine letzte Frage, dann sind Sie mich schon wieder los.»

«Wird auch höchste Zeit.»

Die geheuchelte Freundlichkeit war dahin.

Emilio richtete sich an den alten Mayr. «Ich weiß, dass Sie verwitwet sind. Mein aufrichtiges Beileid.»

«Ist schon länger her», grummelte er.

«Wie lange eigentlich?»

«Vor sieben Jahren ist's passiert.»

Sieben Jahre? Emilio dachte, dass das damals wohl ein

Schicksalsjahr war. Die eingemauerte Frau, die mutmaßliche Vergewaltigung, der tödliche Unfall von Gustl Mayrs Frau.

«Bei einem Verkehrsunfall, richtig?»

«Ja, bei einer Bergabfahrt hat sie die Kontrolle über ihr Auto verloren, womöglich aufgrund eines technischen Defekts ...»

Er sprach nicht weiter.

Emilio schossen spontan viele Fragen zum Unfallhergang durch den Kopf. Ein technischer Defekt? Zum Beispiel der Klassiker: Ausfall der Bremsen? Aber Bremsen pflegten beim Bergabfahren nur selten von selbst auszufallen. Ihm war das auch schon mal passiert. Auf der Fahrt von der Comici-Hütte ins Grödnertal. Mit Tilda auf dem Beifahrersitz. Damals hatte ihm jemand die Bremsschläuche durchgeschnitten. Da es aber bei der Polizei sicher eine Unfallakte gab, ersparte er dem alten Mayr weitere Fragen. Auch verzichtete er darauf, die Wirtshausschlägerei im letzten Jahr anzusprechen. Für heute war er mit den beiden durch.

«Herr Mayr, Sie haben mein Mitgefühl», sagte Emilio.

Was gelogen war, denn warum sollte er am Schicksal eines alten Apfelbauern Anteil nehmen, den er so gut wie gar nicht kannte? Aber irgendwas Unverbindliches musste er zum Abschied ja sagen.

# 29

Auf der Rückfahrt lag Naturns an der Strecke. Dort wollte Emilio den Goldschmied und Sachverständigen besuchen, den ihm Tilda genannt hatte. Apropos Tilda, er hatte schon länger nichts mehr von ihr gehört. Da es ziemlich unpassend wäre, wenn sie sich ausgerechnet beim Rudern auf dem Kalterer See meldete, kam er ihr zuvor und rief sie an.

Tilda überraschte ihn mit der Nachricht, dass sie die Schneiderin des roten Kleides aufgestöbert hatte. Eine gewisse Gerti mit einer Boutique in Meran. Emilio war beeindruckt. Seine «Assistentin» lief offenbar zur Höchstform auf. Entsprechend stolz war sie auf ihren «Fahndungserfolg». Das durfte sie auch sein. Für einen Moment hegte Emilio die Hoffnung, dass sie tatsächlich den Namen der Toten herausbekommen hatte. Doch diese Hoffnung zerstob in der nächsten Sekunde. Wäre auch zu einfach gewesen. Immerhin hatte Tilda von Gerti einiges in Erfahrung gebracht. Der Kauf des Kleides sei vor sieben Jahren erfolgt – stimmt, das passte. Die Kundin habe ihren Freund damit beeindrucken wollen – sie hatte also einen Freund gehabt. Gerti sei ihr später mal per Zufall in Meran begegnet, also habe sie wohl in der Gegend gewohnt – auch das war wichtig. Sie sei blond gewesen, habe ein begrenztes Budget gehabt und deutsch mit einem slawischen Dialekt gesprochen …

Emilio dachte, dass diese Informationen nur auf den ersten Blick enttäuschend waren. Tatsächlich hatte Tilda erste, wichtige Puzzlesteine zusammengetragen. Dass sie noch kein komplettes Bild ergaben, lag in der Natur der Sache. Er machte ihr ein Kompliment. Um Tilda dann allerdings auch zu bitten, nicht auf eigene Faust weiter zu ermitteln. Höchstens in Absprache mit ihm. Der Spur des Kleides zu folgen sei eine hervorragende Idee gewesen. Wie womöglich auch ihr Vorschlag, den Goldschmied in Naturns zu besuchen. Zu ihm sei er gerade unterwegs.

Tilda hauchte ihm einen Kuss durchs Telefon und wünschte ihm viel Glück. Auch gab sie ihm die Adresse von Gertis Boutique durch, falls er mit ihr persönlich reden wolle. Und sie lud ihn für heute Abend zu einem romantischen Essen zu sich nach Hause ein. Ihm blieb nichts anderes übrig, als mit dem größten Bedauern abzusagen. Selbst wenn er es zeitlich geschafft hätte, konnte er nicht nachmittags mit Phina und der kleinen Zola Familie spielen – und direkt anschließend zu seiner Geliebten fahren. Nein, das überforderte sogar ihn.

*

In Naturns angekommen, parkte er vor dem Laden des «Schmuckatelier Teutsch». Die ausgestellten Stücke im Schaufenster waren extravagant und kreativ. Preisschilder gab es keine, was den Schluss zuließ, dass die Kleinodien teuer waren. Hoffentlich kannte sich der Meister auch mit einfacherem Geschmeide aus. Gleich würde er es wissen.

Emilio betrat das Schmuckgeschäft und wurde von einem Mann begrüßt, dem man den Künstler schon an seiner schwarzen Kleidung und der runden Corbusierbrille ansah. Obwohl Emilio gleich erklärte, dass er nichts kaufen wolle, blieb Matteo Teutsch ausgesprochen freundlich. Lächelnd fragte er, wie er denn dann behilflich sein könne. Emilio erklärte, dass er Privatdetektiv sei und der Spur eines Schmuckstücks, genauer gesagt eines Fußkettchens folge, in der Hoffnung, den Namen seiner einstigen Besitzerin herauszufinden. Wie er gehört habe, sei Teutsch auch als Gutachter tätig und kenne die meisten Juweliere der Region. Vielleicht könne er …

«Nun lassen Sie schon sehen», sagte Teutsch.

«Ist nicht so toll, also bitte nicht enttäuscht sein.»

Emilio legte das Fußkettchen auf eine Filzunterlage, die ihm Teutsch hinschob.

«Oje», sagte der Juwelier nach kurzem Hinsehen.

«So schlimm?»

«Noch viel schlimmer.»

Emilio runzelte die Stirn. «Schlimmer als schlimm? So hässlich ist das Kettchen nun auch wieder nicht, oder?»

«Nein, so meinte ich das nicht. Die Goldschmiedearbeit ist sehr ordentlich – die verschiedenen Herzchen, die Glieder, die Einfassung des Amethysten, der Verschluss. Wie gesagt, sehr ordentlich. Kreativ ist was anderes, aber das war bei diesem Kettchen nicht gefordert.»

Emilio sah ihn verständnislos an. «Nicht gefordert?»

«Nun ja, das hier ist eine Examensarbeit im Rahmen der Goldschmiedeausbildung. Drittes Semester.»

«Das können Sie so genau sagen?»

Teutsch nickte. «Ja, das kann ich. Wo haben Sie das Kettchen her?»

Emilio überlegte kurz, entschied sich dann für die Wahrheit. «Vom Fußgelenk einer Frauenleiche.»

«O mein Gott. So hat sich das meine Tochter bestimmt nicht vorgestellt.»

«Ihre Tochter?», wiederholte Emilio mit belegter Stimme.

«Ja, Amelie.»

Teutsch schien Emilios Gesichtsausdruck richtig zu deuten. «Meiner Tochter geht es gut», stellte er klar. «Ich habe erst vor zehn Minuten mit ihr telefoniert. Sie haben sich gewundert, warum ich das Fußkettchen sofort als Examensarbeit identifiziert habe? Die Erklärung ist einfach: Meine Tochter Amelie hat das Stück angefertigt. Ich saß in der Prüfungskommission, habe mich aber enthalten. Gott sei Dank hat sich Amelie künstlerisch weiterentwickelt. Heute macht sie wirklich schöne Stücke.»

«Wie lange ist das her?»

Teutsch dachte nach. «Vielleicht sechs oder sieben Jahre? Aber da müssten Sie Amelie selbst fragen. Die weiß es gewiss ganz genau. Auch, was aus dem Stück geworden ist. Vielleicht hat sie es verschenkt? Oder verkauft? Keine Ahnung.»

Emilio konnte es kaum fassen. Da hatte er von Teutsch nicht mehr als einen Hinweis erwartet. Und jetzt hatte er unversehens ins Schwarze getroffen.

«Und Sie sind sich ganz sicher?», fragte er vorsichtshalber noch mal nach.

Teutsch sah ihn fast vorwurfsvoll an. «Natürlich bin ich mir sicher. Ich werde wohl die Arbeit meiner Tochter erkennen, auch wenn das Kettchen keine Glanztat darstellt. Und wie gesagt: Ich war sogar in der Prüfungskommission.» Er strich mit dem Finger fast zärtlich über das Geschmeide. «Hat wohl der Trägerin kein Glück gebracht», stellte er fest. «Woran ist die Frau gestorben?»

«Sie wurde ermordet», gab Emilio kurz zur Antwort.

«Schrecklich. Dabei soll der Amethyst doch vor Unheil schützen …»

«Hat in ihrem Fall nicht funktioniert.»

«Ihm wird noch eine andere Wirkung nachgesagt», fuhr Teutsch leise fort. «Im griechischen *Amethystos* steckt die Wortbedeutung, dass der Halbedelstein vor dem Rausch des Weines schützt.»

Ein Stein, der verhinderte, dass man betrunken wurde? Zu jedem anderen Zeitpunkt wäre Emilio bei diesem Thema sofort angesprungen. Aber nicht heute.

«Ich muss unbedingt mit Ihrer Tochter sprechen. Wo kann ich sie erreichen? Können wir sie anrufen?»

«Gerade geht's nicht. Amelie ist in Bozen bei einem Gedenkgottesdienst für die verstorbene Mutter einer Freundin. Meine Frau begleitet sie. Wird aber nicht so lange dauern.»

Emilio sah auf die Uhr. Bis zum Rudern mit Phina und Zola war noch Zeit.

«Ich könnte sofort nach Bozen fahren und dort Ihre Tochter nach der Trauerfeier treffen.»

Matteo Teutsch sah Emilio überrascht an.

«Sie haben es aber eilig. Ist der Mörder der jungen Frau noch auf der Flucht?»

Die Frage war berechtigt. Auf der Flucht war er nach so vielen Jahren gewiss nicht mehr. Eher wähnte er sich in Sicherheit. Hoffentlich in einer trügerischen.

«Wirklich eilig ist es nicht», gab Emilio zu. «Aber es ist mir wichtig, die Identität der Toten herauszufinden. Da hoffe ich, dass mir Ihre Tochter weiterhelfen kann. Vielleicht weiß sie, wem sie ihr Kettchen verkauft hat. Das war für sie ja nicht irgendein Stück, sondern immerhin ihre Examensarbeit.»

«Ja, könnte sein. Ich kann Amelie eine Textnachricht schicken und Sie bitten, Sie nach der Trauerfeier zu kontaktieren.»

«Wäre wirklich außerordentlich freundlich, wenn Sie das für mich tun könnten.»

Emilio gab Teutsch seine Visitenkarte.

«Emilio Baron von Ritzfeld-Hechenstein», las er laut vor. «Ihren Namen habe ich schon mal gehört. Weiß nur gerade nicht, wer mir von Ihnen erzählt hat.»

Emilio lachte. «Ist vielleicht besser so.»

Ihm fiel ein, dass Teutsch seinen Namen womöglich von Tilda kannte. Immerhin kam die Empfehlung von ihr. Doch warum sollte sie von ihm sprechen? Na egal, jetzt wollte er nur noch eines: möglichst schnell nach Bozen, um Amelie zu treffen.

# 30

Phina kniete mit ausgebreiteten Armen im Flur des Meraner Waisenhauses. Lachend kam ihr die kleine Zola entgegengelaufen. Was war das für ein Glücksmoment! Das Mädchen rührte ihr Herz. Zola war immer fröhlich, dabei hatte sie ein schlimmes Schicksal hinter sich. Was ihr genau widerfahren war, ließ sich nicht in Erfahrung bringen. Zola selbst konnte oder wollte nicht darüber reden. Fest stand, dass sie mit ihren Eltern vor dem Bürgerkrieg in Mali geflüchtet war. Von Libyen aus hatten sie die Überfahrt nach Italien gewagt. Ihr Schlauchboot war kurz vor der Küste gesunken. Hilfskräfte hatten nur wenige Überlebende gerettet. Unter ihnen Zola, die eine Schwimmweste getragen hatte. Ihre Eltern konnten nur noch tot geborgen werden. Auf Umwegen war Zola nach Südtirol gelangt, wo sie im Meraner Waisenhaus psychologisch betreut wurde und ein neues Zuhause gefunden hatte.

Phina schloss Zola in ihre Arme. Kurz kam ihr der Gedanke, dass die Idee mit dem Rudern vielleicht kein so guter Einfall war. Womöglich fühlte sich Zola an das Unglück auf ihrer Flucht erinnert? Phina nahm sich vor, behutsam vorzugehen und ganz genau auf Zolas Reaktionen zu achten. Beim kleinsten Anzeichen einer Verunsicherung würde sie das mit dem Boot sein lassen und mit ihr stattdessen auf der Terrasse des Lido ein Eis essen.

Zunächst besuchte Phina ein Kindermodegeschäft in Meran. Dort kaufte sie Zola einen hübschen Badeanzug mit gelben

Sonnenblumen. Ob die Kleine jemals Sonnenblumen gesehen hatte? Dazu einen bunten Strohhut. Lustig sah sie aus.

Phina hatte an alles gedacht, sogar an den geliehenen Kindersitz im Auto. Wenn mit der geplanten Adoption alles glattging, würde sie einen kaufen. Wenn, wenn ... Automatisch dachte sie an Emilio. Hoffentlich machte er ihr keinen Strich durch die Rechnung. Deshalb war der heutige Nachmittag so wichtig. Sie hoffte inständig, dass ihm ihr gemeinsamer Badeausflug gefiel. So gut, dass er seine Zweifel überwand und einer Adoption zustimmte. Sie brauchte ihn. Ohne seine Unterschrift ging es nicht.

Sie wusste, dass Emilio große Probleme damit hatte. Es widersprach all seinen Prinzipien, irgendwelche Verpflichtungen einzugehen. Er sah sich als Freibeuter, der über die Weltmeere segelte – und nur vorübergehend in Südtirol Anker geworfen hatte. Phina musste lächeln. Denn warum sollte Emilio wieder seinen Anker lichten und weitersegeln? Er fühlte sich hier wohl, daraus machte er keinen Hehl. Und die Fortsetzung seines Lebens als Freibeuter war nicht mehr als eine Illusion, oder etwa nicht? Sie hoffte es jedenfalls. Blieb das Risiko, dass ihr Wunsch, ihn auf den Adoptionspapieren eintragen zu lassen, als Schuss nach hinten losgehen könnte. Weil sich Emilio unter Druck gesetzt fühlte. Doch das Wagnis musste sie eingehen. Zola war es wert. Und hinterher würde sie klarer sehen. So oder so. Schließlich geisterte ja noch diese Tilda als Piratenbraut durch sein Leben. Auch hier war es an der Zeit, eine Entscheidung herbeizuführen.

Phina überlegte, dass sich Emilio heute Nachmittag drücken könnte. Mit der fadenscheinigen Erklärung, dass seine Ermittlungen eine unerwartete Wendung genommen hätten und er deshalb nicht abkömmlich wäre. Zu seinem unendlichen Bedauern. So etwas würde ihm ähnlich sehen. Doch dafür könnte sie diesmal kein Verständnis aufbringen – und würde es ihm wirklich übelnehmen.

Auf dem Weg zum Kalterer See machte Phina einen kurzen Zwischenstopp auf ihrem Weingut. Dort hatte sie einen Picknickkorb vorbereitet. Und eine Kühltasche mit Getränken. Wasser und Apfelsaft. Ach ja, und eine Flasche *Brut Metodo Classico*. Für Emilio. Aber nur wenn er sich von seiner besten Seite zeigte. In diesem Fall würde sie sogar ein Gläschen mittrinken.

# 31

Bozen war für Emilio kein großer Umweg. Er wusste nicht, wo der Gedenkgottesdienst stattfand, aber Amelie hatte ihm als Treffpunkt ein Café am Petrarca-Park vorgeschlagen. Sie komme alleine, ihre Mutter habe noch einen Termin beim Arzt. Als er im Café eintraf, war Matteo Teutschs Tochter schon da. Eine hübsche junge Frau, die in ihrem schlichten schwarzen Kostüm auffiel. Käme sie nicht gerade von einer Trauerfeier, wäre sie zweifellos flippiger angezogen. Von ihrem Vater wusste Amelie, dass Emilio Privatdetektiv war und in einem Mordfall ermittelte. Auch dass es um eine ganz bestimmte Kette ging. Er musste also nicht viel erklären. Er legte das Schmuckstück neben ihre Espressotasse.

«Ihr Vater ist sich sicher, dass die Kette von Ihnen stammt. Stimmt das?», fragte er.

Amelie lächelte. «Wenn es um Schmuckstücke geht, hat er ein fotografisches Gedächtnis. Leider merkt er sich auch die weniger gelungenen Exemplare.»

«Mir gefällt die Kette», sagte Emilio aus Höflichkeit. «Aber wie Sie sich denken können, interessiert mich weniger die Goldschmiedearbeit. Vielmehr hoffe ich, dass Sie sich an die Käuferin erinnern können.»

Sie nickte. «Das kann ich sogar. Obwohl das schon Jahre zurückliegt. War eine nette Person ...»

Amelie hielt inne und sah Emilio traurig an. «Sagen Sie bloß, die Frau ist das Mordopfer?»

«Es spricht einiges dafür. Jedenfalls haben wir die Kette am Fußgelenk einer toten Frau gefunden, von der ich annehme, dass sie Ihre Kundin war.»

Der traurige Gesichtsausdruck wich purem Entsetzen. «Mein Gott, die Arme. Sie hat sich so sehr darüber gefreut. Am Fußgelenk, sagen Sie? Ja, ja, daran erinnere ich mich. Sie müssen wissen, die Kette war eigentlich für das Handgelenk gedacht. Für den Knöchel war sie zu kurz, deshalb musste ich noch einige Glieder einfügen. War aber kein Problem.»

«Können Sie die Frau beschreiben?»

Amelie überlegte. «Sie hatte blonde Haare und war vielleicht Ende zwanzig. Schlank und gutaussehend.»

«Das passt zur Toten. Leider ...»

Leider? In Wahrheit kam ihm die Bestätigung sehr gelegen.

«Warum können Sie sich eigentlich noch so genau an die Kundin erinnern?», fragte er.

«Weil das mein allererstes eigenes Schmuckstück war, das ich verkauft habe. So was bleibt im Gedächtnis. Die Frau kam eines Tages in unser Juweliergeschäft in Naturns. Wir waren uns gleich sympathisch. Da habe ich ihr das Kettchen gezeigt. Viel Geld hatte sie nicht, das weiß ich noch. Aber sie hat sich so sehr in das Schmuckstück verliebt, dass ich ihr preislich weit entgegengekommen bin. Ich fand's einfach schön, dass jemand wirklich Spaß an meiner Arbeit hat. Und ich habe gehofft, dass es ihr Glück bringt.»

Amelie nahm die Kette in die Hand und ließ die Glieder wie bei einem Rosenkranz durch die Finger gleiten. Er hatte den Eindruck, dass sie mit den Tränen kämpfte. Weil es sie deprimierte, dass man ihr erstes verkauftes Schmuckstück am Knöchel einer Toten gefunden hatte?

«Können Sie mir sagen, wie die Frau hieß?», stellte Emilio die alles entscheidende Frage.

Sie musste nicht lange überlegen. «Nein, daran kann ich mich beim besten Willen nicht erinnern.»

Emilio hatte mit dieser Antwort gerechnet. Es zeichnete sich ab, dass es ihm gerade genauso erging wie Tilda mit der Skizze des Kleides. Kurz vor dem Ziel ging es nicht weiter.

*

Ihm fiel ein, dass Tilda noch etwas herausgefunden hatte.

«Hat die Frau deutsch gesprochen mit einem slawischen Akzent?», fragte er.

Amelie sah ihn grübelnd an. «Jetzt, wo Sie es sagen ... Ja, Sie haben recht ... die Frau hatte einen osteuropäischen Akzent.»

Emilio dachte, dass wirklich alles zusammenpasste. Die Käuferin des Kleides war identisch mit Amelies Kundin – und mit der Toten im Bunker. Zumindest in diesem Punkt hatte er Klarheit.

«Gibt es in den Unterlagen Ihres Juweliergeschäfts eine Quittung?»

Sie zuckte mit den Schultern. «Wohl eher nicht. War ja ein privater Verkauf von mir. Außerdem wird bei einem Objekt dieser Preisklasse kein Name vermerkt.»

Emilio fiel es schwer, sich mit diesem frustrierenden Ergebnis abzufinden. Deshalb ließ er nicht locker.

«Bitte denken Sie nach! Vielleicht hat sie Ihnen gesagt, wo sie wohnt? Oder ist sie Ihnen später noch mal irgendwo begegnet?»

Sie schüttelte den Kopf. «Tut mir leid, ich kann Ihnen nicht weiterhelfen.»

«Wie war das mit der Änderung der Kette?», fragte er. «Hat die Frau eine Telefonnummer hinterlassen, damit Sie ihr Bescheid geben können, sobald die Kette fertig ist?»

«Nicht, dass ich mich erinnere. Und selbst wenn, hätte ich doch nach so vielen Jahren ihre Nummer nicht mehr.»

Natürlich, dachte er. Seine hartnäckigen Fragen wurden immer dümmer – und spiegelten seine Ratlosigkeit wider.

Er machte einen letzten Versuch. «Hat sie das Fußkettchen bei der Abholung anprobiert? Macht man so was überhaupt? Ehrlich gesagt, kenne ich mich mit Fußkettchen nicht aus.»

Amelie schmunzelte. «Hab mir schon gedacht, dass Sie keines tragen.»

Woher wollte sie das wissen?, dachte Emilio.

Sie kniff die Augen zusammen. «Aber ja, Sie haben recht, sie hat das Kettchen gleich angelegt … Ich musste ihr noch beim Verschluss helfen … Aber … das war nicht in unserem Schmuckgeschäft … nein, woanders …»

«Versuchen Sie, sich zu erinnern!»

«Was glauben Sie, was ich gerade mache? Ich sehe die Situation vor mir. Aber wo war das? Halt … jetzt hab ich's …»

Emilio zügelte seine Erwartung. Was half es, wenn sie sich für die Übergabe an einer Parkbank verabredet hatten?

Amelie hob einen Finger. «Ich hab ihr das geänderte Kettchen in Lana vorbeigebracht. Ich musste dort sowieso was erledigen, da konnte ich ihr den Gefallen also tun.»

Er sah sie mit hochgezogenen Augenbrauen fragend an.

«Sie wollen wissen, wo genau ich sie getroffen habe?», interpretierte sie seine Mimik zutreffend.

Emilio hielt sich für einen geduldigen, oft sogar stoischen Menschen. Aber gerade fiel es ihm schwer, die Ruhe zu bewahren, als sie trotz seines Nickens nicht sofort weitersprach.

«Das war im Sternenschein», sagte sie schließlich.

«Sternenschein? Was ist das? Ein Observatorium?», ließ er sich zu einem Scherz hinreißen.

«Das ist ein Restaurant mit Bar. Ziemlich beliebt, vor allem bei jüngeren Leuten.»

War das ein uncharmanter Hinweis, dass er dieser Zielgruppe nicht mehr zugehörig war? Er könnte protestieren. Aber er wollte sich nicht lächerlich machen.

«Sie haben sich dort auf einen Drink verabredet?»

«Nein, das nicht.» Sie sah ihn triumphierend an. «Was ich Ihnen jetzt sage, wird Ihnen gefallen.»

Amelie hatte wohl Spaß daran, ihn auf die Folter zu spannen.

«Dann tun Sie mir doch bitte besagten Gefallen.»

«Sie hat dort gearbeitet, im Service!»

Emilio kam sich vor, als hätte er im Lotto gewonnen. Was ein schlechter Vergleich war, denn natürlich käme er nie auf die Idee, Lotto zu spielen. Also wusste er nicht, wie man sich über sechs Richtige freute. Aber so ähnlich musste es sich anfühlen.

# 32

Ob Phina ermessen konnte, wie viel Überwindungskraft es ihn kostete, nach dieser ebenso überraschenden wie vielversprechenden Information zum Kalterer See zu fahren? Sein logisches nächstes Ziel wäre der Sternenschein in Lana gewesen. Um dort nach einer blonden Bedienung mit slawischem Akzent zu fragen, die vor sieben Jahren plötzlich nicht mehr zur Arbeit erschienen war. Stattdessen fuhr er über die *Strada del Vino* zum Rudern an einen See, der von Touristen übervölkert war und ihm in früheren Jahren nur als Herkunftsbezeichnung für den gleichnamigen Vernatsch geläufig war – vorwiegend für schlechten. Zugegeben, Letzteres hatte sich geändert: Heute kamen viele erstklassige Weine aus der Region. Größer war der See dadurch aber nicht geworden. In seinen Augen handelte es sich eher um einen großen Teich. Wenngleich um einen besonders schönen, das musste er zugeben. In ihm spiegelten sich der Mitterberg und die Hänge, die zum Mendelkamm aufstiegen; so stand es im Reiseführer. Was war in lauen Nächten mit dem Sternenschein? Viel lieber würde er jetzt in Lana vor einem Lokal mit diesem romantischen Namen darauf warten, dass es am späten Nachmittag wieder öffnete. Aber nein, er folgte einer Einladung zum Rudern. Wie heroisch. Hatte er überhaupt eine Badehose dabei? Oder wenigstens Shorts und ein Polo? Emilio stellte fest, dass er denkbar schlecht vorbereitet war. Immerhin verfügte er über einen hellen Panamahut. So einen hatte schon Teddy

Roosevelt bei der Besichtigung des Panamakanals getragen. Woher der Name kam. Aber er erwartete nicht, dass jemand die historische Tragweite seiner Kopfbedeckung zu würdigen wusste.

Er konnte den Kalterer See schon sehen, als er am Weingut Manincor vorbeikam. Wie gerne hätte er dort Halt gemacht und einige Weine verkostet. Aber heute wuchs er über sich hinaus. Er ließ Manincor links liegen. Genauso ignorierte er die Abzweigung zum versteckt gelegenen Restaurant Panholzer, wo er schon viele angenehme Stunden verbracht hatte. Auch mit Phina. Aber natürlich ohne Zola. Wie wäre das in Zukunft? Angenommen, nur hypothetisch … Also angenommen, Zola würde bei ihnen leben – würde sie dann mit zum Abendessen kommen? Dann wären sie fortan zu dritt. Oder mussten kleine Mädchen früh ins Bett? Hoffentlich. Aber wer passte dann auf sie auf? Musste er also alleine ins Restaurant? Auch keine schöne Perspektive.

Emilio gingen viele Szenarien durch den Kopf. Jedenfalls würde sich das Leben ändern, so viel war gewiss. Und zwar in einer Weise, von der er nicht wusste, ob sie ihm gefiel. Wohl eher nicht.

Er fuhr auf den Parkplatz und lief zum verabredeten Bootsverleih. Barfuß in den Schuhen. Mit hochgekrempelten Hosen, aufgeknöpftem Hemd über dem Gürtel, dunkler Sonnenbrille und dem Panamahut auf dem Kopf. Seinen obligatorischen Gehstock hatte er im Auto gelassen. Mehr Freizeitlook war auf die Schnelle nicht drin.

Er entdeckte Phina und Zola in einem Boot, das am Steg festgemacht war. Das Mädchen stand auf und winkte ihm fröhlich zu. Hoffentlich verkniff sie sich solche Turnübungen weiter draußen. Er hatte keine Lust zu kentern. Oder nach einem über Bord gegangenen Negerkind zu tauchen. Emilio biss sich auf die Zunge. Das wollte er doch nicht mehr sagen, geschweige denn denken.

«Schicker Matrosenanzug!», rief ihm Phina zur Begrüßung zu.

Schlechter Scherz. Sie sollte es goutieren, dass er überhaupt gekommen war. Zum Umziehen hatte er nun wirklich keine Zeit gefunden.

«Ahoi, Captain. Darf ich an Bord kommen?»

«Aber klar, mein Lieber. Ich freue mich, dass du es geschafft hast.»

Sie freute sich wirklich. Ihr Gesicht strahlte.

Zola umarmte ihn und gab ihm ein Küsschen. Das war unfair. Wie sollte er da hart bleiben und sich aus egoistischen Gründen gegen eine Adoption aussprechen?

Doch, doch, redete er sich selbst ins Gewissen, das war immer noch möglich. Er war ja kein sentimentales Weichei, das auf Primärreize wie Umarmungen oder Küsschen reagierte. Selbst wenn sie ihm von einem zugegebenermaßen entzückenden kleinen Mädchen entgegengebracht wurden. Er war immer noch Herr seiner Sinne und würde rational entscheiden. Da konnten ihn Zola und Phina noch so glücklich anlächeln.

*

Eine halbe Stunde später ruderten sie mitten auf dem See. Zola war nicht mehr so ausgelassen wie zur Begrüßung am Steg. Sie saß fast steif im Boot und schaute immer wieder skeptisch ins Wasser. Konnte sie nicht schwimmen? Aber warum hatte ihr Phina dann keine Schwimmweste angezogen?

Phina gab ihm eine Erklärung. Auf Italienisch, damit es Zola nicht verstand. Sie berichtete in kurzen Worten von Zolas Rettung aus dem Meer. Damals hatte sie eine Schwimmweste getragen. Ihre Eltern waren ertrunken. Phina wollte vermeiden, dass Zola einen Flashback bekam, der womöglich schon allein durch den Anblick einer Schwimmweste ausgelöst werden könnte.

Trotz ihrer unübersehbaren Verkrampfung schenkte ihm Zola schon wieder ein Lächeln. Das Kind war wirklich erstaunlich. Wie hatte es all die traumatischen Erlebnisse bewältigt? Oder hatten Kinder noch in besonderer Weise die Gabe des Vergessens und Verdrängens? Eine Resilienz, die mit dem Älterwerden verloren ging. Zu wünschen war es ihr. Und natürlich half es, wenn sie in der zweiten Hälfte ihrer Kindheit behütet aufwuchs und viel Liebe erfuhr. Genau dafür wollte Phina sorgen. Und es war seine Entscheidung, ihr dabei zu helfen.

Zola bekam von Phina ein Glas Apfelsaft.

«Abrakadabra», sagte Phina.

Hinter einem Badetuch zauberte sie eine Flasche Spumante hervor. Ein *Brut Metodo Classico*, wie er auf den ersten Blick erkannte. Es war Phinas bester. Mit einem Plopp schoss sie den Korken in einem hohen Bogen ins Wasser.

«Ist ein Naturprodukt», entschuldigte sie sich.

Sie füllte zwei Gläser, um mit ihm anzustoßen. Worauf eigentlich? Aber brauchte es einen Grund? Genügte es nicht völlig, den Augenblick zu genießen? In Gesellschaft zweier aparter Frauen – wobei die eine noch ziemlich jung war, aber alle Voraussetzungen mitbrachte, später zu einer exotischen Schönheit zu reifen. Beide schienen seine Gesellschaft zu genießen. Verstehen konnte er das nicht. Oder war er doch nicht so ein Ekel, wie er das oft von sich selber glaubte? Er beschloss, nicht länger darüber nachzudenken. Zudem konnte man Gefühle sowieso nicht wirklich analysieren. Nicht die eigenen – erst recht nicht jene, die einem entgegengebracht wurden.

# 33

Es erging ihm jeden Morgen gleich: Beim Aufschlagen der Tageszeitung zitterten ihm die Hände. Und er spürte, wie sein Herz schneller schlug. Bebend blätterte er die Seiten durch. Scheinbar flüchtig, als ob er sich einen Überblick verschaffen wollte, in Wahrheit hochkonzentriert und auf jeden Artikel achtend. Dann erst beruhigte er sich. Und er begann erneut von vorne. Mit einer Tasse Kaffee und mit frisch ausgepresstem Orangensaft. So wie in all den vergangenen Jahren – bis zu jenem Tag, an dem er die Nachricht vom Leichenfund in einem Vinschgauer Bunker gelesen hatte. Seitdem war er nicht mehr derselbe. Obwohl er sich immer wieder klarmachte, dass ihm nichts passieren würde, weil es keine Spuren gab, die zu ihm führen könnten. Mehr noch: Die Polizei würde nach so vielen Jahren nicht einmal in der Lage sein, die Identität der Toten festzustellen. Sie hatte keine Ausweispapiere bei sich gehabt. Und er hatte dafür gesorgt, dass sie nicht vermisst wurde. Was in ihrem Fall nicht schwer war, denn Dobra stammte aus Zagreb und hatte in Südtirol nur als Saisonkraft gearbeitet. Ein Krankheitsfall in der Familie, weswegen sie ganz plötzlich zurück nach Kroatien musste … Als Erklärung reichte das völlig.

Und dennoch: Tag für Tag rechnete er damit, dass die Zeitung wieder über den Leichenfund und die Ermittlungen berichtete. Die Südtiroler Polizei war vielleicht nicht die Schnellste, aber sie arbeitete sorgfältig. Also war es nur eine Frage der Zeit, bis wieder was in der Zeitung stand. Schließlich gab es bei einem eingemauerten Leichnam keinen Zweifel, dass es sich um ein Verbrechen handelte. Und Verbrechen waren dazu da, aufgeklärt zu werden. Jedenfalls aus Sicht der

*Polizei. Aus Täterperspektive natürlich nicht. Wobei die Statistik so aussehen dürfte, dass intelligente Täter häufig davonkamen. Und er hielt sich sogar für sehr intelligent.*

*Er rührte im Kaffee und dachte nach. Auf einmal erinnerte er sich an Dobras Fußkettchen. Er hatte die Mauer schon fertig verputzt, erst da war ihm eingefallen, dass er ihr das Kettchen besser abgenommen hätte. Aber ein besonderes Risiko stellte es nicht dar. Er hatte ihr damals zwar das Geld für das Schmuckstück gegeben, aber gekauft hatte sie es selber. Er war dabei nicht in Erscheinung getreten. Ergo gab es ihn nicht. Und wen es nicht gab, der konnte auch nicht gefunden werden.*

*Er musste lachen. Er war der Mann im Hintergrund. Dort wollte er auch bleiben, dort war er sicher …*

# 34

Schon in aller Früh war Phina mit dem Traktor in ihre Weinberge aufgebrochen. Obwohl es hier gerade nichts zu tun gab. Emilio hatte sie schlafen lassen. Jetzt saß sie auf ihrer Lieblingsbank vor dem Felsen, der laut ihrem Vater ein mythischer «Kraftort» war. Sie glaubte, die positive Energie zu spüren, die von ihm ausging. Heute war sie besonders empfänglich dafür.

Sie dachte an die glücklichen Momente des gestrigen Tages. An die Umarmungen und Küsschen der kleinen Zola. An ihr Picknick auf dem Ruderboot. An Emilio, der das alles mit einem Lächeln hatte über sich ergehen lassen. Mehr noch – der es anscheinend sogar genossen hatte. Nicht nur wegen des *Brut Metodo Classico*. Nein, sondern weil es ihm wirklich gefallen hatte. Sie hatten auf dem Boot rumgealbert. Er hatte aufgepasst, dass Zola nicht ins Wasser fiel – und wäre ihr sicherlich sofort hinterhergesprungen, sogar im Hemd mit hochgekrempelter Hose. Auch hatte er mit der Kleinen Schere-Stein-Papier gespielt. Und sich über ihre Schummeleien gefreut. Er hatte seinen Kopf auf Phinas Schoß gelegt und wäre fast eingeschlafen. Später hatte er sie zurückgerudert. Obwohl er doch jede Form körperlicher Ertüchtigung kategorisch ablehnte. Phina musste schmunzeln. Mit einer Ausnahme. Wie zum Beispiel letzte Nacht …

Und jetzt? Jetzt saß sie hier vor dem mythischen Felsen und überlegte, was das alles zu bedeuten hatte. Und wie es in ihrem Leben weiterging. Auf dem Boot waren sie wie eine kleine

Familie gewesen. Und sie hatte gespürt, wie sehr sie sich danach sehnte. Aber war das realistisch? War das, was sie gestern erlebt hatte, vielleicht nicht mehr als ein Wunschtraum, der nur für wenige Stunden Wirklichkeit geworden war? Eine Fata Morgana? Ein Geschenk – mit Verfallsdatum.

Spätabends – da hatten sie Zola schon ins Waisenhaus zurückgebracht – hatte sie Emilio auf die Adoption angesprochen. Und auf die Unterschrift, die sie von ihm dafür brauchte. Eine eindeutige Antwort hatte sie von ihm nicht bekommen. Aber einen Kuss. Und er hatte ihr ins Ohr geflüstert, sie solle sich keine Sorgen machen. Alles würde gut.

Warum sollte sie sich Sorgen machen? Höchstens wegen ihm. Weil er diese Tilda nicht auf den Mond schoss. Am besten auf die Rückseite, wo er sie nicht mehr sehen konnte. Das würde schon mal für Klarheit sorgen. Anschließend müsste er nur noch eine verbindliche Zusage hinsichtlich der Adoptionspapiere machen. Ein Kuss reichte in diesem Fall nicht aus. Und dann? Dann müsste sie sich tatsächlich keine Sorgen mehr machen. Alles würde gut.

Phina fuhr mit der Hand über den von der Morgensonne aufgewärmten Felsen. Wenn es eine Zauberformel gäbe, um seine magischen Kräfte zu entfalten, würde sie diese jetzt sprechen. Mit bebendem Herzen. Aber sie war eine «geerdete» Frau, keine Schamanin. Emilio würde von ganz alleine in die richtige Spur finden und sich zu einer Entscheidung durchringen müssen. Nur sollte er sich damit beeilen.

# 35

Emilio hatte den Besitzer des Sternenschein noch spätabends am Telefon erreicht, aber eine Auskunft hatte er von ihm nicht erhalten, nur die Zusage, dass er heute ab elf Uhr dreißig im Restaurant und für ihn zu sprechen sei.

Natürlich war Emilio pünktlich. Das lag zwar nicht in seinem Wesen, aber wenn etwas wichtig war, konnte er zuverlässig sein wie eine Schweizer Uhr. Und dieser Termin war wirklich wichtig – hoffte er jedenfalls.

Lorenz Holzer schrieb gerade die Mittagsgerichte auf eine Schiefertafel: Kartoffelcremesuppe mit Speckgrissini, Saftgulasch mit Knödel … Er war ein großgewachsener Mann mit kahlgeschorenem Schädel und einem goldenen Ring am Ohr.

«Ja, ich erinnere mich, dass Sie angerufen haben», begrüßte er ihn mit rauer Stimme und finsterem Blick. Entweder war es gestern spät geworden, und er hatte deshalb eine miese Laune. Oder der Wirt sah immer so abweisend drein.

«Ich hoffe, dass Sie mir weiterhelfen können», sagte Emilio. «Ich suche eine junge Frau …»

«Da sind Sie nicht alleine», grummelte Holzer. «Wenn Sie eine junge Frau suchen, sollten Sie eine Kontaktanzeige aufgeben.»

Emilio musste zugeben, dass er seinen Satz missverständlich begonnen hatte.

«So habe ich das nicht gemeint. Ich möchte von Ihnen wissen, ob bei Ihnen vor sieben Jahren im Service eine etwa dreißigjährige, blonde Frau gearbeitet hat, die von einem Tag auf den anderen verschwunden ist. Sie hat deutsch mit einem osteuropäischen Akzent gesprochen.»

Lorenz Holzer hob seinen Kopf und sah ihn zum ersten Mal richtig an. «Wer will das wissen?»

«Mein Name ist Ritzfeld», stellte sich Emilio vor. «Ich bin Privatdetektiv und suche nach dieser Frau.»

Holzer zog eine Grimasse. «Dann suchen Sie mal weiter, aber nicht bei mir.»

Das war nicht unbedingt die Antwort, die sich Emilio erhofft hatte.

«Ich wäre Ihnen wirklich sehr verbunden ...»

Der Wirt deutete zur Tür. «Ich Ihnen auch. Habe die Ehre.»

Emilio dachte, dass er bei diesem Holzkopf andere Saiten aufziehen musste.

«Wenn ich jetzt zu dieser Tür hinausgehe, komme ich in einer halben Stunde wieder rein. Und zwar in Begleitung uniformierter Polizisten.»

Emilio hielt ihm das Papier unter die Nase, das ihn als Fallanalytiker auswies, der im Auftrag der Mordkommission in Bozen Befragungen durchführte.

Briefkopf und Stempel zeigten auch bei Holzer die erhoffte Wirkung.

«Das konnte ich doch nicht wissen. Mordkommission? Sagen Sie bloß, die Dobra ist tot?»

Dobra? Ein Vorname!!! Am liebsten hätte Emilio einen Luftsprung gemacht. Natürlich nicht wirklich, solche kindlichen Ausdrucksformen vermied er tunlichst.

Stattdessen nickte er. «Davon gehen wir aus. Sofern es sich bei ihr um jene Frau handelt, nach der ich gefragt habe.»

Holzer stellte zwei kleine Gläser auf den Tresen.

«Auf den Schrecken brauch ich einen Schnaps.»

Emilio hatte den Eindruck, dass der Wirt wirklich geschockt war. Eine Bestürzung, die allerdings auch gespielt sein konnte. Mit Sicherheit ließ sich das nicht feststellen. Aber der Schnaps war eine gute Idee. Selbst zu dieser Tageszeit. Vorausgesetzt, er bekam zuvor noch den Nachnamen genannt.

«Wie hieß diese Dobra weiter?»

«Novak. Dobra Novak. Ja, so hieß sie.»

Das Schnapsglas leerten beide auf ex.

«Erzählen Sie mir was über diese Dobra! Wie war sie so? Wann genau ist sie nicht mehr zur Arbeit erschienen? Haben Sie danach noch mal was von ihr gehört?»

«Ganz schön viele Fragen auf einmal. Das ist Jahre her, wie soll ich das noch wissen?»

«Aber Dobras Namen hatten Sie gleich präsent.»

«Na klar. Sie war ein nettes Mädchen. Und so viele Mitarbeiter habe ich nun auch nicht.»

Nettes Mädchen …?, überlegte Emilio. Wie nett? Auch zu ihm?

«Was ist mit ihrer Personalakte? Aus der müsste doch hervorgehen …»

«Gibt's nicht mehr», winkte Holzer ab. «Alles, was älter ist als fünf Jahre, wurde in unserer Buchhaltung geschreddert.»

«Fünf Jahre? Ist das nicht ein bisschen kurz?»

Er zuckte mit den Schultern. «Ein Versehen.»

«Irgendwas werden Sie doch von dieser Dobra noch wissen, außer dass sie nett war.»

«Ich weiß nur, dass sie aus Kroatien stammte, genauer gesagt aus Zagreb. Sie hatte einen Vertrag als Saisonkraft. Von einem Tag auf den anderen ist sie weggeblieben … Aber an mehr kann ich mich wirklich nicht erinnern.»

Holzer goss sich einen zweiten Schnaps ein. Emilio hielt sein Glas mit der Hand zu.

«Und sie ist wirklich tot? Wie ist das passiert?»

Emilio dachte, dass diese Fragen überfällig waren. Hätte Holzer sie nicht gestellt, läge die Vermutung nahe, dass er mehr wusste, als er zugab.

«Wir haben eine Leiche gefunden, bei der wir davon ausgehen, dass es sich um Ihre ehemalige Mitarbeiterin handelt», gab Emilio zur Antwort. «Wie es passiert ist, darf ich Ihnen nicht sagen. Ich muss Sie ohnehin bitten, Stillschweigen zu bewahren. Die Ermittlungen sind noch im Gange.»

Eine Bedienung kam mit Geschirr vorbei. Offenbar deckte sie gerade die Tische ein.

*«Hoi Katja, bleib amol stean! Der Monn do mechat gern mit dir reden.»*

«Mein Name ist Ritzfeld», ergänzte Emilio. «Warum sollte ich mit Katja sprechen wollen?»

«Weil Katja Dobras Freundin war. Sie haben sich ein Zimmer geteilt. Sie kann Ihnen sicherlich mehr über sie erzählen.»

Katja einzubeziehen war zwar das Gegenteil von «Stillschweigen bewahren», aber dennoch ein guter Vorschlag.

Sie stellte das Tablett mit dem Geschirr ab und nahm mit ihm an einem Tisch in der Ecke Platz. Noch war der Sternenschein leer. Sie konnten also ungestört sprechen. In kurzen Worten brachte Emilio die Bedienung auf denselben Informationsstand wie ihren Chef, der mittlerweile wieder mit seiner Schiefertafel und den Mittagsgerichten beschäftigt war.

Katjas Reaktion war dramatisch: Sie brach in Tränen aus und war für eine ganze Weile nicht in der Lage zu sprechen. Holzer sah zu ihnen rüber und schüttelte verständnislos den Kopf. Ihm war ein solcher Gefühlsausbruch offenbar unerklärlich.

Doch schließlich beruhigte sich Katja ein wenig und konnte auf Emilios Fragen antworten, schluchzend zwar und stockend, aber immerhin.

«Ich hab geahnt, dass was passiert ist», brachte sie hervor. «Damals, als sie plötzlich weg war. Ohne mir was zu sagen. Das war nicht normal; so war sie nicht. Wir haben uns ja ein Zimmer geteilt und waren ziemlich vertraut miteinander.»

«Hatte Dobra ein Fußkettchen?»

Die Frage stellte Emilio aus zwei Gründen. Erstens, um noch einmal sicherzustellen, dass Dobra tatsächlich die Gesuchte war. Und zweitens, um rauszufinden, wie vertraut sie wirklich miteinander gewesen waren.

«Ja. Ein hübsches Kettchen mit kleinen Herzen und einem violetten Halbedelstein.»

Die Beschreibung war eindeutig. Er konnte sich sparen, ihr das Kettchen zu zeigen. Da würde sie nur wieder sofort heulen müssen.

«Hatte Dobra einen Freund?»

«Ja, sie hatte einen Freund. Der hat ihr auch das Geld für die Kette gegeben. Aber ich habe ihn nie kennengelernt.»

«Aber seinen Namen hat sie doch sicher erwähnt?»

Katja schüttelte den Kopf. «Obwohl wir uns sonst fast alles erzählt haben – aber aus ihrem Freund hat sie ein Geheimnis gemacht und seinen Namen selbst mir gegenüber verschwiegen. Ich weiß auch nicht, warum. Hab's nie rausbekommen.»

Sie wird ihre Gründe gehabt haben, dachte Emilio. Nur welche?

«Wie war das mit Dobras persönlichen Dingen? Ihre Kleider, ihre Badutensilien, Kosmetik et cetera. Hat sie die alle zurückgelassen?»

«Am nächsten Tag kam jemand vorbei und hat alle ihre Habseligkeiten eingepackt und mitgenommen.»

«Jemand?»

«Ich war zu der Zeit im Restaurant. Ich habe ihn nicht gesehen. War wohl ein junger Mann, hat meine Vermieterin berichtet. Ein Verwandter von Dobra aus Kroatien. Sie habe wegen eines Krankheitsfalls dringend zurück in die Heimat müssen. Mehr hat er nicht gesagt.»

«Warum hat Ihnen Dobra nicht wenigstens eine SMS geschickt oder mal angerufen?»

«Eine Textnachricht hat sie schon geschickt. Zwei oder drei Tage später. Nur ganz kurz. ‹Musste überraschend heim, mir geht's gut, Bussi› – so oder so ähnlich.»

Emilio dachte, dass da jemand an alles gedacht hatte.

«Die Nachricht haben Sie aber nicht mehr?»

«Nein, natürlich nicht. Ist ja ewig her.»

«Haben Sie darauf geantwortet?»

«Freilich, aber es gab keine Reaktion darauf.»

Katja schnäuzte sich und wischte sich die Tränen von den Wangen.

«Ich würde gerne mit Ihrer Vermieterin sprechen», sagte Emilio. «Ist sie zu Hause?»

«Helene ist so gut wie immer zu Hause.»

Katja gab ihm die Adresse. Heute bewohne sie das Zimmer alleine, sagte sie.

Er deutete auf ihr Handy. «Haben Sie zufällig noch ein Foto von Dobra?»

«Müsste ich in den alten Dateien nachschauen. Könnte sein, aber das wird dauern.»

Er gab ihr seine E-Mail-Adresse. Verbunden mit der Bitte, ihm das Foto sofort zu schicken, falls sie eines fand.

Lorenz Holzer klatschte laut in die Hände.

«Jetzt ist Schluss mit dem Gequatsche. Katja, an die Arbeit! Tische eindecken, zack, zack!»

Ein wirklich netter Chef, dachte Emilio.

«Eine letzte Bitte: Kennen Sie aus der Zeit noch gemeinsame Arbeitskollegen oder Freunde? Falls Ihnen welche einfallen, könnten Sie mir bitte deren Namen und Kontaktdaten schicken?»

«Mache ich», versprach Katja. «Aber Sie müssen mich auf dem Laufenden halten. Ich will wissen, was damals passiert ist.»

Das würde er ganz gewiss *nicht* tun, dachte Emilio. Aber das musste er ihr ja nicht sagen.

# 36

Das Feld auf dem Display hatte sich verfärbt. Leider das falsche. Wie schon beim vorangegangenen Test. Zweifel ausgeschlossen. Tilda war eine Frau, die einiges wegstecken konnte. Aber jetzt verlor sie die Beherrschung. Wütend warf sie das Prüfgerät quer durchs Badezimmer. Wie hatte das passieren können? Wie konnte sie schwanger sein, obwohl sie doch die Pille nahm?

Sie ging in die Küche und goss sich einen Whisky ein. Ob das für eine Schwangere das Richtige war, interessierte sie nicht. Jetzt musste sie erst mal ihre Nerven in den Griff bekommen. Irgend so ein verdammtes Spermium hatte ihre Eizelle befruchtet. Was hatte es sich dabei gedacht? Wahrscheinlich nichts. Spermien konnten nicht denken. Ihre Eizelle wohl auch nicht, sonst hätte sie den Eindringling gleich wieder vor die Tür gesetzt. Tilda hatte die Gabe, sich alles bildlich vorzustellen. Im konkreten Fall half das nicht weiter.

*I am pregnant … sono incinta … kreuzkruzifix …*

Mit dem Whiskyglas in der Hand lief sie auf und ab. Vor wenigen Stunden erst hatte sie sich nackt im Spiegel betrachtet und sich über ihre hammermäßige Figur gefreut. Flacher Bauch, tolle Titten. Der Traum eines jeden Mannes. Mit dem flachen Bauch würde es bald vorbei sein. Und auch sonst würde sie auseinandergehen wie ein Hefeteig. Das konnte und wollte sie sich nicht vorstellen.

In den letzten Tagen war ihr einige Male übel geworden.

Nach dem Besuch der Schneiderin in Meran hatte sie sich am Ufer der Passer hinter einem Busch übergeben müssen. Das war ihr noch nie passiert. Nicht einmal nach einer durchzechten Nacht.

Dass das letzte Mal ihre Periode ausgeblieben war, hatte sie zunächst nicht beunruhigt. Ihr Zyklus war seit jeher unregelmäßig. Weil danach aber noch Hitzewallungen hinzugekommen waren, hatte sie sich den Schwangerschaftstest besorgt.

So, und jetzt hatte sie den Schlamassel. Warum gab es Antibabypillen, wenn sie nicht funktionierten? Sie sollte das Pharmaunternehmen auf Alimente verklagen. Oder hatte sie mal vergessen, die Pille einzunehmen? Konnte schon sein. Dummerweise passierte ihr das vor allem dann, wenn sie ausgiebigen Sex hatte. Weil sie da in anderen Sphären schwebte und nun wirklich nicht an so triviale Dinge wie an eine kleine runde Pille denken konnte. Es war ihr ein Rätsel, wie das andere Frauen schafften. Aber vielleicht hatten sie einfach keinen guten Sex?

Tilda goss sich einen zweiten Whisky ein. War jetzt schon egal. In Gedanken spielte sie die Optionen durch. Viele waren es nicht. Die einfachste wäre ein Schwangerschaftsabbruch. Abtreibungen waren in Italien schon seit Jahrzehnten legal, man musste nur einen Gynäkologen finden, der sie durchführte. Am besten einen, der aus der Kirche ausgetreten war. Die zweite Option war, das Kind zu bekommen und auf der Geburtsurkunde vermerken zu lassen: *Vater unbekannt*! Auch nicht so prickelnd. Aber zumindest emanzipiert.

Option drei: Emilio an die Einladung zum Abendessen erinnern. Keine Absage akzeptieren. Bei Kerzenlicht eine Flasche Champagner öffnen – und ihm eröffnen, dass sie schwanger war.

Wie er darauf reagieren würde, war schwer vorherzusagen.

Wahrscheinlich brauchte er daraufhin ebenfalls einen Whisky. Champagner war ein Getränk für romantische Stunden, für Schockmomente war er zu schwach.

Emilio, Emilio … Emilio Baron von Ritzfeld-Hechenstein. Was für ein wohlklingender Name. Der Mann war mit Phina nicht verheiratet. Treu war er ihr auch nicht, auch wenn er sie vielleicht liebte. Also war er auf dem Markt. Das sah sie ganz pragmatisch. Ihr eigener Name war Tilda Kneissl. Als Fotografin und Künstlerin war sie in der Szene bekannt, auch international. Dennoch wäre auch folgender Name nicht schlecht: Tilda Baronesse von Ritzfeld-Hechenstein.

Kaum gedacht, verwarf sie diese naive Schwärmerei. Darum ging es nicht. Außerdem war Emilio kein Mann, der sich so einfach heiraten ließ. Da brauchte es mehr als eine Schwangerschaft. Aber neben dem guten Namen hatte Emilio noch etwas: nämlich Geld. Und hoffentlich genug Anstand, ihr davon was abzugeben. Wie nannte man das in seinen Kreisen? *Apanage* … Eine monatliche Zuwendung, die über das normale Maß einer Alimentierung hinausging. Um ihr und ihrem Kind einen angemessenen Lebensstil zu ermöglichen.

Tilda lächelte. Vielleicht war ihre Schwangerschaft doch kein so großes Unglück? Das Einkommen einer Künstlerin war starken Schwankungen unterlegen. Erst recht, wenn man einen *Schratzen* an der Backe hatte. Eine Apanage käme da durchaus gelegen.

Tilda überlegte, dass sie in mehreren Stufen vorgehen sollte. Zunächst würde sie Emilios Reaktion testen. Falls diese enttäuschend war, könnte sie Druck ausüben. Vielleicht klappte es ja doch mit der Baronesse? Quatsch … Wenn sich herausstellen sollte, dass Emilio alles war, nur kein Ehrenmann – trotz seines hochtrabenden Namens –, könnte sie das Kind immer noch wegmachen lassen. Ganz einfach.

Theoretisch gab es noch eine weitere Option. Aber die war mit erheblichem Ärger verbunden – und finanziell weit weniger attraktiv. Vielleicht sogar ein Fiasko. Außerdem glaubte sie nicht … Aber konnte man es wissen?

# 37

Das Haus, wo Katja zur Untermiete wohnte, war vom Restaurant Sternenschein nicht weit entfernt. Emilio läutete. Es dauerte, bis ihm aufgemacht wurde. Von einer alten Frau, bei der es sich offenbar um Helene handelte. Das Erste, was ihm an ihr auffiel, war ihre Brille. Sie hatte Gläser, fast so dick wie Flaschenböden. Das Zweite waren ihre kunstvoll geflochtenen Haare. Erstaunlich, dass sie das mit ihrer Sehschärfe so gut hinbrachte.

Emilio stellte sich vor, diesmal mit vollem Namen, und richtete Grüße von Katja aus, mit der er gerade geredet habe. Er interessiere sich für ihre frühere Mieterin Dobra Novak, die vor Jahren von einem Tag auf den anderen verschwunden sei. Ob sie sich noch an die Frau erinnere?

Die hinter den Brillengläsern sowieso schon riesigen Augen schienen noch größer zu werden und durch die Flaschenböden auf ihn zuzukommen. Das hatte was von einem Horrorfilm.

«Ob ich mich an die Dobra erinnere?», wiederholte sie seine Frage.

Ihre Stimme war sanft und freundlich. Sie war also doch kein außerirdisches Monster. Nur leider mit höllisch schlechten Augen gestraft. Was erklärte, warum sie nur selten das Haus verließ.

«Junger Mann, natürlich erinnere ich mich an die Dobra. Nur weil ich alt bin, habe ich doch kein Alzheimer.»

«Mich würde interessieren, wie das damals abgelaufen ist.

Katja hat mir erzählt, dass Dobra plötzlich verschwunden ist. Am nächsten Tag kam ein Verwandter von ihr vorbei und hat ihre Sachen abgeholt. Stimmt das so?»

«Habe ich das richtig verstanden? Sie sind Baron?» Sie ignorierte einfach seine Frage.

«Ja, aber dafür kann ich nichts ...»

«Dann darf ich Sie in meinen Salon auf ein Tässchen Tee einladen. Dort können wir uns in Ruhe über alles unterhalten.»

Nun hatte er damit gerechnet, dass sein Adelstitel bei einer alten Dame von Vorteil sein könnte – nur deshalb hatte er ihn entgegen seiner Gewohnheit erwähnt. Aber das Risiko, darauf zum Tee eingeladen zu werden, hatte er unterschätzt.

«Gnädige Frau, mit dem größten Vergnügen», antwortete er dennoch.

*

Eine knappe Stunde und zwei Tassen Tee sowie ein Likörchen später war er in vielerlei Hinsicht klüger. Zum einen kannte er Helenes Familiengeschichte. Auch dass ihr seliger Mann viel zu jung mit nicht einmal achtzig Jahren verblichen war. Zum anderen hatte er aber auch alles erfahren, was sie über Dobra und ihr Verschwinden wusste. Leider war das nicht viel – was aber nicht an Helenes erstaunlich gutem Gedächtnis lag, sondern daran, dass es nicht viel zu berichten gab. Dobra sei ohne ein Wort des Abschieds fortgegangen, was gar nicht zu ihrem reizenden Wesen gepasst habe. Am nächsten Tag sei ein junger Mann bei ihr erschienen und habe Dobras Habseligkeiten in einen Koffer gepackt. Bei ihm habe es sich um einen Cousin aus Kroatien gehandelt. Ein netter Mann, sehr höflich. Er habe sogar Dobras ausstehende Miete bezahlt. Nur konnte Helene nicht beschreiben, wie der Mann ausgesehen hatte. Sie habe schon damals Probleme mit ihren Augen gehabt. Groß und schlank sei er gewesen. Vielleicht aber auch nicht ganz so groß und eher dicklich? Nein, diesbezüglich könne Sie dem Herrn Baron leider nicht weiterhelfen.

Aber sie hatte einen anderen Joker im Ärmel: Sie konnte Emilio auf den Tag genau sagen, wann Dobra «abgereist» war. In einem dicken Buch mit verschlissenem Einband hatte sie alles akribisch genau vermerkt. Jede Vermietung, jede Übernachtung … allem Anschein nach bis zurück zum Dreißigjährigen Krieg. Wie sie das mit ihren schlechten Augen hinbekam, war Emilio ein Rätsel. Nun ja, die Lupe, mit der sie den Eintrag heraussuchte, wäre was für Insektenforscher. Das Datum war genau vermerkt. Gemäß ihrer Aufzeichnung hatte Dobra Novak exakt vor sieben Jahren, fünf Monaten und dreiundzwanzig Tagen ihr Mietverhältnis beendet. Ohne Einhaltung der Kündigungsfrist!

# 38

Commissario Sandrini war wieder einmal genervt. Doch das war momentan sein Normalzustand. Er war ein Mensch, der linear arbeitete, also eines nach dem anderen erledigte. Das war anstrengend genug, aber zu bewältigen. Sich auf zwei oder gar drei Dinge gleichzeitig zu konzentrieren fiel ihm schwer. Wobei er der festen Überzeugung war, dass das sowieso kaum jemand konnte. Dem äußeren Schein nach vielleicht, aber nicht wirklich. Nun ja, ein Fläschchen Fernet-Branca öffnen und gleichzeitig über die Freisprechanlage einen seiner unfähigen Beamten zusammenscheißen – das bekam er hin. Aber nur weil er in beidem Routine hatte. Zur selben Zeit Tango zu tanzen, nur so als Beispiel, wäre dagegen ein Ding der Unmöglichkeit. Übertragen auf seine aktuellen Kriminalfälle, stand der Fernet-Branca für den erschossenen «Froschmörder». Die Freisprechanlage für den Drogenring im Stadtviertel Don Bosco. Und der Tango für die Frauenleiche aus dem Bunker. Es war leicht zu begreifen, dass er sich nicht um alles gleichzeitig kümmern konnte. Jeder würde das verstehen – nur nicht seine Vorgesetzten.

Beim «Froschmörder» stand er unter Beschuss, vor allem aufgrund des außer Kontrolle geratenen Zugriffs. Aber es gelang ihm zunehmend, die Schuld auf andere abzuwälzen. Sogar bei den Hintergründen schien langsam Licht ins Dunkel zu kommen. Beim Drogenring hatten sie einen verdeckten Ermittler eingeschleust. Mit etwas Glück kam er also auch da voran. Blieb die tote Frau aus dem Bunker. Seine Hoffnung, dass sich dieser Fall unter den Teppich kehren ließ, erwies sich natürlich als trügerisch. Verantwortlich waren wieder einmal einige superneugierige Journalisten, die wissen wollten, warum es zu der toten Frau keine neue Presseverlautbarung gab. Sie warfen ihm eine miserable Informationspolitik vor – und noch schlimmer: dass die Polizei mal wieder ihre Arbeit nicht mache, weil sie inkompetent und hoffnungslos überfordert sei.

An der Tür klopfte es. Er wusste, wer zu ihm wollte. Er selber hatte ihn hergebeten und seine Stimme schon im Vorzimmer gehört. Emilio schäkerte mal wieder mit Mariella.

«*Pronto*, kommen Sie rein!»

Er musste sich beherrschen, seinen Frust nicht am Baron auszulassen. Aber Emilio war kein Untergebener. Er könnte auf dem Absatz kehrtmachen und ihn sprichwörtlich im Regen sitzen lassen. Dabei war er gegenwärtig auf seine Kooperation angewiesen.

Sandrini begrüßte Emilio also so freundlich und höflich, wie es ihm möglich war. Selbstbeherrschung war nicht unbedingt eine seiner Stärken. Sie fiel ihm noch schwerer, wenn sein Gegenüber so provozierend entspannt auftrat wie der Baron. Der machte immer den Eindruck, als ob es im Leben keine wirklichen Probleme gab. Jedenfalls nicht für ihn.

«Was macht unsere Mumie?», fragte Sandrini. «Abgesehen davon, dass sie tot ist.»

«Von Professor Turmstaller gibt's keine neuen Erkenntnisse, aber das wissen Sie wahrscheinlich.» Emilio lächelte. «Forensisch ist unsere Mumie quasi sprachlos und gibt nichts mehr von sich preis.»

Sandrini wusste nicht, ob er das witzig finden sollte.

«Was haben Ihre Befragungen ergeben? Ich hoffe, meine

Bestätigung, die sie als Fallanalytiker ausweist, hat Ihnen geholfen?»

«O ja, sehr sogar. Vielen Dank.»

Na bitte. Emilio hatte sich noch nie bei ihm bedankt.

«Was meine Recherchen ergeben haben? Sagen wir so: Ich mache Fortschritte.»

«Das hoffe ich sehr. Die Presse macht Druck. Ich muss diesen Aasgeiern was zum Fraß vorwerfen.»

Das musste er wirklich, dachte Sandrini. Sonst gingen die Leichenfledderer auf ihn los.

«Sie könnten ja eine neue Presseverlautbarung rausschicken», schlug Emilio vor.

Tolle Idee. Da wäre er auch selber draufgekommen.

«Eine Pressemeldung macht doch nur Sinn, wenn wir irgendeine neue Information verlautbaren können.»

Warum sah ihn Emilio so seltsam an? Kapierte er nicht, was er meinte?

«Da haben Sie recht, mein lieber Commissario. Zum Beispiel könnten Sie kundtun, dass die Polizei die Identität der Toten festgestellt hat.»

«Schön wär's.»

«Ihr Name ist Dobra Novak. Sie stammt aus Zagreb in Kroatien und hat in Lana als Bedienung gearbeitet.»

Sandrini war baff.

«Wie haben Sie das herausbekommen?»

«Ganz einfach – ihr Fußkettchen.»

Einfach, einfach … Warum war beim Baron alles immer so einfach?

«Nun ja», gab Emilio zu, «wenn etwas klappt, kommt es einem immer einfach vor. Auch könnten Sie in der Pressemeldung das genaue Datum ihres Verschwindens nennen. Das steht zweifelsfrei fest.»

Sandrini versuchte, seine Freude zu verbergen. Emilio sollte nicht denken, er sei leicht zu beeindrucken.

«Also kennen wir auch den Todeszeitpunkt?», hakte er nach.

«Nicht unbedingt», präzisierte Emilio. «Wir können ja nicht sicher davon ausgehen, dass sie unmittelbar nach ihrem Verschwinden eingemauert wurde. Auch wissen wir nicht, wie lange sie in ihrem Verlies noch am Leben war.»

«Irrelevant, völlig irrelevant … Wie lange, sagten Sie, liegt das alles zurück?»

«Sagte ich noch nicht.»

Besserwisser!

«Aber ziemlich genau siebeneinhalb Jahre. Das genaue Datum hat sich Mariella notiert.»

«Also eine Ewigkeit. Da war ich noch gar nicht auf meinem Posten.»

«Ich habe Mariella schon mal den Entwurf einer Pressemeldung diktiert», sagte Emilio. «Selbstverständlich, ohne Ihnen vorgreifen zu wollen. Nur als kleine Hilfestellung.»

Sandrini mochte es nicht, wenn man ihm ungefragt ins Handwerk pfuschte. In diesem Fall aber doch. Nur würde er das nicht zugeben.

«Schaue ich mir später an. Vielleicht kann ich ja was verwenden.»

«Würde mich freuen. Ich habe bewusst möglichst wenig preisgegeben, um unsere weiteren Ermittlungen nicht zu gefährden. Ich hoffe, das ist in Ihrem Sinne.»

«Absolut, absolut … Wollen Sie damit andeuten, dass wir schon mehr wissen als nur ihren Namen und das Datum?»

«Ein wenig schon. Aber nichts Entscheidendes. Ihr Einverständnis vorausgesetzt, arbeite ich mich schrittweise weiter vor.»

Sandrini dachte, dass Emilio das auch ohne sein Einverständnis tun würde. Aber so hörte es sich besser an.

«Eine Sache könnte Mariella in die Wege leiten», fuhr Emilio fort. «Sie könnte mal von einem Kollegen den familiären Hintergrund in Zagreb recherchieren lassen.»

Na klar, das lag auf der Hand. Obwohl …

«Da müssen wir ganz diskret vorgehen», warnte Sandrini. «Das fehlt noch, dass sich die kroatische Polizei in unsere Ermittlungen einmischt.»

«Diskret ist immer gut. Ich verspreche mir ohnehin wenig davon. Der Schlüssel zu ihrer Ermordung liegt sehr wahrscheinlich hier in Südtirol.»

Natürlich. Wo sonst? Momentan konzentrierte sich alles auf Südtirol. Allein schon deshalb, um ihm das Leben schwerzumachen.

Emilio stand auf. «Kann ich jetzt gehen?»

Das war eine rhetorische Frage. Natürlich konnte er gehen.

Sandrini überlegte, ob er Emilio ein Fläschchen von seinem Magenbitter anbieten sollte. Um mit ihm auf den Erfolg anzustoßen. Aber dann würde der Baron womöglich seine Vorratshaltung sehen. Und die ging ihn nun wirklich nichts an.

# 39

In Sandrinis Vorzimmer blieb Emilio kurz stehen. Nicht nur, um sich von Mariella zu verabschieden, sondern auch, um noch eine Bitte loszuwerden. Er fragte sie, ob sie ihm die Akte vom Unfall beschaffen könne, bei dem Gustl Mayrs Frau ums Leben gekommen war. Er deutete auf den Zettel auf ihrem Schreibtisch, auf dem sie sich das Datum notiert hatte, an dem Dobra verschwunden war.

«Würde mich nicht wundern, wenn der Unfall zu dieser Zeit erfolgt wäre», sagte er.

Sie sah ihn erstaunt an.

«Wirklich? Sehen Sie da einen Zusammenhang?»

«Noch nicht. Aber vorstellen könnte ich es mir.»

Mariella deutete zu Sandrinis Tür. «Der Commissario muss nichts davon wissen, richtig?»

Emilio lächelte. «Vorläufig nicht. Der arme Mann ist schon so gestresst genug. Er hat übrigens noch einen diskreten Rechercheauftrag für Sie. Aber das soll er Ihnen selber sagen.»

Er naschte noch ein Maronenplätzchen, hauchte Mariella einen Kuss zu und machte sich davon. Die Quästur in Bozen war nicht wirklich ein Ort, an dem er sich länger aufhielt als unbedingt nötig.

*

Kaum auf der Straße, erhielt er eine Nachricht von Katja. Sie habe am Nachmittag frei und inzwischen ein Foto gefunden, auf dem Dobra zu sehen sei. Zusammen mit ihr, auf einer Betriebsfeier vom Sternenschein. Und sie habe sich einige Namen von gemeinsamen Bekannten notiert. Aber sie glaube nicht, dass die mehr von Dobra wussten als sie selbst. Schließlich sei sie ihre engste Freundin gewesen.

Emilio blieb im Schatten eines Baumes stehen und sah sich das Foto an. Mit Zeigefinger und Daumen vergrößerte er Dobras Gesicht. Bisher hatte er von ihr nur das Bild einer mumifizierten Leiche im Kopf gehabt. Nun vollzog sich vor seinen Augen die Verwandlung zu einer schönen Frau mit blonden Haaren und einem fröhlichen Lachen. Eine Metamorphose, die ihn nicht unberührt ließ. Noch unheimlicher wäre sie in umgekehrter Richtung. Indem also die attraktive Dobra zu einer gruseligen Mumie verfiel.

Emilio verharrte eine Weile und schaute Dobra ins Gesicht. Es kam ihm vor, als ob sie zurückblickte. Fehlte nur noch, dass ihre Augen blinzelten oder sich ihre rot geschminkten Lippen bewegten. Wie schön wäre es, wenn man sie wieder zum Leben erwecken könnte. Weil das aber nicht möglich war, höchstens im Traum, konnte er nicht mehr tun, als sein Versprechen zu erneuern. Er würde alles daransetzen, ihren Mörder zu finden. Auf Bezahlung verzichtete er in ihrem Fall gern. Durch den Fund ihrer sterblichen Überreste war ihm eine Verpflichtung auferlegt worden. Und ab jetzt hatte seine «Auftraggeberin» ein Gesicht. Ein hübsches und sympathisches zudem. Was hatte sich Dobra von ihrem Leben erwartet? Bestimmt nicht, es auf so grausame Weise zu beenden. Wer ihr das angetan hatte, hatte nicht im Affekt gehandelt, sondern sie mit eiskalter Berechnung beseitigt. Sogar mit der Option, die Tat in den nächsten Tagen rückgängig zu machen und sie zu befreien. Welcher

Mörder hatte schon diese Gelegenheit? Aber er hatte sie nicht genutzt – und sie elendig sterben lassen.

Emilio schloss das Bild auf seinem Handy und lief wie in Trance Richtung Waltherplatz. Ohne zu wissen, was er dort wollte. Hatte er heute schon ein Glas Wein getrunken? Nein, nur Schnaps, Tee und Likör. Er bezweifelte, dass dieser Cocktail seiner Gesundheit zuträglich war. Gegessen hatte er auch noch nichts – außer Maronenplätzchen.

Folgerichtig machte er einen Abstecher zum Parkhotel Laurin, um dort auf der kleinen, dem Park zugewandten Terrasse eine schöpferische Pause einzulegen. Begleitet von einem feinen Sauvignon der Kellerei Terlan. Sowie einem Lachstatar mit hausgemachtem Gurkeneis.

Von der Bedienung ließ er sich ein Blatt Papier und einen Kugelschreiber bringen, dann rief er Katja an. Er bedankte sich für das Foto und dafür, dass sie so rasch reagiert habe.

«Sie haben eine neue Verehrerin», sagte Katja.

Sprach sie von sich? Wohl kaum. Emilio musste schmunzeln. Er ahnte, wen sie in Wahrheit meinte.

«Sprechen Sie von Ihrer Vermieterin Helene?»

«Ja, sie schwebt auf Wolke sieben. Sie hat schon lange nicht mehr mit einem Baron Tee getrunken und sich dabei so charmant unterhalten.»

Es gab charmantere Gesprächsthemen als eine ermordete Mieterin, dachte Emilio. Aber wenn die alte Dame seinen Besuch dennoch genossen hatte, sollte es ihn freuen.

«Bitte richten Sie ihr meine Empfehlung aus», sagte er. «Aber wie Sie sich denken können, interessiere ich mich jetzt vor allem für die Namen, die Ihnen im Zusammenhang mit Dobra eingefallen sind.»

«Es sind nicht viele. Und wie gesagt, glaube ich nicht, dass sie Ihnen weiterhelfen können. Dobra war zwar eine agile Person, aber sie hat nicht viel von sich preisgegeben. Die Bekannten wussten von ihr sicherlich noch weniger als ich.»

«Trotzdem. Wer ist Ihnen eingefallen?»

«Lorenz Holzer, den Besitzer vom Sternenschein, haben Sie ja bereits kennengelernt. Ist übrigens nicht so ein Ekel, wie er gerne vorgibt. Aber privat hatte er zu Dobra keinen Kontakt.»

«Sind Sie sicher?»

«Ziemlich sicher. Obwohl, ausschließen kann man bei ihm natürlich nichts. Interessanter dürfte es für Sie sein, mit einem gewissen Tscharli Niederhofer zu sprechen. Der kannte Dobra ganz gut ...» Sie lachte. «Vielleicht nicht so gut, wie er sich das gewünscht hätte. Obwohl, vielleicht täusche ich mich. Der Tscharli hat damals auch in unserem Service gearbeitet. Was er heute macht, weiß ich nicht, aber ich hab seine Adresse. Dann ist mir noch die Laura eingefallen; mit der hat sich Dobra regelmäßig zum Joggen verabredet. Sie müssen wissen, ich lauf nicht gerne. Lieber fahre ich in die Therme Meran, um dort zu schwimmen und in die Sauna zu gehen. Vielleicht war Laura ihre zweitbeste Freundin – nach mir, Sie verstehen. Beim Laufen erzählt man sich ja einiges. Könnte also sein, dass sie Ihnen weiterhelfen kann. Damals hat Laura an der Rezeption eines Hotels gearbeitet. Ihr Nachname ist Sabitzer. Die Adresse schicke ich Ihnen aufs Handy. Wie auch die vom Tscharli. Ach so, da gab es noch einen Bekannten aus Kroatien. Den Namen habe ich leider vergessen. Er hat auf einem Weingut gearbeitet.»

«War das vielleicht ihr geheimnisvoller Freund?»

«Nein, ganz sicher nicht. Er war zu alt und außerdem schwul.»

«Wissen Sie, auf welchem Weingut er gearbeitet hat?»

«Auf Anhieb nicht. Aber vielleicht fällt's mir noch ein, dann gebe ich Ihnen Bescheid.» Katja machte eine Pause. «Darf ich Sie was fragen?»

«Natürlich.»

«Warum ist Ihnen so wichtig, herauszubekommen, was damals passiert ist? Sie kannten doch die Dobra gar nicht.»

Das war eine gute Frage, dachte Emilio. Und wie bei vielen guten Fragen gab es darauf keine einfache Antwort.

«Aber ich lerne sie immer besser kennen», erwiderte er.

«Das ist doch kein Grund.»

«Ich habe ihre Leiche gefunden», sagte er leise. «Das hat mich emotional berührt. Und zwar so sehr, dass ich ihr versprochen habe, ihren Mörder zu finden. Davon hat sie zwar nichts mehr. Aber ich finde die Vorstellung unerträglich, dass irgendwo da draußen jemand herumläuft und glaubt, er sei davongekommen.»

«Das darf nicht sein», pflichtete ihm Katja bei.

«*Deshalb* ist es mir wichtig. Sie verstehen?»

«Ja. Und ich hoffe sehr, Sie finden das Schwein.»

«Worauf Sie sich verlassen können.»

Hoffentlich konnte er das Versprechen einlösen.

# 40

Weil bei ihm immer belegt war, hinterließ Tilda eine Nachricht auf Emilios Handy mit der Bitte um Rückruf. Jetzt lief sie in ihrem Atelier auf und ab und spielte in Gedanken durch, was sie ihm gleich sagen wollte. In mehreren Varianten. Zum Beispiel die Überfallmethode: *Wir müssen uns dringend sehen. Ich bin schwanger.* Wie er darauf reagieren würde, war unvorhersehbar. Womöglich legte er sofort auf. Viel klüger war eine raffiniertere, einschmeichelnde Vorgehensweise. Dafür müsste sie …

Ihr Telefon klingelte. Emilio fragte, was es so Dringendes gebe. Aber er fragte freundlich, nicht vorwurfsvoll. Sein Glück. Sonst hätte sie sich entgegen jeglicher Vernunft doch für die Überfallmethode entschieden. So aber fiel es ihr leichter, ihn mit sanfter Stimme an ihre Einladung zum Abendessen zu erinnern. Sie freue sich auf romantische Stunden mit ihm. Der Champagner sei kalt gestellt …

Ob es was zu feiern gebe, fragte er prompt.

Tilda biss sich auf die Unterlippe. War ihre Schwangerschaft ein Grund zum Feiern? Schön wäre es. Nur fürchtete sie, dass er das entschieden anders sah.

«Ich will nur, dass wir es schön haben», antwortete sie. Dabei stellte sie sich vor, wie sie Emilio ins Bett lockte. Und sobald sie sich richtig nahegekommen waren, wollte sie ihm zärtlich ins Ohr flüstern, dass er demnächst Vater würde.

«Wir könnten tatsächlich etwas feiern», stellte er fest.

Tilda ahnte, dass ein abrupter Themenwechsel anstand.

«Und zwar, dass wir den Namen unserer toten Frau aus dem Bunker herausgefunden haben», fuhr er fort. «Sie heißt Dobra Novak und stammt aus Zagreb.»

Nun, das war wirklich ein heftiger Themenwechsel. Zugegebenermaßen ein spannender. Aber die Essenseinladung würde sie deshalb nicht aus den Augen verlieren. Ganz bestimmt nicht.

«Wie hast du das rausbekommen?»

«Dank deines Juweliers in Naturns ...»

«Ist nicht mein Juwelier», stellte sie klar.

«Dieser Matteo Teutsch hat die Fußkette sofort wiedererkannt. Ist eine Arbeit seiner Tochter Amelie. Und die hat sich erinnert, wo die Käuferin ihrer Kette angestellt war. Nämlich in einem Restaurant in Lana. Dort wusste man ihren Namen. Wir hätten also wirklich einen Grund zu feiern. Der entscheidende Tipp mit dem Juwelier kam schließlich von dir. Darauf können wir anstoßen.»

Ja, auch darauf, dachte Tilda. Aber eben nicht nur.

«Gratuliere.»

«Gerade eben habe ich mit einer Freundin von ihr gesprochen, deshalb war mein Anschluss belegt. Von ihr habe ich einiges über Dobra erfahren, auch über ihren Bekanntenkreis. Scheint nicht groß gewesen zu sein.»

«Glaubst du, dass sie von jemandem aus ihrem Umfeld umgebracht wurde?»

«Davon gehe ich ganz sicher aus. Man mauert ja keine x-beliebige Person quasi im Vorübergehen ein, nur weil man gerade Lust dazu hat.»

Lust nicht, dachte Tilda. Aber könnte es dafür nicht andere Motive geben?

«Hast du schon einen Verdächtigen?», fragte sie.

«Nicht direkt. Zunächst kann es ja mal jeder gewesen, der Kontakt zu ihr hatte. Also werde ich jetzt alle Kandidaten einzeln unter die Lupe nehmen und nach dem Ausschlussverfahren vorgehen. Vor allem hoffe ich auf Hinweise, die mir weiterhelfen können.»

Emilio räusperte sich.

«Aber deswegen hast du mich nicht angerufen. Deine Stimme in der Voicemail klang etwas angespannt. Nicht so, als ob es dir nur darum ginge, deine Einladung zum Abendessen zu erneuern. Was ich natürlich sehr charmant finde. Gibt's sonst noch einen Grund? Alles okay bei dir?»

Es gab Momente, da kam ihr Emilio ein wenig unheimlich vor. Als ob er Gedanken lesen könnte, sogar durchs Telefon.

«Nein, alles gut», wiegelte sie ab. «Aber wenn wir keinen Termin ausmachen, wird nichts draus. Ich habe ja momentan eine Nebenbuhlerin, die deine Zeit in Anspruch nimmt …»

Sie machte eine kurze Pause. An wen er jetzt wohl dachte? An seine Phina?

Emilio lachte. «Weiß schon, wen du meinst. Die Dobra spukt mir tatsächlich dauernd durch den Kopf. War übrigens eine hübsche Person.»

«Woher weißt du das?»

«Ich hab ein Foto von ihr. Bring ich zur Einladung mit. Heute Abend geht's bei mir leider nicht. Aber morgen können wir fix machen. Einverstanden?»

«Okay. Ich freue mich.»

«Ich mich auch. Dann kannst du mir erzählen, was der wahre Grund für deine dringliche Einladung ist. Die Romantik alleine wird's wohl nicht sein.»

Wie kam er nur darauf? Aber war das ein Problem? Nein, es gab ja tatsächlich einen «wahren Grund». Trotz seiner hellseherischen Fähigkeiten würde er aus allen Wolken fallen.

# 41

Emilio rekapitulierte, was als Nächstes zu tun war. In welcher Reihenfolge auch immer. Mit Lorenz Holzer vom Sternenschein sollte er sich ein zweites Mal unterhalten. Vielleicht hatte er Dobra doch besser gekannt, als er zugab? Dann dieser Tscharli Niederhofer, dessen Adresse Katja ihm geschickt hatte. Er jedenfalls habe Dobra ganz gut gekannt, hatte sie angedeutet. Was schon mal vielversprechend war. Außerdem Dobras Jogging-Freundin Laura Sabitzer. Ob sie noch an der Rezeption des Hotels arbeitete? Vielleicht konnte sie ihm was erzählen? Er würde es herausfinden. Nicht zu vergessen Mariella in Commissario Sandrinis Vorzimmer, denn er hatte bei einem Telefonat Lauras Namen erwähnt. Und wie er wusste, kannte Mariellas Neugier keine Grenzen. Sicher hatte sie sich den Namen sofort aufgeschrieben.

Wen gab es noch? Beim kroatischen Bekannten hatte er überhaupt keine Anhaltspunkte, außer dass er für Dobra zu alt und zudem schwul war. Solange Katja nicht einfiel, bei welchem Weingut er gearbeitet hatte, konnte er ihn also ignorieren. Notgedrungen. Blieben dann noch die Mayrs in Mals. Und zwar alle beide. Bevor er aber mit ihnen sprechen würde, wollte er von Mariella wissen, wann und wo der tödliche Autounfall erfolgt war. Alles ganz schön kompliziert.

Sobald er nach Mals fuhr, könnte er erneut beim Juwelier Matteo Teutsch in Naturns vorbeischauen, um sich bei ihm und seiner Tochter Amelie für ihre Hilfe zu bedanken. Ermittlungstechnisch wäre das ohne Belang, denn sie hatten ihm schon alles gesagt, was sie wussten. Aber er könnte bei dieser Gelegenheit den Juwelier ganz nebenbei mal fragen, woher er Tilda kannte. Nur so, ohne Grund, aus purer Neugier. Und ja, auch Tilda stand auf seiner Liste der unerledigten Dinge. Emilio biss sich auf die Zunge. Sie unter «Dinge» zu subsumieren gehörte sich natürlich nicht. Er entschuldigte sich für diesen gedanklichen Fauxpas. Tilda war eine megaaufregende Frau – das war ja gerade das Problem! Wie auch immer: Sie stand erst morgen Abend auf dem Programm. Tatsächlich fragte er sich, ob bei ihr irgendwas im Busch war. Vielleicht wollte sie nach New York auswandern? Oder am Südpol ein Fotostudio eröffnen? Verrückte Ideen lagen ihr im Blut.

Emilio merkte, wie er von seinem Fall ins Private abschweifte. Folgerichtig kam er mit seinen Gedanken zu Phina. Die würde ganz sicher «nach Nirgendwo» auswandern. Phina war in Südtirol verwurzelt. Mindestens so tief und fest wie ihre Rebstöcke. Was war mit ihm selbst? Wie fest war er mittlerweile mit Südtirol verbunden? So fest, dass er auf ewig hierbleiben wollte? Unter normalen Umständen würde sich Emilio eine solche Frage niemals stellen. Aber normal waren die Umstände gerade nicht. Sobald er Phinas Wunsch erfüllte und als ihr «Lebenspartner» die Adoptionspapiere für Zola unterzeichnete, war er hierher quasi zwangsverpflanzt. So musste man es nicht sehen, aber man konnte es. Dann ließen sich seine Wurzeln nicht mehr so leicht rausreißen. Zumindest für die nächsten Jahre würde er hierbleiben müssen, wollte er Phina nicht im Stich lassen. Phina und die kleine Zola. Denn auch sie hätte es nicht verdient, dass er ihre Zukunft verbaute, indem er das Weite suchte und als Konsequenz davon das kleine Mädchen Phina wieder weggenommen würde. Er spürte, wie die Verantwortung immer schwerer auf seinen Schultern lastete. Er hasste dieses Gefühl.

*

Nach einer Weile des Grübelns kehrten seine Gedanken zu der Verantwortung zurück, die er Dobra gegenüber eingegangen war. Mit dem Versprechen, ihren Mörder zu finden. Dazu musste er mit allen Menschen sprechen, die die Tote gekannt hatten – und auf Hinweise hoffen. Weil er irgendwo anfangen musste, rief er im Hotel an, das ihm Katja als Lauras letzte Arbeitsstelle genannt hatte. Die gute Nachricht: Dobras Jogging-Freundin arbeitete dort noch immer an der Rezeption. Die schlechte: Sie hatte Urlaub und würde erst übermorgen wieder da sein. Ihre Handynummer dürfe man ihm nicht geben. Übermorgen? Okay, so schlimm war das auch nicht. Die anderen Namen auf seiner Liste würden ihn bis dahin auf Trab halten. Er telefonierte mit dem Apfelbauern Gustl Mayr in Mals und vereinbarte einen Termin für morgen.

Emilio überlegte, dass für den heutigen Tag keine weiteren Aktivitäten mehr anstanden. Man konnte es mit der Arbeit auch übertreiben. Vor allem hatte er tatsächlich einen gewaltigen Fortschritt erzielt. Seine Tote hatte einen Namen bekommen: Dobra Novak. Sie hatte ein Gesicht, ein hübsches und sympathisches zudem. Und er verfügte über eine kleine Liste mit Leuten, die er sich nacheinander vornehmen würde. Bis vor wenigen Stunden hatte er quasi mit einer Heugabel im Nebel herumgestochert … Wie kam er auf dieses schräge Bild? Na egal, der Nebel hatte sich gelichtet. Jetzt konnte er den Heuhaufen sehen. Nun begann die sprichwörtliche Suche nach der Nadel im selbigen. Sollte Dobras Mörder glauben, er wäre unauffindbar, hatte er sich getäuscht. Bislang hatte Emilio noch jede Nadel im Heuhaufen gefunden …

# 42

Jetzt war es also doch passiert: Die Polizei hatte Dobras Identität herausgefunden. Es war ihm ein Rätsel, wie ihr das gelungen war. Erneut las er die Nachricht in den Dolomiten. Dann legte er die Tageszeitung mit zitternden Händen zur Seite. Er trat hinaus auf seinen Balkon, hielt sich an der Balustrade fest und versuchte, sich zu beruhigen. Er atmete tief ein und aus. Om … Nur die Ruhe, keine Panik … Om … Jetzt wussten sie also Dobras Namen. Wahrscheinlich auch, dass sie aus Zagreb stammte. Der Zeitpunkt ihres Todes sei ebenfalls bekannt, behauptete ein gewisser Commissario Sandrini von der Quästur in Bozen. Aus ermittlungstechnischen Gründen behalte man das Datum für sich. Ein Bluff? Vielleicht hatte der Commissario keine Ahnung? Und selbst wenn, was änderte es? Des Weiteren stand im Artikel, dass die Polizei im Umfeld der Toten nach den möglichen Hintergründen der Tat recherchiere. Was das zu bedeuten hatte, war klar. Sie sprachen mit allen Freunden und Bekannten von Dobra. Zumindest mit jenen, die sie nach so vielen Jahren ausfindig machen konnten. Allzu viele würden es nicht sein …

Er zündete sich eine Zigarette an und machte einen tiefen Lungenzug. Allzu viele würden es nicht sein … wiederholte er seinen letzten Gedanken. Aber womöglich genau eine Person zu viel. Eine Person, mit der die Polizei besser nicht sprach, weil sie … weil sie sehr wahrscheinlich etwas wusste, was sie nicht wissen sollte. Vor allem durfte sie es nicht weitersagen. Bislang hatte es dafür keine Veranlassung gegeben. Weil die Dobra zurück in die Heimat gegangen war und sich keine Sau mehr für sie interessierte. Er musste lachen. Zurück in die

*Heimat? Ja, das hatte besagte Person glauben müssen. Denn er hatte ihr eine entsprechende Textnachricht aufs Handy geschickt. Mit Herzchen und Bussi. Nach seiner Erinnerung hatte sie sogar geantwortet, aber er konnte sich nicht mehr genau erinnern. Wenige Tage später hatte er Dobras Handy in die Etsch geworfen.*

*Hatte er gerade gelacht? Was war er doch für ein selbstgefälliges Arschloch! Denn zum Lachen hatte er keinen Grund. Was wäre, wenn die Person den kurzen Artikel gerade in der Zeitung gelesen hatte und schon in diesen Minuten bei der Polizei anrief? Scheiße, scheiße …*

*Er schnippte die Zigarette ins Grüne und ging zurück ins Wohnzimmer. Und jetzt? Was tun? Er hatte schon mal dafür gesorgt, dass er nicht verraten werden könnte. Damals hatte er in Panik gehandelt – dennoch war es richtig gewesen. Er hatte keine Wahl gehabt. Aber warum hatte er in all den Jahren nicht einen endgültigen Schlussstrich gezogen? Er hätte endlos Zeit gehabt, einen kleinen Unfall zu arrangieren. Warum hatte er es unterlassen? Er kannte die Antwort: weil er in Wahrheit ein Weichei war, weil er Skrupel hatte – und ein besserer Mensch werden wollte.*

*So, das hatte er jetzt davon! Aber mit zwei Dingen hatte er nicht gerechnet. Erstens war er davon ausgegangen, dass Dobras Leiche niemals gefunden würde. Und selbst wenn, war er zweitens der Überzeugung gewesen, dass man ihre Identität nicht würde herausfinden können. Mit jedem Jahr, das seit der Tat vergangen war, hatte er sich sicherer gefühlt. Gewissensbisse hatten ihn dennoch geplagt, weshalb er ja regelmäßig in Kirchen Buße getan und für Dobra in stillem Gedenken eine Kerze entzündet hatte. Nur für sie. Er hätte auch zwei anzünden können. Genau genommen sogar drei.*

*Er hätte nie gedacht, dass man ihm auf die Spur kommen könnte. Nicht nach so vielen Jahren.*

*Und jetzt? Jetzt schien es plötzlich doch möglich.*

*Er zwang sich, logisch zu denken. Wobei die Lösung so einfach war, wie eins und eins zusammenzuzählen. Er war gezwungen zu handeln.*

*Und zwar so schnell und entschieden wie möglich. Ohne Skrupel. Mit kühlem Kopf und klarem Verstand. Er musste nachholen, was er all die Jahre versäumt hatte. Er musste noch jemanden umbringen. Ob er wollte oder nicht.*

# 43

Emilio saß am Steuer seines bockigen Landrovers und hatte als ersten Stopp Lana auf dem Programm. Er war unternehmungslustig und guter Stimmung. Was ihm selber erstaunlich vorkam, denn am frühen Vormittag entsprach das nicht seinem gewohnten Betriebsmodus. Auf der Suche nach einer Erklärung erinnerte er sich an den gestrigen Abend mit Phina, der ausgesprochen angenehm verlaufen war. Sogar über seine Unterschrift auf den Adoptionspapieren hatten sie gesprochen. Er hatte ihr zu verstehen gegeben, dass er in seinem tiefsten Inneren noch einige Hürden überwinden müsse, aber doch recht zuversichtlich sei. Was zugegebenermaßen etwas umständlich formuliert war. Dennoch hatte er darauf einen dicken Kuss bekommen. Er hatte mit ihr vereinbart, dass er zunächst Dobras Mörder finden wolle, unmittelbar danach würde er eine Entscheidung treffen. Mit einem zweiten Kuss hatte sie den Deal besiegelt. Wobei er versprechen musste, sich mit der Mördersuche zu beeilen. Nun ja, das hatte er sowieso vor.

In Lana angekommen, fand er im Ortsteil Gries recht schnell das Mietshaus, wo Dobras ehemaliger Kollege Tscharli Niederhofer wohnte. Er klingelte. Erst kurz, dann länger, schließlich Sturm. Weil keiner aufmachte, wollte er schon kehrtmachen, da öffnete sich im ersten Stock ein Fenster, und ein verstrubbelter Männerkopf tauchte auf.

«Sind Sie der Wahnsinnige, der bei mir wie ein Idiot läutet?»

Emilio schoss durch den Kopf, dass dies gleich zwei Beleidigungen in einem kurzen Satz waren. Kein guter Auftakt.

«Tut mir leid, wenn ich Sie gestört habe», bemühte sich Emilio dennoch um Schadensbegrenzung. «Mein Name ist Ritzfeld, und ich würde gerne mit Ihnen sprechen. Ist wichtig. Darf ich raufkommen?»

«Sind Sie von den Zeugen Jehovas? Oder worüber wollen Sie mit mir sprechen?»

«Über Dobra Novak.»

«Also von der Presse ... Dann schauen Sie, dass Sie weiterkommen.»

Von der Presse? Wie kam Tscharli auf diese Idee? Oder hatte er heute Morgen den Artikel in der Zeitung gelesen? Das wäre eine plausible Erklärung.

«Ich arbeite als Sonderermittler für die Quästur in Bozen», rief er hinauf. Das war zwar etwas dick aufgetragen, aber er musste verhindern, dass Tscharli das Fenster wieder zuschlug. «Deshalb lassen Sie mich bitte rein. Muss ja nicht jeder hören, was ich mit Ihnen besprechen möchte.»

«Ein Sonderermittler? In Südtirol? Was es nicht alles gibt. Ich hoffe, Sie können sich ausweisen.»

«Natürlich. Jetzt machen Sie schon endlich auf.»

Der Kopf verschwand. Wenig später summte der Türöffner.

Oben angekommen, wurde Emilio von einem etwa vierzigjährigen Mann empfangen, der wider Erwarten einen durchaus gepflegten und geordneten Eindruck machte, nur hatte er sich noch nicht gekämmt. Tscharli sah ihn zwar noch immer misstrauisch an, aber das war ihm nicht zu verdenken. Emilio zeigte ihm das Schreiben der *Polizia di Stato, Questura Bolzano*, das ihn als Fallanalytiker auswies.

«Baron von Ritzfeld-Hechenstein?», las Tscharli. «Warum arbeiten Sie für die Polizei und sitzen nicht auf Ihrer Burg?»

Emilio hatte keine Lust, darauf einzugehen. Stattdessen deutete er auf den Esstisch mit der aufgeschlagenen Tageszeitung.

«Jetzt verstehe ich Ihre Reaktion am Fenster», sagte er. «Sie haben gerade die Meldung mit Dobras Namen gelesen, richtig?»

Tscharli nickte. «Scheiße, ja, das habe ich. Ein ganz schöner Schock. Ich konnte ja nicht ahnen …» Er schluckte.

War die Betroffenheit gespielt oder echt?

«Was konnten Sie nicht ahnen?»

«Dass die Dobra tot ist. Wie schrecklich.»

«Sie kannten sie gut?»

Tscharli zögerte mit der Antwort. Schließlich schüttelte er langsam den Kopf.

«Nicht wirklich. Sie müssen wissen, Dobra hat nicht viel von sich preisgegeben.»

Emilio überlegte, ob man jemanden gut kennen und gleichzeitig nicht viel von ihm wissen konnte. Doch, das war möglich. Er musste seine Frage präzisieren.

«Wie sind Sie eigentlich auf mich gekommen?», kam ihm Tscharli zuvor.

«Ich habe Ihren Namen von der Katja Lingnauer», antwortete er. Schon im nächsten Moment ärgerte er sich, dass er ihren Namen preisgegeben hatte. Seine Quelle ging Tscharli nichts an.

«Ach, die gute Katja. Auch so ein nettes Madl. Geht's ihr gut? Hab sie schon länger nicht mehr gesehen.»

«Ja, ich denke, ihr geht's gut. Sie arbeitet immer noch im Sternenschein. Sie ja nicht mehr. Darf ich fragen, was Sie heute machen?»

«Ich bin Storemanager einer Modeboutique in Meran. Unter den Lauben. Gefällt mir besser, als im Service eines Restaurants zu arbeiten.»

«Kann ich verstehen. Um auf Dobra zurückzukommen … Bitte verzeihen Sie mir meine direkte Frage, aber hatten Sie mit ihr ein Verhältnis?»

Tscharli sah ihn fassungslos an. Seine Augenlider flatterten.

«Ist nicht Ihr Ernst, Sie fragen mich wirklich …», stotterte er.

«Ganz genau, ich frage Sie wirklich, ob Sie mit Dobra intim waren.»

«Ich glaube nicht, dass Sie das etwas angeht», erwiderte Tscharli, der sich jetzt wieder im Griff hatte. «Aber ich sag's Ihnen trotzdem: Nein, wir hatten kein Verhältnis. Wie gesagt, so gut kannten wir uns nicht.»

Emilio sah ihn konzentriert an. So wie das ein professioneller Fallanalytiker wahrscheinlich machen würde. Die Methode hatte was. Tscharli war definitiv verunsichert – ob er gerade aber gelogen hatte, ließ sich auf diese Weise nicht herausfinden.

«Wie war das damals? Hat sich Dobra vor ihrem Verschwinden von Ihnen verabschiedet?»

«Vor ihrem Verschwinden? Sie meinen wohl vor ihrer Ermordung?»

«Ist ja nicht gesagt, dass sie gleich ermordet wurde. Vielleicht hatte sie erst einige schöne Tage …»

«Oder weniger schöne. Aber um Ihre Frage zu beantworten: Sie hat sich damals nicht von mir verabschiedet.»

«Das kam Ihnen nicht verdächtig vor?»

Tscharli runzelte die Stirn. «Verdächtig? Nein, warum sollte sich Dobra von mir verabschieden? Später habe ich gehört, dass sie überstürzt zurück nach Kroatien musste. Na ja, über ein Servus hätte ich mich damals schon gefreut. Aber ich dachte, sie will halt von mir nichts mehr wissen.» Er zuckte mit den Schultern. «Wie gesagt, wir hatten nichts miteinander, also stand es ihr frei, einfach zu gehen.»

Auch sonst, dachte Emilio, hätte es ihr freigestanden. Ganz schlau wurde er aus diesem Tscharli nicht. Klang alles plausibel, was er so sagte. Und doch fand er es irgendwie nicht stimmig. Ohne sagen zu können, was ihn konkret störte.

«In der Zeitung steht, dass sie in einem Bunker gefunden wurde. Stimmt das?»

«Ja, in einem Bunker aus dem Zweiten Weltkrieg im Vinschgau. Gibt viele dort. Waren Sie schon mal in einem?»

«Aber nein. Warum fragen Sie?»

«Warum wohl?»

Tscharli riss die Augen auf. «Das meinen Sie doch nicht wirklich? Warum sollte ausgerechnet ich die Dobra umbringen?»

«Sagen Sie es mir?»

Tscharli schlug mit der Faust auf den Tisch. «*Iatz longs mr aber*», ereiferte er sich. «Ich habe der Dobra kein Haar gekrümmt. Und ich bin wirklich geschockt, dass sie tot ist. Jetzt möchte ich Sie bitten, zu gehen.»

«Alles gut», sagte Emilio mit ruhiger Stimme. «Tut mir leid, aber ich muss solche Fragen stellen. Dann mal andersherum: Kennen Sie jemanden von damals, der vielleicht ein Motiv hätte haben können?»

Tscharli schüttelte energisch den Kopf. «Da fällt mir ganz bestimmt niemand ein. Die Dobra war bei allen sehr beliebt.»

Emilio gab ihm seine Visitenkarte. «Falls Ihnen doch noch ein Gedanke kommt, rufen Sie mich bitte an. Ach so, haben Sie mal einen kroatischen Bekannten von Dobra kennengelernt, der irgendwo hier auf einem Weingut gearbeitet hat?»

«Nein, ich kann mich nicht erinnern, dass sie jemals einen Bekannten aus Kroatien erwähnt hat. Aber ist ja alles viele Jahre her. Mit Bestimmtheit kann ich das heute nicht mehr sagen.»

«Mir wurde noch eine gewisse Laura genannt, mit der sich

Dobra häufig zum Joggen getroffen hat. Kannten Sie diese Laura?»

Kam es ihm nur so vor – oder flatterten bei Tscharli wieder die Augenlider? Aber nur ganz kurz. Vielleicht hatte er sich auch getäuscht. An seinen Fähigkeiten als Profiler musste er noch arbeiten.

«Laura, Laura ... Nein, nie von ihr gehört. Beim Joggen, sagen Sie? Stimmt, Dobra lief oft in der Früh eine Runde. Aber eine Laura? Sorry, nein.»

Emilio reichte ihm die Hand, um sich zu verabschieden.

«Das war's schon. Ich hoffe, Sie verzeihen mir meinen Überfall und meine direkten Fragen. Aber es ist ja sicherlich auch in Ihrem Sinne, dass wir herausfinden, wer Dobra getötet hat.»

«Natürlich ist das in meinem Sinne. Finden Sie das Schwein!»

Würde er das auch sagen, überlegte Emilio, wenn er selber das Schwein war? Natürlich würde er das!

# 44

Von Tscharli war es nicht weit zum Restaurant Sternenschein. Einen Termin hatte er nicht, und eigentlich war es noch zu früh. Dennoch hoffte er, entweder Katja oder Lorenz Holzer anzutreffen. Er hatte Glück, der Wirt war schon da – und zudem entschieden besser gelaunt als bei Emilios erstem Besuch. Was Katjas Aussage bestätigte, dass der Holzer nicht so ein Ekel war, wie man auf den ersten Blick glauben könnte. Er bot Emilio sogar einen Cappuccino an. Katja käme erst in einigen Minuten, sagte er. Emilio war es recht, von ihr hatte er schon viel erfahren, von Holzer hingegen fast nichts. Okay, er durfte nicht undankbar sein, immerhin hatte der Wirt seine wichtigste Frage beantwortet und ihm verraten, dass die Tote Dobra Novak hieß.

«Ich war gerade bei Tscharli Niederhofer», sagte Emilio. «Der hat ja auch mal bei Ihnen gearbeitet, richtig?»

«Der Tscharli? Freilich hat er bei mir gearbeitet. Aber war ihm wohl zu anstrengend, dem Hallodri. Heute verkauft er Klamotten. Na ja, wer's mag.»

«Wie gut hat er die Dobra gekannt?»

Holzer zog eine Grimasse. «Weiß ich nicht. Ich halte mich aus dem Privatleben meiner Angestellten raus. Sollen sie in ihrer Freizeit machen, was sie wollen. Geht mich nichts an. Wegen mir können sie auch miteinander *schnackseln*. Hauptsache, sie erscheinen pünktlich zur Arbeit.»

«*Schnackseln?*»

«Sie wissen schon, was das heißt?» Holzer machte eine eindeutige Handbewegung.

Hätte er sich sparen können, dachte Emilio. Denn natürlich wusste er, was gemeint war. Er hatte sich nur gewundert, dass der Holzer von sich aus darauf kam.

«Glauben Sie also, dass der Tscharli mit der Dobra …»

«Ich glaub gar nichts, hab ich doch gesagt. Aber selbst wenn, hätt's mich nicht interessiert.»

«Vorausgesetzt, Sie hatten nicht selber ein Auge auf Dobra geworfen», wagte Emilio anzudeuten.

Der Wirt bekam prompt einen roten Kopf. Das ging bei ihm ganz schnell.

«Wie können Sie mir so was unterstellen?», brauste er auf. «Bedienungen sind für mich tabu. Und so fesch war die *Tschuschn* nun auch wieder nicht.»

Es war immer wieder interessant, stellte Emilio fest, was eine kleine Provokation so alles ans Tageslicht brachte. Zum Beispiel eine abfällige Gesinnung gegenüber südosteuropäischen Ausländern. Und eine veritable Lüge hinsichtlich ihres Aussehens, denn «fesch» war Dobra ganz sicher gewesen. Sehr sogar.

«Pardon, aber ich muss alle Möglichkeiten in Betracht ziehen. Sie verstehen?»

«Meinetwegen, aber zügeln Sie Ihre Phantasie.»

Emilio lächelte. Bei seiner Arbeit war es im Gegenteil ganz wichtig, der Phantasie freien Lauf zu lassen. Nur so kam man der Wahrheit nahe.

«Eine ganz andere Frage: Können Sie sich erinnern, wie Dobra zum Job bei Ihnen gekommen ist? Hat sie vielleicht auf eine Stellenanzeige geantwortet?»

«Stellenanzeige? Nein, das braucht's bei uns nicht. Wenn ich jemanden suche, spricht sich das rum. Das geht ganz schnell.

So war's auch bei der Dobra. Die hat sich auf Vermittlung vom Felix bei mir vorgestellt.»

«Felix?»

«Ja, der Felix Leitstaller, mein damaliger Sommelier und *Chef de service*.»

Emilio musste schmunzeln. Zwei etwas hochtrabende Bezeichnungen für Tätigkeiten in einem nicht ganz so hochtrabenden Restaurant. Aber egal, schon wieder hatte er einen Namen. Felix Leitstaller! Die Liste wurde immer länger.

«Dieser Felix und Dobra – wie gut kannten die beiden sich?»

Holzer schüttelte missbilligend den Kopf.

«Sie denken wohl immer nur an das eine. Erst der Tscharli, dann ich, und jetzt der Felix. Um Ihre Frage zu beantworten: Die beiden haben sich nur flüchtig gekannt, wenn überhaupt. Der Felix hatte damals gerade gekündigt und mir geholfen, den Service nach seinem Weggang personell zu verstärken. Das war hochanständig von ihm, hätte er ja nicht tun müssen.»

«Die haben also nie zusammengearbeitet?»

«Nein, der Felix war da schon weg.»

«Was macht er heute?»

Holzer lachte. Seine Anspannung war wie verflogen.

«Er führt ein gutes Leben, der Felix. Recht hat er.»

Das war nun nicht genau die Antwort auf seine Frage, dachte Emilio. Aber immerhin war Holzer wieder in der Spur.

«Geht's etwas genauer?»

«Der Felix ist heute Chef des Weingutes Frattini.»

«Ganz schöner Karrieresprung.»

«Ja, und mit der Tochter der Inhaberfamilie ist er auch verheiratet. Der Felix hat's richtig gemacht. Aber er hat's auch verdient.»

Emilio dachte, dass er seinen Namen von der Liste gleich wieder streichen konnte. Wenn Felix die Dobra kaum bis gar nicht gekannt hatte, würde er ihm nicht weiterhelfen können. Dennoch gab es einen Grund, ihn aufzusuchen. Zugegeben, keinen ermittlungstechnischen. Aber das Weingut Frattini hatte ihn schon immer interessiert. Er mochte die Weine, vor allem den herausragenden Cabernet, der in der letzten Zeit viele Auszeichnungen erhalten hatte. Folglich ließ sich das Angenehme mit dem Nützlichen verbinden. Er würde dem Felix Leitstaller bei nächster Gelegenheit einen Besuch abstatten, nahm er sich vor, ihm einige Fragen zu Dobra stellen – und vor allem den Cabernet verkosten.

«Herr Holzer, ich danke Ihnen», sagte Emilio. «Grüßen Sie die Katja von mir. Aber jetzt muss ich weiter.»

Lorenz Holzer schien nichts dagegen zu haben, dass er Leine zog. Als «Fallanalytiker», dachte Emilio, machte man sich offenbar keine Freunde. Zumindest dann nicht, wenn man dumme Fragen stellte – und mochten sie noch so gescheit sein.

# 45

In Meran war Emilio mit seinem Freund Bastian Steingruber verabredet. Der hatte dort zu tun gehabt und wollte Emilio nach Mals im Vinschgau begleiten. Ihn trieb die Sorge um seinen in Amphoren gelagerten Lagrein um. Auch könnte er bei dieser Gelegenheit mit dem Apfelbauern Mayr über die Fortsetzung des Pachtvertrages sprechen oder über die vorzeitige Kündigung aufgrund unvorhergesehener Ereignisse. Wozu er definitiv den Fund einer Leiche zählte.

Emilio nahm es hin, dass Bastian seinen Landrover als Fortbewegungsmittel ablehnte. Stattdessen ließ er sich von seinem Freund in einem SUV chauffieren, der vier Auspuffrohre und einen Sechszylinder unter der Haube hatte. Das war ihm so was von egal. Aber die Ledersitze waren bequem, das musste er zugeben. Und besser überholen ließ sich mit diesem Fahrzeug auch. Was kein Kunststück war, denn Überholmanöver waren mit Emilios altem Landrover nur in seltenen Ausnahmefällen möglich. Und selbst dann mit schwer kalkulierbaren Risiken verbunden.

In Naturns fiel ihm zu spät ein, beim Schmuckatelier Teutsch reinzuschauen. Da waren sie schon vorbei. Nicht so schlimm, denn er hatte ohnehin nur einen Höflichkeitsbesuch geplant.

Kurz nach Schlanders bekam er einen Anruf, auf den er dringend gewartet hatte. Mariella aus Commissario Sandrinis Vorzimmer war dran. Sie hatte die Akte zum tödlichen Unfall von Gustl Mayrs Frau herausgesucht. Deren Vorname war Angie – doch Mariella wusste noch weitaus Interessanteres zu berichten.

«Jetzt halten Sie sich fest», sagte sie.

«Nicht nötig. Bin angeschnallt.»

«Sie hatten recht. Der Unfall passierte exakt am Tag von Dobras Verschwinden. Das kann kein Zufall sein.»

Emilio sah starr auf die Straße. Er hatte es geahnt.

«Kann schon sein», konstatierte er, «aber die Wahrscheinlichkeit eines Zufalls geht gegen null.»

«Im Bericht steht, die Unfallursache sei unklar. Ein technischer Defekt könne nicht ausgeschlossen werden. Jedenfalls habe die Fahrerin beim Bergabfahren die Kontrolle über das Fahrzeug verloren und einen Baum gestreift. Anschließend sei das Fahrzeug über einen Abhang gestürzt und habe sich dabei mehrfach überschlagen.»

«Ein technischer Defekt?»

«Konnte nicht eindeutig nachgewiesen werden. In der Akte sind mehrere Fotos und zwei Gutachten. Vielleicht sei was mit den Bremsen gewesen, womöglich habe sich aber auch ein Rad gelöst.»

«Ziemlich unbefriedigend.»

«Finde ich auch. Aber es gibt noch was …»

«Ich sitze weiterhin.»

«Die Unfallstelle liegt direkt unterhalb des Bunkers, in dem Sie die Leiche gefunden haben.»

Emilio schloss kurz die Augen. Wie konnte das sein? Welche Tragödie hatte sich damals abgespielt?

«Baron, sind Sie noch da?», fragte Mariella. «Oder sind Sie sprachlos? Dann geht es Ihnen wie mir.»

Mariella und sprachlos? Das hatte er noch nie erlebt. Aber in seinem Fall stimmte es sogar. Ihm hatte es die Sprache verschlagen. Zwar hatte er die Möglichkeit eines Zusammenhangs in Betracht gezogen. Aber so unmittelbar? Nein, das hatte er nicht erwartet.

«Mariella, ich bin tatsächlich überrascht», gab er zu. «Ich bin gerade unterwegs nach Mals. Können Sie mir bitte ein Foto oder eine Lageskizze von der Stelle mailen, wo sich der Unfall ereignet hat? Dann kann ich mich dort gleich umschauen.»

«Sie werden nichts finden.»

«Nein, natürlich nicht. Höchstens die Wahrheit.»

«Die Wahrheit? Ja, das wäre gut. Die arme Angie ... Wahrscheinlich war es kein Unfall. Was meinen Sie?»

«Ein Unfall war es vielleicht schon, aber ein vorsätzlich herbeigeführter. Die Koinzidenz der Ereignisse ...»

«Welche Inkontinenz?»

Mariella vermochte es, ihn zu erheitern. Selbst in Momenten wie diesem.

«Will sagen, die Gleichzeitigkeit der Ereignisse spricht für ein Fremdverschulden.»

«Vielleicht hat die Angie den Bunkermörder gesehen und musste deshalb sterben», spekulierte sie.

Das war zwar die Logik billiger Groschenromane, die Mariella, wie Emilio wusste, gerne las. Aber deshalb war sie nicht falsch. Auch er war zu dieser Schlussfolgerung gelangt. Sie lag so sehr auf der Hand, dass sie ... auch falsch sein konnte.

«Möglich, aber denkbar wäre auch, dass Angie die Täterin war», beteiligte er sie an seinen Überlegungen. «Vielleicht war sie es, die Dobra eingemauert hat ...»

«O Gott, warum sollte sie?»

«Aus Eifersucht zum Beispiel. Ein Motiv gibt es immer. Danach wollte sie so schnell wie möglich weg. Dann ist es passiert.»

«Dann wäre es ja doch ein Unfall gewesen.»

«Mariella, das werden wir herausfinden. Ich danke Ihnen für Ihre Hilfe.»

«Immer gerne, mein lieber Baron. Wir beide sind doch ein gutes Team.»

«Ja, das sind wir wirklich. Übrigens …»

Sie lachte. «Übrigens? Ich weiß, was Sie sagen wollen. Nein, dem Commissario verrate ich vorläufig nichts.»

«Wir verstehen uns ohne Worte.»

*

Natürlich wollte Bastian wissen, worüber er gerade am Telefon gesprochen hatte. Aus Emilios Äußerungen hatte er sich vieles zusammengereimt, aber eben doch nicht alles verstanden, was seine Neugier noch steigerte. In knappen Worten setzte ihn Emilio ins Bild. Es gab keinen Grund, ihm die Informationen vorzuenthalten. Er verlangte allerdings von Bastian, dass er versprach, alles für sich zu behalten. Auch und vor allem gegenüber den Mayrs. Bastian nickte und bekräftigte das Versprechen. Fast übergangslos ging sein Nicken in ein Kopfschütteln über. Weil er einfach nicht glauben konnte, wie viel Gewalt es gab – sogar in dem wunderschönen und so friedlichen Südtirol. Emilio argumentierte, dass die Gewalt zur Menschheitsgeschichte gehörte. Schon die Neandertaler und der Homo sapiens hätten sich gegenseitig die Schädel eingeschlagen. Und was das angeblich so friedliche Südtirol betraf – durch seine Arbeit als Privatdetektiv war er längst vom Gegenteil überzeugt. Außerdem habe Südtirol mit dem Ötzi ein fünftausend Jahre altes Gewaltopfer zu bieten: Der arme Kerl war einem Pfeilschuss erlegen. Übrigens in den Rücken: Was zudem bewies, dass auch die Hinterhältigkeit eine lange Tradition habe.

Bastian fielen keine Gegenargumente ein. Entsetzt war er

trotzdem. Dann habe es ja an diesem schicksalhaften Tag vor sieben Jahren gleich zwei Morde gegeben, schlussfolgerte er. Zunächst sei Gustl Mayrs Frau Angie umgebracht worden. Dann die arme Dobra im Bunker.

«Umgekehrt», korrigierte ihn Emilio. «Wenn schon, dann in umgekehrter Reihenfolge. Aber wie gesagt – auch die Angie kommt als Täterin in Betracht. Dann wäre ihr Tod doch ein Unfall gewesen.»

«Das kann ich mir erstens überhaupt nicht vorstellen, und zweitens hätten wir dann trotzdem zwei Tote.»

«Die haben wir definitiv», bestätigte Emilio.

«Fahren wir erst zu meinen Amphoren?», fragte Bastian. «Oder willst du gleich aufs Apfelgut?»

«Wir sind früh dran. Wir können vorher zu deinem Lagrein fahren.»

*

Dort angekommen, begleitete Emilio seinen Freund in den Bunker. Dabei erinnerte er sich an den Tag, an dem er mit Tilda hier gewesen war und die mumifizierte Leiche gefunden hatte. Mittlerweile hatte die Tote einen Namen. Dobra Novak hieß sie. Und eine Frage unter vielen war, ob sie freiwillig mit ihrem Mörder oder ihrer Mörderin mitgegangen war. Unter irgendeinem Vorwand. Für ein romantisches Schäferstündchen kam der Betonbunker wohl eher nicht in Frage.

Während Bastian seine Amphoren kontrollierte und einige Proben entnahm, lief Emilio nach hinten – dorthin, wo sie die Mauer aufgeschlagen hatten. Tilda hatte ihn dazu animiert, weil ihr der Putz aufgefallen war. Ohne sie hätte er die Leiche nie gefunden. Und es hätte keinen Mordfall gegeben. Nach dem Täter würde niemand suchen. Und Dobras Tod wäre auf ewig ungesühnt geblieben. Er leuchtete in die aufgebrochene Kammer. Am Boden waren mit Kreide die Umrisse ihres Körpers markiert. Sonst deutete nichts darauf hin, dass hier ein Menschenleben auf tragische Weise sein Ende gefunden hatte.

Emilio blieb eine Weile stehen und dachte nach. Schließlich lief er zurück in den großen Raum mit den Amphoren.

«Na, wie geht's deinem Lagrein?», fragte er. «Hat er alles gut überstanden?»

Bastian reichte ihm ein Glas. «Probier selbst. Ich finde, er hat nicht nur keinen Schaden genommen, sondern sich prächtig entwickelt. In der Nase Holunderbeeren; die waren vorher nicht da.»

«Ja, außerdem Veilchen und Schokolade. Am Gaumen mit weichen Tanninen. Doch, der Lagrein macht sich.»

«Mir fällt ein Stein vom Herzen. Hab schon gedacht, ich muss ihn wegschütten.»

«Wäre schade um ihn. Aber du musst ihm noch ein bisschen Zeit geben.»

«Hast recht. Zeit braucht er noch. Dann sollte ich den Pachtvertrag also doch nicht kündigen, oder?»

Emilio klopfte seinem Freund aufmunternd auf die Schulter. «Die Entscheidung kann ich dir nicht abnehmen. Aber es spricht einiges dafür. Andere Frage: Soll ich dir die Kammer zeigen, wo wir Dobras Leiche gefunden haben?»

Bastian schüttelte sich. «Bitte nicht. Ich strenge mich wirklich an, nicht daran zu denken. Du kennst ja meine Philosophie: Atmosphärische Störungen sind nicht gut für den Wein, übrigens auch nicht für den Menschen.»

Da hatte er recht, dachte Emilio. Was nicht bedeutete, dass man immer bester Laune sein musste. Er selbst war dazu nicht in der Lage und fühlte sich ausgezeichnet dabei.

«Gut, dann gehen wir raus. Vergiss nicht abzusperren.»

«Worauf du dich verlassen kannst. Hier kommt keiner mehr rein oder raus. Mein Lagrein kann sich wohlbehütet fühlen und in aller Ruhe vor sich hin meditieren.»

Ein Wein, der meditierte? Es fehlte nicht viel, und Bastian glaubte noch daran, dass sein Wein Atemübungen machte und dabei auf einem Bein balancierte. Nun ja, das mit den Atemübungen könnte sogar stimmen.

Draußen angekommen, öffnete Emilio auf seinem Smartphone die Lageskizze und die Fotos vom Unfall.

Er deutete ins Tal. «Da unten, kurz vor der Bundesstraße, muss es passiert sein.»

Tatsächlich hatten sie von hier einen perfekten Überblick. Was nicht überraschend war, denn die Bunker des Alpenwalls lagen fast ausnahmslos an exponierten Stellen, von denen man ein weites Schussfeld hatte.

«Meinst du, sie kam vom Bunker?»

«Könnte sein. Aber im Protokoll steht, dass sie von ihrem Obstgarten kam. Der muss irgendwo weiter rechts sein. Dann sei sie unten in unsere Straße eingebogen und habe kurz vor der quer verlaufenden Bundesstraße die Kontrolle über ihr Auto verloren, den Baum gestreift und sich anschließend überschlagen.»

«Das mit dem Obstgarten muss aber nicht stimmen», überlegte Bastian laut. «Oder hat sie jemand dort gesehen?»

«Nein, niemand. Es gab keine Zeugen.»

«Also kann sie auch beim Bunker gewesen sein. Aber warum?»

«Ein Grund wäre, dass sie die Dobra niedergeschlagen und eingemauert hat», antwortete Emilio.

«Die Frau vom Gustl Mayr soll so was gemacht haben? Nein, das kann ich mir nicht vorstellen. Eine Frau macht so was nicht.»

Emilio dachte, dass sein Freund keine Ahnung hatte, wozu Frauen fähig waren.

«Eine andere Erklärung wäre, dass sie von ihrem Obstgarten oder auf der Fahrt dorthin irgendwas am Bunker beobachtet hat. Dann ist sie zu ihm hingefahren, um nachzusehen. Dort ist sie dann auf Dobras Mörder gestoßen …»

Bastian nickte. «Das kann ich mir viel eher vorstellen.»

«Zur falschen Zeit am falschen Ort. Das ist das Schicksal vieler Opfer.»

«Du meinst, der Mörder hat sie umgebracht, weil sie Zeugin seines ersten Verbrechens war?»

Emilio zuckte mit den Schultern. «Plausibel wäre es. Aber deshalb muss es nicht so gewesen sein. Bleibt ja immer noch die Option, dass sie einfach die Kontrolle über ihr Auto verloren hat.»

«Weil sie von ihm abgehauen und zu schnell gefahren ist?»

Emilio lächelte. «Du machst Fortschritte. Denn auch das wäre möglich. Ist alles nur eine Frage der Phantasie. Jetzt muss ich nur noch herausfinden, was wirklich passiert ist. Komm, lass uns zu den Mayrs fahren. Du kannst mit ihnen über deinen Pachtvertrag reden, und ich kann mich mit einigen Fragen noch unbeliebter machen, als ich es sowieso schon bin.»

# 46

Das Klima war frostig. Womit Emilio gerechnet hatte. Bastian war von den beiden Mayrs noch zuvorkommend begrüßt worden. Schließlich zahlte er Pacht für ihren Bunker und kam immer noch als Käufer in Betracht. Mit ihm wollte man es sich nicht verderben. Aber als Emilio seine ersten Fragen stellten, sank das Stimmungsbarometer so schnell wie bei einem arktischen Wintereinbruch. Dabei hielt er sich anfangs noch zurück. Er verkniff sich zu fragen, ob Gustl Mayrs verstorbene Frau Angie Grund zur Eifersucht gehabt hatte. Zum Beispiel, weil er mit einer hübschen Kroatin ein Verhältnis hatte. Auch verschonte er seinen dummdreisten Sohn Ludwig, indem er ihm nicht unterstellte, seinem Vater die Dobra ausgespannt zu haben. Dass einer von beiden gar für Angies Tod verantwortlich sein könnte, brachte er ebenfalls nicht zur Sprache. Wobei er sich sogar dieses Szenario vorstellen konnte. Weil er im Prinzip eben alles für möglich hielt – bis zum Beweis des Gegenteils.

Zum Auftakt zeigte er den beiden das Foto von Dobra. Er hatte ihr Porträt vergrößert. Katja war darauf nicht zu sehen, nur die lachende Dobra.

Er versuchte, in ihren Gesichtern zu lesen. Unterschieden sich ihre Reaktionen? Waren sie betroffen?

«*Schaug nett aus, des Madl*», sagte der alte Mayr.

Emilio fiel es schwer, sich vorzustellen, dass der knorrige Senior etwas mit der bezaubernden Dobra gehabt haben könnte. Vor allem umgekehrt war die Idee geradezu haarsträubend.

«Warum zeigen Sie uns überhaupt ihr Foto?», kritisierte Ludwig, der gewohnt aggressiv reagierte. «Ist doch egal, ob sie schön oder *schiach* war. Sie lebt nicht mehr. Und wir haben mit ihrem Tod nichts zu tun.»

«Könnte ja zum Beispiel sein, dass Sie die Tote kannten. Wäre doch möglich.»

«Möglich ist vieles, auch dass uns gleich ein Komet auf den Kopf fällt ...»

Emilio hatte seinen Gehstock dabei. Schon wieder verspürte er bei Ludwig den Drang, den Degen rauszuziehen und ihn aufzuspießen. Mit den Worten, dass er auf den Kometen nicht länger warten müsse.

«Beantworten Sie mir doch bitte schlicht und einfach meine Frage, ob Sie diese Dobra Novak gekannt haben. Sie oder Ihr Vater.» Emilio schaffte es, völlig ruhig und geradezu zuvorkommend zu reagieren.

«*Naa, gonz sicher nitt*», antwortete der Vater.

Der Junior runzelte die Stirn. «Sagen wir mal so: Ich genieße das Leben ...»

«*Sell isch jo grod des Problem*», grummelte der Alte.

Ludwig warf ihm einen finsteren Blick zu.

«Und weil ich das Leben genieße, kenne ich viele Frauen. Doch an diese Dobra kann ich mich nicht erinnern. Wäre aber möglich, dass sie auf irgendeiner Party dabei war. Ich kann mir ja nicht jede *Schlomp* merken.»

Nach allem, was Emilio wusste, war Dobra keine Schlampe gewesen. Schon wieder ein Grund, den Degen rauszuziehen.

Stattdessen holte er Dobras Fußkettchen aus der Tasche und ließ es an zwei Fingern vor Ludwigs Nase baumeln.

«Schon mal gesehen?»

«Sollte ich? Nein, da muss ich Sie schon wieder enttäuschen.

Für Schmuck interessiere ich mich bei Frauen nicht, höchstens für Intimpiercings.» Er grinste schief. «Aber das schaut anders aus.»

«Was ist mit Ihnen?», wandte sich Emilio an den Vater.

*«Na, kenn i nitt. Longs iatz?»*

«Noch nicht ganz. Kennen Sie einen Tscharli Niederhofer aus Lana?»

«Den Tscharli? Ja, den kenn ich», antwortete Ludwig. «Der hat früher oft mit uns gefeiert.»

«Auch im Bunker?»

«Kann sein. Ja, ich denke schon.»

Emilio erinnerte sich, dass Tscharli nach dem Bunker in der Zeitung gefragt hatte. Um gleichzeitig zu behaupten, nie in einem gewesen zu sein. Wie es aussah, hatte er gelogen.

«Wie kommen Sie auf den Tscharli?», wollte Ludwig wissen. «Hatte der was mit dieser Dobra?»

«Weiß ich nicht, aber er kannte sie, so viel steht fest. Hat aber nichts zu besagen.»

Die ganze Zeit über wohnte Bastian ihrem Gespräch bei. Emilio hätte ihn auch höflich rausschicken können, aber er wusste sowieso schon das meiste, also konnte er auch dabei bleiben.

«Den Tscharli Niederhofer kenne ich auch», sagte er nun. «Der hat mal in meinem Weinkeller gejobbt, bevor er in die Modebranche gewechselt ist.»

Ludwig lachte schallend. «Modebranche? Das ist witzig. Der Tscharli führt eine winzige Boutique in Meran, wo er fußlahmen Touristen Billigklamotten aus Asien als Südtiroler Handarbeit andreht.»

«Interessantes Geschäftsmodell», stellte Emilio fest.

«Ich hab ihn aber als netten Typen in Erinnerung», sagte Bastian.

«Das ist er ja auch. Sonst hätte ich ihn nicht zu meinen Partys eingeladen.»

«Kann es sein, dass auch Ihre Mutter diesen Tscharli kannte?»

Emilio wusste selber nicht, warum er diese Frage stellte. Mittlerweile kreisten so viele Ideen in seinem Kopf herum, dass er sie kaum mehr auseinanderhalten konnte.

«Was ist denn das schon wieder für ein Schmarrn? Warum soll meine Mutter den Tscharli gekannt haben? Als Nächstes fragen Sie mich, ob ich in Wahrheit schwul bin und mit dem Tscharli eine Affäre habe.»

Emilio zog eine Augenbraue nach oben. «Warum nicht? Haben Sie?»

«Lecken Sie mich doch am Arsch!»

Weil es jetzt schon egal war, beschloss Emilio, noch eine letzte Frage zu stellen. Danach würden ihn die Mayrs rauswerfen.

«Wo waren Sie an dem Tag, als Ihre Ehefrau beziehungsweise Mutter verunglückt ist?», wollte er von den beiden wissen.

Gustl Mayr bekam Zornesfalten.

«Kümmern Sie sich meinetwegen um die Leiche im Bunker, aber meine Angie geht Sie nichts an», zischte er. «Verstanden?»

Emilio dachte, dass das keine Antwort auf seine Frage war. Dabei hatte er sich nicht einmal explizit nach einem Alibi erkundigt. Da wäre ihm der alte Mayr wahrscheinlich an die Gurgel gegangen. Nun könnte er ihm zwar erklären, dass er mit einem nachprüfbaren Alibi auch nicht als Dobras Mörder in Frage kam. Was er nicht sofort verstehen würde, weil er nicht wusste, dass der Mord an Dobra und Angies Unfall mutmaßlich am selben Tag erfolgt waren. Und wenn er es doch wissen sollte? Emilio war sich darüber im Klaren, dass er das heute nicht mehr herausfinden würde.

Noch stand die Antwort vom jungen Mayr aus. Emilio rechnete mit einer noch heftigeren Reaktion.

Und seine Erwartungen wurden nicht enttäuscht.

«Wo ich war, geht Sie einen Scheißdreck an!», brüllte Ludwig. *«Und iatz schaun S', dass Sie weitr kemmen! Und sell glei!»*

# 47

Das sei ganz schön heftig gewesen, stellte Bastian auf der Rückfahrt fest. Ob seine Gespräche immer in so aufgeladener Atmosphäre erfolgen würden? Emilio gab zu, dass seine Fragen etwas direkt gewesen seien, deshalb wohl auch nicht besonders klug gestellt, aber wenn er diesen Ludwig Mayr schon sehe, würde er seine ihm eigentlich angeborene Zurückhaltung vergessen.

Bastian musste kichern. Angeborene Zurückhaltung? Die habe er bei Emilio noch nie wahrgenommen. Im Gegenteil falle er oft mit der Tür ins Haus. Ohne Rücksicht auf Verluste und irgendwelche emotionalen Befindlichkeiten.

Emilio fand, dass ihm sein Freund unrecht tat. Er respektierte sehr wohl die seelischen Nöte zart besaiteter Mitmenschen – aber bei Idioten wie dem Ludwig verbot sich jede Zurückhaltung. Außerdem war er kein Therapeut, sondern hatte einen Kriminalfall aufzuklären. Mit provozierenden Fragen kam man nach seiner Erfahrung oft weiter. Weil sie Risse in scheinbar makellosen Fassaden offenbarten. Weil diese womöglich zu bröckeln begannen – und im Extremfall sogar einstürzten. Dann kam zum Vorschein, was sich dahinter verbarg. Manchmal taten sich Abgründe auf. Bei den Mayrs war das nicht passiert. Eigentlich hatten sie in völliger Übereinstimmung mit ihren Naturellen reagiert. Halt aufbrausend und aggressiv. Aber sie hatten nicht versucht, ihm etwas vorzuspielen. Womit sie zwar immer noch auf der Liste der Verdächtigen verblieben, aber etwas nach unten rutschten. Dafür hatte dieser Tscharli Plätze gutgemacht. Weil er ihn mit dem Bunker angeschwindelt hatte. Er würde ihn einer erneuten Befragung unterziehen. Und ganz sicher würde er ihn nicht mit Glacéhandschuhen anfassen.

Kurz vor Kastelbell kam Emilio der Einfall, Bastian zu einem kleinen Mittagessen einzuladen. Durchaus selbstsüchtig, denn das Kuppelrain, in dem er nun essen wollte, zählte zu seinen bevorzugten Gourmet-Adressen. Mittags hatte das Bistrot geöffnet. Ein kleines Dreigängemenü müsste sich zeitlich noch einrichten lassen. Erwartungsgemäß leistete Bastian wenig Widerstand. Kurz darauf parkten sie am Bahnhof und liefen über eine Treppe zum Lokal. Natürlich hatte auch Bastian schon häufiger bei Jörg Trafoier gegessen, den er nicht nur hoch achtete, weil er bei seinen kulinarischen Kreationen auf regionale und jahreszeitliche Produkte setzte, sondern auch dafür schätzte, dass er auf seiner Getränkekarte einige Weine von Bastian führte. Im Bistrot tat Bastian dann aber das, was Emilio von vielen Winzern kannte: Sein Freund bestellte eine Flasche von einem anderen Weingut! Seine eigenen Weine kannte er ja, ihn interessierte viel mehr, was die anderen Südtiroler Winzer so hervorbrachten. Sie bestellten einen herzhaften Lammeintopf nach Großmutters Art. Zum Dessert gab es Vintschger Schneamilch.

*

Es war schon am frühen Nachmittag, als sich Emilio in Meran leicht beschwingt von Bastian verabschiedete und in seinen Landrover wechselte. Beschwingt wegen des guten Essens, denn beim Wein hatte er sich willensstark zurückgehalten. Schließlich hatte er heute noch zwei Termine, die er mit klarem Kopf absolvieren wollte. Zunächst der Besuch bei diesem Felix Leitstaller, über den Dobra ihren Job im Sternenschein bekommen hatte. Und dann am Abend der besondere Termin, bei dem sein klarer Kopf noch viel wichtiger war: Denn eine Einladung bei Tilda barg grundsätzlich viele Risiken – auch das des Kontrollverlustes. Heute aber hatte er zudem den Verdacht, dass irgendwas Außergewöhnliches im Busch war. Er erinnerte sich an seinen Vater, der gerne einen Husarengeneral des Preußenkönigs Friedrich der Große zitiert hatte. Ein Angriff habe überfallartig «wie Zieten aus dem Busch» zu erfolgen. Ihm schwante, dass Tilda einen Husarenangriff plante. Aber er war gewappnet und würde sich nicht überrumpeln lassen. Emilio grinste. Höchstens freiwillig.

Das von Felix Leitstaller geführte Weingut Frattini befand sich am Magdalener Hügel bei Bozen, war also kein großer Umweg. Wie er wusste, gehörten auch Weinberge in der Region Überetsch und im Unterland zum Besitz.

Emilio hatte sich nicht angemeldet und keinen Termin. Aber er hatte Glück. Als er im Weingut eintraf, war Felix Leitstaller anwesend und hatte Zeit für ihn. Er begrüßte ihn mit festem Handschlag und sah ihm dabei freundlich lächelnd in die Augen. Emilio gab viel auf den ersten Eindruck. Er hatte mal gelesen, dass beim Kennenlernen die ersten sieben Sekunden ausschlaggebend waren. In dieser kurzen Zeitspanne entschied man, ob einem jemand sympathisch sei oder nicht. Dieser spontane Eindruck sei später schwer zu korrigieren, denn das Hirn suche unwillkürlich nach Bestätigung dieses ersten Eindrucks und filtere hiermit nicht übereinstimmende Hinweise aus. Was bei Emilio konkret bedeutete: Der Ludwig Mayr hatte es bereits in den sieben Anfangssekunden ihrer ersten Begegnung versaut. Während ihm dieser Felix Leitstaller spontan sympathisch war. Er trug Jeans und ein offenes

Hemd darüber. Die Schuhe erinnerten ihn an seine eigenen: rahmengenähte Budapester, denen er allem Anschein nach schon viele Jahre die Treue hielt und die er offensichtlich hingebungsvoll pflegte. Emilio war überzeugt davon, dass er das selber machte. Aficionados nahmen sich die Zeit dafür.

«Schöne Schuhe», hob Emilio hervor.

Felix Leitstaller nickte. «Ja, ich liebe sie. In Zeiten, wo industriell gefertigte Sneakers das Maß aller Dinge sind, schätze ich die Qualität traditioneller Schuhmacherkunst.» Er sah lächelnd nach unten. «Offenbar bin ich mit dieser Wertschätzung nicht alleine.»

«Passt, wie ich finde, zum Wein», sagte Emilio.

«Absolut.» Felix Leitstaller verstand sofort, was Emilio meinte. «Auch ein guter Wein atmet Geschichte, er ist das Ergebnis langjähriger Erfahrung und solider Arbeit – erst im Weinberg, dann im Keller.»

«Er lässt sich nicht wie Sneakers von unterbezahlten Lohnarbeitern in Fernost am Fließband herstellen», ergänzte Emilio.

Er gab ihm seine Visitenkarte. Felix Leitstaller sah kurz drauf und nickte.

«Wir sind uns schon mal bei einer Weinprobe in Eppan begegnet», sagte er. «Sie waren in Begleitung von Phina. Kann das sein?»

Emilio musste zugeben, dass Felix offenbar ein besseres Gedächtnis hatte als er selbst.

«Kann gut sein, aber ehrlich gesagt, kann ich mich nicht erinnern.»

«Ich weiß sogar noch mehr. Meine Frau hat mir erzählt, dass Sie als Detektiv arbeiten. Das habe ich mir gemerkt. Fand ich irgendwie spannend.»

«Ist es gelegentlich auch.»

«Und deshalb sind Sie hier, wie ich vermute. Als Privatdetektiv – leider nicht wegen unseres Weines. Stimmt's?»

Emilio räusperte sich. «Nun ja, Ihren wunderbaren Cabernet würde ich später schon gerne probieren ...»

«Ich bestehe sogar darauf.»

«Aber Sie haben recht. Mich führt meine Tätigkeit als Privatdetektiv zu Ihnen. Ihren Namen habe ich vom Herrn Holzer, dem Wirt vom Sternenschein in Lana ...»

«Der gute alte Lorenz ... Hab ihn schon lange nicht mehr gesehen. Wie geht's ihm?»

«Gut, wie ich annehme. Man sieht's ihm nicht an, wie es ihm geht. Vermutlich war er schon immer mies gelaunt.»

Felix Leitstaller lachte. «Wahrscheinlich schon im Kindergarten. Aber der äußere Eindruck täuscht ...»

Ganz ähnlich hatte das schon Katja gesagt. Womöglich stimmte es sogar. War aber auch egal.

«Warum hat Sie der Lorenz zu mir geschickt?»

«Es geht um Dobra Novak.» Emilio wählte wieder einmal die direkte Variante.

Felix Leitstaller zuckte nicht mit der Wimper. Test bestanden.

«Die Dobra? Mein Gott, das ist ja ewig her. Was hat sie denn angestellt?»

«Sie ist tot!»

Felix Leitstaller erstarrte. «Mein Gott. Tot? Ist nicht wahr!»

«Wer ist tot?», hörte Emilio von hinten eine Stimme.

Er drehte sich um. Eine attraktive, schwarzhaarige Frau kam auf sie zu.

«Darf ich vorstellen, meine Frau», sagte Felix Leitstaller, sichtlich noch um Fassung bemüht.

«Grüß Gott. Sie sind der Baron von der Phina Perchtinger, richtig?»

So hatte er das noch nicht gesehen, dachte Emilio, dass er nämlich der Baron von der Phina war. Interessant zu wissen.

Er deutete einen Handkuss an. «Ritzfeld-Hechenstein, angenehm.»

«Angelika Leitstaller-Frattini. Ich freue mich über Ihren Besuch.»

Felix nahm seine Frau in den Arm. «Kannst du dich an die Dobra Novak erinnern?»

«Die Dobra vom Yoga? Freilich.» Sie sah Emilio mit großen Augen an. «Sagen Sie bloß, die Dobra ist tot?», reimte sie sich zusammen, was sie beim Näherkommen aufgeschnappt hatte.

Emilio zeigte ihnen das Bild auf seinem Handy.

«Ist sie das?»

«Ja, das ist sie», sagten die beiden wie aus einem Mund.

«Dann ist sie tot», bestätigte Emilio. Obwohl die Wiedererkennung kein schlüssiger Beweis war. Den hatte er schon vorher erbracht. «Sie wurde ermordet.»

Angelika sah ihn entsetzt an. «Ermordet? Mein Gott. In Kroatien?»

«Wie kommen Sie auf Kroatien?»

«Nun ja, sie ist ja damals zurück nach Kroatien. Irgendwas mit ihrer Familie; ich kann mich nicht mehr genau erinnern. Seitdem habe ich sie nicht mehr gesehen.»

Womit sie ganz sicher recht hatte, dachte Emilio. Niemand hat sie mehr gesehen – weil sie als Leiche in einem Bunker lag.

«Nein, sie ist nicht in Kroatien gestorben», antwortete er. «Sondern hier in Südtirol. Und zwar genau zu dem Zeitpunkt, als sie scheinbar nach Kroatien gereist ist. Was sie nicht gemacht hat. Ihre Leiche wurde jetzt erst gefunden.»

«Wie schrecklich.»

«Lesen Sie keine Zeitung?»

«Doch, schon. Stand was über Dobra drin?»

«Ja, erst heute.»

«Heute? Bin noch nicht dazu gekommen, sie zu lesen.»

«Ich auch nicht», ergänzte ihr Mann.

Angelika Leitstaller-Frattini eilte davon, um die aktuelle Tageszeitung zu holen.

«Ich bin erschüttert», sagte Felix. «Obwohl wir die Dobra gar nicht so gut gekannt haben. Ich noch weniger, meine Frau etwas besser. Die beiden waren ja in derselben Yoga-Gruppe.»

«Herr Holzer hat mir erzählt, dass Sie die Dobra Novak damals an sein Lokal vermittelt haben?»

«Ja, stimmt. Ich habe ihm bei meinem Weggang einige Servicekräfte vermittelt. Darunter die Dobra. Von meiner Frau wusste ich, dass sie einen Job sucht. Hab mich gefreut, dass es geklappt hat.»

Angelika kam mit der Zeitung zurück.

«Lag auf deinem Schreibtisch. Auf welcher Seite steht das mit der Dobra?»

Die Seitenzahl wusste Emilio nicht. Aber weil er die Nachricht schneller finden würde, nahm er ihr die Zeitung ab und blätterte sie durch.

«Da ist der Beitrag. Links oben.»

Angelika las den Text laut vor. Felix schüttelte ungläubig den Kopf.

«In einem Bunker? Was um Himmels willen hat sie in einem Bunker gesucht?»

Bestimmt nicht ihren Tod, dachte Emilio. Ansonsten war die Frage berechtigt.

«In diesem Bunker hat sie also all die Jahre gelegen», schlussfolgerte Felix. «Eine grauenvolle Vorstellung.»

«Ich unterstütze die Polizei bei der Suche nach ihrem Mörder», kam Emilio auf den Punkt. «Aus diesem Grund spreche ich mit allen Leuten, von denen ich weiß, dass sie Dobra gekannt haben, und die mir vielleicht einen Hinweis geben können. Wurde sie bedroht? Hatte sie einen Freund? Hatte sie Streit mit jemandem? Ich bin für jeden Hinweis dankbar.»

Felix Leitstaller nickte. «Ich verstehe. Und jetzt hoffen Sie auf einen Tipp von uns. Nach so vielen Jahren? Ehrlich gesagt, kannte ich Dobra zu wenig, um Ihnen weiterhelfen zu können. Aber vielleicht meine Frau?»

Angelika Leitstaller-Frattini dachte sichtbar angestrengt nach. «Bedroht wurde sie nicht, das hätte sie mir bestimmt erzählt. Ob sie einen Freund hatte? Ja, ich glaube schon. Aber sie hat ein Geheimnis daraus gemacht; ich weiß nicht, warum.»

Fast mit den gleichen Worten hatte ihm auch Katja von einem Freund erzählt, dessen Identität Dobra nicht preisgeben wollte. Nicht einmal ihren Freundinnen gegenüber. Blieb als vorläufig letzte Hoffnung ihre Jogging-Partnerin Laura, die morgen aus dem Urlaub zurückkam. Warum wollte er so penetrant wissen, mit wem Dobra ein Verhältnis hatte?, fuhr es Emilio unwillkürlich durch den Kopf. Er kannte natürlich die Antwort: weil Dobra schwanger war!

«Sie wurde ja wohl kaum von ihrem Freund umgebracht», überlegte Angelika laut. «Das widerspricht sich.»

Irrtum, dachte Emilio. Die Welt der Oper und der Literatur war voll mit Liebespaaren, die sich gegenseitig gemeuchelt hatten. Aus welchen niedrigen Beweggründen auch immer. Und im realen Leben kam das noch viel häufiger vor.

«Aber ein Freund könnte uns sicher viel erzählen und uns auf eine Spur bringen», sagte er stattdessen.

«Wenn es einen gibt, wird er sich nach diesem Zeitungsartikel bestimmt bei der Polizei melden», vermutete Felix.

Angelika kam noch mit einer anderen Idee. «Oder Dobra hat sich den Freund nur ausgedacht, um sich interessant zu machen.»

Von einem ausgedachten Freund erwartete man kein Kind, dachte Emilio. Aber sagen wollte er das nicht. Es musste niemand wissen, dass Dobra schwanger war.

«Glaube ich nicht», erwiderte Emilio. «Kennen Sie eigentlich einen Tscharli Niederhofer?»

«Das war bestimmt nicht ihr Freund», behauptete Angelika spontan. «Aber er wäre es wahrscheinlich gerne gewesen.»

Felix runzelte die Stirn. «Da wäre ich mir nicht so sicher. Hast du mir nicht erzählt, dass sie von Tscharli gestalkt wurde?»

«Ja, das schon. Er ist ihr nachgestiegen und hat sie genervt. Und gerade deshalb war er nicht ihr Freund.»

Was Emilio auf den Gedanken brachte, dass ein einmaliger Geschlechtsakt völlig ausreichte, um schwanger zu werden. Vielleicht hatte Tscharli Dobra vergewaltigt? Noch eine Option. Langsam sprengten die vielfältigen Möglichkeiten seine Merkfähigkeit. Und es fiel ihm in der Folge schwer, die logisch richtigen Fragen zu stellen. Also war es wohl an der Zeit, das Gespräch höflich ausklingen zu lassen und sich dem Cabernet des Hauses zuzuwenden.

*

Angelika Leitstaller-Frattini ließ es sich nicht nehmen, ihren Mann zu begleiten und gemeinsam mit ihm Emilio durch das Weingut zu führen. Wie sich herausstellte, verstand sie fast so viel wie Felix vom Wein. Eigentlich wenig überraschend – schließlich war sie die Tochter des Hauses und mit alldem hier groß geworden. Ihre Eltern hatten sich aus dem Tagesgeschäft zurückgezogen und die Leitung Angelika und ihrem Mann übertragen. Felix hatte nicht nur eine Sommelier-Ausbildung, sondern nebenher auch Weinbau und Önologie studiert. Er war also quasi die Idealbesetzung – nicht nur für ihre Tochter, sondern auch für die Fortführung des Betriebs. Sogar mit dem Nachwuchs hatte es geklappt. Emilio lernte die Kinder der beiden kennen. Ein Junge und ein Mädchen. Emilio erinnerte sich an die Worte des Lorenz Holzer: Der Felix habe es richtig gemacht, aber er habe es auch verdient. Emilio dachte, dass es schön war, bei all den Tragödien und Katastrophen, die er im Laufe seiner beruflichen Tätigkeit miterlebte, auch mal das Gegenteil zu sehen: eine glückliche Familie.

# 48

Tscharli zögerte. Er war sich nicht sicher, ob es klug war, den Ludwig Mayr in Mals anzurufen. Er hatte ihn schon länger nicht gesehen. Allerdings konnte es nicht falsch sein, sich abzustimmen. Angesichts der dunklen Wolken, die sich gerade bedrohlich über ihren Köpfen zusammenbrauten. Über seinem eigenen Kopf ganz besonders. Aber auch der Ludwig hätte allen Grund, nervös zu sein.

Entschlossen griff er zum Telefon und wählte seine Nummer. Er hatte ihn auch gleich dran.

«Dass ausgerechnet du mich anrufst, hätte ich nicht gedacht», begrüßte ihn Ludwig. Um sich nach einer kurzen Pause zu korrigieren: «Andererseits ist es so überraschend nun auch wieder nicht. Hast von der Dobra erfahren, die in unserem Bunker gefunden wurde, stimmt's?»

«Wirklich? Das war euer Bunker? Ich hab's mir gedacht», antwortete Tscharli. «Ich hatte schon so ein Scheißgefühl, wenn du verstehst.»

«Ein Scheißgefühl? Warum denn das? Nur weil wir dort geile Partys gefeiert haben. Das ist nicht verboten.»

Tscharli lachte gequält. «Mit den Drogen hätten s' uns nicht erwischen dürfen. Und von den Girlies waren manche auch zu jung …»

«Tscharli, da hab ich einen guten Rat für dich: Am besten kannst du dich an nichts mehr erinnern. Das ist gut für deinen Schlaf. Vielleicht auch … für deine Gesundheit.»

Wie war das zu verstehen, überlegte Tscharli. Als Drohung? Da sollte sich der Ludwig mal besser in Acht nehmen. Er beschloss, nicht darauf einzugehen, es sich aber zu merken.

«Ich hab Besuch bekommen», sagte er. «Von einem Typen, der für die Polizei arbeitet und mir blöde Fragen gestellt hat.»

«Den kenn ich, den Wichser. Der ist uns auch schon auf den Geist gegangen.»

«Ein Baron von …»

«Baron von und zu Arschloch», präzisierte Ludwig.

«Der hat mir ziemlich direkte Fragen gestellt. Zum Beispiel, ob ich mit der Dobra ein Verhältnis hatte.»

«Und, hattest du?»

*«Sell geat di an Dreck an»*, zischte Tscharli. «Was ist mit dir?»

«Der Dreck beruht auf Gegenseitigkeit. Musst du auch nicht wissen. Genauso wenig wie der Baron. Der hat mich das nämlich auch schon gefragt. Ich hab so getan, als ob ich die Dobra nicht kenne.»

«Verstehst du, warum dieser Typ unbedingt wissen will, mit wem die Dobra was hatte? Ich denk, der soll ihren Mörder finden …»

«Wie soll ich verstehen, was im kranken Kopf von diesem Wichser vorgeht? Vielleicht denkt er, dass die Dobra von einem Liebhaber umgebracht wurde? Was weiß ich.»

«Zum Beispiel von dir …»

*«Hosch du no alle?»*, empörte sich Ludwig. «Sei froh, dass du nicht vor mir stehst, sonst würde ich dir jetzt *oane innihauen.* Außerdem kämst du selber doch viel eher in Frage.»

Tscharli dachte, dass dieses Hin und Her wenig brachte. Er wollte ja auf was anderes raus.

«Lassen wir das», schlug er vor. «Wenn wir uns diesen Baron vom Leib halten wollen, sollten wir zusammenstehen. Du könntest mir einen Gefallen tun und dem Baron nichts davon sagen, dass ich bei deinen Bunkerfeten dabei war. Das bringt ihn nur auf dumme Gedanken.»

Ludwig lachte hämisch. «Das hättest du dir vorher überlegen müssen. Der Baron weiß es schon. Er hat gezielt nach dir gefragt.»

«Scheiße.»

«Weil ich immer ehrlich bin, habe ich ihm erzählt, dass du dabei warst.»

Das war dumm gelaufen, dachte Tscharli. Denn er erinnerte sich, dass er gegenüber dem Baron behauptet hatte, noch nie in einem dieser Bunker gewesen zu sein. Warum hatte er das gesagt? Eine unnötige Lüge.

«Immer ehrlich? Dass ich nicht lache.»

«Das Arschloch hat mich übrigens noch was gefragt. Ganz was Abgefahrenes. Ob du meine Mutter gekannt hast, hat er wissen wollen.»

«Hä … Versteh ich nicht.»

Tscharli verstand es wirklich nicht.

«Ich auch nicht. Ich bleib dabei, der Wichser ist krank im Kopf.»

«Leider nicht so krank, dass er tot umfällt.»

«Ja, wäre besser. Aber Gott sei Dank haben wir mit Dobras Tod nichts zu tun. Ist doch so, oder?»

«Na klar, wir haben viel Scheiß gemacht, aber wir hätten nie jemanden umgebracht.»

«Dann kann uns ja nichts passieren.»

Hoffentlich, dachte Tscharli. Hoffentlich hatte der Ludwig recht. Jedenfalls, was ihn selbst betraf. Ob seinem «Freund» was geschah, war ihm dagegen so was von egal.

# 49

Gegenüber Phina behauptete Emilio, noch einen Termin zu haben. Das war nicht einmal geschwindelt. Nur nahm sie wie selbstverständlich an, dass sein abendlicher «Termin» etwas mit seinem aktuellen Fall zu tun hatte. Vor allem, weil er ihr im gleichen Atemzug ausführlich vom zurückliegenden Tag und seinen Ermittlungen berichtet hatte. Von seinen Gesprächen mit Tscharli Niederhofer in Lana und Lorenz Holzer im Sternenschein. Von der Fahrt mit Bastian nach Mals. Von der vielversprechenden Probe seines im Bunker gelagerten Lagrein. Anschließend habe es ein kontroverses Gespräch mit den beiden Mayrs gegeben. Dann ein verspätetes, aber köstliches Mittagessen bei Jörg Trafoier im Kuppelrain. Nachmittags Besuch des Weinguts Frattini, um mit Felix Leitstaller sowie seiner charmanten Frau Angelika zu sprechen. Aus dem Grund, weil Felix der Dobra den Job im Sternenschein vermittelt hatte. Allerdings sei es die Angelika gewesen, die Dobra vom Yoga kannte. Nachfolgend habe er Gelegenheit gehabt, den überaus gelungenen Cabernet zu verkosten …

Da habe er ja ein straffes Programm absolviert, meinte Phina schmunzelnd. Wie immer habe er es meisterlich verstanden, das Angenehme mit dem Nützlichen zu verbinden. Oder umgekehrt das Nützliche mit dem Angenehmen; das sei Ansichtssache. Ins Kuppelrain könne er sie demnächst auch mal einladen, schlug sie vor. Und die Leitstaller-Frattinis machten tatsächlich einen vortrefflichen Cabernet – ihr eigener sei allerdings eindeutig besser. Emilio wagte es nicht, ihr zu widersprechen. Es war ihm wichtig, dass sie ihm in den folgenden Stunden seiner Abwesenheit gewogen blieb. Denn sein «Termin» hatte es in sich.

Er verabschiedete sich mit Küsschen, winkte ihr aus dem Landrover zu und machte sich auf den Weg. Auf den Weg nach Klausen – zum Abendessen bei Tilda.

Emilios Erwartungen waren gemischt. Eigentlich sollte er sich freuen, denn Tilda verstand es, ihm schöne Stunden zu bereiten. In vielerlei Hinsicht. Das hatte sie schon häufig unter Beweis gestellt. Aber diesmal hatte er ein seltsames Gefühl. Er rechnete mit einer Überraschung. Womöglich einer unliebsamen. Für dieses Gefühl gab es keinen objektiven Grund. Aber bei ihrer Einladung waren ihm Zwischentöne aufgefallen, die ihn hatten stutzig werden lassen. Zuerst ihre angespannte Stimme auf der Voicemail. Dann die ungewöhnliche Dringlichkeit. Der kalt gestellte Champagner? Der hatte nichts zu besagen: Denn erstens trank sie den auch so, und zweitens war Champagner ein adäquater Begleiter romantischer Stunden … Drittens stieß man mit Champagner an, wenn es was zu feiern gab. Allerdings konnte sich Emilio nicht vorstellen, was das sein könnte. Außerdem stand er allen Feieranlässen skeptisch gegenüber. Genau genommen, hasste er es, sich über etwas so zu freuen, dass man sich dabei um den Hals fiel. Geburtstag hatten sie beide nicht. Und selbst Geburtstage waren kein hinreichender Grund, mit Champagner darauf anzustoßen. Höchstens aus Dankbarkeit, dass man nicht vorher verstorben war. Mit der gleichen Berechtigung könnte man jeden Tag Champagner trinken. Er kannte Menschen, die das taten.

*

Vor Tildas Eingangstür fiel ihm auf, dass er vergessen hatte, etwas mitzubringen. Blumen vielleicht oder eine Flasche Wein? Beides wäre langweilig und im Falle des Weins sogar deplatziert gewesen – falls er nämlich eine Flasche aus Phinas Regal genommen hätte. Dann also besser mit leeren Händen.

Zur Begrüßung bekam er von seiner Gastgeberin einen langen Kuss. Verbunden mit einer innigen Umarmung, die so körperbetont war, dass selbst ein Mönch aus dem Kloster Neustift schwach geworden wäre. Gott sei Dank war er weder ein Mönch, noch hatte er ein Keuschheitsgelübde abgelegt. Hinderlich war nur, dass er ganz aktuell mit dem Gedanken spielte, zum Paarungsverhalten der Monogamie zurückzukehren.

Tilda hatte ein hautenges Kleid an. Darunter trug sie offenbar … nichts. Nein, der Mönch hätte keine Chance.

Barfuß lief sie vor ihm die Treppe hinauf zum Atelier. Spätestens jetzt bekam er Gewissheit, dass sie auch auf den Slip verzichtet hatte. So etwas nannte man eine nonverbale Botschaft.

Tilda hielt nicht viel von Konventionen. Deshalb hatte sie fürs Essen keinen Tisch eingedeckt, sondern auf dem Boden ein großes Fell ausgebreitet. Mit Geschirr, Gläsern, Kerzen und orientalischen Kissen. Im Hintergrund spielte karibische Beachmusik. Und Räucherstäbchen verbreiteten den Duft von Sandelholz.

Emilio dachte, dass er das mit der Monogamie vielleicht noch etwas verschieben könnte.

Sein Blick fiel auf einen großen Fotoabzug, den sie an die Wand gepinnt hatte. In Schwarzweiß. Dadurch sah er künstlerischer aus. Darauf waren merkwürdige Striche zu sehen. Emilio brauchte einen Moment, bis er erkannte, was er vor sich hatte.

«Ist das ein Foto aus dem Bunker?», fragte er.

«Ja, eine Detailaufnahme einer Kachel vom Boden, auf der ich diese Kratzspuren entdeckt habe, die Dobra wohl mit ihrer Haarspange hinterlassen hat. Aber ich werde nicht schlau daraus.»

«Das hier könnte eine Sieben sein. Mit Querstrich. Der ist nur etwas verrutscht.»

«In völliger Dunkelheit bekommt man das wahrscheinlich nicht besser hin. Aber der Rest ist einfach nur konfus.»

«Abgesehen von dem Kreuz hier. Aber das macht auch keinen Sinn. Eine Sieben und ein Kreuz. Das war's.»

«Magst du das Foto mitnehmen? Ich schenk es dir.»

«Gerne, ja.»

Tilda nahm den Abzug von der Wand und rollte ihn zusammen. Sie steckte das Foto in eine Pappröhre und lehnte sie an die Treppe, damit Emilio beim Gehen daran dachte.

«So, jetzt wenden wir uns den schönen Seiten des Lebens zu», entschied sie.

Er zog die Schuhe aus und fläzte sich aufs Fell. Aber er blieb wachsam. Denn er glaubte zu spüren, dass mehr im Busch war als ein Schäferstündchen. So gut kannte er Tilda mittlerweile.

Sie tranken den Champagner. Tilda knöpfte ihm das Hemd auf. Offenbar wurde gerade das Programm geändert. Das Essen würde warten müssen. Jedenfalls wenn es nach ihr ging.

Emilio hielt Tildas Hand fest und sah ihr lächelnd in die Augen.

«Vorher würde ich gerne wissen, was du mir sagen möchtest», bat er.

«Wie kommst du darauf, dass ich …»

Tilda schluckte. Offenbar mochte sie es nicht, wenn man ihren geplanten Ablauf störte.

«Du willst mir doch was sagen, stimmt's? Dann raus damit. Hinterher bist du lockerer.»

«Emilio, mein Lieber, hast du vielleicht den Eindruck, ich wäre nicht locker? Lockerer geht gar nicht. Kannst dich gerne davon überzeugen.»

Sie machte Anstalten, sich das Kleid über den Kopf zu streifen. Emilio dachte, dass sie es dann geschafft hätte. Widerstand zwecklos.

«Aber *ich* bin nicht locker», entgegnete er. Was zwar nicht stimmte, aber er wollte die Handlungshoheit zurückgewinnen.

«Okay, mein Schatz …»

Mein Schatz? Das hatte sie noch nie zu ihm gesagt.

«Ich muss dir wirklich etwas sagen. Ich wollte nur, dass es dir richtig gut geht, wenn du es erfährst.»

Kein schlechtes Konzept, dachte Emilio. Vielleicht hätte er doch beim ursprünglichen Ablauf bleiben sollen?

Sie nahm seine Hand und legte sie auf ihren Unterleib.

«Spürst du was?», fragte sie.

Was sollte er spüren? Hatte sie Magenbeschwerden?

«Ich bin schwanger. Du wirst Vater.»

Emilio merkte, wie er blass wurde.

«Freust du dich?»

Was war das für eine Frage? Wie um Himmels willen könnte er sich freuen? Seine Annahme war immer gewesen, dass es nach ihm keine Ritzfeld-Hechensteins mehr geben würde. Das Geschlecht seiner Vorfahren sollte mit ihm aussterben.

«Komm, gib mir einen Kuss!», forderte sie ihn auf.

Zwar folgte er ihrem Wunsch. Aber so geistesabwesend hatte er noch nie geküsst.

«Ich bin total happy», sagte sie. «Wir bekommen ein Kind. Ist doch großartig.»

Emilio hatte den Eindruck, dass Tilda wirklich glücklich war. Das machte alles noch schwieriger. Oder spielte sie ihm was vor? Ein Kind passte doch gar nicht zu ihrem selbstbestimmten Leben. Wie wollte sie mit einem Baby ihren Fotoproduktionen auf der ganzen Welt nachkommen? Oder hatte sie in Zukunft vor …? Was erwartete sie von ihm …?

Tilda goss ihm Champagner nach. Unpassenderweise dachte er an Phina. Er dachte an ihren Wunschtraum, Zola zu adoptieren. Und dass sie ihn dafür brauchte. Und dass er sie nicht im Stich lassen wollte. So ein Mist, jetzt steckte er in einem veritablen Konflikt.

«Warum sagst du nichts?», fragte Tilda. «Ich habe dir gerade gesagt, dass wir ein Kind bekommen. Du solltest vor Glück weinen und mich ganz fest in deine Arme nehmen.»

Weinen? Das ja. Aber nicht vor Glück!

«Ich freu mich für dich», antwortete er. Dann nahm er sie tatsächlich in seine Arme und drückte sie. Das glaubte er ihr schuldig zu sein.

Er spürte, wie sich ihr Körper versteifte. Hatte er gerade was Falsches gesagt? Fühlte sich ganz so an.

«Emilio, du sollst dich nicht nur für mich, sondern auch für dich selbst freuen. Ist ja nicht so, als ob du mir zu einem neuen Auto gratulierst.»

Da hatte sie recht. Ein Kind war kein Auto. Das war ja gerade das Problem. Man konnte es weder zurückgeben noch am Straßenrand abstellen und dort vergessen.

«Mir fehlen die richtigen Worte», flüsterte er, «tut mir leid. Aber ich bin noch nie Vater geworden.»

Ihr Körper in seinen Armen entspannte sich wieder.

«Ist doch schön. Das wollte ich dich nämlich fragen. Unser Kind ist also dein erstes Kind. Du wirst es lieben.»

Wusste sie nicht, dass er keine Kinder mochte? Von Zola mal abgesehen; die hatte zu seinem Herzen ein Hintertürchen gefunden. Dieses Türchen wollte er nicht zuschlagen. Und sich von Phina trennen – das wollte er auch nicht. Das war ihm noch nie so bewusst geworden wie just in diesem Augenblick.

«Du willst es also bekommen?», fragte er. Wohl wissend, dass das schon wieder die falschen Worte waren. Aber warum sollte er ihr was vorspielen? Das konnte er nicht – und es machte auch keinen Sinn. Tilda wusste genau, was sie miteinander hatten: nämlich eine Affäre. Daraus abzuleiten, dass er sich über ein gemeinsames Kind freuen und ein Leben an ihrer Seite führen würde, wäre naiv. Und Tilda war vieles, aber ganz bestimmt nicht naiv.

«Ich hoffe, du bittest mich nicht, es wegzumachen», sagte sie leise.

Emilio dachte, dass er sie nicht verletzen wollte.

«Nein, ist alleine deine Entscheidung. Ich werde sie respektieren, so oder so.»

«Mit allen Konsequenzen?»

Welche Konsequenzen meinte sie? Alimente? Natürlich würde er zu seinen finanziellen Pflichten stehen. Aber tatsächlich würde er lieber einen Schwangerschaftsabbruch bezahlen. War der Gedanke unmoralisch? War er unehrenhaft? Denken durfte man vieles, aussprechen wohl weniger.

«Mach dir keine Sorgen», sagte er ausweichend.

Tilda sah ihn fragend an. Doch schien ihr klar, dass sie von ihm nicht mehr erwarten durfte. Nicht so unmittelbar nach der ‹freudigen Nachricht›.

«Willst du einen Whisky?», fragte Tilda.

Sie war tatsächlich eine Frau, die wusste, was Männer brauchten.

«Gerne. Bitte einen doppelten.»

«Ich trinke einen mit.»

«Du bist doch schwanger …»

«Ab morgen kann ich ja vernünftig sein.» Sie drohte ihm

lächelnd mit dem Zeigefinger. «Und damit eines klar ist: Du machst dich jetzt nicht vom Acker. Du bleibst! Ich habe leckere asiatische Gerichte vorbereitet. Wir trinken den Champagner aus. Ein Sauvignon ist auch kaltgestellt. Der Abend ist noch lang.»

Lieber würde er bald aufbrechen, dachte Emilio. Aber daraus würde nichts werden. Er hatte sich mit einer Raubkatze eingelassen. Die würde ihm die Augen auskratzen, wenn er jetzt die Flucht antrat. Aber wenn sie glaubte, sie könne später noch mit dem Vater ihres ungeborenen Kindes schlafen, hatte sie sich getäuscht. Da konnte sie noch so aufreizend schnurren: Er würde der Versuchung widerstehen. Warum? Weil er gerade eine Entscheidung getroffen hatte – nämlich wieder monogam zu leben. Mit Phina! Zumindest versuchen wollte er es. Da wäre es ein schlechter Auftakt, mit Tilda ins Bett zu gehen. Oder sich mit ihr auf dem Fell zu wälzen. Und sei es nur ein letztes Mal, um Abschied zu nehmen.

# 50

Er konnte sich beim besten Willen nicht erinnern, wann er heimgekommen war. Nur daran, dass es verdammt spät geworden war. Später als nötig, denn Tilda hatte er bereits vor Mitternacht verlassen, das wusste er noch. Und zwar ziemlich betrunken. Natürlich hätte er nicht mehr Auto fahren dürfen. Das war ihm spätestens bewusst geworden, als er auf der Landstraße gerade noch rechtzeitig eine Polizeikontrolle entdeckte. Kurz entschlossen war er rechts auf eine Bauernwiese abgebogen und ohne Licht ins Gelände geholpert. Mit seinem Landrover ging das. Irgendwann war er dennoch hängen geblieben. Er hatte den Motor abgestellt – und war hinter dem Steuer eingeschlafen. Als er irgendwann wieder zur Besinnung kam, musste er sich erst orientieren. Dann schaffte er es, sich und sein Gefährt mit einigen Mühen und unter Zuhilfenahme diverser Geländeschaltungen aus der misslichen Lage zu befreien und den Landy zurück auf die Straße zu lenken. Die Polizeikontrolle war weg. Ohne Zwischenfälle hatte er die restliche Fahrstrecke zum Perchtingerhof geschafft – und dort den Weg in sein Schlafzimmer gefunden.

Jetzt saß er völlig gerädert am Frühstückstisch. Phina hatte er noch nicht gesehen. Es blieb ihm also eine Schonfrist, in der er seine Gedanken sortieren konnte. Zum vorbereiteten Kaffee aus der Thermoskanne goss er zwei extrastarke Espressi aus der Maschine. Heute brauchte er zum Wachwerden einen Turbo. Und zwei Aspirin brauchte er auch.

Die entscheidende «Neuigkeit» des gestrigen Abends war natürlich jede Sekunde präsent und pochte gegen seine Schläfen. Tilda war schwanger! Das war ein Szenario, mit dem er seltsamerweise nie und nimmer gerechnet hatte. Seltsamerweise? Nun, nicht wirklich, denn seit einem schmerzhaften Rugbyunfall während seiner englischen Internatszeit ging er davon aus, dass er mit höchster Wahrscheinlichkeit keine Kinder zeugen konnte. Aber wie das halt so war mit der Wahrscheinlichkeit, sie war eben keine Gewissheit und konnte vom Gegenteil jederzeit widerlegt werden.

Auch wenn er Tilda wirklich nicht unrecht tun wollte, so war Emilio doch machtlos gegenüber einem Gedanken, der in seinem Hirn umhergeisterte und der sich einfach nicht verdrängen ließ. Okay, sie war schwanger, und das durfte man wohl als unstrittig annehmen – zudem hatte sie keinen Zweifel daran gelassen, dass er der Vater war. Aber wie sicher war das? Tilda hatte ein lockeres Wesen, gerade das gefiel ihm ja an ihr. Weshalb nicht auszuschließen war, dass sie trotz ihrer Liaison mit ihm auch mal mit jemand anderem ... Emilio räusperte sich. Nun ja, vollkommen unmöglich war das nicht. Vielleicht wollte sie sich selber nicht mehr daran erinnern? Oder es gab gute Gründe, eine andere Vaterschaft gar nicht erst in Erwägung zu ziehen. Emilio hatte fast ein schlechtes Gewissen, dass er diesen Verdacht überhaupt zuließ. Als ob er sich aus der Verantwortung stehlen wollte, indem er Tilda ein weiteres Verhältnis unterstellte. Nein, das würde er nicht tun. So einfach durfte er es sich nicht machen. Und er würde eine Lösung finden – aber dummerweise hatte er keine Ahnung, wie diese aussehen könnte.

Kam hinzu, dass er den Kopf gerade nicht frei hatte. Weil er mitten in einem Kriminalfall steckte, der seine volle Aufmerksamkeit erforderte. Eine Schwangerschaft gab es auch hier, drängte sich ein Gedanke auf. Eine finstere und verstörende Assoziation. Denn durch den Mord an Dobra war auch ihr heranreifendes Kind gestorben. Hatte sie sterben müssen, weil es einen Vater gab, der mit ihrer Schwangerschaft nicht klarkam? Der es nicht akzeptieren konnte, dass sie das Kind unbedingt bekommen wollte? Der deshalb vor der Ultima Ratio nicht zurückschreckte und den brutalsten aller Schwangerschaftsabbrüche in die Wege leitete – indem er mit dem Embryo auch gleich die werdende Mutter «abtrieb». Vielleicht lag es am Restalkohol, aber Emilio schauderte es. Doch war es genau dieser Verdacht, von dem er sich bei seinen Ermittlungen leiten ließ. Deshalb seine hartnäckigen Fragen bei allen Männern, die prinzipiell in Betracht kamen.

Ob es noch einen großen Unbekannten gab? Emilio sehnte das Gespräch mit Dobras Jogging-Partnerin Laura herbei, die heute aus dem Urlaub zurück sein sollte. Sie war seine letzte vielversprechende Informationsquelle. Noch an diesem Vormittag würde er nach Lana zu dem Hotel fahren, in dem sie an der Rezeption arbeitete.

*

«Guten Morgen», begrüßte ihn Phina.

Gott sei Dank hatte sie eine angenehme und ruhige Stimme, dachte Emilio. Es gab Frauen, die würden ihm jetzt mit hochfrequentem Geschnatter die Schädeldecke wegblasen. Auch unter diesem Aspekt war Phina ein besonderer Glücksfall.

Sie blickte auf die angebrochene Schachtel mit Schmerztabletten.

«Hattest wohl einen anstrengenden Abend», stellte sie fest. «Ist ja auch reichlich spät geworden.»

«Wie spät?»

«Hab nicht auf die Uhr geschaut, aber im Flur bist du gegen den Bauernschrank gerannt …» Phina sah ihn lächelnd an. «Na ja, wohl eher getorkelt. Dann hast du deine Zimmertür zugehauen, dass ich dachte, der Putz fliegt von der Decke.»

«Tut mir leid. Ich wollte dich nicht wecken.»

«Aber dann war Ruhe. Bist wohl gleich ins Koma gefallen.»

Emilio langte sich an den Kopf und zog eine Grimasse. «Ja, könnte sein.»

Phina goss sich Kaffee ein und setzte sich zu ihm an den Tisch.

Sie sah ihn fragend an. «Willst du mir verraten, worum es bei deinem Termin ging? Kennst du jetzt Dobras Mörder? Dann hätte sich ja dein Einsatz gelohnt.»

Das wäre schön, dachte Emilio. Schön wäre es auch, wenn er wüsste, wie er jetzt seinen Kopf aus der Schlinge ziehen könnte. Er wollte nicht lügen. Aber die Wahrheit konnte er ihr auch nicht sagen. Wenigstens nicht im Moment.

«Sagen wir so …», begann Emilio zögerlich.

Dann passierte etwas, was mit Blick aufs Timing an ein Wunder grenzte: Sein Handy klingelte. Emilio war es gewohnt, Pech zu haben. Glück dagegen eher selten.

Er schaute aufs Display. Mariella aus dem Vorzimmer von Commissario Sandrini versuchte, ihn zu erreichen.

Er zuckte entschuldigend mit den Schultern. «Sorry, könnte wichtig sein. Da muss ich rangehen.»

Phina lächelte nachsichtig. «Aber vergiss nicht, was du mir gerade sagen wolltest.»

«Baron Emilio, schön, dass ich Sie erreiche», begrüßte ihn Mariella, nachdem er sich am Telefon gemeldet hatte. «Ich habe eine Neuigkeit, die Sie interessieren dürfte. Sie haben doch eine gewisse Laura Sabitzer aus Lana erwähnt, eine Jogging-Partnerin von Dobra Novak, mit der Sie unbedingt noch reden wollten.»

«Richtig», bestätigte Emilio. «Ich bin sozusagen auf dem Sprung zu ihr.»

«Den Weg können Sie sich sparen. Man hat vor einer halben Stunde ihre Leiche gefunden.»

Emilio erstarrte. So schnell konnte sich ein vermeintlicher Glückszufall ins Gegenteil verkehren.

«Wie bitte? Laura Sabitzer soll tot sein?» Er konnte es kaum glauben.

«Ja, an ihrer Identität gibt's keinen Zweifel, sie hatte einen Ausweis bei sich und wurde bereits identifiziert. Sie ist schon der zweite Fall in diesem Jahr.»

«Der zweite Fall? Wie meinen Sie das?»

«Schon vor fünf Monaten ist eine Joggerin überfallen, vergewaltigt und getötet worden. Damals am Ufer der Etsch in Terlan. Diesmal hat es Laura in Lana erwischt. Das gleiche Muster. Der Täter hat sie ins Gebüsch gezerrt, ihr die Joggingklamotten vom Leib gerissen, sich offenbar an ihr vergangen und sie danach erstickt.»

Emilio, dem normalerweise auch schockierende Nachrichten nichts anhaben konnten, war … erschüttert. Obwohl er diese Laura überhaupt nicht persönlich kannte. Er wäre ihr ja erst in gut einer Stunde begegnet. Mariella hatte recht – den Weg nach Lana konnte er sich sparen.

«Geht die Polizei davon aus, dass es sich um denselben Täter handelt?», fragte er.

«Der Commissario ist davon überzeugt. Er ist persönlich nach Lana unterwegs. Offenbar haben wir es mit einem Serientäter zu tun. Alle Umstände sprechen dafür.»

«Ein Serientäter …», wiederholte Emilio, noch immer wie gelähmt. «Und dieser Serientäter sucht sich ausgerechnet Dobras Jogging-Freundin Laura aus ... Das darf doch wohl nicht wahr sein.»

«Ist aber so», bestätigte Mariella. «So etwas nennt man Zufall.»

Er stellte fest, dass sie abgeklärter auf die Situation reagierte als er selbst. Das war für ihn eine neue Erfahrung.

«Weiß Sandrini, dass ich mit Laura Sabitzer sprechen wollte?», fragte er.

«Nein, weil ich mich an den Namen erst erinnert habe, als er schon weg war. Sie haben die Laura mal am Telefon erwähnt.»

«Ich weiß.»

«Ihren Namen hatte ich mir auf einer Pralinenschachtel notiert. Die musste ich erst raussuchen, um Gewissheit zu haben.»

«Auf einer Pralinenschachtel ... Ich verstehe.»

Jetzt wiederholte er schon wieder ihre Worte. Wurde er jetzt blöde?

«Warum fragen Sie? Soll ich den Commissario anrufen und es ihm sagen? Oder wollen Sie das selber machen?»

«Den Commissario anrufen ...» Emilio versuchte, sich zu konzentrieren. «Nein, besser nicht. Das könnte ihn verwirren. Aber eine Bitte hätte ich ...»

Mariella lachte. «Ich weiß, Sie wollen, dass ich Sie auf dem Laufenden halte. Stimmt's?»

«Auf dem Laufenden ... Ja, genau.»

«Das mache ich doch sowieso. Ich schicke Ihnen schon mal die Koordinaten des Tatorts aufs Handy.»

«Sie sind ein Schatz.»

«Danke. Ciao, mein lieber Baron. Und gute Besserung.»

«Gute Besserung? Warum?»

«Sie machen auf mich einen etwas angeschlagenen Eindruck.»

Wie konnte sie das wissen? Hatte sie ein Bildtelefon?

«Da täuschen Sie sich. Mir geht es prächtig. Nochmals vielen Dank, dass sie mich gleich informiert haben. Noch einen schönen Tag. Und grüßen Sie den Commissario von mir.»

«Wirklich?»

«Nein, besser nicht. Vielleicht kontaktiere ich ihn am Nachmittag selber.»

Nachdenklich drückte Emilio auf die «Aus»-Taste.

Phina sah ihn fragend an. «Habe ich das gerade richtig verstanden? Eine frühere Bekannte von Dobra ist umgebracht worden? Von einem Serientäter?»

«Laura Sabitzer. Mit ihr wollte ich heute sprechen. Man hat ihre Leiche gefunden. Offenbar wurde sie beim Joggen überfallen, vergewaltigt und erstickt.»

«Mein Gott. Ich erinnere mich, dass ich vor einigen Monaten in der Zeitung von einem ähnlichen Fall gelesen habe. Damals wurde ebenfalls eine Joggerin überfallen und umgebracht. Irgendwo am Etschufer.»

«Richtig, in Terlan. Hast ein gutes Gedächtnis.»

«Schrecklich.»

«Ausgerechnet Laura Sabitzer. Und ausgerechnet heute Morgen, kurz bevor wir uns treffen wollten», sagte Emilio leise vor sich hin. «Und so etwas soll ein Zufall sein?»

«Was denn sonst? Jemand, der Joggerinnen überfällt und sich an ihnen vergeht, kommt doch kaum in Frage, vor sieben Jahren Dobra ermordet zu haben. Die Fälle sind doch überhaupt nicht vergleichbar.»

Emilio musste zugeben, dass Phina recht hatte. Vergleichbar waren sie wirklich nicht. Dafür brauchte es keinen Profiler, um zu diesem Schluss zu kommen. Dennoch war nicht ausgeschlossen, dass es einen Zusammenhang gab. Nur welchen? Genau das galt es herauszufinden.

«Ich werde trotzdem gleich nach Lana fahren», entschied er.

Phina lächelte. «Soll ich dich also vom Haken lassen?»

Was sollte das jetzt wieder bedeuten? Das war heute wirklich nicht sein Tag.

Er runzelte die Stirn. «Vom Haken?»

«Vor Mariellas Anruf wolltest du mir gerade erzählen, was du gestern für einen wichtigen Termin hattest. Und warum du danach so betrunken warst.»

Oje, seine Hoffnung, dass die Nachricht vom Mord alles überlagern würde, hatte sich hiermit nicht bestätigt. Phina ließ sich nicht so leicht aus dem Konzept bringen.

«Warte einen Moment, ich muss dir was zeigen.»

Emilio stand auf und ging hinaus zum Landy. Gerade noch rechtzeitig war ihm Tildas Fotoabzug mit den seltsamen Kratzspuren eingefallen. Er holte die Papprolle aus dem Auto und kam mit ihr zurück an den Frühstückstisch.

«Ich war bei Tilda», sagte er wahrheitsgemäß.

Einmal mehr erwies es sich als Vorteil, dass Phina nicht zu hysterischen Reaktionen neigte. So blieb ihm Zeit, das Poster herauszuziehen und aufzurollen.

«Und zwar wegen dem hier», erklärte er.

Das allerdings entsprach nicht mehr ganz der Wahrheit. Aber richtig falsch war es auch nicht.

«Was soll das sein?», fragte sie.

«Tilda dachte, dass mir das Bild weiterhelfen könnte. Es zeigt eine Bodenkachel aus dem Bunker. Offenbar hat Dobra in den letzten Stunden ihres Lebens in völliger Dunkelheit mit ihrer Haarspange darauf herumgekratzt. Die Vermutung liegt nahe, dass sie eine Botschaft hinterlassen wollte.»

Phina zog eine Augenbraue nach oben. «Und deshalb bist du zu ihr hingefahren? Wegen dieses Bildes?»

«Ja, deshalb. Tilda hat sich die Mühe gemacht und alle Fotos aus dem Bunker vergrößert. Dabei ist sie auf diesen Ausschnitt gestoßen. Leider wird man nicht schlau daraus. Wenn es wirklich eine Botschaft sein sollte, lässt sie sich nicht entschlüsseln.»

Phina nickte. «Ich verstehe. Aus diesem Grund habt ihr euch mit Alkohol zugeschüttet. In der Hoffnung, dass euch vielleicht doch noch ein Licht aufgeht. Hat aber wohl nicht geklappt.»

Hörte er da leichten Spott in ihrer Stimme? Er konnte es ihr nicht verdenken.

«Zugegeben, ich bin länger geblieben als geplant. Sie wollte mit mir noch etwas besprechen.»

«Besprechen? So sagt man also heute dazu?»

«Nein, wirklich. Tilda hat ein Problem.»

Das war nun wirklich eine dreiste Untertreibung und Verzerrung der Realität, gestand sich Emilio ein. Denn nicht nur Tilda hatte ein Problem, sondern ebenso er selbst. Genau genommen war seine Schwierigkeit sogar die größere. Vor allem aus einem Grund: Und dieser saß in Gestalt von Phina gerade direkt vor ihm. Weil er sie wirklich sehr, sehr mochte. Weil er sie nicht verletzen wollte. Vor allem wollte er sie nicht verlieren.

«Konntest du ihr weiterhelfen? Oder sind weitere therapeutische Sitzungen vonnöten?»

Emilio sah Phina lange an. Äußerlich war sie die Ruhe selbst. In ihrem Inneren, da war er sich sicher, brodelte es.

«Nur so lange wie es braucht, eine Lösung herbeizuführen», sagte er. «Dann ist Schluss.»

«Schluss? Ich nehme dich beim Wort.»

Emilio wusste, dass er sich gerade in eine Sackgasse manövriert hatte. Wenn Tilda darauf bestand, das Kind zu bekommen, woran sie keinen Zweifel gelassen hatte, würde es schwer, wenn nicht gar unmöglich sein, einen wirklichen Schlussstrich zu ziehen. Oder gab es doch eine Chance? Eine Chance gab es immer – außer man war tot.

# 51

Als Emilio mit seinem Landy von der Strada del Vino auf die Schnellstraße Richtung Meran bog, fühlte er sich trotz der schockierenden Nachricht von Lauras Tod sogar ein wenig erleichtert. Phina hatte ihn, um mit ihren Worten zu sprechen, «vom Haken» gelassen. Zumindest für den Augenblick. Er war sich bewusst, dass sie ihm nur eine Schonfrist eingeräumt hatte. Natürlich würde sie ihn bei nächster Gelegenheit erneut zur Rede stellen. Was sollte er ihr dann sagen? Dass Tilda von ihm schwanger war? Wie sie auf diese Nachricht reagieren würde, vermochte er sich nicht vorzustellen … Wollte er auch nicht … Konnte er nicht! Emilio hatte sich in eine Situation hineinmanövriert, aus der er keinen Ausweg wusste. Das war ihm im Leben zwar schon häufiger passiert … aber diesmal war es wirklich ernst.

Insofern kam es ihm im Moment nicht ungelegen, sich auf seinen Kriminalfall und die damit verbundenen aktuellen Vorkommnisse zu konzentrieren. War das eine Form von Eskapismus? Indem er aus der realen Wirklichkeit in eine andere Welt flüchtete? Schön wäre es, denn dann wäre diese «andere Welt» eine Scheinrealität, eine Imagination, um ihn auf andere Gedanken zu bringen. Tatsächlich aber war mit Laura Sabitzer eine Frau umgebracht worden. Nach ihrem Urlaub, am frühen Morgen beim Joggen. Das war keine Scheinrealität, sondern die ganz brutale Wirklichkeit, die ihn zwar von seinen persönlichen Problemen ablenken konnte, aber eine Katastrophe darstellte. Vor allem für Laura Sabitzer. Und auch … für ihn.

Denn Emilio ging ein Gedanke durch den Kopf, der vielleicht weit hergeholt war, jedoch im Bereich des Möglichen lag. In diesem Fall wäre er indirekt sogar für ihren Tod verantwortlich. Nun ja, nicht im eigentlichen Sinne des Wortes, aber er hätte Lauras Ermordung quasi provoziert. Eine quälende Vorstellung. Denkbar wäre nämlich das Szenario, dass er mit seinen Ermittlungen und Befragungen den Mörder von Dobra Novak aufgescheucht hatte, dass er ihn nicht nur nervös gemacht, sondern in Panik versetzt hatte. So sehr, dass er zu dem Entschluss gekommen war, Laura zu beseitigen. Weil sie irgendetwas wusste, das ihn hätte auf seine Spur bringen können … Ausgehend von dieser Hypothese, ergaben sich zumindest vier Schlussfolgerungen: Erstens wäre das nur möglich, wenn er von Emilio und seinen hartnäckigen Recherchen wusste. Womöglich, weil Emilio sogar mit ihm persönlich gesprochen hatte? Ludwig Mayr, Gustl Mayr, Lorenz Holzer, Tscharli Niederhofer … Die Liste ließe sich fortsetzen. Zweitens hätte der Täter eine falsche Spur gelegt, indem er einen Mord an einer Joggerin vor fünf Monaten in Terlan kopiert hatte. Drittens wäre ihm Commissario Sandrini auf den Leim gegangen. Und viertens hatte Emilio keine Gelegenheit mehr, Laura zu befragen. Letzteres nicht im Konjunktiv, sondern im Indikativ: Denn Lauras Tod war keine Möglichkeit, sondern ein Faktum.

Emilios Stimmungslage war also ziemlich angespannt, als er von der MeBo nach Lana abzweigte. Ursprünglich hatte er vorgehabt, direkt zum Tatort zu fahren, also zu der Stelle am Ufer der Etsch, wo man Lauras Leiche gefunden hatte. Sollte er Pech haben, würde er dort Commissario Sandrini antreffen. Auch nicht gerade eine verlockende Perspektive.

Emilio entschied spontan, zuvor noch einen «Hausbesuch» einzuschieben. Es war nicht weit zur Wohnung von Tscharli Niederhofer im Ortsteil Gries. Ihm gegenüber hatte er Laura erwähnt; daran konnte er sich genau erinnern. Tscharli hatte beteuert, sie nicht zu kennen – aber er hatte dabei Zeichen von Nervosität erkennen lassen.

Da er Storemanager einer Modeboutique in Meran war, könnte es sein, dass er sich nicht zu Hause aufhielt. Und wenn er doch da war, würde er womöglich nicht aufmachen. Erst recht nicht, wenn er vor wenigen Stunden Laura umgebracht hatte.

Beim Einparken sah Emilio, wie im ersten Stock gerade das Fenster geschlossen wurde, aus dem ihn Tscharli bei seinem ersten Besuch angepöbelt hatte. Ob er ihn gesehen hatte?

Emilio blieb im Auto sitzen und wartete. Es dauerte einige Minuten, dann öffnete sich die Haustür, und Tscharli trat auf die Straße. Er setzte sich die Sonnenbrille auf und lief zu einem roten Fiat Cinquecento. Sein Schritt war locker. Er wirkte weder gestresst noch sonst wie angeschlagen. Sah man so aus, wenn man vor dem Frühstück eine Frau ermordet hatte? Emilio dachte, dass ihm die Vergleichsmöglichkeiten fehlten.

Er stieg aus und schnitt Tscharli den Weg ab.

«Guten Morgen, Herr Niederhofer. Schön, dass ich Sie noch erwische», begrüßte er ihn.

Tscharli blieb verdattert stehen. War er erschrocken? Nein, nur überrascht. Oder vielleicht doch?

«Na so was, der … der Baron», stotterte er. «Was ver… verschafft mir die Ehre?»

Emilio konnte sich nicht erinnern, dass Tscharli bei seinem ersten Besuch gestottert hatte. Also war er doch nicht so locker, wie es erst den Anschein machte? Was natürlich viele Gründe haben könnte. Wer ließ sich schon gerne vor der Haustür von einem «Sonderermittler» der Polizei überfallen?

Zudem von einem, der schon das letzte Mal penetrante Fragen gestellt hatte? Das wäre der harmlose, sozusagen der menschlich nachvollziehbare Grund für Tscharlis Nervosität. Gab es noch einen anderen, viel drastischeren?

«Ich wollte Ihnen nur einen schönen Tag wünschen», sagte Emilio, «und fragen, wie Sie die Morgenstunden verbracht haben?»

Tscharli nahm die Sonnenbrille ab. Jetzt wirkte er überhaupt nicht mehr souverän.

«Was ist denn das für eine blöde Frage?», erwiderte er. «Als ob Sie das etwas anginge.»

«Da haben Sie recht, es geht mich nichts an, ob Sie warm oder kalt geduscht haben. Das will ich auch nicht wissen. Aber Sie könnten mir verraten, ob Sie heute Morgen schon einmal außer Haus waren. Das wäre durchaus von Belang.»

«Von Belang? Für wen?»

«Für mich. Und für die ermittelnden Polizeibehörden.»

«Das muss ich nicht verstehen, oder?»

«Nein, müssen Sie nicht. Beantworten Sie mir einfach meine Frage!»

«Ist irgendwas passiert?»

«Herr Niederhofer, bitte!»

«Ja, verdammt noch mal ... Ich meine natürlich, nein. Ich habe das Haus bis gerade eben nicht verlassen.»

«Kann das jemand bezeugen?»

«Mein Goldfisch kann das bezeugen.»

Emilio lächelte schief. «Ich weiß nicht, ob das als Alibi ausreichen wird.»

«Alibi? Wofür brauche ich ein Alibi?»

Es sprach nichts dagegen, dachte Emilio, ihn aufzuklären. Falls er es nicht sowieso schon wusste. Dann würde er sich vielleicht durch seine Reaktion verraten.

«Sie erinnern sich, dass ich Sie das letzte Mal nach Laura Sabitzer gefragt habe, mit der Dobra früher häufig joggen war?»

Tscharli runzelte die Stirn. «Ja, kann schon sein. Was ist mit ihr?»

«Sie wurde heute Morgen umgebracht!»

Emilio sah ihn hochkonzentriert an. Das kurze Flattern der Augenlider hatte er schon einmal bei ihm beobachtet. Mehr allerdings fiel ihm nicht auf. Höchstens sein stupider Gesichtsausdruck. Der aber war manchen Menschen in die Wiege gelegt.

«Wollen Sie mir, wollen Sie mir … Ich glaube, Sie sind paranoid. Das letzte Mal haben Sie mir unterstellt, ich könnte die Dobra ermordet haben. Diesmal halten Sie es für möglich, dass ich eine Laura, die ich überhaupt nicht kenne, umgebracht habe. Sie sollten sich mal auf Ihren Geisteszustand untersuchen lassen …»

Emilio dachte, dass er diesen Vorschlag in ähnlicher Form schon häufig gehört hatte. Auch und gerade von Menschen, die selber einen an der Waffel hatten. Dennoch entsprach Tscharlis Reaktion durchaus seiner Erwartung. Sie war emotional und passte zu dem Kerl. Leider gab sie keinen weiteren Aufschluss – weder in die eine noch in die andere Richtung.

«Außer Ihrem Goldfisch haben Sie also kein Alibi», antwortete Emilio ungerührt. «Ich werde das an den Commissario in Bozen weitergeben. Ich schätze, Sie werden bald von ihm hören. Vielen Dank für das freundliche Gespräch.»

Zum Abschied zeigte Tscharli ihm den Vogel.

# 52

Tilda saß in ihrem Atelier auf dem Fell und versuchte zu meditieren. Den Lotus-Sitz Padmasana, den sie sonst einnahm, hatte sie heute nicht hingebracht. Waren das schon Auswirkungen ihrer Schwangerschaft? Das konnte ja heiter werden. Was würde sie als Nächstes nicht mehr können? Im Schneidersitz, mit gekreuzten Beinen, ging es aber noch. Mit geradem Rücken und geschlossenen Augen saß sie da. Die Hände auf den Knien ruhend, wobei sich Daumen und Zeigefinger berührten und einen Kreis formten. Sie konzentrierte sich auf ihren Atem und versuchte, alle störenden Gedanken von sich fernzuhalten. Das war das hehre Ziel beim Meditieren. An normalen Tagen gelang es ihr phasenweise ganz gut. Aber heute war kein normaler Tag. Statt zur Ruhe zu kommen und inneren Frieden zu finden, statt Seele und Geist in ein harmonisches Gleichgewicht zu bringen, spürte sie ihr Herz pochen. In ihrem Kopf ging es zu wie in einem Taubenschlag. Die Gedanken flatterten wild durcheinander. Kontemplative Entspannung sah anders aus.

Einatmen, ausatmen, Om …

Langsam kam Tilda zur Ruhe. Doch die erhoffte Gelöstheit stellte sich nicht ein. Denn jetzt fokussierten sich ihre Gedanken auf Emilio und den gestrigen Abend. Sie hatte zuvor eine Vorstellung gehabt, wie er ablaufen könnte. Sie hatte sich viel Mühe bei der Vorbereitung gegeben und eine Atmosphäre des Wohlgefühls arrangiert. Sogar Räucherstäbchen hatte sie angezündet. Aber der Duft nach Sandelholz und Amber hatte seine Wirkung verfehlt, obwohl er Gelassenheit und sinnliche Erregung versprach. Emilio hatte sich als resistent erwiesen. Zumindest was die sinnliche Erregung betraf. Denn ihr Kalkül, ihn zunächst zu verführen, um ihm später zärtlich ins Ohr zu flüstern, dass er Vater würde, war nicht aufgegangen. Aus unverständlichen Gründen. Denn wenn sie es darauf anlegte, war bei ihr noch jeder Mann schwach geworden – auch Emilio. Nur nicht gestern Abend.

Er hatte geahnt, dass sie ihm etwas sagen wollte. Und darauf bestanden, dass sie damit gleich zu Beginn des Abends herausrückte. Sie hatte sich darauf eingelassen – was im Rückblick ein strategischer Fehler war. Weder hatte er zu diesem Zeitpunkt genug Alkohol getrunken, noch war er sexuell ausreichend stimuliert, sodass Glückshormone seine Sinne vernebelten. Also hatte er ihre Nachricht von der Schwangerschaft nüchtern entgegengenommen und entsprechend rational reagiert.

Einatmen, ausatmen, Om …

Ihr Rücken schmerzte. War das vielleicht auch eine Folge der Schwangerschaft? Schon in dieser frühen Phase? Wenn das so weiterging, wäre eine Abtreibung vielleicht doch eine denkbare Option. Vor allem, weil Emilio sich nicht so verhielt, wie sie gehofft hatte. Immerhin hatte er ihr nicht vorgeschlagen, sie solle das Kind wegmachen lassen. Das sei einzig ihre Entscheidung, hatte er gesagt. Er würde sie respektieren, so oder so. Und sie solle sich keine Sorgen machen, hatte er noch gesagt. Was immer das auch bedeuten mochte. In jedem Fall wohl, dass er sie nicht im Stich lassen würde, zumindest in finanzieller Hinsicht. Das aber war ihr zu wenig.

Einatmen, ausatmen, Om …

Beim Meditieren sollte man versuchen, an gar nichts zu denken. In ihrer jetzigen Situation war das unmöglich, selbst ein als Guru verehrter Yoga-Meister würde das nicht fertigbringen. Aber er wäre auch nicht schwanger.

Tilda ließ den weiteren Verlauf des gestrigen Abends Revue passieren. Sie hatten Champagner, Whisky und Sauvignon getrunken. Zunächst in dieser Reihenfolge, dann durcheinander. Gebracht hatte es nichts. Weder hatte Emilio Glücksgefühle hinsichtlich seiner Vaterschaft erkennen lassen, noch hatte er irgendwelche Versprechungen gemacht. Er war nur immer betrunkener geworden. Ins Bett hatte sie ihn auch nicht mehr gebracht. Wobei sie ohnehin das Fell auf dem Boden bevorzugt hätte. Er wahrscheinlich auch. Aber die Nachricht ihrer Schwangerschaft hatte bei ihm eine seltsame Blockade bewirkt.

Tilda stellte fest, dass sich ihre Gedanken zwar nicht ausblenden ließen, aber zumindest ruhiger wurden. Wie die kreisförmigen Wellen eines in den See geworfenen Steines. Sie wurden mit der Distanz immer flacher – bis sie schließlich verebbten. Das Bild war schön und entspannend. Nur war es ein Trugschluss: Denn in ihrem Fall würden die Wellen sich nicht im Nichts verlieren. Blieb also zu überlegen, wie sie weiter vorgehen sollte. Mit der nötigen Besonnenheit.

Einatmen, ausatmen, Om …

Weil nicht abzusehen war, wie sich Emilio verhalten würde – weil nicht klar war, was er konkret unter den beschwichtigenden Worten verstand, sie solle sich keine Sorgen machen –, gab es ja noch eine weitere Möglichkeit … Nur fragte sich, ob es zu früh war, diese Karte auszuspielen. Außerdem galt es, die Folgen zu bedenken. Obwohl … Unkalkulierbar waren sie auch in diesem Fall. Vor allem wusste sie ja selber nicht … Nein, wie sollte sie es wissen?

# 53

Von Tscharli Niederhofers Wohnung war es nicht weit zu der Stelle am Etschufer, wo man heute Morgen Lauras Leiche gefunden hatte. Natürlich drängte sich der Gedanke auf, diese Nähe könne kein Zufall sein. Ganz so einfach wollte es sich Emilio aber nicht machen. Einfache Rückschlüsse waren eine Spezialität des Commissario Sandrini. Meist lag er damit falsch.

Dennoch stand dieser Tscharli im Moment ganz oben auf seiner Liste der Verdächtigen. Der Goldfisch würde als Alibi nicht ausreichen …

Blieb die Möglichkeit, dass Laura wirklich vom selben Täter umgebracht wurde wie jene Joggerin vor fünf Monaten in Terlan. Da wiederum folgte Emilio seiner eigenen Maxime: Zufälle waren möglich, der Grad ihrer Wahrscheinlichkeit sank aber proportional zu der Heftigkeit der Ereignisse. Und ein Mord war zweifellos ziemlich heftig.

Mariella hatte ihm die Koordinaten geschickt, sodass er gleich hinfand. Es ging am Sportplatz vorbei und an einem Recyclinghof. Er hatte Glück: Sandrini war schon wieder abgefahren. Auch die Spurensicherung hatte ihre Arbeit abgeschlossen. Über dem Tatort hatte die Polizei ein kleines, weißes Zelt aufgestellt, um neugierige Blicke fernzuhalten. Ein Leichenwagen stand auch schon bereit, aber noch hatte Professor Turmstaller die Leiche nicht freigegeben. Obwohl sie ja sowieso direkt ins rechtsmedizinische Institut nach

Bozen gebracht würde, um dort auf seinem Seziertisch zu landen.

Emilio kannte einen der Beamten, die vor dem Zelt Wache hielten. Nach Rücksprache mit Turmstaller wurde er hereingelassen.

«Der Herr Baron, habe die Ehre», begrüßte ihn der Professor. «Immer zur Stelle, wenn es eine hübsche Leiche gibt.»

Emilio dachte, dass ihre letzte «gemeinsame» Leiche aufgrund der Mumifizierung alles andere als hübsch gewesen war. Wie Leichen ganz generell keinen schönen Anblick boten. Allerdings mochte ein Rechtsmediziner da eine ganz eigene Sichtweise haben.

«Grüß Gott, *Professore*», antwortete Emilio. «Diesmal habe ich die Leiche aber nicht selber gefunden.»

Turmstaller lachte. «Zu Ihrem Glück, sonst würde ich langsam misstrauisch. Dann verraten Sie mir, warum Sie hier sind?»

«Weil ich das Mordopfer heute Vormittag treffen wollte.» Emilio räusperte sich. «Aber nicht in diesem Zustand.»

Turmstaller runzelte die Stirn. «Das ist aber ein Zufall», stellte er fest.

Was Emilio an seine Maxime der umgekehrt proportionalen Wahrscheinlichkeit denken ließ.

«Es wäre ein Zufall, wenn Laura Sabitzer tatsächlich einem Triebtäter zum Opfer gefallen ist», entgegnete Emilio.

«Woran Sie nicht glauben, richtig?»

«Nicht wirklich. Außer, Sie überzeugen mich vom Gegenteil.»

«Bevor ich darauf eingehe – warum wollten Sie sich mit dem Mordopfer treffen? Sagen Sie bloß, es gibt eine Verbindung zwischen unserer Dobra aus dem Bunker und dieser Laura hier?»

Emilio nickte. «Ja, die gibt es. Laura war eine Jogging-Freundin von Dobra. Sie ist gestern aus dem Urlaub zurückgekommen. Ich habe mir von ihr einige Informationen erhofft.»

Turmstaller, der bislang auf dem Boden gekniet hatte, stand ächzend auf.

«Meine rheumatoide Arthritis. Ich glaube, ich werde langsam zu alt für den Job.»

«Und? Können Sie mich vom Gegenteil überzeugen?», fragte Emilio, der es vermied, auf Turmstallers Kniebeschwerden einzugehen.

«Wie soll ich das sagen? Ich war nicht dabei. Der Commissario hat keinen Zweifel, dass es sich um denselben Täter handelt wie vor fünf Monaten in Terlan.»

«Was meinen Sie?»

Turmstaller überlegte. «Bis gerade eben war ich ähnlicher Ansicht. Jetzt aber bin ich es nicht mehr. Ich hatte ja auch die Joggerin aus Terlan in meinem Institut. Zunächst fallen die Parallelen auf. Bei genauer Betrachtung gibt es aber gravierende Unterschiede.»

«Welche?»

«Nach meiner vorläufigen Untersuchung habe ich den Eindruck, dass Laura nicht vergewaltigt wurde. Entweder wurde der Täter gestört, oder er wollte nur, dass es so aussieht. Des Weiteren wurde die Joggerin aus Terlan mit den Händen erdrosselt, während Laura erst niedergeschlagen und dann mit einer Plastiktüte über dem Kopf erstickt wurde. Das ist also eine signifikant unterschiedliche Vorgehensweise.»

«Hat man die Tatwaffe gefunden?»

«Mit der das Opfer niedergeschlagen wurde? Nein, aber die Tüte. Die war noch über ihrem Kopf.»

«Könnte es sein, dass jemand die Tat aus Terlan nachgeahmt hat?»

Turmstaller nickte. «Wäre gut möglich. Wenn ich mich recht erinnere, standen damals in der Zeitung keine Details.»

«Immer gut, wenn nicht alles an die Presse geht.»

Der Professor überlegte. «Vielleicht gibt es noch ein weiteres Indiz, das gegen einen Serientäter spricht. Die Spusi konnte spontan keine Spuren sicherstellen. Offenbar hat der Täter weder Fingerabdrücke hinterlassen noch irgendwas genetisch Verwertbares. Ich schätze, wir werden im Institut auch keine Spermien finden. Dagegen war das Opfer von Terlan geradezu übersät mit Spuren. Nur haben sie bislang nicht weitergeführt.»

«Geht das überhaupt? Jemanden umbringen, ohne verwertbare Spuren zu hinterlassen?»

«Das geht schon. Ist aber schwierig, denn wir werden immer besser. In diesem Fall wäre die Erklärung, dass das Opfer ohne Körperkontakt niedergeschlagen wurde. Zum Beispiel mit einer Eisenpfanne. Der Täter hatte Handschuhe an, als er ihr die Kleider herunterriss, die Plastiktüte über den Kopf stülpte und am Hals zuzog. Dann musste er nur noch abwarten, ob sie aus der Ohnmacht erwachte oder durch Sauerstoffunterversorgung erstickte. Meine vorläufige These wäre, dass es die Tüte gar nicht gebraucht hätte. Der Schlag alleine dürfte per Schädelfraktur und Blutungen im Gehirn zum Tode geführt haben.»

«Das war eine Hinrichtung», stellte Emilio fest. «Keine Tat eines Lüstlings.»

Turmstaller nickte. «Ja, sieht ganz so aus.»

# 54

Wieder einmal hatte er den Weg in eine Kirche gefunden. Abgesehen von einer alten Frau, die tief in ihr Gebet versunken war und ihn nicht zur Kenntnis nahm, war er alleine. Er kniete sich in einer Bank nieder und faltete die Hände. Er hatte schreckliche Schuldgefühle. Nie im Leben würde er Lauras blutüberströmtes Gesicht vergessen, bevor er ihr die Plastiktüte über den Kopf zog.

«Vater im Himmel, vergib mir meine Schuld …», murmelte er. Obwohl er doch an diesen Vater im Himmel gar nicht glaubte. Und wenn es ihn geben würde, wie könnte er ihm seine Schuld vergeben? Würde er verstehen, dass er nicht anders hatte handeln können? Nein, ganz sicher nicht.

Dabei war die Logik ebenso klar wie zwingend. Die eine Tat ergab sich aus der anderen. Erst Dobra, dann Angie, die ihn am Bunker gesehen hatte, und jetzt, unfassbare sieben Jahre später, die bemitleidenswerte Laura. Ja, er empfand Mitleid. Aufrichtig und ehrlich. Drei Frauen – und keine hatte ihm etwas getan. Keine hatte es verdient zu sterben. Eine unheilvolle, tragische Kettenreaktion …

Er hoffte inständig, dass es nun vorbei war. Bei aller Betroffenheit empfand er auch Erleichterung. Denn gerade noch rechtzeitig hatte er verhindert, dass Laura etwas sagen konnte. Er war schon in Panik gewesen, dass er zu spät kommen könnte. Sein Glück, dass er von ihren morgendlichen Joggingrunden wusste. Sein Glück, ihr Pech.

Natürlich konnte er nicht mit Bestimmtheit sagen, wie gefährlich ihm Laura hätte werden können. Genau genommen hatte sie ja keine Ahnung. Sonst hätte er sie schon vor sieben Jahren zum Schweigen *bringen müssen. Aber in ihren Augen war Dobra ja nicht tot gewesen, sondern nur verschwunden. Was also hätte Laura erzählen können? Und wem?*

*Mit dem Fund von Dobras Leiche hatte sich alles dramatisch verändert. Auch weil es gelungen war, ihre Identität festzustellen, womit er nie und nimmer gerechnet hätte. Und weil es einen Menschen gab, der sich hartnäckig in den Fall verbissen hatte. Dieser Baron Emilio Ritzfeld stellte die eigentliche Bedrohung dar. Eigentlich gehörte er abserviert. Aber sein Tod würde hohe Wellen schlagen. Zu hohe. Eine Rezeptionistin aus einem Hotel dagegen konnte schon mal Opfer einer Gewalttat werden. So was passierte sogar im schönen Südtirol. Das sorgte nur kurz für Schlagzeilen. Dann war sie vergessen. Mit ihr würde der Baron nicht mehr reden können. Von ihr würde dieser Schnüffler nichts erfahren. Diese Gefahr war gebannt. Und eine andere konnte er nicht erkennen. Jetzt waren wirklich alle Spuren verwischt.*

# 55

Emilio saß in Lana auf der Terrasse eines Cafés. In einem Glas Wasser löste er eine Kopfschmerztablette auf. Schon die dritte heute. Die gestrige Nacht steckte ihm noch immer in den Knochen. Oder besser gesagt, unter seiner Schädeldecke. Dort machte sie sich immer wieder durch penetrantes Bohren und Stechen bemerkbar. Mal hinter den Schläfen, dann wieder hinter der Stirn. Nicht selten überall gleichzeitig. Was er als besonders gemein empfand, denn dann blieb im Gehirn keine neuronale Region frei, mit der er denken konnte. So jedenfalls stellte er sich die Organisation in seinem Kopf vor. Wale konnten mit einer Hälfte des Gehirns schlafen, mit der anderen blieben sie hellwach. So ähnlich müsste das auch beim Katerkopfschmerz funktionieren. Aber er war kein «Walfisch».

Emilio stellte fest, dass er mit seinen verfügbaren Hirnkapazitäten völligen Blödsinn dachte. Vor sich hatte er zwei Tassen mit extrastarkem Espresso stehen. Er erwartete niemanden. Sie waren beide für ihn.

Es gelang ihm langsam, sich wieder auf die Dinge zu konzentrieren, die wichtig waren. Er rekapitulierte das Gespräch mit Professor Turmstaller. Schließlich griff er zum Handy und rief Mariella an. Ob der Commissario schon zurück sei, fragte er. Er war es nicht, was ihm sowieso lieber war. Er bat Mariella, dem Commissario auszurichten, er möge bitte jemanden zu Tscharli Niederhofer schicken, entweder nach Hause oder in seinen Laden nach Meran. Zwar sei der gute Mann nicht wirklich verdächtig, Laura Sabitzer umgebracht zu haben, aber sicherheitshalber würde er anregen, ihn etwas in die Mangel zu nehmen. Denn gänzlich ausgeschlossen sei es nicht.

Mariella versprach, sofort mit dem Commissario zu sprechen. Ob der Baron am Tatort in Lana gewesen sei, fragte sie.

Natürlich, er sei sogar immer noch in Lana, aber den Commissario habe er zu seinem größten Bedauern verpasst.

Mariella reagierte mit einem glockenhellen Lachen.

Er verabschiedete sich mit einer Schmeichelei. Welche das war, hatte er schon im nächsten Moment vergessen.

Emilio lehnte sich zurück und fragte sich, was Tilda wohl gerade machte. Ob sie auch Kopfschmerzen hatte? Sollte er sie anrufen und sich für den «netten» Abend bedanken? Und ihr zur Schwangerschaft gratulieren? Machte man das? Vor allem, wenn man der Vater war, aber wenig Begeisterung gezeigt hatte? Oder doch besser eine Textnachricht schicken? Auch keine gute Idee, denn Tilda würde antworten. Dann war wieder er am Zug. Was eine Schwangerschaft so alles anrichten konnte ... Erneut fragte er sich mit wachsendem Unbehagen, ob sie deshalb hatte sterben müssen. Weil sie wollte, dass sich der Vater zum Kind bekannte? Wer war der Vater? Hatte er sich genauso verwirrt gefühlt? Selbst wenn – das rechtfertigte nichts!

Emilio fand es gruselig, den Gedanken weiterzuverfolgen. Nicht zuletzt vor dem Hintergrund seiner persönlichen Situation.

Er beschloss, sich wieder auf den Fall zu konzentrieren. Besser dachte man über andere Menschen nach als über sich selbst.

Längst stand für ihn fest, dass Laura Sabitzer kein Zufallsopfer eines Triebtäters war. Vielmehr war sie gezielt von jemandem umgebracht worden, der verhindern wollte, dass sie was ausplauderte. Aber was hätte sie verraten können? Sicher nicht, wer Dobras Mörder war. Sonst wäre sie schon vor sieben Jahren zur Polizei gegangen. Vielleicht hatte sie in ihrem Urlaub gar nicht mitbekommen, dass Dobras Leiche gefunden wurde. Aber wäre sie jetzt davon in Kenntnis gesetzt worden, hätte sie die damaligen Ereignisse möglicherweise in einem ganz anderen Licht gesehen. Weil, weil …

Emilio trank die zweite Tasse Espresso.

… weil sie wusste, wer der geheimnisvolle Liebhaber gewesen war. Beim Joggen hatte Dobra es ihr verraten. Oder sie hatte die beiden zusammen gesehen. Wie auch immer, gegenüber Emilio hätte sie den Namen preisgegeben. Was Dobras einstiger Liebhaber zwingend verhindern musste – weil er ihr Mörder war.

Das Motiv? Zum Beispiel Eifersucht. Weil Dobra ihren Freund mit einem anderen Mann betrogen hatte und von ihm ein Kind erwartete. Dieses Motiv war so alt wie die Menschheit und kam schon in der griechischen Tragödie vor.

Emilio dachte an sich selbst und kam fast zwangsläufig zu einem anderen Szenario. Unwillkürlich ersetzte er Dobra durch Tilda. Sie war von ihrem Liebhaber schwanger. Der aber hatte ganz andere Pläne im Leben, er hatte viel zu verlieren, er wollte sich nicht erpressen lassen. Tilda blieb hartnäckig … also brachte er sie um.

Emilio langte sich an den Kopf. Er hatte die Namen verwechselt. Natürlich meinte er nicht Tilda, sondern Dobra. Was wären eigentlich seine Pläne im Leben? Er hatte keine. Womöglich lag hier das eigentliche Problem.

Es machte wenig Sinn, diesen Gedanken weiterzuverfolgen. Der Grat, auf dem er sich bewegte, war zu schmal. Also kam er zurück zum Tathergang und zu dem, was er von

Professor Turmstaller erfahren hatte. Er versuchte zu denken wie ein Profiler, also auch die psychologischen Aspekte zu berücksichtigen. Prompt fiel ihm eine Gemeinsamkeit bei den Morden an Dobra und Laura auf. In beiden Fällen hatte der Mörder Skrupel gehabt, die Tat mit bloßen Händen zu vollenden. Dobra hatte er niedergeschlagen, dann aber nicht final getötet, sondern sie in ihrem Verlies zugrunde gehen lassen. Laura war auch niedergeschlagen worden, womöglich heftiger als geplant, dann aber hatte er sie unter einer am Hals verschnürten Plastiktüte ersticken lassen. Das mochte er sogar als human angesehen haben, denn immerhin wurden im Internet luftdichte Plastikbeutel für den Suizid empfohlen. Jedenfalls hatte er Laura nicht erwürgt wie der Jogging-Mörder in Terlan.

Zu dieser Vorgehensweise würde auch der «Autounfall» von Angie Mayr passen, der sich mutmaßlich am selben Tag ereignet hatte wie der Mord an Dobra. Sofern er vorsätzlich herbeigeführt worden war, wovon Emilio ausging. Hier war es erst recht zu keinem direkten Kontakt gekommen. Töten aus Distanz hatte die niedrigste Hemmschwelle.

Was folgte daraus? Erstens: dass es sich um ein und denselben Täter handelte. Sowohl der Logik folgend als auch aus psychologischer Perspektive. Zweitens: Der Mörder handelte rational und mit kühler Berechnung. Drittens: Er hatte keine Freude am Töten. Denn Laura hatte er erst umgebracht, als es ihm zwingend nötig erschien. Viertens: Er wurde zunehmend nervös. Was einerseits gut war, denn damit stieg die Wahrscheinlichkeit, dass er einen Fehler machte. Andererseits waren die Konsequenzen schrecklich, wenn deshalb eine potenzielle Zeugin ihr Leben lassen musste.

Emilio saß noch eine Weile vor dem Café und dachte über eine Beobachtung nach, der er zunächst keine Bedeutung beigemessen hatte. Er sah auf den Fleck, den seine Espressotasse auf der Papierserviette hinterlassen hatte. So ein Fleck konnte verräterisch sein. Jedenfalls lenkte er seine Überlegungen in eine völlig neue Richtung.

# 56

Phina hatte Zola im Waisenhaus abgeholt und lief mit ihr durch die Gärten von Schloss Trauttmansdorff in Meran. Zuvor war sie sich nicht sicher gewesen, ob Zola daran Spaß finden würde. Mit Emilios verstorbener Tante Theresa war Phina hier häufig spazieren gegangen. Aber Theresa war eine alte Dame gewesen und hatte die Kaiserin Sisi verehrt, die hier gerne zu Gast gewesen war und auf den Wegen promenierte. Zola dagegen hatte von Sisi noch nie gehört.

Doch Phinas Zweifel waren unbegründet. Das Mädel war vergnügt, tollte umher und hatte ganz offensichtlich ihre Freude. Dass sie den Pflanzen wenig Beachtung schenkte, fand Phina normal. Sie waren ja auf keinem Schulausflug. Kurz überlegte sie, wie wohl die Flora in Zolas Heimat aussah. Welche Pflanzen wuchsen in Mali? Ob es dort Affenbrotbäume gab und Kakteen? Oder war alles Wüste oder Savanne? Sie beschloss, sich besser mit Zolas Herkunftsland zu beschäftigen. Das war sie ihrem zukünftigen Adoptivkind schuldig. Phina schluckte. Sie sollte besser nicht selbstverständlich davon ausgehen, dass mit der Adoption alles klappte. Immer noch gab es eine Hürde – und die hieß Emilio.

Wenig später klingelte ihr Handy. Gab es so was wie Gedankenübertragung? Heute Morgen hatte sie Emilio erzählt, dass sie mit Zola in die Trauttmansdorffer Gärten wollte. Jetzt war er am Telefon und fragte, wo genau sie seien. Er sei gerade angekommen und würde sie gerne sehen.

Emilio, Emilio … Sie wurde nicht schlau aus ihm. Heute Morgen hatte sie noch an ihm gezweifelt. Jetzt wollte er sie beide plötzlich sehen. Ohne Grund – oder hatte er ein schlechtes Gewissen? Dann war es wenigstens von Nutzen.

Sie sagte ihm, dass sie gerade vor einem sogenannten «Summfelsen» aus Porphyrgestein stünden. Zola habe ihren Spaß, weil man durch die runden Löcher reinrufen konnte und das Echo verspätet zurückkam. Sie würden hier auf ihn warten.

Es dauerte nicht lange, schon tauchte Emilio auf. Erstaunlich, dass er so schnell hergefunden hatte. Der botanische Garten war riesig groß und hatte über achtzig verschiedene Themenlandschaften. Seinen Gehstock hatte er im Auto gelassen. Das machte er in letzter Zeit häufiger. Ihr gefiel das, denn er wirkte dadurch jünger und weniger affektiert. Auf den Stock angewiesen war er sowieso nicht. Schon eher gelegentlich auf den verborgenen Degen.

Phina freute sich, ihn zu sehen. Und mindestens genauso sehr darüber, dass er Zola hochhob, um ihr ein Küsschen zu geben.

Wie es seinem Kopf ginge, fragte sie lächelnd. Er würde auf absehbare Zeit keinen Alkohol mehr trinken, gab er zur Antwort. Nach ihrer Einschätzung konnte es sich dabei nur um Stunden handeln. Auf den Mord in Lana dagegen sprach sie ihn nicht an. Sie machten gerade einen Kinderausflug, da sollte man solche Themen aussparen.

Gemeinsam liefen sie durch die Trauttmansdorffer Gärten. Sie stießen auf einen grünen Irrgarten und hatten Spaß, erst rein- und wieder rauszufinden. Es gab ein Holzratespiel, ein geologisches Mosaik und ein begehbares Bienenhaus. Emilio machte alles mit. Er balancierte sogar mit Zola über eine schwankende Hängebrücke. Seinem Kopf schien es wirklich besser zu gehen. Außerdem steckte mehr Kind in ihm, als Phina gedacht hatte.

Im Palmencafé am Seerosenteich machten sie Pause. Zola bekam einen riesigen Eisbecher. Emilio hielt an seinem Vorsatz fest und bestellte eine große Flasche Wasser, Phina dagegen lächelnd ein Glas Wein – um ihn zu ärgern.

Sie erzählte ihm, dass sie beide für den heutigen Abend eine spontane Esseneinladung bekommen hätten. Von Angelika Leitstaller-Frattini und Felix. Auf ihrem Weingut. Sie habe zugesagt und hoffe, er habe Zeit.

Er sah sie gequält an. Eine Esseneinladung? Ausgerechnet heute Abend? Sicher mit Weinbegleitung …

Phina amüsierte sich. Geschah ihm ganz recht.

Er könne ja Wasser trinken, schlug sie vor.

Zu viel Wasser sei auch nicht gesund, merkte er an. Davon bekäme er Magenkrämpfe. Außerdem wäre es ein Affront gegenüber den Gastgebern, ihren ausgezeichneten Wein zu verschmähen. Das gehöre sich nicht. Zumindest nippen könne er ja am Glas.

Phina lachte. Das sei es dann wohl gewesen mit dem Alkoholverzicht auf «absehbare Zeit».

# 57

Weil es von Meran nicht weit war, fuhr er von den Trauttmansdorffer Gärten nach Naturns, um dem Schmuckatelier Teutsch einen Besuch abzustatten. Das hatte er schon mal vorgehabt, aber nicht auf die Reihe gebracht. Was kein Problem war, denn einen besonderen Grund gab es nicht. Von Matteo und seiner Tochter Amelie hatte er schon alles erfahren, was sie über Dobra und ihr Fußkettchen wussten. Sie hatten ihn bei der Suche nach der Identität des Opfers den entscheidenden Schritt vorangebracht. Dafür wollte er sich bedanken. Emilio schmunzelte, denn natürlich war ihm klar, dass dies nur ein vorgeschobener Anlass war. Er wollte einfach ein wenig mit Matteo plaudern. Spätestens seit er an Tildas Zeigefinger einen extravaganten Ring gesehen hatte, der ihn sehr an die ausgestellten Arbeiten des Schmuckdesigners erinnerte. Sie war also Kundin bei ihm – oder hatte Matteo ihr den Ring geschenkt?

Ging ihn das was an? Nein, natürlich nicht. Denn selbstverständlich kannten sich die beiden, immerhin stammte von ihr der Tipp, mit Matteo über Dobras Fußkettchen zu sprechen. Außerdem hätte er Tilda auf den Ring ansprechen können, es aber unterlassen. Warum auch immer. Wahrscheinlich hatte es gerade ein wichtigeres Thema gegeben.

In Naturns stellte er sein Auto auf einem Parkplatz an der Hauptstraße ab und ging von dort zu Fuß. Im Schaufenster des Schmuckateliers betrachtete er die Auslagen. Nicht alle trafen seinen Geschmack. Allerdings musste er sich eingestehen, dass ihm die Expertise fehlte. Denn für Schmuck hatte er sich noch nie interessiert. Er verstand nicht, dass man für diesen Firlefanz so viel Geld ausgeben konnte. Weshalb er noch nie auf die Idee gekommen war, Phina einen Ring zu schenken. Oder gar einen dieser Ohrhänger? Er musste grinsen. Die Vorstellung war auch zu komisch: Phina in Gummistiefeln auf dem Traktor – mit klimpernden Ohrhängern. Phina hatte von Theresa den alten Familienschmuck geerbt. Sie hatte noch nie ein Stück getragen. Er selbst besaß nur den Siegelring seines Vaters. Auf Anhieb wusste er nicht, wo er ihn verstaut hatte. Aber ihm fiel ein Anlass ein, bei dem er den Siegelring tragen könnte. Nämlich auf seiner eigenen Beerdigung, als Leichnam im Sarg. Das wäre eine angemessene Gelegenheit. Dann den Deckel draufgenagelt, in einer Grube versenkt und mit Erde zugeschüttet. Da läge er, *six feet under*, der letzte Nachkomme derer von Ritzfeld-Hechenstein. Emilio spürte einen Kloß im Hals. Nicht weil er gerade an seinen eigenen Tod gedacht hatte, das kümmerte ihn wenig, sondern weil seit gestern Abend die Möglichkeit bestand, dass sein Adelsgeschlecht entgegen allen Erwartungen eben doch nicht aussterben würde. Eine überaus irritierende Vorstellung.

Emilio gab sich einen Ruck – und betrat den Laden. Es läutete. Von hinten tauchte Amelie auf. Sie schien sich zu freuen, ihn zu sehen, und begrüßte ihn herzlich. Sie habe in der Zeitung von Dobra Novak gelesen, erzählte sie. Bei ihr habe es sich also um ihre damalige Kundin gehandelt. Jene Frau, die ihr erstes selbst gefertigtes Schmuckstück gekauft und der es kein Glück gebracht habe.

Emilio nickte bestätigend. Dennoch habe das Fußkettchen etwas Gutes bewirkt, erklärte er, schließlich habe es dazu geführt, die Leiche aus dem Bunker zu identifizieren. Damit habe Dobra ihre Würde zurückerhalten. Aber noch wichtiger: Jetzt ließe sich teilweise rekonstruieren, was damals passiert sei. Und es bestünde eine Chance, ihren Mörder zu finden.

Das hoffe sie inständig, sagte Amelie. Ob er noch irgendwelche Fragen habe?

«Nein, keine Fragen mehr. Sie haben mir bereits so sehr geholfen, Sie und Ihr Vater. Wo ist er übrigens?»

«Ist leider nicht da. Er hat einen auswärtigen Termin und kommt erst am Abend zurück.»

«Schade, ich wollte mich auch bei ihm bedanken.»

Emilio stellte eine mitgebrachte Magnumflasche auf den Tisch. «Der beste Lagrein des Weinguts Perchtinger. Mit meinen besten Empfehlungen.»

«Vielen Dank.» Amelie lächelte. «Weiß nicht, ob ich ihm die Flasche gebe. Vielleicht behalte ich sie.»

«Ist genug drin für Sie beide. Und für Ihre Frau Mutter …»

Amelie schüttelte den Kopf. «Die trinkt keinen Wein, nur Milch und Fruchtsäfte.»

«Schade. Obwohl der Wein genau genommen auch nichts anderes ist als ein Fruchtsaft – nur vergoren.»

«Mit dieser faulen Ausrede würden Sie bei meiner Mutter nicht durchkommen.»

«Arbeitet sie eigentlich auch in Ihrem Schmuckgeschäft?»

«Früher schon, aber heute kann sie nicht mehr. Sie müssen wissen, meine Mutter hat Parkinson im fortgeschrittenen Stadium. Ihr geht's nicht gut.»

«Tut mir leid. Ist sicher nicht leicht für Ihre Familie, vor allem auch für Ihren Vater.»

«Wir schaffen das. Aber Sie haben recht, für meinen Vater ist es besonders schwer.»

«Da hilft es, Freunde zu haben. Apropos, mit Tilda Kneissl

haben Ihr Vater und ich eine gemeinsame Bekannte. Von ihr hatte ich den Tipp, mit Ihrem Vater zu sprechen.»

«Tilda hat den Kontakt hergestellt? Ja, sie ist eine gute Freundin meines Vaters.»

«Wie schön.»

«Doch, doch …» Amelie lachte. «Aber nicht so, wie Sie denken.»

Wie kam sie darauf, dass er sie hätte falsch interpretieren können?

«Er bewundert ihre künstlerischen Arbeiten», stellte sie klar.

«Geht mir auch so. Ich war mal in der Franzensfeste bei der Vernissage einer ihrer Ausstellungen.»

«*Photography. Peinture …*», wusste Amelie sofort den Titel. «Da hätten wir uns treffen können; auf der Vernissage waren wir auch. Ihre großformatigen Fotos und Installationen waren einfach umwerfend.»

«Aber auch etwas verstörend. Ging jedenfalls mir so.»

«Na klar, das ist Tildas Konzept. Sie will mit tradierten Sehgewohnheiten brechen, auch mit Tabus. Fast beneide ich sie darum, denn bei unseren Schmuckstücken haben wir nur wenig Spielraum. Schließlich müssen wir sie verkaufen.»

«Tilda will ihre Werke auch verkaufen.»

Amelie winkte lachend ab. «Bei großer Kunst ist das viel leichter. Da findet sich immer ein durchgeknallter Sammler. Aber ein Ring …»

«Oder ein Fußkettchen», ergänzte Emilio.

«Genau, ein Ring oder ein Fußkettchen muss ins Budget einer Kundin passen und ihren Erwartungen entsprechen.»

Emilio verstand, was sie meinte. Unwillkürlich dachte er an eine andere Kunst, nämlich jene, große Weine zu kreieren. Auch hier galt es, einerseits den Erwartungen zu entsprechen, andererseits auch mit Konventionen zu brechen. Der Preis konnte dagegen nicht hoch genug sein. Jedenfalls bei Weinen, die Kultstatus genossen. Denn Amelie hatte recht: Ein paar «Durchgeknallte» gab es immer!

# 58

Tscharli sah keine Veranlassung, Ludwig Mayr in Mals anzurufen. Bei den Problemen, die er gerade hatte, konnte ihm der Ludwig nicht helfen. Doch diesmal war es umgekehrt. Sein alter Kumpel hatte Gesprächsbedarf.

«Hi Tscharli», wurde er von Ludwig begrüßt. «Ich habe gerade Nachrichten im Radio gehört. Kann es sein, dass die tote Joggerin, die heute Morgen in Lana gefunden wurde, unsere Laura ist? Du weißt schon, die Laura Sabitzer? Im Radio haben s' nur Laura S. gesagt und dass sie in einem Hotel gearbeitet hat.»

Tscharli dachte, dass er den Anruf besser nicht entgegengenommen hätte. Er hatte definitiv keinen Bock, über Laura zu reden. Schlimm genug, dass ihm schon der Baron mit der Laura auf den Geist gegangen war.

«Was heißt *unsere* Laura?», antwortete Tscharli. «Das war sie genauso wenig wie Dobra. Genau genommen noch viel weniger.»

«Jetzt sag schon – ist die tote Joggerin die Laura Sabitzer?»

«Woher soll ich das wissen?»

«Weil du in Lana wohnst, da wirst doch was mitbekommen haben.»

Tscharli zögerte. Er könnte den Ahnungslosen spielen. War aber nicht gut, wenn später herauskam, dass er gelogen hatte.

«Ja, es ist die Laura Sabitzer», bestätigte er.

«Bist sicher?»

«Ja. Das Arschloch von Baron war heute Morgen bei mir und hat es mir gesagt.»

«Der schon wieder. Den müsste man erschießen.»

«Würde nichts helfen. Mittlerweile mischt auch die Polizei mit. Sie hat mich vor kurzem angerufen. Die wollen mit mir reden.»

«Worüber wollen die mit dir reden?»

Tscharli wusste die Antwort. Sie würden ihn nach einem Alibi fragen. Offenbar hatte der Baron mit seiner Drohung Ernst gemacht und ihn beim zuständigen Commissario in der Bozner Quästur angeschwärzt.

«Das weiß ich auch nicht», log Tscharli. «Wahrscheinlich eine stinknormale Zeugenbefragung.»

«Das glaubst ja selber nicht. Was, bitte schön, könntest du bezeugen? Dass die Laura eine Freundin von der Dobra war? Das werden sie wohl schon rausbekommen haben. Nein, die haben dich im Verdacht, dass du was mit ihrem Tod zu tun haben könntest. Wirst sehen. Das hat sich wahrscheinlich wieder dieser Depp von Baron ausgedacht.»

Wie recht der Ludwig doch hatte, dachte Tscharli. Aber zugeben würde er es nicht.

«So ein Schmarrn. Die Laura wurde von einem Serientäter umgebracht, der es auf Joggerinnen abgesehen hat. Was sollte ich mit Lauras Tod zu tun haben? Du doch auch nicht, habe ich recht?»

«Ich sitze in Mals, vor meiner Haustüre wurde sie nicht ermordet. Außerdem habe ich wirklich kein Motiv. Trotzdem …»

«Ja?»

«Trotzdem muss die Polizei nicht wissen, dass ich die Laura gekannt habe. Musst also nichts sagen.»

Aha, daher wehte der Wind. Der Ludwig hatte Schiss.

«Nein, muss ich nicht. Aber du hättest dem Baron auch nichts von mir und der Dobra erzählen müssen.»

«Sorry, da hab ich nicht nachgedacht.»

Tscharli kam in den Sinn, dass das eine der netteren möglichen Erklärungen war. Vielleicht aber hatte der Ludwig ihn auch mit Absicht verpetzt. Weil er eine Drecksau war.

«Okay, dann machen wir einen Deal», schlug er dennoch vor. «Ich sag nichts, aber du auch nicht. Wir haben die Laura beide nicht gekannt. Das hält uns den Baron und die Bullen vom Leib.»

«Einverstanden. Laura Sabitzer? Wer soll das sein? Tscharli, mein Bester, pass auf dich auf. *Servus und pfiati.*»

# 59

Im rechtsmedizinischen Institut wurde Emilio in den Sektionssaal verwiesen, wo Professor Turmstaller noch mit der Untersuchung von Lauras Leichnam beschäftigt war. Wieder fiel ihm der Schriftzug über dem Eingang ins Auge: *Mortui vivos docent.* «Die Toten lehren die Lebenden.» Was der Professor wohl von Laura erfahren hatte?

«Wie kommt's, dass mich Ihr Besuch nicht überrascht?», wurde er vom Rechtsmediziner begrüßt. «Gutes Timing. Bin gerade fertig.»

Er hatte seinen Kittel schon ausgezogen. Auf einem Drehhocker sitzend, mit einem Tablet-Computer auf dem Schoß, schrieb er an seinem Bericht.

«Ich will Sie nicht lange aufhalten.»

«Nur keine Sorge. Aber ich muss Sie enttäuschen. Es gibt keine neuen Erkenntnisse, nur irrelevante Details. Ansonsten ist alles so, wie ich es Ihnen schon bei meiner Voruntersuchung am Tatort gesagt habe. Vielleicht am Wichtigsten: Die Frau wurde definitiv nicht vergewaltigt. Darüber hinaus gibt es weitere signifikante Unterschiede zum Opfer aus Terlan. Will sagen: Aus forensischer Sicht spricht alles für einen Nachahmungstäter. Ich würde also die These postulieren, dass wir es mit einer anderen Person zu tun haben, die mit kühler Berechnung gehandelt hat und nicht aus triebhaftem Wahn.»

Emilio nickte. «Lieber Professor, Sie haben mich ganz und

gar nicht enttäuscht. Sie bestätigen nur, was wir beide uns schon heute Vormittag überlegt haben. Sandrini wird dagegen weniger begeistert sein.»

«Das kommt häufiger vor. Der Commissario neigt zu vorschnellen Schlussfolgerungen. Aber ich halte ihm zugute, dass er seine Meinung bisweilen auch ändert.»

Emilio lächelte. «Gelegentlich braucht es etwas Überzeugungsarbeit. Aber dann tut er es, Sie haben recht.»

«Jedenfalls bekommt er später meinen Bericht. Mal sehen, was er daraus macht. Was gibt's bei Ihnen Neues?»

Emilio zuckte mit den Achseln. «Ich hatte mir von Laura Informationen erhofft. Aber das hat jemand zu verhindern gewusst.»

Er nahm sein Handy und zeigte dem Professor das Bild mit den Kratzspuren, das Tilda vergrößert hatte.

«Die Kritzeleien stammen vom Boden im Bunker. Vermutlich hat Dobra sie mit ihrer Haarspange reingeritzt. Haben Sie eine Idee, was das bedeuten könnte?»

Turmstaller schaute sich die Aufnahme genauer an. Schüttelte dann aber den Kopf. «Schaut vorne aus wie eine Sieben und hinten wie ein Kreuz. Keine Ahnung, was das bedeuten könnte. Ich bin Rechtsmediziner und kein Kryptologe.»

Emilio dachte, dass er weder das eine noch das andere war. Und genauso ratlos.

«Hätte ja sein können, dass Sie eine spontane Eingebung haben.»

Emilio zupfte sich am Ohrläppchen. Tatsächlich war er etwas verlegen.

«Darf ich Sie ganz was anderes fragen? Angenommen, ein Mann erfährt von einer Frau, dass sie von ihm schwanger sei. Aber er ist nicht restlos von seiner Vaterschaft überzeugt ...»

Turmstaller lachte. «Es gibt Schätzungen, dass mindestens

jedes zehnte Baby ein Kuckuckskind ist. Ich halte diese Annahme sogar für untertrieben.»

«Sie haben eine sehr skeptische Weltsicht.»

«Nicht skeptisch, mein lieber Baron, sondern nur realistisch.»

«Um auf meine Frage zurückzukommen. Besteht eine Möglichkeit, schon vor der Geburt einen Vaterschaftstest durchzuführen?»

«Ein Gentest bei einem ungeborenen Kind? Natürlich besteht die Möglichkeit. Bis vor einigen Jahren musste man dazu eine risikobehaftete Untersuchung des Fruchtwassers durchführen. Heute geht das mit einem simplen Test. Dazu bedarf es lediglich einer Blutprobe der Mutter und eines Wangenabstrichs vom potenziellen Vater.»

«Das ist interessant, sehr interessant …», murmelte Emilio.

«Warum? Haben Sie einen konkreten Fall im Auge?»

«Ja, in gewisser Weise … also …»

Der Professor lächelte. Ob er ahnte, dass der konkrete Fall ein ganz persönlicher war?

«Rechtlich sind diese vorgeburtlichen Vaterschaftstests umstritten», sagte er. «Aber wenn Sie mir die Proben bringen, kann ich Ihnen schnell Klarheit verschaffen. Wäre Ihnen damit geholfen?»

Emilio nickte.

«Ja, könnte sein. Vielen Dank für Ihr Angebot. Vielleicht komme ich darauf zurück.»

Er dachte nach. Ihm fiel eine weitere Frage ein. Eigentlich lag sie auf der Hand. Warum hatte er sie bislang noch nicht gestellt? Es wurde höchste Zeit …

# 60

Besondere Lust hatte Emilio nicht. Aber vielleicht war die spontane Essenseinladung von Angelika Leitstaller-Frattini und ihrem Mann Felix eine nette Abwechslung und brachte ihn auf andere Gedanken. Das konnte nicht schaden. Zu viel ging ihm gerade gleichzeitig durch den Kopf. Was die Sinne vernebelte und die Konzentration aufs Wesentliche trübte.

Phina hatte angeboten, ihn zu chauffieren. Das war ganz sicher eine gute Idee. Auch wenn er nach dem gestrigen Abend den Vorsatz gefasst hatte, sich bei den alkoholischen Getränken zurückzuhalten. Allerdings verlangte es die Höflichkeit, den Weinen des Hauses die gebotene Wertschätzung entgegenzubringen. Also würde er nicht völlig abstinent bleiben können. Er wusste ja, was sich gehörte.

Wie sich herausstellte, waren sie nicht die einzigen Gäste. Auch ihr Winzerfreund Bastian Steingruber mit seiner Frau Gabi war eingeladen. Es versprach also, ein unterhaltsamer Abend zu werden.

Angelika und Felix erwiesen sich als perfekte Gastgeber. Auf der Terrasse, von der man vom Sankt-Magdalena-Hügel hinunter auf Bozen blickte, wurden kleine Appetithäppchen gereicht, mit Speck und Frischkäse – Fingerfood auf südtirolerisch. Dazu ein trockener Sekt des Weinguts Frattini, hergestellt aus Chardonnay, Weißburgunder und Blauburgunder nach dem klassischen Flaschengärungsverfahren. Weil die Winzer unter sich waren, entspann sich prompt eine lebhafte Diskussion über die Schwierigkeit, die mit großem Aufwand produzierten Schaumweine zu angemessenen Preisen zu vermarkten. Viel verdient wurde an ihnen nicht. Bastian behauptete sogar, bei ihm sei der Sekt ein Verlustgeschäft. Er produziere ihn nur aus Leidenschaft. Dabei könne Südtirol mit seinem Spumante durchaus mit dem teuren Franciacorta aus der Lombardei konkurrieren. Felix Leitstaller lachte. Und mit dem überschätzten Prosecco allemal, fügte er hinzu.

Bastian erzählte von seinem Lagrein, den er in Amphoren ausbaute. Die Lagerung im Bunker verschwieg er. Emilio schmunzelte. Nicht weil es ein Geheimnis war, sondern wohl eher aus Gründen der Pietät. Phina prophezeite ihm, dass er vom Ergebnis enttäuscht sein würde. Sie war eine Frau der klaren Worte. Bastian bot ihr eine Wette an. Sie schlug ein.

Felix wusste von Bastians noch viel verrückterem Projekt, Weinflaschen in einem Bergsee zu versenken. Bei der Hebung des «Schatzes» wolle er gerne dabei sein. Emilio hatte das sowieso vor.

Am Tisch gingen die Gespräche munter weiter. Bei rosa gebratenem Rehrücken mit Kartoffel-Sellerie-Püree. Und dem vielfach ausgezeichneten Cabernet des Hauses. Bald drehte sich nicht mehr alles um Wein. Was normal war, denn dieses Thema beherrschte schon den Alltag der Anwesenden.

Emilio, der die Gastgeber ja erst vor kurzem kennengelernt hatte und nicht viel von ihnen wusste, fragte, wie sie zusammengefunden hatten. Angelika und Felix berichteten davon auf launige und unterhaltsame Weise. Jeder steuerte ein paar Anekdoten bei. Emilio erfuhr, dass sie schon länger ein Paar gewesen waren, bis Angelikas Eltern schließlich die Zustimmung zur Hochzeit gegeben hätten. Er müsse wissen, dass ihre Eltern sehr katholisch und ziemlich konservativ seien, berichtete sie. «Ziemlich konservativ» sei zweifellos untertrieben, kommentierte Felix feixend. Angelika stimmte ihm lachend zu. Jedenfalls habe es eine Weile gebraucht, ihre Eltern weichzuklopfen. Nach der Hochzeit wären die Eltern aber überglücklich gewesen und hätten ihnen bald die Leitung des Weinguts übertragen. Und heute seien sie begeistert, einen so netten und fähigen Schwiegersohn zu haben. Von den entzückenden Enkelkindern ganz zu schweigen.

Irgendwann passierte, was Emilio befürchtet hatte. Er wurde auf die Tote im Bunker angesprochen. Das war absehbar, denn Verbrechen übten auf die Menschen eine seltsame Faszination aus. Erst recht, wenn sie in unmittelbarer Nähe geschahen. Und weil alle hier wussten, dass er an dem Fall arbeitete, war es nur eine Frage der Zeit, bis man ihn aufforderte, etwas über die Hintergründe zu erzählen. In der Zeitung habe ja zuletzt nichts mehr gestanden.

Am besten würde er ihre Neugier wohl befriedigen, wenn er unter dem Siegel der Verschwiegenheit den Namen des Mörders preisgeben könnte. Und aus welchen Motiven er gehandelt habe. Emilio spielte mit dem Gedanken, eine Art Quiz zu veranstalten, indem er alle ihm bekannten Fakten auf den Tisch legte – anschließend könnte jeder hier am Tisch seine eigene Theorie entwickeln. Vielleicht bekäme er auf diese Weise neue Denkanstöße?

Emilio verwarf diese Schnapsidee genauso schnell, wie sie ihm durch den Kopf geschossen war. Erstens würde dabei nichts herauskommen, zweitens war das Thema viel zu ernst und die Ereignisse zu dramatisch, als dass man daraus eine Art Gesellschaftsspiel machen dürfte, drittens kam überhaupt nicht in Frage … Nein, wirklich nicht. Emilio schüttelte den Kopf. Er müsse die Freunde leider enttäuschen, denn zu laufenden Ermittlungen sage er grundsätzlich nichts. Phina könne das bestätigen. Was sie auch sofort tat. Auch sonst würde er viel verschweigen, konnte sie sich nicht verkneifen zu sagen.

Felix fragte, ob er denn schon eine konkrete Spur habe, so viel könne er doch verraten.

Eine konkrete Spur? Emilio dachte, dass er ehrlicherweise zugeben müsste, keine zu haben. Aber ganz so ahnungslos wollte er auch nicht dastehen. Ein professioneller Ermittler hatte immer eine konkrete Spur. Das erwartete man von ihm. Sogar Commissario Sandrini. Das wahre Leben aber sah anders aus. Da hielt man oft viele Fäden in der Hand, ohne zu wissen, wo sie hinführten oder wie sie sich verknüpfen ließen. Dabei kam man sich ziemlich blöd vor. Aber das musste keiner wissen.

Emilio nahm einen Schluck vom Cabernet, um dann mit einem vieldeutigen, hoffentlich geheimnisvollen Lächeln in die Runde zu blicken. Er sei zuversichtlich, antwortete er, den Fall bald aufklären zu können. Mehr wolle er dazu im Moment nicht sagen.

Den Fall bald aufklären? Emilio dachte, dass hier wohl der Wunsch der Vater des Gedankens war. Und doch glaubte er auf seltsame Weise zu spüren, dass er dem Ziel ziemlich nahe war. Sein Bauchgefühl signalisierte ihm das. Schon häufig hatte sich in der Vergangenheit herausgestellt, dass sein Bauch intelligenter war als sein Kopf. Nur klappte es oft nicht mit der Kommunikation zwischen den beiden.

Sie gingen erst am späten Abend auseinander. Als Erinnerung bekamen sie von Angelika und Felix eine große Flasche des Cabernet geschenkt. In der allgemeinen Aufbruchsstimmung vergaßen sie, diese mitzunehmen.

# 61

Commissario Sandrini hatte die Fähigkeit, einem das schönste Frühstück zu vermiesen. Freilich hätte Emilio das Gespräch nicht annehmen müssen, aber zuweilen handelte er unüberlegt. Vor allem, wenn er noch nicht richtig wach war. Sandrini blaffte ihn an, dass er nicht sein Befehlsempfänger sei. Wie er auf die Idee kommen könne, die Vernehmung eines gewissen Tscharli Niederhofer anzuordnen.

Emilio unterdrückte den Impuls, einfach aufzulegen. Er atmete tief durch und antwortete so entspannt wie möglich.

«Lieber Commissario, wie könnte ich auf den Gedanken kommen, etwas *anzuordnen*? Da hat die gute Mariella meinen Vorschlag wohl missverständlich weitergegeben. Ich wollte nur in aller Demut eine Anregung geben ...»

«Wenn ich eine Anregung brauche, gehe ich ins Kino. Außerdem verstehe ich nicht, was dieser Tscharli mit dem Mord an Laura Sabitzer zu tun haben könnte. Mariella hat mir gesagt, Tscharli wäre ein Bekannter von dieser Mumie aus dem Bunker gewesen, dieser Dolora, äh, Domenica ...»

«Dobra!»

«Sag ich doch. Warum sollte dieser Mumienfreund jetzt über eine Joggerin herfallen, die zufällig des Weges kommt? Mein lieber Baron, Ihre Phantasie möchte ich mal haben.»

Und Emilio dachte: Genau das war das große Problem des Commissario, dass es ihm an dieser Phantasie mangelte. Auch fand er seine Ausdrucksweise befremdlich.

«Commissario, ich verstehe Ihre Skepsis. Aber Ihnen fehlt eine entscheidende Information: Nicht nur Tscharli Niederhofer war ein Bekannter von Dobra Novak, auch die tote Joggerin war mit ihr befreundet. Deshalb wollte ich sie sofort befragen, sobald sie aus ihrem Urlaub zurück ist. Das war gestern Vormittag. Ihr Mörder ist mir zuvorgekommen.»

«*Porca miseria … allora …* Nun, das wusste ich tatsächlich nicht. Vor diesem Hintergrund ist natürlich nicht gänzlich ausgeschlossen, wenn auch nicht besonders wahrscheinlich, dass es einen Zusammenhang geben könnte …»

«Es ist eine vage Möglichkeit», sagte Emilio. «Hinzu kommt, dass Tscharli Niederhofer wusste, dass ich mit Laura Sabitzer sprechen wollte. Deshalb schien es mir opportun …»

«Baron Emilio, sprechen Sie nicht weiter! Ihre Gedankengänge sind nicht so kompliziert, dass man ihnen nicht folgen könnte. Weil ich grundsätzlich allen Spuren nachgehe, auch solchen, die wenig erfolgversprechend sind, werde ich diesen Tscharli selbstverständlich vernehmen lassen. Übrigens ein blöder Name. Der Kater meiner Tante heißt so … Sicherheitshalber lasse ich auch sein Handy überprüfen, um seinen Standort zur Tatzeit zu ermitteln.»

«Habe ich auch schon überlegt. Aber könnte nichts bringen, denn er wohnt so nah am Tatort, dass es sich wahrscheinlich um dieselbe Funkzelle handelt.»

Der Commissario lachte. «Mein lieber Emilio, Sie sind technisch nicht auf dem neuesten Stand. Glauben Sie mir, wir haben Mittel und Wege … Na ja, Sie müssen nicht alles verstehen. Gibt es sonst noch Informationen, die Sie mir vorenthalten haben?»

Viele, dachte Emilio, sehr viele sogar. Aber das würde vorläufig so bleiben. «Den Bericht von Professor Turmstaller haben Sie sicherlich gelesen», antwortete er ausweichend.

Sandrini hüstelte. Also hatte er ihn nicht gelesen.

«Dann wissen Sie ja», fuhr Emilio fort, «dass Laura Sabitzer nicht vergewaltigt wurde und dass auch sonst einiges gegen den Täter von Terlan spricht.»

Emilio hörte es rascheln. Vermutlich blätterte Sandrini gerade im Untersuchungsbericht, der ungelesen auf seinem Tisch lag.

«Das ist mir selbstverständlich bekannt», sagte er nach einer Weile. «Auch wenn ich das rechtsmedizinische Gutachten noch nicht in allen Details studiert habe. Die Arbeitsüberlastung, Sie verstehen, die Arbeitsüberlastung ...»

«Wie weit sind Sie mit Ihren anderen Fällen?», erkundigte sich Emilio freundlich, dem es ganz recht war, auf den Stress des Commissario einzugehen. «Zum Beispiel mit dem Drogenring von Don Bosco und dem toten Zuhälter aus dem Froschbrunnen?»

«Ich stehe kurz davor, beide Fälle abzuschließen. Im Anschluss habe ich den Kopf frei, mich um die vergewaltigte ... beziehungsweise doch nicht vergewaltigte ... na egal, jedenfalls tote Joggerin zu kümmern. Auch um diesen Kater Tscharli und um die Mumie aus dem Bunker ...»

Sandrini stand wirklich unter Strom. Und das schon am frühen Morgen.

«Ich bin schon sehr auf Ihren Bericht gespannt», fügte Sandrini noch hinzu.

«Sehr gerne, mein lieber Commissario, jederzeit. Wie wäre es mit heute Nachmittag?»

Emilio stellte sich vor, wie Sandrini erschrak. So schnell wollte er sich wohl doch nicht mit dem Fall beschäftigen.

«Heute Nachmittag? Da habe ich keinen Termin frei. Tut mir leid. Ich melde mich. *Ciao*, mein Bester, *ciao*.»

Nun war er plötzlich wieder sein «Bester». Immerhin ein

versöhnliches Ende. Als Nächstes würde Sandrini wahrscheinlich seine Schreibtischschublade aufziehen und das erste Fläschelchen Fernet-Branca trinken. Der Commissario dachte, keiner würde davon wissen. Doch Mariella wusste alles – und sie hatte es Emilio erzählt.

Phina, die sich mit einer Tasse Kaffee zu Emilio an den Tisch gesetzt hatte, sah ihn schmunzelnd an.

«Nervt er wieder, dein Commissario?»

«Ja, könnte man so sagen. Aber nicht mehr als sonst auch.»

Phina hatte ihre Kaffeetasse auf das Poster gestellt, das von gestern noch auf dem Küchentisch lag.

Als sie wieder einen Schluck nahm, sah er den braunen Ring, den ihre Tasse hinterlassen hatte. Der Kaffeefleck faszinierte ihn. Erst wusste er nicht, warum, dann fiel es ihm ein.

«Warum schaust du so komisch?», fragte sie. «Ist was?»

Ohne zu antworten, wanderte sein Blick über das Poster zu den kryptischen Kratzspuren, die Dobra auf dem Boden ihres Verlieses hinterlassen hatte. Er drehte den Kopf hin und her, dann schloss er für einen Moment die Augen.

Phina stupste ihn an. «Muss ich mir Sorgen machen?»

«Nein», flüsterte er. «Aber Dobras Mörder muss sich Sorgen machen.»

«Wieso?»

«Weil ich ihm justament auf die Spur gekommen bin.»

«Wie das? Hattest du eine göttliche Eingebung?»

«Könnte man so sagen. Jedenfalls hat mich der Blitz der Erleuchtung getroffen. Von wem er geschleudert wurde, ist mir egal, meinetwegen von Zeus persönlich.»

«Wer ist es? Dieser Tscharli? Jemand vom Sternenschein oder doch einer der beiden Mayrs aus Mals?»

«Neugierig bist du gar nicht. Nein, ich kann dir den Namen noch nicht nennen …»

«… oder du willst nicht.»

«Richtig. Es könnte ja sein, dass ich mich täusche.»

Phina lächelte. «Das würde mich sehr wundern. Ich kenne deinen Gesichtsausdruck. So schaust du, wenn dir gerade ein Licht aufgegangen ist.»

«Göttliche Eingebung, Blitz der Erleuchtung, Licht aufgegangen … Meine liebe Phina, es ist viel einfacher. Plötzlich passt alles zusammen. Jetzt brauche ich nur noch einen Beweis.»

«Und danach …»

Er sah sie fragend an. «Was sollte danach sein?»

Sie gab ihm einen Kuss. «Danach unterschreibst du die Adoptionspapiere für Zola.»

# 62

Nach dem Frühstück hatte Phina im Fasskeller zu tun. Oskar schmiss die Vinothek. Emilio döste unter der Pergola im Liegestuhl. Seltsamerweise empfand er eine wohlige Ermattung. Obwohl er am heutigen Vormittag noch gar nichts geleistet hatte. Bis auf eine Kleinigkeit – er hatte Dobras Mörder identifiziert. Zweifel hatte er keine. Zu schlüssig war seine Theorie. Die Puzzlesteinchen, die bis vor kurzem in seinem Kopf noch wild durcheinanderwirbelten, hatten sich zu einem stimmigen Bild zusammengefügt. Ein Steinchen hatte noch gefehlt, aber nach einem Telefonat, das er vor wenigen Minuten geführt hatte, konnte er auch dieses einsetzen. Es passte perfekt. Natürlich bestand immer noch die theoretische Möglichkeit, dass er sich täuschte. Aber Phina hatte seinen Gesichtsausdruck richtig gedeutet: Ihm war ein Licht aufgegangen.

Und jetzt? Jetzt musste er Dobras Mörder nur noch der Tat überführen. Was allerdings leichter gesagt war als getan. Denn einen richtigen Beweis hatte er nicht. Nur eine Indizienkette, die er noch um ein weiteres, entscheidendes Glied ergänzen musste. Er wusste auch schon, wie. Sobald die Kette fertig war, würde er sie dem Mörder um den Hals legen – und so lange zuziehen, bis er die Tat gestand.

Emilio dachte an Gustl Mayrs Frau Angie und an ihren Verkehrsunfall, der nach seiner Überzeugung keiner war. Sowie an die Joggerin Laura Sabitzer, die jetzt tot in einem Kühlraum der Pathologie lag. Auch sie passten ins Bild. Sie waren so unschuldig, wie es Dobra gewesen war. Nur waren sie dem Mörder, ohne es zu wissen, in die Quere gekommen.

Mit einer weiteren Eskalation war nicht zu rechnen. Auch würde es keine Toten mehr geben. Schlicht deshalb, weil es dafür keine Veranlassung gab. Also konnte er noch eine Weile entspannt im Liegestuhl bleiben. Entkommen würde ihm der Täter nicht. Er könnte es versuchen, aber warum sollte er? Er war ja ahnungslos. So ahnungslos wie ein Kaninchen im Gras, das den Greifvogel nicht sah, der bereits über seinen Löffelohren kreiste. Und der Greifvogel … das war er.

Übertriebene Hektik war nicht vonnöten. Er würde nichts tun, um das Kaninchen aufzuscheuchen. Ergo konnte er sich zunächst einem anderen Problem widmen. Das Problem hatte einen Namen: Tilda! Und sie erwartete ein Kind, das in seinem Leben keinen Platz hatte. Ihm fiel ein, warum man von Kind und Kegel sprach. Hörte sich harmlos an, war es aber nicht. Denn als Kegel wurden früher die unehelichen Kinder bezeichnet. Zwar war er nicht verheiratet, aber als «unehelich» würde er einen Nachwuchs von Tilda dennoch empfinden.

*

Zwei Stunden später hatte Emilio weitere Telefonate geführt, die wichtig waren, auf die eine oder andere Weise. Außerdem hatte er Professor Turmstaller einen kurzen Besuch abgestattet, und jetzt war er unterwegs nach Klausen, wo Tilda in ihrem Atelier auf ihn wartete. Emilio hoffte, dass sie mit sich vernünftig reden ließ. Bei ihr konnte man sich nicht sicher sein. Eigentlich konnte man das bei keiner Frau.

Emilio hatte sich einen Plan zurechtgelegt, als er bei Tilda eintraf. Also umarmte er sie bei der Begrüßung betont herzlich. Auch erwiderte er ihren innigen Kuss, was zugegebenermaßen nicht schwerfiel.

Sie nahmen gesittet in ihrer Sitzecke Platz. Das Fell am Boden hatte sie weggeräumt. Doch was hieß gesittet? Tilda schlug ihre nackten Beine übereinander und spielte aufreizend mit ihrer Kette im tiefen Ausschnitt. Aber er hatte sich unter Kontrolle.

«Meine liebe Tilda», fing er an. «Ich muss dir was sagen. Das bin ich dir schuldig. Dir und deinem ungeborenen Kind.»

Er machte eine dramatische Pause. Sie sah ihn verunsichert an.

«Wie du weißt, entstamme ich einem zwar unbedeutenden, aber uralten Adelsgeschlecht. Wie bei so vielen adligen Familien gibt es auch bei uns eine Krankheit, die sich von Generation zu Generation weitervererbt. Wahrscheinlich eine Folge der früher verbreiteten Inzucht. Mich hat diese Erbkrankheit erfreulicherweise übersprungen, aber sie steckt in meinen Genen.»

Tildas Atem beschleunigte sich, die Adern an ihren Schläfen schwollen an. Emilio rechnete mit dem Schlimmsten.

«Willst du mir allen Ernstes nahelegen, mein Kind wegen einer ausgedachten Erbkrankheit abtreiben zu lassen? Für wie blöd hältst du mich?»

Emilio machte eine beruhigende Handbewegung.

«Ganz und gar nicht, meine liebe Tilda. Für eine Abtreibung gibt es überhaupt keine Veranlassung. Du wirst das Kind bekommen. Ich möchte nur, dass es gesund ist. Dank der modernen Medizin lässt sich das ganz leicht sicherstellen.»

Tilda entspannte sich. Nicht wirklich, aber ein bisschen.

«Wie soll das gehen? Und was für eine bescheuerte Erbkrankheit soll das überhaupt sein?»

«Das zumindest haben wir Ritzfeld-Hechensteins mit dem

britischen Königshaus gemeinsam. Prinz Albert, der Sohn von Königin Victoria, war der erste Bluter in der britischen Königsfamilie. Das hat sich weitervererbt, bis hin zum Zarensohn Alexej und ins spanische Königshaus. Die waren ja untereinander alle versippt und verschwägert.» Er lächelte. «Vielleicht hatte mal eine Ritzfeld-Hechenstein eine Affäre mit einem Windsor, was weiß ich. Jedenfalls tritt auch bei uns seit Generationen die x-chromosomal vererbte Erkrankung Hämophilie B auf. Immerhin sind wir nicht verblödet wie so manche andere.»

Tilda sah ihn entgeistert an. Die Geschichte war wirklich nicht schlecht. Fast glaubte er sie selber.

«Das heißt, unser Kind könnte ein Bluter sein?»

Emilio schüttelte den Kopf. «Keine Sorge, das kann man verhindern. Es gibt zwei Möglichkeiten: Entweder hat dein Blut natürliche Antikörper, die die Hämophilie unterdrücken. Dann muss man gar nichts tun. Oder diese natürliche Sperre fehlt, dann brauchst du während deiner Schwangerschaft nur drei, vier Infusionen mit einem Serum, und die Gefahr ist gebannt. Und zwar hundertprozentig. Ohne Nebenwirkungen.»

Emilio bemühte sich um einen überzeugenden Eindruck. Dabei erzählte er gerade ziemlichen Humbug. Aber wie er hoffte, hatte Tilda keine medizinischen Vorkenntnisse.

Ihre Hände zitterten leicht.

«Woher wissen wir, welche dieser Möglichkeiten … Ich meine, ob ich diese Antikörper im Blut habe? Oder ob es diese Infusionen braucht? Muss ich dafür in die Klinik?»

«Auch das nicht, meine liebe Tilda. Ich habe alles dabei. Eine Staubinde, ein Hautdesinfektionsspray, eine Kanüle, ein Röhrchen und ein Pflaster. Ich gebe die Blutprobe später ins Labor, und schon morgen wissen wir Bescheid. Alles ganz einfach und kein Grund zur Beunruhigung.»

«Du willst mir Blut abzapfen? Kannst du das überhaupt?»

«Ist meine leichteste Übung. Ich bin während meiner Militärzeit zum Sanitäter ausgebildet worden.»

Das zumindest war nicht erfunden. War zwar schon eine Weile her, aber in die Vene piksen und eine Blutprobe entnehmen – das sollte er noch hinkriegen.

«Jetzt gleich?»

«Warum nicht? Dann haben wir es hinter uns.»

Tilda war kein Feigling. Nach kurzem Zögern stimmte sie zu.

«Aber wenn du mir weh tust, hau ich dir eine runter.»

# 63

Sandrini klappte die Mappe mit dem rechtsmedizinischen Gutachten zu. Jetzt hatte er getan, was er schon im Gespräch mit Emilio behauptet hatte: Er hatte den Bericht gelesen. Und tatsächlich schien es so, als ob es sich im Fall von Laura Sabitzer um einen Nachahmungstäter gehandelt hatte. Der aus Terlan war es wohl nicht.

Der Commissario kratzte sich an der Wange. Warum zum Teufel war alles immer komplizierter, als es auf den ersten Blick den Anschein hatte? Er glaubte, die Antwort zu kennen: weil sich das Schicksal gegen ihn verschworen hatte! Baron Emilios Theorie, dass die umgebrachte Laura aufs Konto von Dobras Mörder gehen könnte, hielt er dennoch für ziemlich weit hergeholt. Möglich wäre es, das musste er zugeben. Jetzt, da er wusste, dass sich die beiden gekannt hatten. Aber deshalb hätte sie nicht gleich umgebracht werden müssen. Nach sieben Jahren? Da sprach ja schon der Zeitfaktor dagegen. Und seine Erfahrung als Commissario der Staatspolizei.

Sandrini stand auf und lief in seinem Büro hin und her. In einer halben Stunde tagte die Sonderkommission Don Bosco. Leider traf nicht zu, was er dem Baron gesagt hatte. Er stand nicht kurz davor, den Fall abzuschließen. Im Gegenteil. Und zu allem Überfluss war eine beschlagnahmte Drogenlieferung verschwunden. Gott sei Dank nur eine kleine Menge, und noch hatte niemand davon Wind bekommen. Die Presse würde ihn grillen, sollte sie davon erfahren.

Er blieb dabei, das Schicksal hatte sich gegen ihn verschworen. Und zwar nur und in hinterhältiger Weise ausschließlich gegen ihn. Ein Baron Emilio dagegen spazierte mit seinem Gehstock und einem überheblichen Lächeln im Gesicht durch die Weinbars Bozens, ohne dass ihn etwas anfocht. Nebenher gefiel er sich in seiner Rolle als Privatdetektiv. Zugegeben, er spielte sie nicht schlecht. Weshalb er ja auf die Idee gekommen war, den Baron vor seinen Karren zu spannen. Er hoffte, dass er ihm zuarbeitete. Indem er parallel einen Fall aufklärte, für den er gerade keine Zeit hatte. Nur störte es Sandrini, wenn der Baron über das Ziel hinausschoss. Weshalb er ihn heute Morgen am Telefon angeschissen hatte. Ab und zu musste man das tun. Sonst bekam der Mann zu viel Oberwasser. In Wahrheit hatte er sich nicht wirklich über ihn geärgert. Selbstverständlich hatte Mariella nichts von einer «Anweisung» gesagt. Das würde sich der Baron nicht rausnehmen. Aber wie hieß es doch so schön: Wehret den Anfängen! Außerdem machte es Spaß, dem arroganten Baron in aller Früh in den Kaffee zu spucken. Gleichzeitig hatte er von ihm einiges in Erfahrung gebracht. Er würde Emilios Vorschlag entsprechen und zwei Beamte zu diesem Typen schicken, der so hieß wie der Kater seiner Tante. Und die Standortdaten seines Handys würde er auch auswerten lassen. Leider hatte der Baron recht: Wahrscheinlich kam nichts dabei raus – wegen der Funkzelle und all dem technischen Mist. Sandrini hatte es Freude bereitet, dem Baron seine Unkenntnis auf diesem Gebiet aufs Brot zu schmieren. Doch war seine Behauptung, seine Spezialisten seien zu viel mehr imstande, als er sich vorstellen könne, ein Bluff gewesen. Wobei er selber nicht genau wusste, was wirklich möglich war.

Ursprünglich hatte Sandrini einen mehrstufigen Zeitplan im Auge gehabt. Zunächst wollte er seine aktuellen Fälle zum

Abschluss bringen. Und zwar wirklich und endgültig. Auf der folgenden Stufe wollte er mit Emilios Hilfe Dobras Mörder überführen. Drittens, falls Emilio recht hatte, womöglich im selben Aufwasch den Mord an der Joggerin in Lana aufklären. Und viertens würde er sich krankmelden und seinen wohlverdienten Reha-Aufenthalt in Rom antreten – auf Staatskosten und für unbestimmte Dauer.

Doch die aktuellen Ereignisse ließen es angeraten scheinen, den Plan zu ändern. Jedenfalls hinsichtlich der zeitlichen Abfolge. Die Presse und seine Vorgesetzten hatten es auf ihn abgesehen. Der Druck nahm zu. Er brauchte dringend eine spektakuläre Erfolgsmeldung. Emilio könnte sie ihm verschaffen. Eine Pressekonferenz, bei der er erstmals von der Mumifizierung der Leiche aus dem Bunker berichten und gleichzeitig ihren Mörder präsentieren könnte, würde für Schlagzeilen sorgen. Don Bosco und der «Froschmörder» wären plötzlich nicht mehr so wichtig. Die Aasgeier von der Presse hätten neues Futter gefunden. Auch von seinen Vorgesetzten würde er zur Abwechslung mal wieder Lob zu hören bekommen.

Sandrini sah nachdenklich aus dem Fenster. Warum hatte sein Büro einen so beschissenen Ausblick? Dabei lag die Quästur direkt am Ufer der Talfer. Aber er schaute in einen tristen Innenhof. Und bei der Aussicht sollte man nicht depressiv werden.

Während er seine Gedanken über ein Ablenkungsmanöver fortsetzte, stellte er fest, dass alles von Emilio abhing. Dessen Angebot, ihm heute Nachmittag im Büro detailliert Bericht zu erstatten, hatte er vorhin spontan abgelehnt. Das war ein Fehler gewesen. Er würde ihn gleich anrufen und zum Rapport bestellen. Vielleicht legte sich der Baron dann noch mehr ins Zeug? Es konnte doch nicht so schwer sein, einen verhaltensauffälligen Mörder zu finden, der so pervers war, sein Opfer in einem Bunker einzumauern. Wenn es stimmte, dass derselbe Täter auch für den Tod der Joggerin verantwortlich war, wurde es höchste Zeit, ihn aus dem Verkehr zu ziehen. Sandrini beschloss, seinen Leuten die Anweisung zu geben, diesen Tscharli nicht nur zu befragen, sondern gleich in Untersuchungshaft zu nehmen. Dann könnte er ihm höchstpersönlich im Verhör die Daumenschrauben ansetzen. Ein Geständnis, und … uups … schon bräuchte er den Baron nicht mehr.

## 64

Emilio war bester Stimmung, als er von Klausen nach Bozen fuhr. Daran konnte auch Sandrinis Anruf nichts ändern, der ihn nun doch am Nachmittag in der Quästur sehen wollte. Selber schuld, dachte er, den Vorschlag hatte er selber gemacht.

Emilio war unterwegs zum rechtsmedizinischen Institut von Professor Turmstaller. Zuvor allerdings fuhr er beim Weingut Frattini vorbei, wo sie gestern die Magnumflasche Cabernet vergessen hatten, denn es war nur ein kleiner Umweg.

Weil er seinen Besuch telefonisch angekündigt hatte, wurde er von Felix Leitstaller erwartet. Emilio bedankte sich auch im Namen von Phina für den wunderbaren Abend. Felix sagte, es wäre ein Vergnügen gewesen, sie als Gäste zu haben. Auch seine Frau Angelika habe die Stunden sehr genossen.

Na bitte, mehr konnte man nicht erwarten. Emilio erinnerte der Smalltalk an sein früheres Leben, als auf die Einhaltung der Etikette noch großen Wert gelegt worden war. Sie setzten sich in eine Besucherecke. Emilio trank ein Glas Wasser. Felix zündete sich eine Zigarette an. Schon hatten sie ein Gesprächsthema. Durfte man als Winzer und Sommelier rauchen? Für die Geschmackspapillen an der Zunge und den Geruchssinn war Rauchen Gift. Felix winkte lachend ab. Natürlich sei das abträglich, aber er rauche grundsätzlich nicht vor einer Weinverkostung. Und auch sonst viel weniger als früher. Emilio gab zu, selber gerne mal eine Zigarre zu rauchen. Aber nicht in Anwesenheit von Phina, die würde ihn sofort an die frische Luft setzen.

Es stellte sich raus, dass beide nach einer Degustation gerne ein Bier tranken. Zur Erfrischung und um runterzukommen. Felix erzählte, dass ihn Laien oft überrascht ansprachen, wenn sie ihn ein Bier trinken sahen. Als ob das ein Sündenfall wäre. Dabei teile er diese Passion mit vielen Weinmachern.

Emilio schaute auf die Uhr. Er sollte sich beeilen, Professor Turmstaller hatte bald Mittagspause.

Er entschuldigte sich, aber leider müsse er schon wieder aufbrechen.

Felix drückte die Zigarette aus und eilte davon, um die Flasche zu holen.

Fünf Minuten später saß Emilio wieder am Steuer seines Landy. Das Holzkistchen mit dem Cabernet auf dem Beifahrersitz. Sicherheitshalber hatte er es angeschnallt.

Im rechtsmedizinischen Institut angekommen, ging Emilio gleich hinauf in den ersten Stock, wo der Professor sein Büro hatte. Mittlerweile kannte er sich im Haus aus. Er klopfte und trat ein. Mit einer Einkaufstüte in der Hand.

«Was bringen Sie mir denn Schönes mit?», fragte Turmstaller. «Etwa Kaminwurzen vom Markt?»

«Gerne das nächste Mal. Heute habe ich Arbeit dabei.»

«Sie machen mich neugierig. Lassen Sie sehen.»

Emilio legte das Röhrchen mit Tildas Blutprobe auf den Tisch. Und ein weiteres Röhrchen mit einem Wattestäbchen.

«Professor, Sie erinnern sich an unser letztes Gespräch und an die Möglichkeit, eine Vaterschaft anhand einer Blutprobe und eines Speicheltests nachzuweisen.»

Turmstaller grinste. «Ich erinnere mich sehr wohl daran. Übrigens wird bei der sogenannten Speichelprobe in Wahrheit Zellmaterial von der Mundschleimhaut gesichert. Daraus lässt sich dann ein DNA-Profil erstellen. Ich hoffe, Sie haben den Wangenabstrich korrekt ausgeführt.»

Emilio nickte. «Habe ich mir mal bei einem Massentest der Kriminalpolizei zeigen lassen.»

Turmstaller betrachtete das Röhrchen mit der Blutprobe.

«Sagen Sie bloß, die Probandin hat ihr Blut freiwillig rausgerückt. Oder haben Sie sie dazu fesseln und knebeln müssen?»

«Nichts dergleichen. Ich habe ihr eine erfundene Geschichte von einer Erbkrankheit aufgetischt. Um eine Übertragung auf das Kind auszuschließen, bedürfe es eines Bluttests. Daraufhin hat sie freiwillig mitgemacht.»

Turmstaller drohte ihm schmunzelnd mit dem Finger. «Ziemlich raffiniert. Aber hinterhältig.»

Emilio war klar, dass der Professor ahnte, dass es beim Vaterschaftstest um ihn selbst ging. Aber er war so diskret, dies nicht auszusprechen.

«Womöglich nicht hinterhältiger als die Vorspiegelung einer falschen Vaterschaft», merkte Emilio an.

«Dieser Auffassung würde ich mich anschließen. Rufen Sie mich morgen ab elf Uhr an. Dann kann ich Ihnen sagen, ob Sie ...» Turmstaller räusperte sich. «Ich wollte sagen, ob der präsumtive Vater auch der veritable Erzeuger ist. Passt das?»

«Wunderbar. Vielen Dank. Darf ich Sie noch mit einem zweiten Anliegen behelligen? Diesmal in offizieller Mission. Es geht um die ermordete Dobra ...»

In der Folge knüpfte Emilio an ein Gespräch an, das sie mal geführt hatten. Und daran, was der Professor als Möglichkeit in Aussicht gestellt hatte. Jetzt sei es soweit, sagte Emilio, die Probe aufs Exempel zu machen.

Turmstaller rieb sich erfreut die Hände. Endlich mal eine wirkliche Herausforderung, sagte er. Bei erfolgreichem Ausgang wäre ihm eine Veröffentlichung im Fachmagazin der forensischen Pathologen sicher. Er werde sich sofort an die Arbeit machen. Die Mittagspause sei hiermit gestrichen.

«Der Commissario weiß nichts von diesem Spezialauftrag», merkte Emilio an.

«Macht nichts. Er würde ihn sowieso nicht verstehen.»

Damit tat er ihm unrecht, dachte Emilio. Sandrini brauchte nur etwas länger. Irgendwann fiel auch bei ihm der Groschen.

# 65

Bei seinem letzten Kirchenbesuch hatte er geglaubt, dass ihm nichts geschehen könnte. Dass mit Lauras Tod niemand mehr am Leben war, der ihn belasten könnte. Dass alle Spuren für immer verwischt waren. Genau genommen glaubte er das noch immer. Man würde ihm nichts nachweisen können. Dennoch war er zutiefst verunsichert. Und die Verunsicherung hatte einen Namen: Emilio Baron von Hitzfeld-Hechenstein. Den vollen Namen hatte er sich eingeprägt. Schließlich hatte er von ihm eine Visitenkarte, da stand er zur Gänze drauf.

Wie es schien, hatte sich der Mann in den Fall regelrecht verbissen. Man fragte sich, warum. Weder war er von der Polizei, noch dürfte er von irgendjemandem bezahlt werden. Also musste er einen an der Klatsche haben. Eine andere Erklärung gab es nicht. Dieser Baron Emilio hatte eine krankhafte Fixierung. Vielleicht hatte man ihn als Kind zu heiß gebadet? Oder seine Vorfahren waren Kreuzritter und hatten ihm den Drang vererbt, gegen das vermeintlich Böse zu Felde zu ziehen. Mit erhobenem Schwert. Aber der Baron hatte nur einen jämmerlichen Gehstock. Er war also eher ein Ritter von der traurigen Gestalt. Unterschätzen sollte er ihn trotzdem nicht. Fanatiker waren grundsätzlich gefährlich. Kam hinzu, dass der Mann zweifellos blitzgescheit war. Das machte ihn noch gefährlicher.

Mit gefalteten Händen kniete er auf der Kirchenbank und dachte nach. Ein Pfarrer schlurfte vorbei und nickte ihm freundlich zu. Wahrscheinlich hielt ihn der Geistliche für ein besonders gottesfürchtiges Schaf. Aber da hatte er sich getäuscht. Wie konnte er auch ahnen, dass hier ein Sünder kniete, der gegen das fünfte Gebot verstoßen hatte. Und zwar mehrfach. In dessen Kopf zudem gerade ein Entschluss reifte, der sein Sündenregister um einen weiteren Eintrag verlängern würde.

Er hatte schon einmal erwogen, diesen Baron Emilio zu eliminieren. Nicht aus Mordlust, sondern einem kühlen Kalkül folgend. Er hatte den Gedanken verworfen, weil er die Aufmerksamkeit fürchtete, die sein Tod hervorrufen würde. Weshalb er immer noch zögerte. Aber was half ihm seine Zurückhaltung, wenn er irgendwann in Handschellen abgeführt wurde? Dann wäre es zu spät. Und er würde sich selbst verfluchen, weil ihm der Mumm gefehlt hatte, diesen einen letzten Schritt auch noch zu gehen.

Es galt also, die Chancen und Risiken abzuwägen. Außerdem brauchte er eine Idee, wie man den Baron möglichst geräuschlos ins Jenseits befördern könnte. Er musste lächeln. Nun ja, geräuschlos musste es nicht sein, nur effektiv. Und er sollte mit der Ausführung nicht zu lange warten.

# 66

In Südtirol gab es wunderschöne einsame Almwiesen. Auch solche, die man mit einem geländegängigen Landy erreichen konnte. Emilio hatte sich für den Nachmittag eine Auszeit verordnet. Was deshalb möglich war, weil er dem Commissario Sandrini abgesagt hatte. Er sei gerade mit einer wichtigen Observation befasst, hatte er behauptet. Auf einem Campingstuhl sitzend, den er immer im Kofferraum mitführte, sah Emilio zufrieden lächelnd über das Tal zu den gar nicht so fernen Gipfeln der Dolomiten. Der Schlern, der Rosengarten, die Latemargruppe … *Observare* bedeutete im Lateinischen, etwas aufmerksam zu beobachten. Genau das tat er im Moment. Er ließ die großartige Landschaft nicht aus den Augen! So gesehen hatte er gegenüber dem Commissario die Wahrheit gesagt.

Schade nur, dass Phina nicht dabei war. Er hatte sie zu einem kleinen Picknick eingeladen. Aber sie musste eine Weinlieferung fertig machen. Ausgerechnet für Sabrina Reganza. Er erinnerte sich an die Chef-Sommelière mit der feinen Nase und dem grünen Porsche. Gegen ihre Gesellschaft hätte er jetzt auch nichts einzuwenden. Falscher Gedanke! Er hatte gerade schon genug Probleme mit Frauen. Eigentlich nur mit einer: mit Tilda. Aber das reichte völlig. Immerhin hatte er die kleine Inszenierung heute Vormittag gut über die Bühne gebracht. Tilda war ihm auf den Leim gegangen. Aber was half das, wenn er morgen von Professor Turmstaller erfuhr, dass er doch der Vater ihres ungeborenen Kindes war? Ungeachtet seines Rugbyunfalls im Internat. Dann bräuchte er einen Plan B. Leider hatte er keinen blassen Schimmer, wie dieser aussehen könnte.

Emilio widerstand der Versuchung, Felix Leitstallers Flasche Cabernet aus dem Holzkistchen zu holen. Sie zu öffnen wäre kein Problem gewesen, denn einen Korkenzieher hatte er im Handschuhfach. Also trank er – nichts. Mit Phina hätte er ein schönes Picknick vorbereitet. Für sich alleine hatte er vergessen, etwas mitzunehmen. Egal, etwas Askese konnte zur Abwechslung nicht schaden.

Wieder und wieder dachte er über die Ereignisse der letzten Tage nach. Er ließ die unzähligen Gespräche Revue passieren, die er geführt hatte. Mit den beiden Mayrs, dem alten Gustl und dem jüngeren Ludwig. Mit dem Schmuckdesigner Matteo Teutsch und seiner Tochter Amelie. Mit Lorenz Holzer, dem Besitzer des Sternenschein in Lana. Mit der Bedienung Katja Lingnauer. Mit Tscharli Niederhofer. Nun ja, auch mit Professor Turmstaller und mit Commissario Sandrini. Und mit Tilda, die bei der Entdeckung von Dobras Leiche eine entscheidende Rolle gespielt hatte. Mit Felix Leitstaller und seiner Frau Angelika hatte er geredet. Und mit Laura Sabitzer … hätte er so gern gesprochen, aber sie wurde zuvor umgebracht. Hatte er jemanden vergessen? Mariella im Vorzimmer des Commissario. Auch mit Phina hatte er über den Fall geredet. Und bestimmt mit weiteren Personen – die aber nicht wichtig waren.

Er rekapitulierte alles und suchte nach einem Hinweis, den er womöglich übersehen hatte – und der alles in einem anderen Licht erscheinen ließe. Aber er fand keinen. Nur Anhaltspunkte, die seine Theorie bestätigten. Und das war gut so.

Emilio streckte die Beine aus und lehnte sich zufrieden zurück. Blieb also nur noch das Untersuchungsergebnis von Turmstaller abzuwarten. Nein, nicht jenes zu seiner Vaterschaft. Sondern zum Spezialauftrag, um den er den Professor gebeten hatte. Fiel der Befund positiv aus, hätte er zwar immer noch keinen Beweis, aber genug belastendes Material, um zum Angriff überzugehen.

Sein Handy klingelte. Auf dem Display sah er, dass ihn Tilda sprechen wollte. Er drückte das Gespräch weg. Bis morgen elf Uhr war er für sie nicht erreichbar.

*

Erst am späten Nachmittag klappte er seinen Campingstuhl zusammen. Nun wurde er doch langsam durstig. Außerdem wartete Phina auf ihn. Er fuhr über Schotterwege hinunter ins Tal, gelangte dann auf eine Landstraße, stand in Bozen kurz im Stau, dann vorbei an der Quästur über die Drususbrücke Richtung Sigmundskron zur Weinstraße, die durch das gesamte Überetsch und anschließend im Unterland bis nach Salurn an die Grenze zum Trentino führte. Genau genommen begann die *Strada del Vino dell'Alto Adige* sogar schon vierzehn Kilometer nördlich von Bozen in Nals. Von dort bis Salurn lagen fast fünfundachtzig Prozent der Südtiroler Weinberge. In der Nähe von Eppan auch jene von Phina Perchtinger. Sie durfte sich glücklich schätzen, einige hervorragende Lagen geerbt zu haben.

Weil Emilio kein funktionierendes Autoradio hatte, pfiff er vor sich hin. Das hatte er schon lange nicht mehr gemacht. Hoffentlich blieb ihm am morgigen Tag sein Gepfeife nicht im Halse stecken. Aber an diese Möglichkeit wollte er jetzt nicht denken.

Bei einer Ausbuchtung bog er von der SS42 in eine schmale Straße, die nach einigen Abzweigungen und entlang von Rebstöcken zum Weingut Perchtinger führte. In einer Linkskurve gab es plötzlich einen gewaltigen Schlag, und das

Lenkrad wurde ihm aus den Händen geschlagen. Der Landy schleuderte, bockte … kam von der Straße ab und rauschte in einen Weinberg, der mit Weißburgunder bestockt war. Seltsamerweise registrierte er die Rebsorte, dabei hatte er gerade andere Probleme. Wirklich gefährlich war sein Ausritt aber nicht, denn es gab weder steile Abhänge noch tiefe Gräben. Nachdem er einige Weinstöcke niedergepflügt hatte, kam er schließlich zum Stehen.

Emilio saß zunächst wie versteinert hinter dem Steuer. Er kapierte nicht, was gerade passiert war. Nur dass es glimpflich ausgegangen war, stand außer Frage. Mit einem Blick auf den Beifahrersitz stellte er fest, dass auch dem angeschnallten Weinkistchen nichts geschehen war. Als ob das eine Rolle spielte. Aber in Momenten wie diesem schienen einem die merkwürdigsten Dinge wichtig.

Emilio öffnete seinen Sicherheitsgurt und versuchte auszusteigen. Die Fahrertür ließ sich aufgrund eines Rebstocks nicht öffnen. Also kletterte er nach rechts über den Beifahrersitz nach draußen. Der Landy hatte sich zwischen den Rebstöcken und den umgerissenen Spanndrähten im Weinberg verkeilt. Mit dem Gehstock bahnte er sich einen Weg ins Freie. Schließlich stand er schwer atmend in einer Gasse zwischen den Rebzeilen. Die Abstände waren exakt so, dass Phina mit ihrem Traktor durchfahren konnte. Aber natürlich war von ihr weit und breit nichts zu sehen. Trotzdem hatte er das seltsame Gefühl, dass er nicht alleine war. Das mochte ein Trugschluss sein, aber Emilio hatte gelernt, in unübersichtlichen Situationen auf seinen siebten Sinn zu hören.

Er entriegelte den im Stock verborgenen Degen und drehte sich langsam um sich selbst. Er glaubte, ein Rascheln zu hören. Was lief hier ab? Oder machte er sich gerade zum Affen? Egal, lieber ein lebendiger als ein toter Affe. Er zog den Degen aus dem Stock und ließ ihn einige Male wie Zorro durch die Luft pfeifen. Nichts geschah. Okay, nun hatte er sich wirklich wie ein Affe aufgeführt. Aber ihn sah ja niemand, also machte das nichts.

Gerade wollte er den Degen zurück in den Stock schieben, da hörte er hinter sich ein Geräusch. Emilio wirbelte herum. Den Degen in Angriffsposition. Einige Schritte vor ihm sah er einen Mann, aber von hinten – der Kerl war auf der Flucht. Emilio setzte hinterher, blieb mit dem Hemd an einem Rebstock hängen, riss sich los, stolperte … gab auf. Der Mann war ihm entkommen. Vor ihm auf dem Boden lag ein Totschläger, den der Flüchtige offenbar verloren hatte. Ein ausgesprochen fieses Teil mit einem flexiblen Schaft aus Glasfasern und einer in Leder eingearbeiteten Bleikugel am Ende. Solche Totschläger waren aus gutem Grund verboten. Schlicht deshalb, weil sie ihren Namen zu Recht trugen.

Emilio bedankte sich bei seinem siebten Sinn. Er schob den Degen zurück in den Stock und verriegelte ihn. In größerer Entfernung hörte er ein Motorengeräusch. Es entfernte sich. Dann war wieder alles still, totenstill.

Er lief zur Straße, von der er mit dem Landy abgekommen war. Jetzt wusste er auch, warum. Denn genau in der Kurve lag quer über den Asphalt ein breites Band mit spitzen Nägeln. So was kannte er von Polizeisperren. Das System war simpel, aber effektiv. Das könnte er jetzt bezeugen. Nur wollte das niemand wissen.

Es war nicht mehr weit zum Weingut Perchtinger. Zwar hatte er sein Handy in der Tasche und könnte Phina bitten, ihn abzuholen. Aber ein kleiner Spaziergang tat jetzt gut. Er rollte das Nagelband von der Straße unter einen Busch. Dann machte er sich auf den Weg. In der einen Hand seinen Gehstock, in der anderen den Totschläger.

Er könnte jetzt stinkesauer und wütend sein, doch er war es nicht. Emilio freute sich sogar. Denn ganz offensichtlich war jemand ziemlich nervös geworden. So nervös, dass er ihm nach dem Leben trachtete. Das war doch wunderbar. Einen besseren Beweis gab es nicht, dass er auf der richtigen Spur war. Und obwohl er die flüchtende Person von hinten nicht hatte erkennen können – zudem hatte sie einen Overall getragen und eine Mütze aufgehabt –, glaubte er zu wissen, um wen es sich handelte.

# 67

Phina schloss gerade die Vinothek ab, als eine sehr vertraute Gestalt über den Hof auf sie zukam. Wie sah denn Emilio aus? Sein Hemd war zerrissen und die Hose verdreckt. Sie eilte auf ihn zu und pflückte einige Blätter aus seinen zerzausten Haaren. Er erzählte was von einem Unfall, den er gerade gehabt habe. Warum er dabei lachte, konnte sie nicht verstehen. Dann zeigte er ihr wie eine Trophäe einen Totschläger. Jetzt kapierte sie gar nichts mehr. Außerdem sei er dehydriert, behauptete er. Er brauche dringend … ein Glas Wein.

Also öffnete sie wieder die Vinothek und goss ihm ein Glas Weißburgunder ein. Sich selber auch. Er lehnte an der Theke und schaute mit leicht irrem Blick ins Leere. Jetzt machte sie sich wirklich Sorgen. Doch waren diese unbegründet, wie sich nach einer kurzen Phase der Regeneration herausstellte. Emilio berichtete, was ihm gerade widerfahren war. Auch wenn die Geschichte ziemlich abenteuerlich klang, hatte sie keinen Grund, am Wahrheitsgehalt zu zweifeln. Emilio geriet immer wieder in die unglaublichsten, leider oft auch gefährlichsten Situationen. Daran gewöhnen konnte sie sich nicht. Er sollte sich wirklich einen anderen Beruf suchen. Phina war jedoch klar, dass dies ein frommer Wunsch bleiben würde.

Wenig später zog sie mit ihrem Traktor Emilios Landy aus dem Weinberg. Der Schaden hielt sich in Grenzen. Bei den Weinreben war er zu verschmerzen, denn auf einige mehr oder weniger kam es wirklich nicht an. Aber auch seinem Auto war nicht viel passiert. Ein abgebrochener Außenspiegel, ein Sprung in der Frontscheibe – und wahrscheinlich einige neu hinzugekommene Dellen und Kratzer. Welche das waren, ließ sich kaum feststellen. Denn Emilio liebte die «Gebrauchsspuren» an seinem betagten Landrover. Er lehnte es grundsätzlich ab, sie auszubessern. Ein Auto, so seine Überzeugung, verdiene es, in Würde zu altern. Ein Mensch bekomme im Laufe des Lebens auch Falten und Runzeln, sein Landy eben Beulen und Schrammen. Zum Schönheitschirurgen müsse er deshalb noch lange nicht. Außerdem käme es auf die inneren Werte an.

Zurück auf der Straße stellten sie fest, dass der Landy doch ein ernstes Problem hatte: Alle vier Reifen waren platt. Die Nägel hatten ganze Arbeit geleistet. Emilio setzte sich entspannt auf die Kühlerhaube und rief einen Freund an, der alte Landrover sammelte. Der versprach, einen seiner Wagen aufzubocken und die Räder abzumontieren. Er würde später vorbeikommen und sie auf Emilios Landy montieren. Emilio beschrieb ihm, wo das Auto stand. Phina fragte sich, warum Emilio nicht einen Fahrzeugtausch vornahm – wäre ja einfacher. Aber das kam für ihn offensichtlich nicht in Frage. Lieber fuhr er mit einem Sprung in der Frontscheibe und ohne linken Außenspiegel. Seinem Landy hielt er die Treue.

Unwillkürlich fragte sich Phina, wie es Emilio sonst im Leben mit der Treue hielt. Bei seinen rahmengenähten Schuhen und dem antiken Gehstock stellte er seine Beständigkeit auch unter Beweis. Aber wie war das mit ihr? Wie sehr fühlte er sich ihr gegenüber zur Treue verpflichtet?

Natürlich dachte sie dabei an Tilda. Und daran, dass sie Emilio nicht ewig Zeit geben würde, sich zu entscheiden. Für Tilda – oder hoffentlich gegen sie. Aber eine Entscheidung würde er treffen müssen. Und danach die Konsequenzen tragen.

Emilio stieg zu ihr auf den Traktor. Grinsend zeigte er ihr

das Holzkistchen mit dem Cabernet von Felix und Angelika Leitstaller-Frattini. Die Flasche sei heil, aber der Wein gut durchgeschüttelt. Ob sie ihn trotzdem aufmachen sollten?

Phina ging durch den Kopf, dass es gerade wichtigere Fragen gab. Zum Beispiel müsste es Emilio doch interessieren, wer ihm heute nach dem Leben getrachtet hatte. Aber seltsamerweise schien ihn das nicht zu kümmern.

Oder wusste er es längst?

## 68

Am nächsten Tag klopfte Emilio Punkt elf Uhr an die Tür von Professor Turmstaller. Er hätte auch anrufen können, aber dazu waren ihm die Fragen zu wichtig. Oder besser gesagt: die Antworten! Der Gerichtsmediziner bot ihm eine Tasse Tee an. Er schien sich also auf ein längeres Gespräch einzustellen.

«Womit soll ich anfangen?», fragte Turmstaller. «Mit der Klärung der Vaterschaft oder mit Ihrem Spezialauftrag?»

«Nun, ich weiß nicht …»

«Ich nehme Ihnen die Entscheidung ab. Da der Vaterschaftsnachweis Sie nicht persönlich betrifft …» – er grinste frech –, «können wir ja damit beginnen. Leider muss ich Ihnen mitteilen …»

Der Professor machte eine dramatische Pause. Emilio bekam einen flauen Magen.

«Nun ja, das mit dem Leider ist wahrscheinlich eine Frage der Perspektive», fuhr er fort. «Jedenfalls hat der Test ergeben, dass der Vater nicht der Vater ist. Vereinfacht ausgesprochen und auf den Punkt gebracht.»

Emilio atmete tief durch. Selten zuvor hatte ihm jemand mit einem kurzen Satz eine so große Last von den Schultern genommen.

«Sind Sie sicher? Ich bin also nicht der Erzeuger des Kindes?», hakte Emilio nach, der nun keinen Hehl mehr daraus machte, dass es um ihn ging.

«Absolut sicher. Ich hoffe, Sie sind jetzt nicht enttäuscht.»

Turmstaller hatte recht, dachte Emilio. Auch das wäre ja prinzipiell möglich. Aber nicht im konkreten Fall. Vielmehr war er grenzenlos erleichtert. Gleichzeitig aber doch zutiefst enttäuscht. Nämlich von Tilda. Warum hatte sie ihm nicht gesagt, dass noch jemand anders als Vater in Betracht käme? Er hätte es verstanden. So war das Leben. Doch Tilda legte es darauf an, ihm das Kind anzuhängen. Das war nicht fair. Gelinde gesagt. Genau genommen hielt er es für einen hinterhältigen Akt, für eine ganz große Sauerei.

«Im Gegenteil, mein lieber Professor. Sie haben mir gerade den Arsch gerettet», antwortete Emilio mit einer für ihn ungewohnt drastischen Formulierung.

Turmstaller grinste. «Freut mich zu hören. Kostet Sie aber in den nächsten Tagen ein Mittagessen.»

«Die Einladung wäre ich Ihnen auch bei einem gegenteiligen Ergebnis schuldig. Aber so bereitet sie mir entschieden mehr Freude.»

«Hier ist der Laborbefund. Noch ist er anonym. Wenn Sie wünschen, kann ich gerne die Namen nachtragen.»

Emilio überlegte. «Wird nicht nötig sein. Glaube ich jedenfalls.»

Der Rechtsmediziner goss Tee nach.

«Darjeeling ... mild und blumig, mit einer leicht bitteren Note im Abgang.»

«Hört sich an, als ob Sie von einem Wein sprechen.»

«Die Trinktemperatur ist definitiv eine andere.»

«Lieber Professor, jetzt würde ich gerne auf meinen Spezialauftrag zu sprechen kommen. War es Ihnen möglich, den erhofften Nachweis zu erbringen?»

«Soll ich Ihnen was sagen? Ich habe die Nacht durchgearbeitet. Trotzdem bin ich kein bisschen müde. Weil ich ausnahmsweise mal richtig stolz auf mich bin.»

«Sie haben es also geschafft?»

«Ja, das habe ich. Am Wochenende werde ich zu dem Thema einen forensischen Fachaufsatz schreiben.»

«Machen Sie es nicht so spannend!»

«Ach so, Sie wollen das Ergebnis wissen?» Turmstaller lachte. «Okay, ich will Sie nicht länger hinhalten. Ihr Verdacht hat sich bestätigt.»

Emilio dachte, dass das heute sein Glückstag war. All seine Hoffnungen wurden wahr.

Der Professor ließ es sich nicht nehmen, zu einem längeren Vortrag auszuholen. Er war wirklich von seiner Arbeit begeistert. Emilio hörte geduldig zu. Das war er ihm schuldig. Auch wenn ihn heute nur das Ergebnis interessierte. Und das war positiv!! In doppelter Hinsicht, denn es bestätigte sowohl die genetische Übereinstimmung als auch in der Folge seine Theorie. Jetzt hatte er die Bestätigung, die ihm noch gefehlt hatte. Jetzt wusste er definitiv, wer Dobra umgebracht hatte. Beweisen konnte er es zwar weiterhin nicht, aber die Indizienkette war um das fehlende Glied ergänzt. Sie war so fest geknüpft, dass man Dobras Mörder an ihr aufhängen konnte. Blieb die Frage, wann und wie er ihm die Kette um den Hals legen sollte. Am besten so, dass sie ihm die Luft abschnürte – und er in Panik alles gestand. Nicht nur den Mord an Dobra, sondern auch die Tötung von Angie Mayr und Laura Sabitzer.

«Haben Sie alles verstanden?», riss ihn der Professor aus seinen Gedanken.

Emilio, der nicht wirklich aufgepasst hatte, nickte bedächtig.

«Im Großen und Ganzen schon.» Er klatschte leise in die Hände. «Ich bin sehr beeindruckt.»

«Nächste Woche schicke ich Ihnen eine Kopie des Fachaufsatzes, dann können Sie alles noch mal im Detail nachlesen.»

«Sehr schön, vielen Dank. Hatten Sie bereits Gelegenheit, das Untersuchungsergebnis in einem Protokoll zusammenzufassen?»

«Selbstverständlich. In Kurzform. Für den Commissario sollte es ausreichen.»

«Sie haben es ihm geschickt?»

Turmstaller schüttelte lächelnd den Kopf. «Nein, ich wollte Ihnen nicht die Freude nehmen, ihm das Ergebnis persönlich zu präsentieren.»

Er legte den Bericht auf den negativen Vaterschaftsnachweis.

«Außerdem bedarf das Ergebnis der Interpretation», fuhr Turmstaller fort. «Erst im Kontext Ihrer Ermittlungen dürfte Sandrini die Tragweite erkennen.»

Da hatte er recht, dachte Emilio. Welche Schlussfolgerungen der Commissario ansonsten daraus ziehen würde, war nicht abzusehen. Wahrscheinlich die falschen.

«Ich werde ihn heute noch besuchen», kündigte Emilio an, «und ihn ins Bild setzen.»

«Richten Sie ihm schöne Grüße aus.»

«Das mach ich. Außerdem muss ich mit dem Commissario die weitere Vorgehensweise abstimmen.»

«Viel Glück dabei. Hoffentlich schlüpft Ihnen Dobras Mörder nicht durchs Netz.»

«Glaube ich kaum. Er weiß ja nicht, dass wir ihn am Haken haben.»

«Apropos Haken: Ihnen ist doch sicher klar, dass die von Ihnen gelieferte DNA-Referenz vor Gericht als Beweismittel nicht anerkannt würde.»

«Natürlich, aber das macht nichts. Im Zweifelsfall wiederholen wir halt den Test – dann mit richterlicher Anordnung.»

«Mit dem größten Vergnügen. Ist jetzt ein Kinderspiel.»

Emilio stand auf und gab dem Professor die Hand.

«Tausend Dank noch mal.» Lächelnd ergänzte er: «Auch für den Nachweis, dass ich keinen Vaterfreuden entgegensehe.»

# 69

Tilda erwartete ihn im Atelier. Er hatte sein Kommen per Textnachricht angekündigt. Kurz und knapp. Ohne grinsende Emojis mit Herzchen oder so. Die hasste er sowieso wie die Pest. Aber Tilda liebte sie.

Auf der Fahrt nach Klausen fiel ihm auf, dass die Vorderachse seines Landy schnarrende Geräusche von sich gab. Vielleicht hatte sie doch einen Schlag abbekommen?

Vor ihrem Haus angelangt, blieb er einen Moment im Auto sitzen. Die nächsten Minuten würden nicht einfach werden, so viel war klar. Die Vorzeichen hätten aber auch deutlich schlechter sein können. Jedenfalls was die Konsequenzen für seine Person anging.

Er gab sich einen Ruck und stieg aus. Professor Turmstallers Expertise ließ er auf dem Beifahrersitz liegen. Er nahm an, dass er sie nicht brauchen würde.

Tilda empfing ihn im weißen Kimono. Ihr Lächeln wirkte etwas verkrampft. Kein Wunder, erwartete sie doch einen ärztlichen Bescheid, der sie selbst und ihr Kind betraf.

«Ich habe Nachricht aus dem Labor», begann er.

«Nun sag schon, habe ich Antikörper gegen deine Bluterkrankheit oder brauche ich Infusionen?»

Emilio überlegte, wie er es ihr am besten beibrachte.

«Weder noch», antwortete er. «Du musst dir also keine Sorgen machen.»

Sie runzelte die Stirn. «Verstehe ich nicht. Du hast doch gesagt, dass die Infusionen zwingend nötig sind, wenn ich keine Antikörper im Blut habe.»

«Richtig, aber da bin ich von einer anderen Prämisse ausgegangen.»

«Prämisse? Was soll das jetzt wieder heißen?»

Emilio ließ sich mit der Antwort Zeit. Ob sie ahnte, was gleich auf sie zukam?

«Ich bin von der Annahme ausgegangen, dass ich der Vater deines Kindes bin. Stimmt aber nicht.»

So, jetzt hatte er es ausgesprochen. Ohne Umschweife. Wer ihn wie Tilda hinters Licht geführt hatte, konnte keine beschönigenden Worte erwarten. Auch kein Mitgefühl.

Sie schnappte nach Luft. «Natürlich bist du der Vater. Wie kommst du auf den absurden Gedanken ...»

Tilda sprach nicht weiter. Vielleicht, weil sie wusste, dass der Gedanke alles andere als absurd war. Und weil sie seinem Gesicht ansah, dass er sich seiner Sache sicher war.

«Ich wollte es zunächst nicht glauben», sagte er, «aber der Befund ist eindeutig.»

«Hast du einen Vaterschaftstest machen lassen? Ohne meine Einwilligung?»

«Nein», log er. «Das kam bei der Blutuntersuchung heraus. Sozusagen ein Nebenbefund.»

«Das soll ich dir glauben?»

«Es klingt vielleicht brutal, aber es ist mir egal, ob du mir glaubst. Ich bin nicht der Vater deines Kindes. So viel steht fest. Ich will dir nicht unterstellen, dass du mich reinlegen wolltest. Aber du hättest mir wenigstens sagen müssen, dass es noch einen anderen ... Kandidaten gibt. Das hättest du tun sollen. Das hätte ich von dir erwartet. Dann hätten wir vernünftig miteinander reden können. Aber so hast du mein Vertrauen missbraucht. Ich bin enttäuscht, sehr sogar.»

Das stimmte sogar – bis zu einem gewissen Grad.

«Ich wollte dich nicht reinlegen», beteuerte Tilda kleinlaut. «Ich war mir sicher, dass das Kind von dir ist. Ich habe es mir so sehr gewünscht.»

Plötzlich tat sie ihm leid. Er nahm Tilda in den Arm. Fiel er gerade schon wieder auf sie rein? Oder war er ein sentimentaler Trottel? Vermutlich beides.

«Wir hatten schöne Stunden miteinander», sagte er leise. «Sehr schöne sogar, und ich möchte sie nicht missen. Aber alles hat seine Zeit. Und unsere Zeit ist vorbei. Jetzt muss jeder wieder seinen eigenen Weg finden.»

«Du hast es leicht, du kehrst zu deiner Phina zurück …»

«Ich habe sie nie verlassen.»

«Aber treu warst du ihr auch nicht. Bist eben auch kein Heiliger.»

«Habe ich nie behauptet.»

«Ich dagegen sitze mit einem schwangeren Bauch da, einsam und verlassen.»

Emilio sah sie schräg an. «Jetzt drück nicht auf die Tränendrüse, das passt nicht zu dir. Bislang hast du dein Leben ganz gut alleine gemanagt. Das wirst du auch in Zukunft schaffen.»

«Kann ich weiter auf dich zählen? Als Freund?»

Emilio wusste nicht, ob er dazu in der Lage war. Wohl eher nicht.

«Ich kann's versuchen», antwortete er. «Im Übrigen bist du ja nicht wirklich alleine. Was ist mit dem Mann, dem du dein Kind verdankst?»

Sie schüttelte den Kopf. «Geht nicht», flüsterte sie. «Ich werde es ihm nicht sagen.»

Emilio dachte, dass er diese Entscheidung nicht nachvollziehen konnte. In seinem Fall hatte Tilda ja auch keine Skrupel gehabt. Warum also bei dem anderen Mann? Weil er eine kranke Frau hatte?

Emilio wagte einen Schuss ins Blaue. «Du kannst es Matteo ruhig sagen. *Er* hat ja kein Parkinson, nur seine Frau.»

Tilda erstarrte. Blass war sie schon vorher gewesen. Jetzt wurde ihr Gesicht aschfahl.

«Du weißt … du weißt von … von Matteo», stammelte sie.

Volltreffer! Hatte er es sich doch gedacht. Nicht nur wegen des extravaganten Rings an ihrem Zeigefinger. Matteos Tochter Amelie hatte dementiert, dass die Freundschaft zwischen ihrem Vater und Tilda mehr sei als eine rein künstlerische Beziehung. Dabei hatte er das gar nicht unterstellt und auch nicht danach gefragt. Ein aus der Luft gegriffenes Dementi bestätigte häufig das Gegenteil.

«Natürlich weiß ich von dir und Matteo», behauptete er. «Und ich finde, du solltest mit ihm sprechen. Miteinander ehrlich zu reden hilft in den meisten Situationen.»

«Das sagst gerade du …»

Wie kam sie darauf, dass er nicht ehrlich war?

«So, meine liebe Tilda. *It's time to say goodbye …*»

«Bitte nicht! Das letzte Mal habe ich dieses Lied bei einer Beerdigung gehört.»

Er lächelte. «Hast recht. Tot sind wir ja nicht. Das Leben geht weiter. Für uns beide – nur nicht zusammen. Pass auf dich auf …» Er hauchte ihr einen Kuss zu. «Und auf dein Baby.»

# 70

Die Quästur in Bozen hatte mehrere Verhörzimmer. Commissario Sandrini hatte bewusst das hässlichste ausgesucht, um Tscharli Niederhofer die Trostlosigkeit seiner Situation vor Augen zu führen. Zuvor hatte er ihn eine Nacht in einer Einzelzelle schmoren lassen. Jetzt sollte er mürbe sein.

Er war fest entschlossen, den Mann nach allen Regeln der Kunst auseinanderzunehmen. Wenn dieser Tscharli Dreck am Stecken hatte, würde er es herausbekommen. Erst recht, wenn er ein Mörder war. Was einfach zu schön wäre. Denn er brauchte dringend, dringend eine Erfolgsmeldung. Seine gegenüber Baron Emilio gestern geäußerte Skepsis, warum ausgerechnet dieser *Stronzo* aus Lana für den Mord an der Joggerin verantwortlich sein sollte, hatte sich mittlerweile ins Gegenteil verkehrt. Er hatte sich regelrecht in die Vorstellung verrannt, dass er der Täter war. Natürlich war hier der Wunsch der Vater des Gedankens, darüber war sich Sandrini im Klaren. Aber warum sollte nicht mal ein Wunsch in Erfüllung gehen?

Sie saßen sich an einem abgeschabten Tisch gegenüber, im kalten Licht einer Neonröhre. Tscharli mit Handschellen. Zwischen ihnen ein Aufnahmegerät mit Mikrophon. Neben der Tür stand mit stoischer Miene ein uniformierter Beamter. Ein Ventilator drehte sich an der Decke.

Tscharli war mit den Nerven fertig, das war ihm anzusehen. Sein freches Grinsen war ihm vergangen. Dabei hatten sie noch gar nicht begonnen.

Sandrini konfrontierte ihn gleich zu Beginn damit, dass sein Handy zur Tatzeit in genau jener Funkzelle eingeloggt war, in der Lauras Leiche gefunden wurde. Tscharli kam gar nicht auf die Idee, nach der Größe der Funkzelle zu fragen. Denn tatsächlich lag auch seine Wohnung in ihr. Ein Alibi für die Tatzeit hatte er ebenfalls nicht. Und warum er beim Auftauchen der Polizei vor seinem Geschäft in Meran durch die Hintertür hatte abhauen wollen, konnte er nicht erklären.

Tscharli bat um ein Glas Wasser. Sandrini verweigerte es ihm mit der Begründung, dass gerade alle Gläser in der Spülung seien. Den Vorwurf der Schikane ignorierte er.

Sandrini knallte den Untersuchungsbericht der Rechtsmedizin und das Protokoll der Spurensicherung auf den Tisch. Er klopfte mit dem Zeigefinger energisch darauf. Es gebe eine Fülle von Hinweisen, behauptete er, die ihn dringend tatverdächtig machten. Angefangen mit der Plastiktüte, die aus einem Supermarkt in Lana stammte – Sandrini verschwieg, dass es Läden dieser Kette in ganz Südtirol gab –, bis hin zu …

«Was für eine Plastiktüte?», unterbrach ihn Tscharli.

Spielte er jetzt den Ahnungslosen?

«Die du Perversling der Laura über den Kopf gezogen hast!», schrie ihn Sandrini an. «Am Tatort wurden Fußabdrücke gefunden, die zu deiner Schuhgröße passen. In deiner Wohnung haben wir einen Baseballschläger sichergestellt, der Lauras Kopfverletzung erklären würde …»

Tscharli schnappte nach Luft. «Dreht ihr jetzt völlig durch? Ihr könnt mir doch keinen Mord anhängen. Ich bin unschuldig.»

«Gegenüber unserem Fallanalytiker Baron Emilio hast du behauptet, bis zu seinem Eintreffen deine Wohnung nicht verlassen zu haben.»

«Habe ich auch nicht.»

Sandrini schlug mit der Faust auf den Tisch.

«Gelogen, gelogen … Du bist gesehen worden. Wir haben gleich mehrere Zeugenaussagen.»

Tscharli sah ihn verstört an. «Ach ja, kann sein. Ich war kurz draußen, um Semmeln zu holen.»

«Das fällt dir ja früh ein. Nächster Punkt: Laut Baron Emilio kanntest du das Mordopfer nicht. Ihren Namen hast du von ihm das erste Mal gehört. Korrekt?»

«Ich will was zu trinken.»

«Und ich will eine Antwort auf meine Frage.»

«Kann sein, dass ich das so gesagt habe. Aber nur weil mich der Typ genervt hat.»

Sandrini beugte sich vor und fixierte Tscharli mit kaltem Blick.

«Du hast also schon wieder die Unwahrheit gesagt. Du kanntest diese Laura sehr wohl, stimmt's?»

Tscharli rutschte auf dem Stuhl hin und her.

«Ja, von früher. Ist aber ewig her. Ich habe sie seitdem nicht mehr gesehen.»

«Das glaubst du ja selber nicht. Sie arbeitet bei dir gleich um die Ecke in einem Hotel. Und da willst du ihr nie über den Weg gelaufen sein?»

«Falls doch, haben wir nicht miteinander geredet.»

Sandrini dachte, dass sich Tscharli immer mehr in die Scheiße ritt. Es bereitete ihm große Freude, ihm dabei zuzusehen.

«Du kanntest die Laura also von früher. Interessant. Zusammen mit Dobra Novak – die kanntest du ja auch.»

Tscharli bekam einen roten Kopf. Er versuchte aufzuspringen. Sandrini rammte ihm den Tisch gegen den Bauch. Der Beamte an der Tür eilte hinzu und drückte Tscharli zurück auf seinen Stuhl.

Sandrini grinste. Gleich hatte er ihn so weit. Gleich würde Tscharli zusammenbrechen und alles gestehen.

«Wir haben Zeugen», bluffte Sandrini, «die dich vor sieben Jahren in Mals gesehen haben, zusammen mit Dobra Novak …»

Die Tür ging auf. Mariella steckte ihren Kopf herein.

«Der Baron ist hier, er will Sie dringend sprechen.»

«Jetzt nicht!»

«Er hat eine überaus wichtige Information.»

Sandrini kam der Gedanke, dass diese was mit Tscharli zu tun haben könnte und ihn womöglich endgültig der Tat überführte.

Mariella eilte zu ihm hin und flüsterte ihm was ins Ohr.

«Ich hab Sie nicht verstanden», raunzte er sie an. «Wiederholen Sie noch mal.»

Dabei hatte er Mariella sehr wohl verstanden. Nur wollte er es nicht glauben.

«Baron Emilio lässt Ihnen ausrichten», sagte sie leise, «er kenne Dobras und Lauras Mörder. Tscharli Niederhofer sei es nicht.»

Sandrini kniff die Augen zusammen. War das jetzt eine gute oder eine schlechte Nachricht? Falls sich Emilio täuschte, würde er ihm den Hals umdrehen.

Sandrini schob den Stuhl zurück und stand auf.

«Kurze Pause!», entschied er. «Tscharli, du wartest hier! Mach keinen Ärger, sonst lasse ich dich in eine Zwangsjacke stecken.» Und dem Sicherheitsbeamten befahl er: «Bringen Sie ihm ein Glas Wasser!»

# 71

Emilio wartete in Sandrinis Büro auf ihn. Mit einer Schachtel Maronenplätzchen von Mariella. Und einer Tasse Kamillentee. Er bevorzugte definitiv Turmstallers Darjeeling.

Der Commissario war auf hundertachtzig, als er in sein Zimmer stürmte. Wo kam der Ausdruck eigentlich her? Falls damit der Blutdruck gemeint war, könnte das hinkommen.

«Tscharli war kurz davor zu gestehen», polterte Sandrini los. «Das haben Sie jetzt vermasselt. Vielen Dank.»

«Den Dank nehme ich gerne entgegen. Aber nicht dafür.»

«Mariella hat mir ausgerichtet, Sie würden den Mörder kennen. Tscharli sei es nicht. Woher wollen Sie das wissen?»

«Ich bin hier, um es Ihnen zu erklären. Tscharli können Sie laufen lassen.»

«Das werde ich ganz bestimmt nicht tun. Erst höre ich mir an, was Sie zu sagen haben.»

«Sehr gerne. Wollen Sie zur Beruhigung einen Fernet-Branca trinken? Ich werde es auch nicht weitersagen.»

Sandrini sah ihn empört an. «Wie kommen Sie denn auf diese Idee? Außerdem, woher sollte ich jetzt einen Fernet-Branca nehmen?»

Emilio deutete schmunzelnd auf seinen Schreibtisch. «Aus Ihrer Schublade.»

Sandrini sah ihn entgeistert an. «Langsam werden Sie mir unheimlich.»

Er sah zur Tür. Er hatte sie hinter sich zugezogen.

«Na egal. Wollen Sie auch einen?»

«Sehr gerne. Bekommt mir wahrscheinlich besser als Mariellas Kamillentee.»

«Ganz sicher sogar. Ihr Kamillentee schmeckt nach eingeschlafenen Füßen.»

Ein gewagter Vergleich. Wie auch immer, die Unterbrechung tat gut. Der Magenbitter ebenso. Sandrini kam zur Ruhe.

Schließlich lehnte sich der Commissario zurück und verschränkte die Hände hinter dem Kopf.

«So, jetzt bin ich aber neugierig. Schießen Sie los!»

*

Eine halbe Stunde später war Emilio fertig. Er hatte ihm alles erzählt. Nicht nur von Dobra und warum sie getötet wurde – vor allem von wem! –, sondern auch von Gustl Mayrs Frau Angie, die ebenfalls vor sieben Jahren ihr Leben hatte lassen müssen. Er hatte ihm erklärt, warum Laura umgebracht wurde. Er hatte ihm sogar vom Attentat berichtet, das gestern auf ihn selbst verübt wurde. Und er hatte ihm das Gutachten von Professor Turmstaller vorgelegt und eingehend erläutert.

Sandrini schüttelte fassungslos den Kopf. Dabei war alles ganz einfach. Das eine ergab sich aus dem anderen.

«Einen wirklichen Beweis haben wir dennoch nicht», stellte er fest.

«Die Indizien sollten für eine Verurteilung ausreichen.»

«Wahrscheinlich, ja.»

«Ich könnte den Versuch machen, ihn zu einem Geständnis zu bewegen», schlug Emilio vor. «Wenn Sie mich verkabeln, hätten Sie es auf dem Recorder.»

Sandrini kratzte sich am Kopf. «Selbst wenn es klappt, könnten wir damit bei Gericht scheitern.»

«Und wenn Sie die Staatsanwaltschaft mit einbeziehen? Den Prokurator kenne ich; mit ihm kann man reden.»

«Der leitende Oberstaatsanwalt? Drunter machen Sie es wohl nicht.»

«Ist natürlich ein Risiko. Könnte ja sein, dass ich den Täter nicht dazu bringe, auszupacken. Dann hätten wir uns blamiert.»

«*Sie* hätten sich blamiert. Ich ganz sicher nicht.» Sandrini überlegte. «In jedem Fall könnte ich für morgen Vormittag eine Pressekonferenz ansetzen.»

Emilio nickte. «Ja, das könnten Sie. Wobei es mir sympathisch wäre, nicht dabei sein zu müssen.»

Sandrini rieb sich die Hände. «Emilio, mein Freund, ich werde versuchen, Sie würdig zu vertreten.»

Das würde er wohl kaum, dachte Emilio. Wahrscheinlich würde er sogar vergessen, seinen Namen zu erwähnen. Aber das machte nichts. Das war er vom Commissario gewohnt.

Bevor sich Emilio verabschiedete, besprachen sie die nächsten Schritte. Und sie einigten sich darauf, die Aktion noch heute Nachmittag durchzuziehen. Mit oder ohne den Segen der Staatsanwaltschaft.

# 72

Kein Zweifel, die Vorderachse seines Landy war beschädigt. Mit jedem Kilometer wurden die Geräusche lauter. Auf dem Perchtingerhof angekommen, stellte er sein Auto in eine Ecke. Er würde einen Fahrzeugwechsel vornehmen müssen. Sein Blick fiel auf Phinas Traktor. Er kam leider nicht in Frage, obwohl es Spaß machte, mit ihm herumzukurven.

Emilio traf Phina im Büro an. Das war der Arbeitsplatz, den sie mit Abstand am wenigsten mochte. Am wohlsten fühlte sie sich draußen in der Natur, inmitten ihrer Reben. Bei jedem Wetter, sogar wenn es regnete.

Sie sah ihm angespannt entgegen. Weil sie ahnte, dass sich die Ereignisse gerade zuspitzten?

Er ging zu ihr hin, umarmte sie und gab ihr einen Kuss. Das machte er eher selten, aber gerade war ihm danach.

Prompt fragte sie ihn nach dem Grund seiner ungewohnt liebevollen Begrüßung.

Emilio dachte an sein vorangegangenes Gespräch mit Tilda. Er hätte ihr antworten können, dass er eine Entscheidung getroffen hatte … Nein, getroffen hatte er sie schon vorher, nun aber in die Tat umgesetzt. Doch wollte er den richtigen Zeitpunkt abwarten, es ihr zu sagen. Ganz bestimmt nicht zwischen Tür und Angel.

Er ging nicht darauf ein. Stattdessen fragte er, ob er sich später ihr Auto ausleihen dürfe, sein Landy habe ein technisches Problem.

Phina lachte. Deshalb hätte er sie nicht küssen müssen, sagte sie. Natürlich könne er ihr Auto haben, sie müsse heute nicht mehr weg. Dann drohte sie ihm mit dem Finger: vorausgesetzt, er fahre mit ihrem Auto nicht zu Tilda.

Er winkte ab. Ganz sicher nicht, das könne er ihr versprechen. Im Übrigen werde er nie mehr zu Tilda fahren, rutschte ihm noch raus.

Phina sah ihn mit großen Augen an. Natürlich erwartete sie eine Erklärung.

«Erzähl ich dir heute Abend», sagte er. «Jetzt steht erst mal Dobras Mörder auf dem Programm. Sandrini ist schon informiert. Wir wollen in einer Stunde zuschlagen.»

«Dobras Mörder? Ist es so weit?»

Emilio nickte. «Ja, aber vor der Verhaftung will ich ihm noch ein Geständnis entlocken. Könnte schwierig werden.»

«Kenne ich ihn?»

Emilio grinste. «Wusste gar nicht, dass du so neugierig bist.»

«Nun sag schon!», bettelte sie.

Er beugte sich zu ihr und flüsterte ihr den Namen ins Ohr.

# Finale

Alles war organisiert. Der Staatsanwalt hatte seine Zustimmung gegeben. Emilio war verkabelt. Praktisch sah das so aus, dass ein im Hemdkragen verborgenes Mikrophon über Bluetooth mit seinem Handy in der Hosentasche verbunden war. Ganz einfach also. Emilio hatte sogar ein Geschenk dabei: den Totschläger von gestern Abend. Phinas Auto war vollgetankt. In größerer Entfernung folgte ihm eine Zivilstreife mit Commissario Sandrini auf dem Beifahrersitz. Und in noch größerer Distanz ein weiteres Zivilfahrzeug mit Verstärkung. Viel passieren konnte also nicht. Jedenfalls theoretisch. Doch Emilio hatte in seinen langen Jahren als Ermittler gelernt, dass man vor Überraschungen nie sicher war. Um Tante Theresa mit einem ihrer Lieblingssprüche zu zitieren: Und zweitens kommt es anders als man denkt!

Emilio war also voll konzentriert, als er sich dem Haus näherte. Und schon passierte es: Ihm kam ein Auto entgegen – mit dem Täter am Steuer. Dabei sollte er daheim sein; das hatte Sandrini vorher abgecheckt. Emilio verdeckte mit der Hand sein Gesicht. Jetzt zahlte sich aus, dass er mit Phinas Auto unterwegs war. Im Landrover hätte der Mörder ihn sofort erkannt. Emilio fuhr ein kurzes Stück weiter, um dann zu wenden und ihm zu folgen. Den entgegenkommenden Zivilstreifen winkte er zu. Im Rückspiegel sah er, wie sie ebenfalls wendeten. Wahrscheinlich schimpfte Sandrini vor sich hin. Der Commissario hasste es, wenn die Dinge anders liefen als geplant.

Eines stand fest: Der Täter befand sich nicht auf der Flucht. Er fuhr langsam. Aber wohin? Sie verließen den Ort, weiter ging es über eine Landstraße. Emilio ließ sich zurückfallen und sogar von anderen Autos überholen.

Aufgrund dieses Sicherheitsabstands hätte er ihn fast verloren. Gerade noch rechtzeitig sah er ihn in eine kleine Sackgasse abbiegen, die zu einer alleinstehenden Kirche führte. Emilio fuhr an der Abzweigung vorbei. Hinter sich die beiden Zivilstreifen. Nach einem Waldstück wendete er und fuhr langsam zurück. Sein Handy klingelte. Er nahm es aus der Hosentasche und sah, dass ihn der Commissario erreichen wollte. Emilio sah keine Notwendigkeit, den Anruf entgegenzunehmen. Er schaltete das Handy auf stumm. Das hätte er schon längst machen sollen. Er hatte keinen Knopf im Ohr, also konnte Sandrini nicht zu ihm sprechen. Umgekehrt bekam der Commissario aber von ihm alles mit. Auch dass er im Radio leise Musik laufen hatte.

«Ich fahr jetzt zur Kirche und schau, ob er reingegangen ist», sprach Emilio in sein Mikrophon. «Besser, Sie bleiben auf Abstand.»

Emilio lächelte. Sandrini mochte es nicht, wenn man ihm Ratschläge erteilte. Wahrscheinlich meckerte er gerade, dass er auf diese Idee auch selber gekommen wäre.

Auf dem Parkplatz vor der Kirche stand nur ein einziges Fahrzeug. Sah also nicht nach einem Gottesdienst aus. Emilio schaltete den Motor ab und ließ sein Auto langsam ausrollen. Er stieg aus, ging zur Kirche und trat ein. Ganz geräuschlos ging das nicht. Das Portal quietschte. Zunächst dachte er, die Kirche wäre menschenleer. Dann entdeckte er in einer der vorderen Reihen eine kauernde Gestalt. Als ob sie tief im Gebet versunken sei.

Ohne Eile schritt er durch den Gang zwischen den Bänken.

Über dem Altar brach sich das Licht in den farbigen Scheiben eines Kirchenfensters. An den Wänden waren Heiligenbilder und an der hohen Decke ein Fresko mit der Mutter Maria und ihrem Kind zu sehen.

Der betende Mann rührte sich nicht. Dabei hatte er ihn ganz sicher kommen hören. Emilio blieb stehen und blickte ihn von der Seite an.

Er war es.

«Darf ich stören?», fragte Emilio. Mit einer Antwort rechnete er nicht. Er setzte sich zu ihm auf die Bank.

«Ich habe Sie erwartet», sagte der Mann leise. «Nicht hier und nicht jetzt. Aber ich habe Sie erwartet.»

Emilio legte den mitgebrachten Totschläger auf die Gebetsbank, ausgerechnet neben eine Bibel.

«Haben Sie gestern verloren.»

«Können Sie behalten.»

Emilio dachte, dass sich Sandrini darauf keinen Reim würde machen können. Er sollte die Dinge beim Namen nennen.

«Wie sind Sie auf mich gekommen?», fragte der Mann, ohne ihn anzusehen.

«Angefangen hat alles mit dem Abdruck einer Kaffeetasse.»

«Mir ist nicht nach Scherzen zumute.»

«Mir auch nicht. Erinnern Sie sich an meinen ersten Besuch bei Ihnen? Damals haben Sie behauptet, noch keinen Blick in die Zeitung geworfen zu haben, die auf Ihrem Schreibtisch lag. Seltsamerweise war genau auf der Doppelseite, auf der jener Artikel über Dobra stand, der ringförmige Abdruck einer Kaffeetasse mit einigen Spritzern zu erkennen. Haben Sie gezittert, als Sie die Meldung gelesen haben? Jedenfalls haben Sie nicht die Wahrheit gesagt.»

«Sie sind ein guter Beobachter. Aber ein Kaffeefleck in einer Tageszeitung ist nun wirklich lächerlich. Wenn Sie nicht mehr haben, würde ich vorschlagen, dass Sie gehen und mich nicht länger beim Beten stören.»

Emilio bezweifelte, dass er wirklich betete. Auch wenn er sich den Anschein gab.

«Ich gebe Ihnen recht, ein Kaffeefleck wäre etwas wenig. Es gibt aber viele weitere Hinweise, die zweifelsfrei zu Ihnen führen. Einen hat Dobra in ihrem Verlies hinterlassen …»

Emilio machte eine kurze Pause, damit die Nachricht auch die gewünschte Wirkung erzielen konnte.

«Sie hat im Dunkeln», fuhr Emilio fort, «mit einer Haarspange den Namen ihres Mörders in den Boden geritzt. War etwas schwer zu entziffern. Erst dachte ich, es handele sich vorne um eine Sieben mit einem merkwürdigen Querstrich und hinten um ein Kreuz. Das hat natürlich keinen Sinn ergeben. Verschiebt man aber bei der Sieben die horizontalen Striche nach rechts, wird daraus ein F. Beim Kreuz muss man nur den Kopf drehen, dann wird daraus ein X. Und schon haben wir Ihren Vornamen: FeliX.»

«Dobra, Dobra …», murmelte Felix Leitstaller.

Brach er jetzt zusammen und gab alles zu? So schnell hatte Emilio nicht damit gerechnet.

Felix richtete sich langsam auf und wandte ihm das Gesicht zu. Bei ihrer ersten Begegnung hatte Emilio ihn spontan als sympathisch empfunden. Eigentlich auch später. So konnte man sich täuschen.

«Sie haben eine blühende Phantasie», sagte Felix. «Warum sollte ich Dobra umgebracht haben? Ich kannte sie doch kaum.»

Emilio sah sich um. «Wir sind alleine, wir haben Zeit. Also will ich es Ihnen erklären. Dabei wissen Sie es selber ja am besten. Aber trotzdem. Fangen wir damit an, dass Sie behauptet haben, Dobra kaum zu kennen. Das entspricht nicht der Wahrheit.»

«Das müssten Sie mir erst mal beweisen. Aber das können Sie nicht. So ein Pech!»

Emilio dachte, dass Felix langsam sein wahres Gesicht zeigte.

«Kann ich sehr wohl», antwortete Emilio. «Wie Sie wissen, erwartete Dobra ein Kind …»

Felix zuckte nicht mit der Wimper.

«Der Fötus ist mit ihr im Bunker gestorben. Keine schöne Vorstellung.»

Felix starrte ihn an. «Was geht mich das an?»

Wie abgebrüht musste man sein, um so zu reagieren?

«Sehr viel geht Sie das an», sagte Emilio. «Denn Sie … waren der Vater des ungeborenen Kindes.»

So, jetzt war es raus. Dies war der Schlüssel zu allem. Professor Turmstaller hatte den Nachweis erbracht. Ihm war es gelungen, aus dem mumifizierten Embryo die DNA zu extrahieren. Und er hatte sie mit den Speichelresten auf der Zigarettenkippe abgeglichen, die Emilio bei seinem letzten Besuch auf dem Weingut Frattini mitgenommen hatte – während Felix unterwegs gewesen war, um die vergessene Weinflasche zu holen.

In Felix' Gesicht zuckte es. Diese Nerven hatte er nicht unter Kontrolle. Sonst aber schien er unbeeindruckt.

«Wie können Sie so etwas behaupten? Sind Sie von allen guten Geistern verlassen?»

Warum unterstellte man ihm immer wieder, nicht ganz bei Trost zu sein? Daran konnte sich Emilio nicht gewöhnen.

«Von der Rechtsmedizin in Bozen liegt ein wissenschaftliches Gutachten vor, das Sie zweifelsfrei als Vater des ungeborenen Kindes identifiziert. Wollen Sie immer noch behaupten, dass Sie Dobra kaum gekannt haben?»

Emilio beobachtete, wie bei Felix' gefalteten Händen die Knöchel weiß hervortraten. So fest drückte er zu.

«Ich hätte nicht gedacht, dass sich das nachweisen lässt», sagte er leise. «Nicht nach sieben Jahren.»

War das ein Schuldgeständnis? Hörte sich ganz so an. Hoffentlich hatte Sandrini jedes Wort verstanden.

«Sie hatten also eine intime Beziehung mit Dobra», resümierte Emilio. «Zu einem Zeitpunkt, als Sie schon mit Ihrer heutigen Frau Angelika zusammen waren. Die Frattinis waren Ihr Sprungbrett in ein neues, in ein besseres Leben. Dobras Schwangerschaft hätte alles kaputt gemacht. Angelikas streng katholische Eltern hätten nie einen Schwiegersohn akzeptiert, der ihre Tochter mit einer kroatischen Bedienung betrog ...»

«Bitte hören Sie auf!»

«Warum sollte ich? Weil Sie die Wahrheit nicht vertragen? Dobra hat sich geweigert, das Kind abtreiben zu lassen. Wahrscheinlich hat Dobra Sie sogar geliebt und wollte, dass Sie sie heiraten. Apropos: Haben Sie ihr das nette Fußkettchen mit dem Amethysten bezahlt? Na egal, jedenfalls haben Sie sich entschieden, Dobra umzubringen und im Bunker der Mayrs einzumauern. Ich habe gestern mit Ludwig Mayr telefoniert, er hat mir bestätigt, dass Sie früher bei einigen Festen dabei waren und den Bunker kannten.»

«Ich wollte Dobra nicht töten ...»

«Warum haben Sie es dann getan?»

«Ich wollte ihr Geld geben, aber sie hat sich geweigert. Da blieb mir keine andere Wahl.»

Das sollte als Geständnis reichen, dachte Emilio. Aber damit würde er sich nicht zufriedengeben. Schließlich hatte Felix nicht nur Dobra auf dem Gewissen.

«Ludwig Mayrs Mutter Angie hat Sie am Bunker gesehen. Schon wieder glaubten Sie, keine andere Wahl zu haben, richtig?»

«Es war ein Unfall.»

«Glaube ich nicht. Kommen wir zu Dobras Freundin Laura Sabitzer, die Sie gestern Morgen getötet haben …»

«Schluss jetzt! Kein Wort mehr!»

«Ihr Handy war am Tatort eingeloggt und …»

Plötzlich hielt Felix eine Pistole in der Hand und drückte sie Emilio in die Seite.

«Ich sagte, Sie sollen aufhören!», zischte er.

«Was hätte Laura verraten können? Warum musste sie sterben?», fuhr Emilio ungerührt fort. Dabei glaubte er die Antwort zu kennen.

«Sie wusste von Dobra und mir. Schon wieder hatte ich keine Wahl. Das müssen Sie doch verstehen.»

Emilio spürte den Druck der Pistole. Ihm ging durch den Kopf, dass Felix glauben könnte, auch jetzt keine andere Wahl zu haben.

«Nehmen Sie die Pistole weg!»

Felix würde es nicht tun, aber Sandrini sollte wissen, dass die Situation gerade eskalierte.

«Es macht wenig Sinn, mich zu erschießen.»

«Doch, es macht sogar sehr viel Sinn. Glauben Sie wirklich, ich lasse Sie jetzt einfach gehen? Zu Hause wartet Angelika mit unseren Kindern auf mich. Ich liebe meine Familie, sie geht mir über alles. Ich lasse mir von niemandem mein Leben kaputt machen, auch nicht von Ihnen.»

Emilios Blick fiel auf die Gebetsbank mit dem Totschläger. Außer Reichweite! Was war mit der daneben liegenden Bibel? Felix würde sich vom Wort Gottes nicht umstimmen lassen. Seinen Gehstock mit dem Degen hatte Emilio im Auto gelassen, er wäre im Moment aber auch keine Hilfe. Sollte er Felix versprechen, die Wahrheit für sich zu behalten? Das wäre kindisch; er würde es nicht glauben. Oder vielleicht doch?

«Lieber Felix Leitstaller, ich bin nicht die Polizei, nur ein kleiner, korrupter Privatdetektiv. Im konkreten Fall habe ich nicht einmal einen Auftraggeber, also niemanden, der mich bezahlt. Diesen unbefriedigenden Zustand könnten Sie ändern. Ach so, Sie sollten wissen, dass ich einen Bericht geschrieben habe, sozusagen als Lebensversicherung. Wenn ich mich in der nächsten Stunde nicht melde, wird er in den Briefkasten gesteckt. Adressiert an Commissario Sandrini von der Quästur in Bozen.»

Felix' Reaktion verzögerte sich. Offenbar musste er das Gehörte erst verarbeiten. War ja auch ein bisschen viel auf einmal.

«Was wollen Sie mir damit sagen?»

«Dass es ein Fehler wäre, mich zu erschießen. Stattdessen könnten wir uns auf eine angemessene Honorarzahlung verständigen. Sie sollte hoch genug sein, dass ich meine Koffer packen und nach Costa Rica auswandern kann.»

«Nach Costa Rica? Mit Phina?»

Eine berechtigte Frage. Sie zeigte, dass er auf seine Geschichte einstieg, zumindest für den Moment.

«Die kann bleiben, wo der Pfeffer wächst. Ich bin froh, wenn ich sie nicht mehr sehen muss.»

Das war hart. Im Geiste entschuldigte er sich bei ihr. Emilio spürte, wie der Druck der Pistole nachließ. Jetzt hatte Felix was zum Knabbern. Schwer abzuschätzen, zu welchem Ergebnis er kommen würde. Und vor allem, wie schnell.

Jetzt wäre für Sandrini und seine Leute der richtige Zeitpunkt gekommen, sich einzumischen. Warum saß er immer noch alleine mit Felix in der Kirche? Weil Sandrini seine Gefährdung durch die Pistole nicht einzuschätzen vermochte? Das wäre immerhin eine Erklärung, befreite ihn aber nicht aus seiner misslichen Lage.

Der Druck der Pistole nahm wieder zu.

«Ich glaub Ihnen nicht. Was ist mit dem Gutachten der Rechtsmedizin?»

Verdammt, da hatte er den wunden Punkt getroffen.

«Das war ein Bluff», log Emilio. «Es gibt keinen Vaterschaftsnachweis. Wie Sie schon vermuteten, wäre so etwas nach sieben Jahren gar nicht mehr möglich. Erst recht nicht bei einer mumifizierten Leiche …»

«Mumifiziert?»

Emilio glaubte, das Entsetzen in seiner Stimme zu hören. Ganz so gefühlskalt war Felix offenbar doch nicht.

«Richtig, das können Sie nicht wissen: Dobra ist völlig verschrumpelt, da existiert überhaupt kein verwertbares Gewebe mehr.»

Er konnte deutlich spüren, wie die Pistole zitterte.

«Auf meinem Handy habe ich ein Foto ihres Leichnams», sagte Emilio. «Wollen Sie es sehen?»

Dabei tat er so, als ob er in seine Jackentasche langen wollte.

«Sind Sie verrückt …»

Weiter kam er nicht. Denn Emilio hatte beschlossen, auch ohne Sandrinis Hilfe dem Spuk ein Ende zu bereiten. Er setzte alles auf eine Karte. Mit dem Ellbogen, der nur noch Zentimeter von der Pistole entfernt war, schlug er die Waffe weg. Ein Schuss löste sich. Ob ihn die Kugel getroffen hatte, konnte er nicht feststellen. Das würde er erst in wenigen Sekunden merken. Mit beiden Händen packte er die Pistole und entwand sie Felix. Ein zweiter Schuss splitterte in die Kirchenbank … Diese Kugel wenigstens hatte ihn ganz sicher verfehlt.

«Polizei! Sie sind umstellt, ergeben Sie sich!»

Sandrini, endlich …

Wäre die Situation nicht so ernst, hätte Emilio lachen müssen. Unter «umstellt» verstand er was anderes. Er rutschte von der Kirchenbank, sprang auf und sorgte für Abstand. Schmerzen hatte er keine. Er fuhr mit der Hand unter sein Hemd. Kein Blut. Er war unverletzt.

Felix blieb wie erstarrt sitzen. Dann kippte er langsam nach vorne.

Polizisten eilten herbei, zerrten Felix von der Bank und warfen ihn mit dem Gesicht nach unten auf den Kirchenboden. Bogen seine Arme nach hinten und verschränkten sie auf dem Rücken. Die Handschellen klickten.

«*Attento! È ferito!*»

Felix war verwundet? Die einzige Erklärung war, dass ihn der erste Schuss selber getroffen hatte. Emilio verspürte kein Mitleid, hoffte aber, dass die Verletzung nicht lebensgefährlich war. Denn erstens wollte er nicht an seinem Tod schuld sein. Und zweitens war ihm wichtig, dass Felix der Prozess gemacht wurde.

Sandrini legte Emilio den Arm über die Schulter. Das hatte der Commissario noch nie gemacht.

«*Ben fatto*», sagte er anerkennend. «Wir haben alles mitgehört.»

«Das freut mich.»

«Sogar, dass Sie nach Costa Rica auswandern wollen. Das war ein Scherz, oder?»

Emilio überlegte, dass Sandrini womöglich gar nichts dagegen hätte. Dann wäre er ihn endlich los. Aber wer half ihm dann bei der Arbeit?

«Das können Sie aus dem Protokoll streichen», antwortete Emilio lächelnd. «Ich bleib in Südtirol, zusammen mit Phina.»

# Epilog

Es war spätabends. Emilio und Phina saßen bei Kerzenlicht auf ihrer Terrasse, mit einer Schale Erdnüsse und einer Flasche Wein. Allerdings nicht der Cabernet von Felix. Phina hatte beschlossen, ihn wegzuschütten. Emilio hielt diese Reaktion für übertrieben. Man konnte den Wein doch nicht in Sippenhaft nehmen? Aber vielleicht, das musste er zugeben, wäre er heute Abend tatsächlich etwas deplatziert gewesen. Stattdessen hatten sie eine erste Flaschenabfüllung von Bastians Amphorenwein im Glas. Der Lagrein hatte zwar ebenfalls Bezug zum aktuellen Fall, genau genommen hätte Emilio ohne ihn nie den Bunker betreten. Aber er kam von einem Freund mit guter Gesinnung. Irgendwie spielte eben doch eine Rolle, in welchem Geiste ein Wein kreiert wurde. Phina sprach vom Karma, das jeder Flasche mit auf den Weg gegeben wurde. Im Guten wie im Schlechten. Emilio war weniger spirituell. Aber auch er fand, dass es Weine gab, die Hautgout hatten.

Er erinnerte Phina an ihre Wette mit Bastian. Sie hatte behauptet, er würde von seinem Lagrein enttäuscht sein.

Sie schwenkte ihr Glas und ließ die Aromen in ihre Nase steigen. Sie nahm einen Schluck …

«Okay, die Wette habe ich verloren», gab sie zu. Und mit einem Lächeln bat sie: «Musst es ihm ja nicht sagen.»

«Ich halte mich raus. Prost, meine Liebe. Auf die Zukunft!»

«Immer gerne.»

Sie stießen an. Danach schwiegen sie eine Weile. Das taten

sie häufig, wenn sie alleine waren. Emilio schätzte diese Pausen. Miteinander schweigen zu können empfand er als Ausdruck besonderer Vertrautheit.

Schließlich ergriff Phina wieder das Wort. «Hast du eine Vorstellung von der Zukunft, auf die wir gerade getrunken haben? Wie stellst du dir die Zukunft vor?»

Emilio nickte. Die Frage kam nicht überraschend. Und er kannte die Antwort.

«Schön», sagte er, «schön stelle ich mir die Zukunft vor.»

Sie runzelte die Stirn.

«Geht's bissel konkreter? Mit wie vielen Frauen gedenkst du, dir deine Zukunft zu teilen?»

Emilio schmunzelte.

«Natürlich mit zwei Frauen. Ist doch klar.»

«Wie bitte … Bevor du heute Nachmittag losgefahren bist, hast du angedeutet, dass du mit Tilda Schluss gemacht hast …»

Emilio ließ sie einen Moment zappeln.

«Habe ich auch. Mit der zweiten Frau meinte ich doch nicht Tilda, sondern … Nun ja, eine richtige Frau ist Zola zwar noch nicht, aber sie kann bestimmt genauso nerven.»

Phina warf ihm die Erdnüsse an den Kopf, die sie gerade in der Hand hielt. Dann sprang sie auf und umarmte ihn. So stürmisch, dass er fast vom Stuhl fiel.

«Bevor du mich umbringst, lass mich wenigstens die Adoptionspapiere unterschreiben.»

# ANHANG

Leser der vier ersten Südtirol-Krimis mit Baron Emilio («Tod oder Reben», «Mord in bester Lage», «Mörderischer Jahrgang» und «Falscher Tropfen») kennen große Teile dieses Anhangs bereits. Aber er ist wie immer überarbeitet, ergänzt und aktualisiert worden. Bei den Weinen gibt es eine erfreuliche Kontinuität auf hohem Niveau. Bei den Restaurants und Buschenschänken finden sich diverse Neuentdeckungen. Es zahlt sich aus, dass unser Protagonist Emilio viel herumfährt und lieber isst und trinkt, als in einem Kriminalfall zu ermitteln.

Auch für diese Ausgabe gilt: Der Anhang soll keinen Wein- oder Restaurantführer für Südtirol ersetzen – obwohl er mittlerweile so umfangreich ist, dass er diesem Anspruch fast gerecht wird. Er hat weder eine umfassende Darstellung zum Ziel, noch bemüht er sich in der Auswahl um Objektivität. Vielmehr stellt er Adressen vor, die bei einer weinaffinen und kulinarisch geprägten Reise als Orientierung dienen können. Die großartige Bergwelt der Dolomiten wird jedoch ausgespart, was dem Thema und der Handlung geschuldet ist. Allerdings gibt es hier eine Ausnahme: das Restaurant St. Hubertus in St. Kassian (weil Norbert Niederkofler oft als bester Koch Südtirols bezeichnet wird). Hotelempfehlungen würden (leider) den Rahmen sprengen, weshalb darauf verzichtet wird. Einige weinaffine Adressen finden sich im Anhang unter dem Stichwort «Vinum-Hotels» (s. dort). Darüber hinaus kann den

Leser(inne)n nur empfohlen werden, auf eigene Erkundungsreise zu gehen. Südtirol ist für Menschen, die gerne essen und Wein trinken, ein Reiseziel voller lustvoller Entdeckungen.

# Weine

Südtirol ist die nördlichste Weinregion Italiens. Weingeographisch kann man sich an einem Ypsilon orientieren: rechts oben der Schenkel mit dem Eisacktal bzw. Valle Isarco (u. a. Brixen und Klausen). Links oben vom Reschenpass kommend das westliche Etschtal (Vinschgau, Meran). Im Schnittpunkt Bozen (mit dem Magdalener Hügel). Und nach unten bzw. Süden auf der Landkarte links die Region Überetsch mit der berühmten Weinstraße (Strada del Vino) und Orten wie Eppan und Kaltern. Rechts parallel verlaufend und durch eine Hügelkette getrennt das tiefer gelegene Unterland.

Charakterisiert wird Südtirol durch die Gegensätze der Alpen im Norden und des mediterranen Einflusses vom Süden. Obwohl Südtirol eine der kleinsten Weinbauregionen Italiens ist, ist es aufgrund der klimatischen Besonderheiten, der unterschiedlichen Höhen-, Hügel- und Steillagen sowie Sonnenexpositionen, aufgrund der vielfältigen Böden (z. B. vulkanischer Porphyr, Quarz, Kalk, Dolomitgestein) und mit rund 5000 Weinbauern außerordentlich abwechslungsreich. Hinzu kommen große Temperaturunterschiede zwischen Tag und Nacht – was sich auf viele Rebsorten qualitätssteigernd auswirkt.

Neben den autochthonen (in Südtirol heimischen) Rebsorten Vernatsch, Gewürztraminer und Lagrein haben in Südtirol auch viele internationale Trauben (wie Blau- und Weißburgunder, Sauvignon, Cabernet und Merlot) eine lange Tradition.

Insgesamt sind rund 20 verschiedene Rebsorten für Qualitätsweine (DOC) zugelassen. Südtirol hat die größte Dichte an DOC-Weinen in ganz Italien. Die weißen Reben haben heute einen Anteil von deutlich über 50 Prozent. Gleichzeitig gibt es eine Rückbesinnung auf traditionelle Rotweine wie den Lagrein, der über ein erstaunliches Potenzial verfügt.

### Andrian, Kellerei (Terlan)

Seit 2008 wird die älteste Kellereigenossenschaft Südtirols (gegründet 1893) von der Kellerei Terlan geführt (s. dort), präsentiert sich aber weiterhin als eigenständige Marke.

*Weinempfehlungen:* Tor di lupo Lagrein, Andrius Sauvignon, Anrar Blauburgunder u. a.

39018 Terlan, Silberleitenweg 7, Tel. 0471 257135, office@kellerei-andrian.com, www.kellerei-andrian.com

### Arunda Sektkellerei (Mölten)

Gilt als führende Sektkellerei Südtirols, hoch gelegen zwischen Bozen und Meran (über 1000 Meter), klassische Flaschengärung. Inhaber: Josef Reiterer.

*Weinempfehlungen:* Arunda Cuvée Marianna, Arunda Extra Brut Millesimato, Arunda Excellor, Arunda Talento Brut u. a.

39010 Mölten, Prof.-Josef-Schwarz-Straße 18, Tel. 0471 668033, info@arundavivaldi.it, www.arundavivaldi.it

### Baron di Pauli (Kaltern)

Der Kellerei Kaltern (s. dort) angegliedertes, traditionsreiches Weingut der Familie Baron di Pauli.

*Weinempfehlungen:* Gewürztraminer Exilissi, Weißweincuvée Enosi, Kalterersee Kalkofen, Cabernet-Merlot Arzio.

39052 Kaltern a. d. Weinstraße, Kellereistraße 12, Tel. 0471 963696
info@barondipauli.com, www.barondipauli.com

## Blatterle (Blaterle)

Fast in Vergessenheit geratene und entsprechend rare Südtioler Rebsorte (die womöglich so heißt, weil die Beeren ein plattgedrücktes Äußeres haben).

## Blauburgunder

Der Blauburgunder bzw. Pinot Nero ist synonym mit dem französischen Pinot Noir (mit seiner Heimat im Burgund) und dem deutschen Spätburgunder. Die anspruchsvolle Rebsorte wird in Südtirol schon seit Generationen kultiviert und findet in entsprechenden Lagen (z. B. auf Kalkböden) ideale Bedingungen.

## Bozen, Kellerei (Bozen)

Große Genossenschaftskellerei (Zusammenschluss von Sankt Magdalena und Gries), die hochklassige und vielfach ausgezeichnete Weine hervorbringt.

*Weinempfehlungen:* Lagrein Taber Riserva, Chardonnay Kleinstein, Sauvignon Mock, Sankt Magdalener Huck am Bach u. a.

39100 Bozen, Grieser Platz 2, Tel. 0471 270909,
info@kellereibozen.com, www.kellereibozen.com

## Brigl, Josef (St. Michael / Eppan)

Das Weingut hat eine lange Tradition (bis ins 14. Jh.) und ausgezeichnete Lagen, die Weine sind entsprechend angesehen.

*Weinempfehlungen:* Lagrein Briglhof Riserva, Pinot Nero Kreuzbichler, Sauvignon u. a.

39057 Sankt Michael / Eppan, Tel. 0471 662419, brigl@brigl.com, www.brigl.com

## Dipoli, Peter (Neumarkt)

Als Südtiroler Winzer von prägendem Einfluss erzeugt Peter Dipoli aufsehenerregende Weine mit viel Charakter.

*Weinempfehlungen:* Sauvignon Voglar, Merlot Fihl, Rotweincuvée Yugum. Sehenswerter Weinkeller.

39044 Neumarkt, Villnerstr. 5, Tel. 0471 813400, www.peterdipoli.com

## DOC

Die kontrollierte Ursprungsbezeichnung DOC ist die Abkürzung für «Denominazione di Origine Controllata». Nirgendwo in Italien gibt es einen höheren Anteil an DOC-Weinen an der gesamten Weinproduktion einer Region: über 98 Prozent aller Südtiroler Weine sind DOC-Weine.

## Dominikus (Kaltern)

Das Weingut (Georg Morandell) mit Blick auf den Kalterer See ist berühmt für seinen Weinkeller, der vom Vater in

Handarbeit über 30 Jahre in den Weinberg gegraben und ausgemauert wurde (Führungen Di & Fr).

*Weinempfehlungen:* Kalterersee Dominikus Classico Superiore, Weißburgunder, Lagrein Barrique u. a.

39052 Kaltern, St. Josef am See 39, Tel. 0471 960576, info@dominikus.it, www.dominikus.it

## Eisacktaler Kellerei (Klausen)

Die noch relativ junge Eisacktaler Genossenschaftskellerei hat einen ausgezeichneten Ruf v. a. bei Weißweinen, die in der Spitze unter «Aristos» firmieren. Kellermeister: Thomas Dorfmann.

*Weinempfehlungen:* Sylvaner Aristos, Kerner, Veltliner und Riesling Aristos, Gewürztraminer Passito Nectaris, Dominus (rot und weiß) u. a.

39043 Klausen, Leitach 50, Tel. 0472 847553, info@eisacktalerkellerei.it, www.eisacktalerkellerei.it

## Erste + Neue (Kaltern)

Seit 2016 gehört die ehemals eigenständige Genossenschaftskellerei zur Kellerei Kaltern (s. dort), wobei die Marke Erste + Neue fortgeführt wird. Im Sortiment hervorzuheben sind die Puntay-Weine, die in Holzfässern ausgebaut sind. Sehenswerter Barrique-Keller.

*Weinempfehlungen:* Puntay Sauvignon, Puntay Lagrein Riserva, Prunar Pinot Bianco, Puntay Kalterersee Classico Superiore u. a.

39052 Kaltern a. d. Weinstraße, Tel. 0471 963122, info@erste-neue.it, www.erste-neue.it

## Falkenstein (Naturns)

Bis auf 900 Meter Höhe reichen die Reben von Franz und Bernadette Pratzner am «Sonnenberg» über Naturns. Bekannt geworden ist das Weingut Falkenstein vor allem durch seinen Riesling, der als einer der besten südlich des Brenners gilt.

*Weinempfehlungen:* Riesling, Weißburgunder, Blauburgunder

39025 Naturns, Schlossweg 19, Tel. 0473 666054, info@falkenstein.bz, www.falkenstein.bz

## Genossenschaftskellereien

In Südtirol gibt es rund 5000 Weinbauern, die im Durchschnitt kaum mehr als einen Hektar Rebfläche bewirtschaften. Aufgrund dieser kleinteiligen Struktur haben sich traditionell viele der Weinbauern in Kellereigenossenschaften zusammengeschlossen. Die ersten Gründungen erfolgten noch im 19. Jh. Aktuell gibt es in Südtirol 12 Genossenschaftsbetriebe, die über zwei Drittel der Weine produzieren. Dabei stehen sie für eine hohe Qualität. Zusammen mit den privaten Weingütern und den freien Weinbauern gehören sie zum «Konsortium Südtiroler Wein».

## Gewürztraminer

Zwar wird die Herkunft der Traube kontrovers diskutiert, aber schon der Name verweist auf den Ort Tramin in Südtirol. Wird auch als Traminer Aromatico bezeichnet. Intensiv duftend, Gewürzaromen. International im Trend. Nach Rebfläche drittwichtigste Sorte in Südtirol.

## Girlan, Kellerei (Girlan)

Traditionsreicher Genossenschaftsbetrieb, der sich in den letzten Jahren stark verjüngt hat. Kellermeister: Gerhard Kofler.

*Weinempfehlungen:* Chardonnay Flora, Weißburgunder Plattenriegl, Sauvignon Indra, Gewürztraminer Spätlese Pasithea, Vernatsch Gschleier u. a.

39057 Girlan, St.-Martin-Straße 24, Tel. 0471 662403, info@girlan.it, www.girlan.it

## Glögglhof – Franz Gojer (Bozen)

Seit Generationen steht die Familie Gojer im Herzen des St. Magdalener Anbaugebietes v. a. für charaktervolle Vernatsch-Weine. Kellermeister: Florian Gojer.

*Weinempfehlungen:* Sankt Magdalener Rondell, Vernatsch Alte Reben, Lagrein Riserva, Weißburgunder Karneid u. a.

39100 Bozen, St. Magdalena, Rivelaunweg 1, Tel. 0471 978775, info@gojer.it, www.gojer.it

## Goldmuskateller

Die Rebsorte hat in Südtirol eine lange Tradition und verströmt einen charakteristischen Muskatduft. Wird meist süß als Dessertwein ausgebaut (siehe Passito). In der trockenen Variante ein beliebter Aperitif.

## Gottardi (Neumarkt)

Die Innsbrucker Weinhändlerfamilie Gottardi hat sich mit einem eigenen Weingut in der berühmten Südtiroler Lage

Mazzon (s. dort) einen Traum verwirklicht. Alexander Gottardi konzentriert sich mit hohen Qualitätsansprüchen auf die Rebsorte, für die Mazzon berühmt ist: auf Blauburgunder.

*Weinempfehlung:* Blauburgunder Mazzon

39044 Neumarkt / Mazzon, Gebirgsjägerstraße 17, Tel. 0471 812773, weingut@gottardi-mazzon.com, www.gottardi-mazzon.com

## Gummerhof-Malojer (Bozen)

Der Gummerhof mit feinen Lagen rund um Bozen wird von Urban Malojer geführt und ist vor allem für seinen Lagrein bekannt. Die Vinothek (mit kleiner Küche) ist schon aufgrund der Zentrumsnähe ein beliebtes Ziel.

*Weinempfehlungen:* Cuvée Bautzanum (Lagrein und Cabernet), Lagrein Riserva, Sauvignon Gur zu Sand u. a.

39100 Bozen, Weggesteinstraße 36, Tel. 0471 972885, info@malojer.it, www.malojer.it

## Gumphof (Völs am Schlern)

Seit 2000 führt Markus Prackwieser das historische Familienweingut am Fuße des Schlern und kreiert in bevorzugter Lage v. a. herausragende Weißweine.

*Weinempfehlungen:* Sauvignon Renaissance (nur in ausgewählten Jahrgängen), Sauvignon und Weißburgunder Praesulis u. a.

39050 Völs am Schlern, Völser Straße 11, Prösler Ried, Tel. 0471 601190, info@gumphof.it, www.gumphof.it

## Haas, Franz (Montan)

Bekannt u. a. für seinen ehrgeizigen Pinot Grigio und Pinot Nero.

*Weinempfehlungen:* Pinot Nero Schweizer (Künstleretiketten), Manna (Weißweincuvée), Gewürztraminer u. a.

39040 Montan, Villnerstraße 6, Tel. 0471 812280,
sabine@franz-haas.it, www.franz-hass.it

## Haderburg (Salurn)

An der Grenze zum Trentino liegt das Weingut mit dem Hausmannhof oberhalb von Salurn. Mit weiteren Lagen, zum Beispiel bei Klausen im Eisacktal (Obermairlhof). Bekannt sind vor allem die ausgezeichneten Sekte, die nach der traditionellen Methode aus eigenen Weinen hergestellt werden.

*Weinempfehlungen:* Spumante Hausmannhof Riserva, Spumante Pas Dosé, Sylvaner Obermairlhof, Blauburgunder Hausmannhof Riserva u. a.

39040 Salurn, Albrecht Dürer Weg 3, Tel. 0471 889097,
info@haderburg.it, www.haderburg.it

## Hoandlhof (Brixen)

Manfred «Manni» Nössing gilt im positiven Sinne als «weinverrückt». Die Weine seines Hoandlhof in Brixen sind entsprechend ausgefallen – und hochklassig.

*Weinempfehlungen:* Sylvaner, Kerner, Veltliner, Müller-Thurgau u. a.

39042 Brixen, Weinbergstraße 66, Tel. 0472 832672,
manni.n@brennercom.net, www.manni-noessing.com

## Hofstätter (Tramin)

Traditionsreiches Weingut in Tramin, das zwar u. a. auch Gewürztraminer und Lagrein produziert, v. a. aber bekannt ist für seinen hochklassigen (und entsprechend teuren) Blauburgunder.

*Weinempfehlung:* Barthenau Vigna Sant'Urbano (Blauburgunder)

39040 Tramin, Rathausplatz 7, Tel. 0471 860161, info@hofstatter.com, www.hofstatter.com

## Kalterersee

Anbaugebiet rund um den Kalterer See. Die Rotweine aus dem DOC-Bereich werden aus der Vernatsch-Traube gekeltert. Oft besser als sein Ruf. Am besten jung und leicht gekühlt.

## Kaltern, Kellerei (Kaltern)

Kellereigenossenschaft (die größte Südtirols) mit modernem Winecenter (s. dort), einer breiten Palette erfolgreicher Weine, dem angegliederten Weingut Baron di Pauli (s. dort) und biodynamischen Weinen unter der Marke Solos. Seit 2016 gehört auch die Kellerei Erste + Neue dazu (s. dort).

*Weinempfehlungen:* Weißburgunder und Sauvignon Quintessenz, Moscato Giallo Passito Serenade, Cabernet Pfarrhof Riserva, Sauvignon Castel Giovanelli, Gewürztraminer Solos u. a.

39052 Kaltern a. d. Weinstraße, Kellereistraße 12, Tel. 0471 963149, info@kellereikaltern.com, www.kellereikaltern.com

## Kerner

Kreuzung aus Trollinger (Vernatsch) und Riesling. Wird v. a. im Vinschgau und im Eisacktal angebaut.

## Kettmeir (Kaltern)

Die Kellerei zeichnet sich v. a. durch seine Schaumweine aus, die nach dem klassischen Flaschengärungsverfahren hergestellt werden. Darüber hinaus gibt es eine breite Palette mit Stillweinen aus der Region.

*Weinempfehlungen:* Spumante Extra Brut Riserva 1919, Spumante Brut Athesis, Blauburgunder Vigna Maso Reiner u. a.

39052 Kaltern, Kellereistr. 4, Tel. 0471 963135,
info@kettmeir.com, www.kettmeir.com

## Köfererhof (Neustift / Vahrn)

Der Köfererhof (Günther Kerschbaumer) in Neustift ist sogar älter als das darunterliegende Kloster. Die Weinberge zählen zu den nördlichsten in Italien. Entsprechend liegt der Schwerpunkt bei Weißweinen. Zum Weingut gehört ein Buschenschank mit herrlicher Aussichtsterrasse (s. dort).

*Weinempfehlungen:* Sylvaner, Pinot Grigio, Kerner, Veltliner u. a.

39040 Neustift / Vahrn, Pustertalerstr. 3, Tel. 0472 836649,
info@koefererhof.it, www.koefererhof.it

## Kornell (Siebeneich)

Das Familienweingut wird von Florian Brigl geführt und bringt vielfach ausgezeichnete Weine hervor. Nicht nur von den Lagen rund um den Ansitz in Siebeneich (zwischen Bozen und Terlan), sondern auch von denen im Eppaner Ortsteil Berg und in Gries bei Bozen.

*Weinempfehlungen:* Lagrein Staffes, Merlot Staffes Riserva, Cuvée Weiß Aichberg, Sauvignon Oberberg u. a.

39018 Siebeneich, Kosmas-und-Dämon-Weg 6, Tel. 0471 917507, info@kornell.it, www.kornell.it

## Kränzelhof (Tscherms)

Das seit Generationen im Familienbesitz befindliche Weingut (Franz Graf Pfeil) verarbeitet Trauben von Moränenböden im Meraner Becken. Die Rebsorten reichen von Weißburgunder und Sauvignon blanc bis zu Vernatsch und Cabernet Sauvignon. Zum Kränzelhof gehört das Restaurant «miil» (s. dort) und ein Labyrinthgarten mit Skulpturenausstellung.

*Weinempfehlungen:* Baslan (Vernatsch), Helios (Weißburgunder), Blauburgunder u. a.

39010 Tscherms, Gampenstraße 1, Tel. 0473 564549, info@kraenzelhof.it, www.kraenzelhof.it

## Kretzer

Steht in Südtirol für Roséweine wie z. B. den Lagrein Kretzer.

## Kuenhof (Brixen)

Renommiertes Weingut im Eisacktal oberhalb von Brixen (Peter Pliger). Biodynamischer Weinbau.

*Weinempfehlungen:* Riesling Kaiton, Sylvaner, Veltliner

39042 Brixen, Mahr 110, Tel. 0472 850546, pliger.kuenhof@rolmail.net

## Kurtatsch, Kellerei (Kurtatsch)

Genossenschaft mit einer Vielzahl von Lagen rund um Kurtatsch an der Weinstraße.

*Weinempfehlungen:* Gewürztraminer Brenntal, Müller-Thurgau Graun, Sauvignon Kofl, Cabernet Kirchhügel, Pinot Bianco Hofstatt u. a.

39040 Kurtatsch, Weinstr. 23, Tel. 0471 880115, info@kellerei-kurtatsch.it, www.kellerei-kurtatsch.it

## Lageder, Alois (Margreid)

Alois Lageder gilt als Pionier der Südtiroler Qualitätsweine sowie des biologisch-dynamischen und somit nachhaltigen Weinbaus. Zu unterscheiden sind die beiden Linien Alois Lageder und Tenutae Lageder (aus Einzellagen familieneigener Weinberge). Für die Verkostung des breiten Sortiments empfiehlt sich die Weinschenke «Vineria Paradeis» (s. S. 398) am alten Dorfplatz von Margreid.

*Weinempfehlungen:* Chardonnay Löwengang, Cabernet Löwengang, Cabernet Sauvignon Cor Römigberg, Weißburgunder Haberle, Rosso Mitterberg Cason Hirschprunn u. a.

39040 Margreid a. d. Weinstraße, Tel. 0471 809500, info@aloislageder.eu, www.aloislageder.eu

## Lagrein

In Südtirol heimische (autochthone) Rebsorte. Ergibt dunkle Rotweine, die sich aktuell einer Renaissance erfreuen. Wurde früher häufig mit Vernatsch verschnitten. Bekannt auch als Rosé-Wein Lagrein Kretzer. Der hochwertige Lagrein Riserva muss vor dem Verkauf mindestens zwei Jahre gelagert werden – oft einige Zeit in Barriques und / oder im großen Holzfass, anschließend in Flaschen.

## Laimburg, Landesweingut (Auer)

Die Versuchsanstalt für Weinbau der Provinz Bozen produziert auch eigene Weine (z. B. Gewürztraminer, Lagrein). Sehenswerter Felsenkeller.

*Weinempfehlungen:* Pinot Bianco, Pinot Grigio, Oyèll Sauvignon, Barbagol Lagrein Riserva u. a.

39040 Auer, Laimburg 6, Tel. 0471 969500,
laimburg@provinz.bz.it, www.laimburg.it

## Loacker-Schwarhof (Bozen)

Loacker gilt in Südtirol als Vorreiter des biodynamischen und homöopathischen Weinbaus. Auf chemische Produkte wird schon seit langem konsequent verzichtet. Die Rebflächen des Schwarhofs liegen in sonnenverwöhnter Lage oberhalb von Bozen. Zur Familie gehört auch der bekannte Süßwaren- und Waffelhersteller Loacker.

*Weinempfehlungen:* Lagrein Gran Lareyn, Merlot Ywain, Pinot Nero Norital, Silvaner Ysac u. a.

39100 Bozen, St. Justina 3, Tel. 0471 365125,
lo@cker.it, www.loacker.net

## Manincor (Kaltern)

Exquisites und traditionsreiches Weingut im Familienbesitz (Michael Graf Goëss-Enzenberg), oberhalb des Kalterer Sees an der Weinstraße gelegen. Mit spektakulärem Weinkeller, der nahezu unsichtbar im Weinberg verborgen ist (Führungen nach Anmeldung). Die Weinberge werden zur Gänze biodynamisch bewirtschaftet. Mit drei Weinlinien: Hand und Herz (abgeleitet aus «Man-in-cor») sowie Krone (extreme Selektion aus alten Reben). Zum Weingut gehört das nahegelegene Restaurant «Panholzer» am Kalterer See (s. dort).

*Weinempfehlungen:* Weißburgunder Eichhorn, Chardonnay Sophie, Castel Campan, Reserve della Contessa, Pinot Noir Mason, Cuvée Cassiano u. a.

39052 Kaltern a. d. Weinstraße, St. Josef am See 4, Tel. 0471 960230, info@manincor.com, www.manincor.com

## Mazzon

Liegt oberhalb von Neumarkt (im Südtiroler Unterland) und gilt aufgrund des Klimas und der Bodenbeschaffenheit als eine der besten Blauburgunder-Lagen Italiens. Renommierte Weinerzeuger wie Gottardi, Hofstätter, Franz Haas und Nals-Margreid haben dort Parzellen.

## Meran Burggräfler, Kellerei (Marling)

Die Kellereigenossenschaft hat ihren Sitz in Marling und vinifiziert vorwiegend Trauben aus dem Meraner Gebiet. Es gibt mehrere Linien, darunter Festival und Graf von Meran. Sehenswerte Architektur von Werner Tscholl.

*Weinempfehlungen:* Weißburgunder Tyrol, Sauvignon Mervin, Vernatsch Schickenburg u. a.

39020 Marling, Kellereistraße 9, Tel. 0473 447137, info@kellereimeran.it, www.kellereimeran.it

## Müller-Thurgau

Vom Schweizer Hermann Müller aus dem Kanton Thurgau wurde die weiße Traube im deutschen Geisenheim aus Riesling mit Silvaner (bzw. Chasselas) gekreuzt. Wenn sie im Ertrag reduziert wird, kann sie hochwertige Tropfen hervorbringen – wie in Südtirol z. B. im Eisacktal.

## Muri-Gries (Bozen)

Kellerei des Benediktinerklosters im Bozner Stadtteil Gries. Bekannt v. a. für Lagrein.

*Weinempfehlungen:* Lagrein Abtei Riserva, Bianco Abtei Muri, Lagrein Rosato (Kretzer), Abtei Muri Pinot Noir Riserva, Abtei Muri Rosenmuskateller u. a.

39100 Bozen, Grieser Platz 21, Tel. 0471 282287, info@muri-gries.com, www.muri-gries.com

## Nals-Margreid (Nals)

Eine nicht nur durch ihre Architektur bemerkenswerte, genossenschaftliche Cantina mit 150 Hektar Rebfläche von Nals über Bozen bis nach Margreid im südlichen Unterland.

*Weinempfehlungen:* Pinot Bianco Sirmian, Pinot Grigio Punggl, Chardonnay Baron Salvadori u. a.

39010 Nals, Heiligenberg 2, Tel. 0471 678626, info@kellerei.it, www.kellerei.it

## Neustift, Stiftskellerei (Vahrn)

Stiftskellerei im Eisacktal mit langer Weintradition (bis ins 12. Jh.) und ausgezeichneten Weinlagen rund um das Chorherrenstift sowie auch in Bozen.

*Weinempfehlungen:* Riesling Praepositus, Sylvaner Praepositus, Kerner Praepositus, Müller-Thurgau u. a.

39040 Vahrn, Stiftstraße 1, Tel. 0472 836189,
info@kloster-neustift.it, www.kloster-neustift.it

## Niedermayr, Josef (Girlan)

Historisches Weingut im Familienbesitz, mit moderner Kellertechnik und einem großen Namen v. a. bei Süßweinen (Passito).

*Weinempfehlungen:* Passito Aureus, Lagrein Gries Blacedelle, Sauvignon Naun u. a.

39057 Girlan, Jesuheimstraße 15, Tel. 0471 662451,
info@niedermayr.it, www.niedermayr.it

## Niedrist (Eppan)

Das Weingut von Ignaz und Elisabeth Niedrist verfügt über verschiedene Lagen rund um Girlan, aber auch in Gries und im Eppaner Ortsteil Berg. Entsprechend vielfältig sind die Weine.

*Weinempfehlungen:* Riesling «Berg», Weißburgunder «Berg», Sauvignon Porphyr & Kalk, Mitterberg Weiß «Trias» u. a.

39057 Girlan, Runggweg 5, Tel. 0471 664494,
info@ignazniedrist.com, www.ignazniedrist.com

## Nusserhof (Bozen)

Im «Bozner Boden» am Eisackufer gelegenes (Bio-)Weingut, das sich seit 1788 im Besitz der Familie Mayr-Nusser befindet. Kultiviert neben dem Lagrein auch die fast in Vergessenheit geratene Weinsorte Blatterle (s. dort).

*Weinempfehlungen:* Blatterle (B … Vino Bianco), Gloria (Lagrein) u. a.

39100 Bozen, Josef-Mayr-Nusser-Weg 72, Tel. 0471 978388

## Pacherhof (Neustift / Vahrn)

Historisches Weingut (seit 1142) bei Brixen oberhalb des Klosters Neustift, mit sehenswerter Architektur und bemerkenswerten Weinen (Andreas Huber) sowie zugehörigem Restaurant und Hotel (siehe Vinum Hotels).

*Weinempfehlungen:* Grüner Veltliner, Sylvaner, Kerner, Riesling u. a.

39040 Neustift / Vahrn, Pacherweg 1, Tel. 0472 835717, info@pacherhof.com, www.pacherhof.com

## Passito

Weine aus teilgetrockneten, fast rosinierten Trauben. Durch den Entzug von Wasser erhöhen sich die Zuckerkonzentration und der Alkoholgehalt. Nach diesem Verfahren entstehen ausgezeichnete Süß- bzw. Dessertweine.

## Pergola

Die für Südtirol typische Reberziehung an horizontalen Stangen führt zwar zu schönen Laubengängen, ist aber für viele Rebsorten wenig geeignet, sodass sich die «Pergeln» im Rückzug befinden. Bei Vernatsch aber weiter dominierend.

## Pfitscher (Montan)

Weingut im Südtiroler Unterland mit zusätzlichen Lagen, u. a. im Eisacktal. Beeindruckende zeitgenössische Architektur (KlimaHaus Wine-Kellerei).

*Weinempfehlungen:* Weißburgunder Langefeld, Merlot Kotznloater, Sauvignon Saxum u. a.

39040 Montan, Dolomitenstraße 17, Tel. 0471 1681317, www.pfitscher.it

## Puni Destillerie (Glurns)

Erste und (bisher) einzige Whisky-Destillerie Italiens am Fuße des Ortlermassivs im Vinschgau. Außergewöhnliche Architektur in Gestalt eines Kubus.

39020 Glurns, Punistraße 10, Tel. 0473 831616, info@puni.com, www,puni.com

## Riserva

Diese Weine dürfen erst zwei Jahre nach der Weinlese in den Verkauf gehen, sind in der Regel höherwertiger und teurer – wobei nicht geregelt ist, wie der Ausbau und die Lagerung zu erfolgen hat (siehe Lagrein).

## Ritterhof (Kaltern)

Die meisten Weinberge des Gutes (im Besitz der Familie Roner aus Tramin) liegen am Kalterer See, hinzu kommen ausgesuchte Lagen in Gries, Kurtatsch und Mazzon. Entsprechend breit gefächert ist die Produktion: vom Kalterersee über Gewürztraminer und Lagrein bis zum Blauburgunder.

*Weinempfehlungen:* Gewürztraminer Auratus, Blauburgunder Dignus, Lagrein Manus u. a.

39052 Kaltern, Weinstraße 1, Tel. 0471 963298,
info@ritterhof.it, www.ritterhof.it

## Rosenmuskateller

Stammt ursprünglich aus Sizilien (Moscato Rosa) und bringt aromatische Süßweine hervor, die einen Rosenduft verströmen.

## Sallegg, Castell (Kaltern)

Vom hochherrschaftlichen Familiensitz des Grafen von Kuenburg kommt nicht nur vorzüglicher Kalterersee und Lagrein.

*Weinempfehlungen:* Kalterersee Bischofsleiten, Moscato Giallo (Rosenmuskateller), Sauvignon, Lagrein Riserva, Lagrein Rosé u. a.

39052 Kaltern, Unterwinkl 15, Tel. 0471 963132,
info@castelsallegg, www.castelsallegg.it

## Sankt Magdalener

Der Rotwein wird aus der Vernatsch-Traube gekeltert und kommt aus der Region Bozen (mit Karneid und Ritten). Als Classico stammt er direkt aus dem Ortsanbaugebiet von Sankt Magdalena.

### Sankt Michael-Eppan, Kellerei (Eppan)

Hoch angesehene Kellereigenossenschaft in Eppan (Kellermeister: Hans Terzer). Mit legendärem Sauvignon blanc. Die Spitzengewächse etikettieren unter Sanct Valentin.

*Weinempfehlungen:* Sauvignon Sanct Valentin, Blauburgunder Sanct Valentin, Chardonnay Sanct Valentin, Weißburgunder Schulthauser u. a.

39057 Eppan a. d. Weinstraße, Umfahrungsstraße 17–19,
Tel. 0471 664466, kellerei@stmichael.it, www.stmichael.it

### Sankt Pauls, Kellerei (St. Pauls)

Genossenschaftskellerei, deren Weine unter verschiedenen Labels (z. B. die hochwertige Linie Passion) auf den Markt kommen.

*Weinempfehlungen:* Sauvignon Passion, Gewürztraminer Passion, Merlot Huberfeld, Weißburgunder Plötzner u. a.

39050 St. Pauls, Schloss-Warth-Weg 21, Tel. 0471 662183,
info@kellereistpauls.com, www.kellereistpauls.com

### Schreckbichl, Kellerei (Girlan)

Traditionsreiche Kellereigenossenschaft in Girlan (Kellermeister: Wolfgang Raifer). Neben den Basisweinen gibt es die höherwertige Praedium Selection sowie die Edellinie Cornell.

*Weinempfehlungen:* Praedium Pinot Bianco, Lafòa Sauvignon, Praedium Siebeneich Merlot Riserva, Sigis Mundus Cornell Lagrein u. a.

39057 Girlan, Weinstraße 8, Tel. 0471 664246,
info@colterenzio.it, www.colterenzio.it

## Strasserhof (Vahrn)

Eines der nördlichsten Weingüter Südtirols (Inhaber: Familie Hannes Baumgartner), gelegen oberhalb des Klosters Neustift und bekannt für charaktervolle Eisacktaler Gewächse. Beliebte Einkehr zur Törggelen-Zeit.

*Weinempfehlungen*: Sylvaner, Veltliner, Müller-Thurgau, Riesling u. a.

39040 Vahrn, Unterrain 8, Tel. 0472 830804,
info@strasserhof.info, www.strasserhof.info

## Stroblhof (Sankt Michael / Eppan)

Das Weingut mit dem gleichnamigen Hotel und Restaurant (s. dort) liegt über Eppan und ist v. a. bekannt für seine Weißweine und Blauburgunder. Inhaber: Familie Hanni-Nicolussi. Kellermeister: Andreas Nicolussi-Leck.

*Weinempfehlungen*: Weißburgunder Strahler, Chardonnay Schwarzhaus, Blauburgunder Pigeno, Blauburgunder Riserva (von alten Reben) u. a.

39057 Sankt Michael / Eppan, Pigenoer Weg 25,
Tel. 0471 662250, weingut@stroblhof.it,
www.stroblhof.it, www.stroblhof-eppan.com

## Sylvaner

Die weiße Rebsorte (Silvaner) findet sich v. a. im Eisacktal, weil es dort ausreichend kühl und dennoch sonnig ist.

## Terlan, Kellerei (Terlan)

Genossenschaftskellerei mit ausgezeichnetem Ruf und einigen Weinen, die nicht nur international bekannt sind, sondern fast schon Kultstatus genießen.

*Weinempfehlungen:* Sauvignon Quarz, Weißburgunder Vorberg, Lagrein Porphyr, Gewürztraminer Lunare u. a.

39018 Terlan, Silberleitenweg 7, Tel. 0471 257135, office@kellerei-terlan.com, www.kellerei-terlan.com

## Tiefenbrunner (Kurtatsch)

Schlosskellerei, die schon alleine mit dem Müller-Thurgau Feldmarschall einen legendären Ruf genießt. Gemütliche Jausenstation.

*Weinempfehlungen:* Feldmarschall von Fenner zu Fennberg (Müller-Thurgau), Chardonnay Linticlarus, Gewürztraminer Castel Turmhof, Lagrein Castel Turmhof u. a.

39040 Kurtatsch, Schlossweg 4, Tel. 0471 880122, www.tiefenbrunner.com

## Törggelen

Im Herbst wird der neue, frisch gekelterte Wein zu gebratenen Kastanien oder einer deftigen Brotzeit getrunken. Torggl ist der alte Name für eine hölzerne Weinpresse und für den Raum im Weinbauernhaus, wo die neuen Weine verkostet wurden.

## Tramin, Kellerei (Tramin)

Genossenschaftskellerei mit aufsehenerregender Architektur und breitem Sortiment (Kellermeister: Willi Stürz). Legendär sind die Gewürztraminer.

*Weinempfehlungen:* Gewürztraminer Nussbaumer, Gewürztraminer Terminum (Passito), Grauburgunder Unterebner, die Cuvées Stoan (weiß) und Loam (rot) u. a.

39040 Tramin a. d. Weinstraße, Tel. 0471 096634, info@cantinatramin.it, www.cantinatramin.it

## Unterganznerhof (Bozen)

Bis auf 1629 geht die Geschichte des Erbhofs Mayr-Unterganzner zurück, der unter der Regie von Josephus Mayr herausragende Weine produziert.

*Weinempfehlungen:* Lagrein dunkel Riserva, Lamarein (aus getrockneten Trauben), Sauvignon Platt & Pignat u. a.

39053 Kardaun (Bozen), Kampillerweg 15, Tel. 0471 365582, info@mayr-unterganzner.it, www.mayr-unterganzner.it

## Unterortl / Castel Juval (Kastelbell)

Das Weingut Unterortl gehört zum Schloss Juval im Vinschgau und ist damit im Besitz des berühmten Bergsteigers Reinhold Messner. Geführt wird das Weingut von Martin und Gisela Aurich, die v. a. für ihre Riesling- und Weißburgunderweine höchste Auszeichnungen erhalten.

*Weinempfehlungen:* Riesling Valle Venosta, Weißburgunder Valle Venosta, Juval Glimmet, Juval Gneis u. a.

39020 Kastelbell, Juval 1b, Tel. 0471 667580, familie.aurich@dnet.it, www.unterortl.it

## Veltliner

Die weiße Traube (mit dem typischen «Pfefferl») ist v. a. aus Österreich bekannt, wird aber auch in Südtirol kultiviert, mit Schwerpunkt im Eisacktal.

## Vernatsch

Noch immer rangiert die traditionsreiche Traube in Südtirol an erster Stelle hinsichtlich der angebauten Rebfläche (ca. 15 Prozent Anteil). Sie hat aber gegenüber früheren Jahrzehnten stark an Bedeutung eingebüßt. Aktuell erfreut sie sich allerdings wieder steigender Wertschätzung. Die Rotweine sind leicht, fruchtig und gerbstoffarm. So der Kalterersee, der St. Magadalener und Meraner – allesamt sortenreine Vernatsch-Weine. Im Trentino heißt der Vernatsch Schiava. Mit ihm verwandt ist der deutsche Trollinger (leitet sich ab von «Tirolinger»). Es gibt die Sorte in verschiedenen Unterarten wie Edel-, Groß- und Grauvernatsch.

## Walch, Elena (Tramin)

International renommierte Weinerzeugerin, die auf konstant hohem Niveau elegante Weine kreiert. Im Park des Weinguts lädt das Bistrot zum Genuss der Tropfen und kleiner Köstlichkeiten ein.

*Weinempfehlungen:* Gewürztraminer Kastelaz, Lagrein Riserva Castel Ringberg, Weißweincuvée Beyond the Clouds, Sauvignon Castel Ringberg u. a.

39040 Tramin, Andreas-Hofer-Str. 1, Tel. 0471 860172, info@elenawalch.com, www.elenawalch.com

## Waldgries (Bozen)

Im klassischen Sankt-Magdalener-Gebiet liegt das im Familienbesitz (Plattner) befindliche historische Weingut, von dem hochgeschätzte Weine kommen.

*Weinempfehlungen:* Lagrein Mirell, Sankt Magdalener klassisch, Cabernet Laurenz, Sauvignon

39100 Bozen, Sankt Justina 2, Tel. 0471 323603,
info@waldgries.it, www.waldgries.it

## Winecenter Kaltern (Kaltern)

Das moderne Informationscenter und Weingeschäft, das direkt an der Weinstraße im Dorf Kaltern liegt, gehört zur Kellerei Kaltern (s. dort). Informationsveranstaltungen. Weinverkostungen etc.

39052 Kaltern, Tel. 0471 966067,
info@winecenter.it, www.winecenter.it

## Zemmer, Peter (Kurtinig)

Im Südtiroler Unterland gelegen, produziert das Familienweingut Peter Zemmer charaktervolle Rot-, Weiß- und Schaumweine.

*Weinempfehlungen:* Pinot Grigio Giatl, Chardonnay Crivelli, Lagrein Riserva Furggl u. a.

39040 Kurtinig a. d. W., Weinstraße 24, Tel. 0471 817143,
info@peterzemmer.com, www.peterzemmer.com

# Essen und Trinken

Südtirol ist ein Dorado für Schlemmerreisende. Freunde einer zünftigen Jause (Marende) mit Speck, Schlutzkrapfen oder Knödel kommen in Buschenschänken genauso auf ihre Kosten wie Gourmets, die sich an Sternen und Hauben orientieren. Im Folgenden wird eine aktualisierte Auswahl von Empfehlungen präsentiert. Manche der genannten Vinotheken und Gasthöfe kommen im Roman vor. Sie alle sind dem Baron Emilio (und dem Autor) persönlich bekannt. Auch gibt es wieder einige köstliche Rezepte, die authentischer nicht sein könnten, denn sie stammen von bekannten Südtiroler Restaurants: vom «Thaler arôme» über den Dächern von Bozen, vom Sternerestaurant «Kuppelrain» in Kastelbell und von der Bozner Traditionsgaststätte «Vögele» (s. dort).

## Acquarol Osteria (Eppan)

Kleines Restaurant mit puristisch-modernem Ambiente und raffiniert verfeinerter Küche.

39057 Eppan, Johann-Georg-Plazer-Str. 10, Tel. 0471 1652112, info@acquarol.it, www.acquarol.it, geschl. Do & Fr mittags

## Alte Post (Tramin)

Restaurant mit Weinverkauf im historischen Dorfkern von Tramin. Gourmetreisende kennen die Gastgeber Doris und Arno Baldo von ihrem früheren Lokal «Zur Rose» in Kurtatsch.

39040 Tramin, Rathausplatz 7, Tel. 0471 1885636, info@baldoarno.com, www.alte-post-tramin.com, geschl. So abends

### **Auener Hof** (Sarntal)

Das Restaurant des Auener Hof im Sarntal gilt als höchstgelegener Michelinstern Italiens (Geschwister Gisela und Heinrich Schneider).

39058 Sarntal, Auen 21, Tel. 0471 623055, info@auenerhof.it, www.auenerhof.it, geschl. So

### **Banco 11** (Bozen)

Direkt am Bozner Obstmarkt trifft man sich in der kleinen Weinbar Banco 11 (Stand 11) zu einem Sprizz oder einem Snack. Mit Feinkostladen.

39100 Bozen, Obstplatz 11, Tel. 0471 3496238465, geschl. So

### **Batzen Häusl** (Bozen)

In einem der ältesten Gasthäuser Bozens (ehemalige Schänke des Deutschen Ordens) gibt es zwar auch Wein, aber vor allem Bier aus dem eigenen Sudkessel. Mit Garten.

39100 Bozen, Andreas-Hofer-Straße 30, Tel. 0471 050950, www.batzen.it

### **Baumann, Buschenschank** (Signat)

Ob hauchdünne Schlutzkrapfen oder Strauben (Teigkringel) zum Nachtisch – Mali Höller zeigt, wie's geht.

Die Wirtin der Buschenschank ist berühmt für ihre authentische Küche. Draußen mit Blick auf die Dolomiten, innen in gemütlichen Stuben.

39054 Signat, Oberlaitach 6, Tel. 0471 365206

## Binderstube (Völs am Schlern)

Modern gestaltetes Zirbelholz-Ambiente mit einer ambitionierten Küche, die v. a. für ihre Nudelgerichte bekannt ist.

39050 Völs am Schlern, Dorfstr. 10, Tel. 0471 725089, geschl. So

## Blindprobe Sensorium (Völs am Schlern)

Hier werden Wein- und Sensorikseminare angeboten, die in völliger Dunkelheit stattfinden. Die «Blindprobe» steigert die Geschmacks- und Geruchswahrnehmung. Gleichzeitig wird das Weinwissen vertieft.

39050 Völs am Schlern, Kirchplatz 5, Telefon 0335 254780
Kontakt in Deutschland: Jörg Linke, 85662 Hohenbrunn, Dorfstraße 19, Tel. 08102 895868, www.blindprobe.com

## Carrettai (Bozen)

Die Osteria dai Carrettai (Zum Kärrner) ist für ihre Crostini berühmt. Die Bestellungen werden an einer Theke aufgegeben, der Wein wird aus kleinen Fässern gezapft. Die Plätze an den Holztischen (auch vor dem Lokal an der Hauswand) sind ebenso rar wie begehrt.

39100 Bozen, Dr.-Streiter-Gasse 20b, Tel. 0471 970558, geschl. So

## Dorfner Berggasthof (Gschoschn)

Von Montan im Südtiroler Unterland geht es hinauf zum Luftkurort Gschoschn und dem Berggasthof Dorfner. Anton Dalvai pflegt eine «Gourmetküche mit Tradition», wobei er vor allem Produkte vom eigenen Hof und aus der unmittelbaren Region verarbeitet. Mit Bergterrasse (beliebt auch zum Törggelen).

39040 Montan, Gschoschn 5, Tel. 0471 819924, info@dorfner.it, www.dorfner.it, geschl. Mo

## Elephant (Brixen)

Traditionsadresse in Brixen (seit 1695) mit gepflegtem Ambiente und klassischer Küche. Auch bei Durchreisenden ein beliebter Stopp. Restaurant und Hotel.

39042 Brixen, Weißlahnstraße 4, Tel. 0472 832750, www.hotelelephant.com

## Enovit (Bozen)

Weinbar mit runder Theke, gut sortierten Regalen und einigen Tischen im Nebenraum für kleine Gerichte.

39100 Bozen, Dr.-Streiter-Gasse 30, Tel. 0471 970460, geschl. Sa Nachmittag & So

## Erdäpfelplattlen mit Vinschger Sauerkraut

(Rezept für vier Personen vom Wirtshaus «Vögele» in Bozen, s. dort)

Für nicht Sprachkundige sei erklärt, dass «Erdäpfel» synonym für Kartoffeln stehen und «Plattlen» flache rechteckige oder runde Stücke sind. Das Vinschger Sauerkraut kommt natürlich aus dem Südtiroler Vinschgau. In der Bozner Gaststätte «Vögele» zählt das Gericht zu den beliebten Klassikern.

*Zutaten Erdäpfelplattlen:* 1,2 kg mehlige Pusterer Kartoffeln, 200 g Mehl, 100 g Weizengrieß, 75 g weiche Butter, 2 Eier, 2 Eidotter, Salz und Pfeffer, Kümmel.

*Zutaten Sauerkraut:* 500 g Vinschger Sauerkraut (gekocht), Wacholder, Kümmel, Lorbeer, ½ Zwiebel, 1 Knoblauchzehe, 60 g Butter, eingelegte Preiselbeeren.

*Zubereitung:* Für die Erdäpfelplattlen die in der Schale gekochten Kartoffeln noch heiß schälen und passieren. Zusammen mit allen weiteren Zutaten zu einem glatten Teig verarbeiten, etwa 0,5 cm dick ausrollen und in Rechtecke unterteilen. Die Rechtecke in etwas Öl hellbraun backen. Das Sauerkraut zunächst abtropfen, mit Kümmel, Lorbeer, Wacholder, Salz und Pfeffer ca. 30 Min. in Wasser (zugedeckt) kochen lassen. Zwiebel und Knoblauch in Butter anschwitzen, mit 2 EL Mehl abbinden. Die Mehlschwitze unter das gekochte Kraut rühren. Anschließend die vorbereiteten Erdäpfelplattlen mit dem Sauerkraut anrichten und Preiselbeeren dazugeben.

## Finsterwirt (Brixen)

Das traditionsreiche Restaurant im Herzen der Altstadt ist eine Brixner Institution. Mit gemütlichen Stuben, Künstlerstübele und Innenhofterrasse, mit verfeinerter regionaler Küche und großer Weinauswahl. Im Erdgeschoss findet sich die zugehörige Vinothek Vitis (s. dort).

39042 Brixen, Domgasse 3, Tel. 0472 835343, info@finsterwirt.com, www.finsterwirt.com, geschl. So abends & Mo

## Fischbänke (Bozen)

Die Bruschetteria des Cartoonkünstlers Rino Zulla (Cobo) hat keine Gasträume, sondern befindet sich im Freien unter großen Schirmen rund um vier Marmortheken (über die früher Fisch verkauft wurde). Sie hat einen charmant provisorischen Charakter – und Kultstatus.

39100 Bozen, Dr.-Streiter-Gasse 26, Tel. 0471 971714, geschl. So

## Fischerwirt (Durnholz)

Die Anreise im Sarntal hinauf zum Durnholzer See dauert, aber lohnt sich nicht nur für Wanderer; denn im modern gestalteten Fischerwirt (Fam. Premstaller) lockt eine gute (Fisch-)Küche, mit feinen Weinen und Blick auf den See.

39058 Sarntal, Durnholz 16, Tel. 0471 625523,
www.fischerwirt.it, geschl. Mo

## Goldene Traube (Tramin)

Restaurant mit modernem Interieur, ausgesuchten Weinen und Steaks vom Holzkohlengrill (Küchenchef: Stefan Unterkircher).

39040 Tramin, Julius-von-Payer-Str. 2, Tel. 0471 860164,
restaurant@goldene-traube.it, www.goldene-traube.it

## Griesserhof (Vahrn)

Buschenschänke unweit vom Kloster Neustift, die nicht nur zur Törggelen-Zeit hoch im Kurs steht. Gemütliche Bauernstube.

39040 Vahrn, Griessweg 5, Tel. 0472 834805, griessserhof@brennercom.net www.griesserhof.it, geschl. Di

## Gummererhof (Brixen)

Schlutzkrapfen, Surfleisch, Keschtn … und dazu ein hausgemachter Blaterle-Sekt. Der Gummererhof pflegt die Tradition des geselligen Törggelen.

39042 Brixen, Pinzagen 18, Tel. 0472 835553, info@gummererhof.it, www.gummererhof.it

## Hidalgo (Burgstall)

Das Restaurant von Otto Mattivi hat sich einer leichten mediterranen Küche verschrieben, mit z. B. köstlichen Risotti. Berühmt ist das Hidalgo vor allem bei Steak-Kennern, denn im integrierten «Hidalgo Beef Tasting» werden japanisches Wagyu und Kobe Beef auf einem speziellen Grill perfekt zubereitet. Im bemerkenswerten Weinkeller lagern Tausende von Flaschen.

39014 Burgstall bei Meran, Romstraße 7, Tel. 0473 292292, www.restaurant-hidalgo.it

## In Viaggio (Bozen)

Kleines, ambitioniertes Gourmet-Restaurant von Claudio Melis im Herzen von Bozen. Menü-Information und Reservierung bevorzugt über das Internet.

39100 Bozen, Piavestraße 15, Tel. 0471 1684878, info@inviaggioristorante.com, www.inviaggioristorante.com, geschl. So und Mi

## Italia & Amore (Bozen)

Auf sechs Stockwerken wird die italienische Ess- und Trinkkultur gepflegt, u. a. mit einem Mercato, einer Winebar und dem Gourmet-Restaurant «Fuoco».

39100 Bozen, Silbergasse 3, Tel. 0471 1963400, ciao@italiaamore.it, www.italiaamore.it, geschl. So & Mo (Fuoco) und Mo (Winebar und Mercato)

## Johnson & Dipoli (Neumarkt)

In Neumarkt finden Weinreisende zielsicher den Weg zur Vinothek mit Restaurant von Vincenzo de Gasperi, mit dem sich vortrefflich über die Südtiroler Weine diskutieren lässt.

39044 Neumarkt, Andreas-Hofer-Str. 3, Tel. 0471 820323

## Juval, Schlosswirt (Kastelbell-Tschars)

Zum Schloss Juval von Reinhold Messner gehörender Gasthof (nur zu Fuß oder mit dem Shuttlebus erreichbar), der auf Produkte aus eigenem Anbau oder unmittelbarer Nachbarschaft setzt. Die Weine stammen von Messners Weingut Unterortl (s. dort).

39020 Kastelbell-Tschars, Juval 2, Tel. 0473 668056, www.schlosswirtjuval.it, geschl. Mi und in den Wintermonaten

## Kalbsbriesgröstel mit Steinpilzen

(Rezept für vier Personen vom Wirtshaus «Vögele» in Bozen, s. dort)

Kalbsbries gilt bei vielen Feinschmeckern als besondere Delikatesse, auch bei jenen, die sich sonst bei Innereien eher zurückhalten. Besonders lecker ist das Kalbsbries als in der Pfanne geröstetes «Gröstel», wie es in der Bozner Traditionsgaststätte «Vögele» zubereitet wird. Als Weinbegleitung empfiehlt das Wirtshaus einen kräftigen Pinot Grigio oder einen leichten Rotwein (z. B. Sankt Magdalena).

*Zutaten:* 400 g frisches Kalbsbries, 200 g Steinpilze (eventuell Pfifferlinge), 200 g speckige Kartoffeln, 60 g Zwiebel, Knoblauch, 3 EL Öl, 200 ml braune Grundsauce, 50 ml Sahne, Majoran, Petersilie, Salz, Pfeffer.

*Zubereitung:* Die Kartoffeln waschen und in Salzwasser kochen, schälen und in Scheiben schneiden. Das Kalbsbries wässern, blanchieren, enthäuten und ebenfalls in feine Scheiben schneiden. In einer Pfanne das Öl erwärmen, Zwiebel und Knoblauch hacken und mit den Steinpilzen (Pfifferlingen) anschwitzen. Das Kalbsbries hinzugeben und alles zusammen gut anrösten, würzen und die Kräuter beigeben. Mit etwas Grundsauce aufgießen und Sahne hinzugeben. Alles zusammen durchschwenken. Auf vorgewärmten Tellern anrichten und mit frischen Kräutern garnieren.

## Käsefonduta-Ravioli mit Brokkoli, Speck und Vinschgerle

(Rezept für vier Personen vom Restaurant «Thaler arôme» in Bozen, s. dort)

Im Restaurant «Thaler arôme» werden die italienischen Ravioli südtirolerisch interpretiert: mit Almkäse in der Fonduta-Füllung, mit knusprigem Speck und Chips aus dem typischen Bauernbrot Vinschgerle-Paarl.

*Zutaten:* 200 g Mehl, 200 g Eigelb, Olivenöl, 170 g Almkäse, 200 g Milch, 10 g Butter, 10 g Mehl, 1 Eigelb, Brokkoli, Speck und Vinschgerle.

*Zubereitung:* Für die Fonduta-Füllung aus Butter, Mehl und Milch eine Béchamelsauce zubereiten, den Almkäse darin verschmelzen und das Eigelb unterrühren. Abkühlen lassen. Den Nudelteig kneten und fein ausrollen. Mit der abgekühlten Käsemasse füllen, zu Ravioli formen und in Salzwasser kochen. Mit den vorbereiteten Brokkoli durchschwenken. Speck und Vinschgerle dünn aufschneiden und knusprig grillen. Zusammen anrichten.

## Kaiserkron (Bozen)

Bozner Restaurant («Zur Kaiserkron») mit kreativer Küche, gehobener Atmosphäre und kleiner Terrasse unter weißen Markisen. Chefkoch ist Claudio Melis, der eine beeindruckende Karriere in vielen Sterne-Restaurants hinter sich hat. Zusammen mit seiner Frau Monica und Robert Wieser führt er auch das Gourmet-Restaurant «In Viaggio» (s. dort).

39100 Bozen, Musterplatz 1, Tel. 0471 303233, info@zurkaiserkron.com, www.zurkaiserkron.com, geschl. So

## Köfererhof (Neustift / Vahrn)

Zum Weingut Köfererhof (s. dort) gehört ein Gasthof, der neben einer typischen Südtiroler Küche einen großartigen Blick auf den Brixner Talkessel und das direkt darunterliegende Kloster Neustift bietet (Sonnenterrasse).

39040 Neustift / Vahrn, Pustertalerstr. 3, Tel. 0472 836649, info@koefererhof.it, www.koefererhof.it

## Kohlern (Bozen)

Von Bozen geht es hoch hinauf, entweder mit dem Auto (und der Schwierigkeit, es zu parken) oder mit der Seilbahn. Oben hat man einen grandiosen Ausblick – und im weithin bekannten Gasthof Kohlern gibt's dazu eine regionaltypische Küche.

39100 Bozen (Kohlern), Tel. 0471 329978,
www.kohlern.com, geschl. Mo

## Kuppelrain (Kastelbell)

Zu den Feinschmeckeradressen in Südtirol zählt das Vinschgauer Sternerestaurant Kuppelrain von Jörg Trafoier und Sonya Egger-Trafoier. Die viel gerühmte Küche, die seit jeher auf regionale, ehrlich erzeugte Produkte und Fleisch aus artgerechter Tierhaltung setzt, folgt den Jahreszeiten – von Jörg Trafoier und Sohn Kevin kreativ interpretiert. Während das Gourmet-Restaurant nur abends geöffnet hat, bietet das zugehörige Bistrot auch mittags warme Küche (von 12 bis 15 Uhr). Für dieses Buch hat Jörg Trafoier zwei Rezepte aus der Bistrot-Speisekarte ausgewählt: «Kuppelrainer Lammeintopf nach Großmutters Art» und «Vintschger Schneamilch» (s. dort). Ihm sei herzlich gedankt.

39020 Kastelbell, Bahnhofstr. 16, Tel. 0473 624103,
info@kuppelrain.com, www.kuppelrain.com, geschl. So & Mo

## Kuppelrainer Lammeintopf nach Großmutters Art

(Rezept für vier Personen vom Restaurant «Kuppelrain» in Kastelbell, s. dort)

Der Lammeintopf zählt zu den Klassikern des Restaurants «Kuppelrain» von Jörg Trafoier. Dabei wird kein Fleisch von einem kleinen Lamm verwendet, sondern ausschließlich von größeren Schäflein aus artgerechter, heimischer Haltung. Als Weinbegleitung empfiehlt Sommelière Sonya Egger-Trafoier entweder einen Blauburgunder oder an heißen Sommertagen einen gekühlten Vernatsch (natürlich beide aus dem Vinschgau).

*Zutaten:* 600 g vom Knochen gelöstes Lammfleisch (Schulter oder Schlegel), 100 g Kichererbsen (4 Stunden eingeweicht), 2 mittelgroße Kartoffeln, 2 Selleriestangen, 4 mittelgroße Karotten, 1 rote, frische Paprikaschote, 2 kleine Zwiebeln, 2 l Gemüsebrühe zum Aufgießen, 1 EL gehackte Petersilie, Olivenöl Extra Vergine, etwas Peperoncino (Chilischote), Salz und Pfeffer aus der Mühle.

*Zubereitung:* Das Lammfleisch in kleinere Stücke schneiden. Die gewaschenen Selleriestangen in dünne Scheiben schneiden. Die Kartoffeln und Karotten waschen, schälen und in 2 cm große Würfel schneiden. Die Paprikaschote waschen und klein würfeln. Die Zwiebeln klein hacken. In einen mittleren Kochtopf etwas Olivenöl geben und die Zwiebeln darin glasieren, das Lammfleisch dazugeben und leicht dünsten, aber nicht braun werden lassen. Nach und nach die übrigen Zutaten (außer Peperoncino, Salz und Pfeffer) hinzufügen, mit der Gemüsebrühe aufgießen, kurz aufkochen und für eine Stunde bei niedriger Hitze köcheln lassen. Mit Salz, Pfeffer und dem Peperoncino abschmecken, nochmals kurz aufkochen und mit Vintschger Paarl-Brot (Vinschgerle) servieren.

## Kürbishof (Altrei)

Im Fleimstaler Naturpark Trudner Horn findet sich das Gasthaus in einer ehemaligen Scheune mit gemütlichen Bauernstuben und einem Gewölbekeller für den Wein. Verfeinerte traditionelle Südtiroler Küche (mit Produkten aus dem eigenen Gemüse- und Kräutergarten).

39040 Altrei, Guggal 23, Tel. 0471 882140,
info@kuerbishof.it, www.kuerbishof.it, geschl. Di

## Lanzenschuster (Jenesien)

Hoch oben in Jenesien (bei Bozen) gelegener Berggasthof.

39050 Jenesien, Lanzenweg 12, Tel. 0471 340012,
www.lanzenschuster.com, geschl. Mo

## Laurin (Bozen)

Zum altehrwürdigen Parkhotel im Zentrum Bozens zählen ein lauschiger Park, eine legendäre Bar und ein gepflegtes Restaurant – mit stimmungsvoller Terrasse und einer Küche, die die kulinarische Brücke schlägt von Südtirol zum mediterranen Italien.

39100 Bozen, Laurinstraße 4, Tel. 0471 311291,
www.laurin.it, geschl. So Mittag

## Lexnhof (Montan)

Kleiner Hof- und Buschenschank (Günther und Margit Blasi) mit herzhafter Küche und Produkten aus der hauseigenen Landwirtschaft.

39040 Montan, Glenerweg 24, Tel. 0471 960563, info@lexnhof.it, www.lexnhof.it

## Lisa Wineboutique (Bozen)

Kleine Weinbar (und Weinhandlung) mit großer Auswahl – und mit Lisa, der ebenso charmanten wie kompetenten Gastgeberin.

39100 Bozen, Dr.-Streiter-Gasse 22a / b, Tel. 0471 980630, geschl. So

## Löwengrube (Bozen)

Kreativ verfeinerte traditionelle Küche (Michael Meister) mit trendiger Weinbar und gemütlicher Gaststube.

9100 Bozen, Zollstange 3, Tel. 0471 970032, info@loewengrube.it, www.loewengrube.it, geschl. So und Mo

## Messner (Jenesien)

Deftige Südtiroler Klassiker gibt's im einfachen, aber authentischen Gasthof Messner in Jenesien am Südhang des Tschögglberges.

39050 Jenesien, Glaning 3, Tel. 0471 281353, geschl. Mo

## miil (Tscherms)

Zum Kränzelhof (s. Weine) in Tscherms bei Meran gehört das Restaurant «miil». In den alten Gemäuern wurde einst Getreide gemahlen, heute gibt's ein modernes Interieur und die kreative Küche von Othmar Raich und seinem Team.

39010 Tscherms, Gampenstraße 1, Tel. 0473 563733, info@miil.it, www.miil.it, geschl. Sa & So

## Muchele (Burgstall)

Das Muchele zählt zu den Vinum-Hotels (s. dort) und hat ein ambitioniertes Restaurant (mit Vinothek und gemütlicher Bauernstube), das auch externe Gäste willkommen heißt (Reservierung erwünscht).

39014 Burgstall, Maiergasse 1, Tel. 0473 291135, info@muchele.com, www.muchele.com

## Noafer (Jenesien)

Der Gasthof liegt hoch über Bozen in Jenesien und ist nicht nur zur Törggelen-Zeit im Oktober und November ein beliebtes Ausflugsziel für eine mittägliche Marende.

39050 Jenesien, Glaning 37, Tel. 0471 266539, geschl. Di & Juli / August

## Oberwirt (Marling)

Die kreative Küche des traditionsreichen Hauses erfreut nicht nur Hotelgäste, sondern wird auch sonst von Feinschmeckern geschätzt. Gemütliche Stuben, Gartenterrasse und große Weinauswahl.

39020 Marling bei Meran, St.-Felix-Weg 2, Tel. 0473 222020, info@oberwirt.com, www.oberwirt.com

## Panholzer (Kaltern)

Das idyllisch in Kaltern am See gelegene Panholzer versteht sich als Weinbar und Restaurant. In der Küche wirkt Daniel Giuliani und im Service Martina Stuefer. Weil das Panholzer zum Weingut Manincor (s. dort) gehört, ist die Weinkarte exzellent sortiert – mit feinen Tropfen nicht nur von Manincor.

39052 Kaltern, St. Josef am See 8, Tel. 0471 662649, info@panholzer.it, www.panholzer.it, geschl. Di & Mi

## Paradeis (Margreid)

Die modern gestylte «Vineria Paradeis» gehört zum Weingut Alois Lageder (s. dort). Es werden nicht nur die Weine des Hauses präsentiert, sondern auch Delikatessen angeboten und kleine, feine Gerichte.

39040 Margreid, Sankt Gertraudplatz 5, Tel. 0471 809580, www.aloislageder.eu, geschl. So

## Patscheiderhof (Signat)

Almgasthof oberhalb von Bozen, inmitten von Weinbergen und mit phantastischem Blick ins Tal. Mit Terrasse, alter Gaststube und beliebten Klassikern – von Rohnenknödel bis Schlutzkrapfen.

39050 Signat, Tel. 0471 365267, www.patscheiderhof.com, geschl. Di & sonst am Abend

## Philliaz (Kaltern)

Kulinarisch bringt das urbane Philliaz die weite Welt an den (weiter unten gelegenen) Kalterer See. Mit innovativen Gerichten aus aller Herren Länder. Devise: *Drink like a fish, eat like a king!* Mit offener Bar, Drinks und Musik.

39052 Kaltern, Weinstraße 9, Tel. 0471 962904, info@philliaz.com, www.philliaz.com, geschl. Mo & Di

## Pillhof (Frangart)

Vinothek mit hochklassigen Weinen nicht nur aus Südtirol, außerdem kreatives Restaurant (italienisch-international) in einem modern gestalteten Ansitz. Tische auf mehreren Ebenen und im Innenhof.

39010 Frangart, Boznerstr. 48, Tel. 0471 633100, www.pillhof.com, Mo bis Fr 16–23 Uhr (warme Küche 18–22 Uhr), Sa 11–16 Uhr

## Pinzoner Keller (Montan)

«Traditionsbewusst und innovativ» versteht sich die Küche des Pinzoner Hof in Montan. Gegrillt wird auf Holzkohle. Ein Schwerpunkt im Weinkeller ist der Blauburgunder aus der direkten Umgebung.

39040 Montan (Pinzon), St.-Stephan-Platz 3, Tel. 0471 813552, info@pinzonerkeller.com, www.pinzonerkeller.com, geschl. Di & Mi

## Pretzhof (Sterzing)

Von Sterzing finden Freunde der authentischen Südtiroler Küche den Weg hinauf zum gemütlichen und romantisch gelegenen Pretzhof (Ortsteil Wiesen), wo Ulli und Karl Mair mit Produkten aus eigener Landwirtschaft und mit ausgesuchten Weinen für kulinarisches Wohlbefinden sorgen.

39040 Sterzing-Wiesen, Tel. 0472 764455, www.pretzhof.com, geschl. Mo & Di, Mi & Do nur mittags

### Rafenstein (Bozen / Jenesien)

Direkt neben der mächtigen Burgruine Rafenstein, die mit dem Auto über die Straße nach Jenesien zu erreichen ist, findet sich dieser gemütliche Landgasthof (Hildegard Unterkofler) mit Stuben und Terrasse – und vielen Stammgästen, die aus Bozen hochkommen.

39100 Bozen, Rafensteinerweg 38, Tel. 0471 971697, geschl. Di

### Romani, Ansitz (Tramin)

Stimmungsvolles Restaurant in Tramin mit historischem Kellergewölbe, charmanter Terrasse und einer verfeinerten regionalen Küche (Armin Pernstich).

39040 Tramin, Andreas-Hofer-Straße 23, Tel. 0471 860010, www.ansitzromani.com, geschl. So & Mo

### St. Hubertus (St. Kassian)

Das Restaurant St. Hubertus gehört zum Hotel Rosa Alpina in St. Kassian (Dolomiten) und ist die Wirkungsstätte des Spitzenkochs Norbert Niederkofler. Unter seiner Regie hat das Lokal drei Michelin-Sterne erhalten – und damit den Gipfel der Südtiroler Gastronomie erklommen.

39036 St. Kassian in Abtei, Strada Micurá de Rü 20, Tel. 0471 849500, info@rosalpina.it, www.rosalpina.it, geschl. Di

### Schwarz Adler (Kurtatsch)

Die Geschichte des traditionsreichen Gasthauses geht zurück bis ins 17. Jh. 1809 war der damalige Wirt Joseph Vigil Schweiggl Schützenkommandant von Andreas Hofer. Heute feine italienische und Südtiroler Küche in historischem Ambiente.

39040 Kurtatsch, Schweiggl Platz, Tel. 0471 096405, info@schwarzadler.it, www.schwarzadler.it

### Seehotel Ambach Restaurant (Kaltern)

Direkt am Kalterer See liegt das Hotel (im Stil der 1970er Jahre) mit dem zugehörigen Gourmet-Restaurant für externe Gäste. Küchenchef: Albin Widmann. Traumhafte Seeuferterrasse.

39052 Kaltern, Klughammer 3, Tel. 0471 960098, info@seehotel-ambach.com, www.seehotel-ambach.com

### Siegi's (Kaltern)

Kleine Weinbar mit Lokal und Speisekarte von der Schiefertafel (im Zentrum von Oberplanitzing).

39052 Kaltern, Oberplanitzing 56, Tel. 0471 665721, info@siegis.it, www.siegis.it, Mo bis Sa 17:30–24 Uhr

## Signaterhof (Signat)

Von Bozen hinauf zum Ritten geht es links ab zum Signaterhof (Familie Lobiser), der für seine traditionelle, aber raffiniert verfeinerte Südtiroler Küche bekannt ist. Mit Terrasse und alter Gaststube.

39050 Signat, Tel. 0471 365353, www.signaterhof.it,
geschl. Sa abends & So

## Sissi (Meran)

Am oberen Ende der Genuss- und Preisskala rangiert seit Jahren das Gourmet-Restaurant von Andrea Fenoglio.

39012 Meran, Galileistraße 44, Tel. 0473 231062,
www.sissi.andreafenoglio.com, geschl. Mo & Di mittags

## Stadele (Lana)

Modern gestaltetes Restaurant in Lana mit kreativer (Fusion-)Küche und großer Weinauswahl.

39011 Lana, Aichweg 2, Tel. 338 2702860,
www.stadele.eu, geschl. Mi & Do

## Stroblhof (Eppan)

Oberhalb von Eppan und in der Nähe der berühmten «Eislöcher» gelegen. Nicht nur Hotel und Weingut (s. dort), sondern auch ein beliebtes Ausflugslokal.

39057 Eppan, Pigenoerstr. 25, Tel. 0471 662250,
www.stroblhof.it, geschl. Mo

## Südtiroler Sektrisotto mit Pseirer Saibling, Radieschen, Granny Smith und Kresse

(Rezept für vier Personen vom Restaurant «Thaler arôme» in Bozen, s. dort)

Das Sektrisotto des Restaurants «Thaler arôme» bekommt seine spezielle Südtiroler Note insbesondere durch den Schaumwein aus der Region, dann durch den Pseirer Saibling aus dem klaren Gebirgsfluss der Passer und schließlich durch den Apfel der in Südtirol häufig angebauten Sorte Granny Smith. Selbst die fischfreie Variante des Gerichts, bei der der Saibling durch knusprig angebratene Speckscheiben ersetzt wird, kann seine Herkunft nicht leugnen.

*Zutaten:* 400 g Risotto-Reis, 800 ml Gemüsefond, 200 g kaltgeräucherter Saibling, 4 Radieschen, 1 Granny Smith Apfel, 1 Schalotte, Kresse, 400 ml Südtiroler Sekt, 100 g Butter, 100 g Parmesankäse, Olivenöl, Salz, Pfeffer.

*Zubereitung:* Schalotte dünsten, Reis kurz mitdünsten und mit dem Sekt ablöschen. Mit dem Gemüsefond aufgießen und 16 Minuten unter leichtem Rühren köcheln lassen. Am Ende mit Butter, Parmesan, Olivenöl und einem kleinen Schuss Sekt binden. Nach Belieben salzen und pfeffern. Radieschen, Granny Smith, Kresse, Saibling schneiden und auf dem Risotto schön anrichten.

## Thaler arôme (Bozen)

Über den Dächern von Bozen ist das Restaurant-Café «Thaler arôme» ein beliebter Treffpunkt für Einheimische und noch immer ein Geheimtipp für Touristen. Unter den Lauben geht es zunächst in die Thaler-Parfümerie, dann über mehrere Stockwerke nach oben; es folgt die Champagner-Bar – und schließlich das stylische Dachrestaurant mit Terrasse. Wer direkt in die fünfte Etage möchte, kann auch den Lift wählen. Für die Leser dieses Buches hat das «Thaler arôme» dankenswerterweise zwei Rezepte zur Verfügung gestellt: «Südtiroler Sektrisotto mit Pseirer Saibling, Radieschen, Granny Smith und Kresse» und «Käsefonduta-Ravioli mit Brokkoli, Speck und Vinschgerle» (s. dort).

39100 Bozen, Laubengasse 69, Tel. 0471 313030, www.thaler.bz.it, info@thaler.bz.it, geschl. So

## **Trenkerstube** (Dorf Tirol)

Zum noblen Hotel Castel gehört das nicht minder feine (kleine) Restaurant Trenkerstube, das bei Gourmets in hohem Ansehen steht.

39019 Dorf Tirol, Hotel Castel, Keschtngasse 18, Tel. 0473 923693, www.hotel-castel.com, geschl. So & Mo

## **Turm, Romantik Hotel** (Völs)

Das vielfach ausgezeichnete Restaurant des Romantik-Hotels Turm verwöhnt nicht nur Hotelgäste, sondern steht auch externen Feinschmeckern offen.

39050 Völs am Schlern, Kirchplatz 9, Tel. 0471 725014, info@hotelturm.it, www.hotelturm.it

## **Turmwirt** (Gufidaun)

In einem alten Geschichtsschreiberhaus im kleinen Ort Gufidaun bei Klausen bietet die Wirtin Maria Gasser (Wein- und Käse-Sommelière) ihren Gästen eine Südtiroler Küche mit mediterranen Anklängen.

39043 Klausen, Tel. 0472 844001, www.turmwirt-gufidaun.com, geschl. Mi & Do

## Vintschger Schneamilch

(Rezept für vier Personen vom Restaurant «Kuppelrain» in Kastelbell, s. dort)

Die Schneamilch (Schneemilch) aus der traditionellen Küche des Vinschgau wird in jedem Dorf und Seitental immer wieder anders zubereitet. Im Restaurant Kuppelrain hat Jörg Trafoier für dieses Dessert sein eigenes Rezept. Mit der Variante, dass die Rosinen in Rum oder in Fruchtdestillat eingelegt werden können – sofern keine Kinder zu den Schleckermäulern zählen.

*Zutaten:* 1 großer, schnittfester, weißer Wecken vom Vortag, ¼ l frische Vollmilch, ¼ l Rahm, 100 g getrocknete Rosinen, 100 g Pinienkerne oder geschälte, zerkleinerte Hasel- oder Walnüsse, 1 EL Kandiszucker, 1 Pkg. Vanillezucker, 1 Messerspitze Zimt, etwas Kakaopulver zum Bestäuben.

*Zubereitung:* Die Rinde vom Brot entfernen und es in kleine gleichmäßige Würfel schneiden, in eine Schüssel geben und die Milch dazu gießen. Milch und Brot durcharbeiten, aufweichen und durchziehen lassen. Die Rosinen in lauwarmem Wasser waschen, abseihen, nochmals 10 Minuten in heißes Wasser geben, wieder abseihen und abtropfen lassen. Den Rahm steif schlagen. Das mit Milch durchzogene Brot leicht ausdrücken, den Kandis- und Vanillezucker sowie die Rosinen und Pinienkerne gut untermischen, den Rahm vorsichtig unterheben.

*Anrichten:* Die Masse mithilfe kleiner Ringe auf Tellern anrichten, Zimt und Kakaopulver darüber sieben und mit selbst gemachtem Kompott servieren.

## Vinum Hotels Südtirol

Im April 2015 sind die Vinum Hotels Südtirol gegründet worden (Präsident: Hansjörg Ganthaler). Die teilnehmenden Hotels, die sich alle in den Südtiroler Weinanbaugebieten befinden, verbindet die außerordentliche Leidenschaft für den Wein und den Genuss, die sie gerne mit ihren Gästen teilen. So werden u. a. Verkostungen, Weinseminare, Weinbergwanderungen und Kellereiführungen angeboten. Übersicht im Internet unter: www.vinumhotels.com
Die Hotels: Anderlahn (Partschins), Elefant (Auer), Feldthurnerhof (Feldthurns), Geyrerhof (Oberbozen), Girlanerhof (Girlan / Eppan), Gius (Kaltern), Klosterhof (Kaltern), Korb (Missian / Eppan), Kronsbühel (Dorf Tirol), Matillhof (Latsch), Muchele (Burgstall), My Arbor (St. Andrä), Oberwirt (Marling), Pacherhof (Neustift), Paradies (Marling), Plantitscherhof (Meran), Plars (Algund), Plattenhof (Tramin), Preidlhof (Naturns), Saltus (Jenesien), Seeleiten (Kaltern), Spitalerhof (Klausen), StephansHof (Villanders), Stroblhof (St. Michael / Eppan), Teutschhaus (Kurtinig), Turm (Völs am Schlern), Weinmesser (Schenna).

39100 Bozen, Pfarrplatz 11, Tel. 0471 999960,
info@vinumhotels.com, www.vinumhotels.com

## Vitis (Brixen)

Mit dem modern gestalteten Vitis (Vinothek, Restaurant-Winebar) hat sich Christoph Mayr, dessen Familie der Finsterwirt gehört (s. dort), «einen persönlichen Traum» erfüllt. Rund 400 Weine zeugen von seiner Weinleidenschaft. In der Küche setzt er auf kreativ verfeinerte Gerichte.

39042 Brixen, Domgasse 3, Tel. 0472 835343,
info@vitis.bz, www.vitis.bz, geschl. So & Mo

## Vögele (Bozen)

Traditionsgaststätte in Bozen mit gemütlichen Stuben über mehrere Etagen. Von rustikal im Erdgeschoss bis modern im zweiten Stock. Serviert werden im «Wohnzimmer der Bozner» die Klassiker der Südtiroler Küche. Für dieses Buch hat die Wirtsfamilie Alber zwei Rezepte zur Verfügung gestellt: «Kalbsbriesgröstel mit Steinpilzen» und «Erdäpfelplattlen mit Vinschger Sauerkraut» (s. dort). Ein herzliches Dankeschön dafür.

39100 Bozen, Goethestraße 3, Tel. 0471 973938,
info@voegele.it, www.voegele.it, geschl. So & Feiertage

## Zur Rose (Eppan)

Vielfach ausgezeichnetes Feinschmeckerrestaurant im Zentrum von Eppan. In der Küche Herbert Hintner, im Service seine Frau Margot. Umfangreiche Weinkarte. Degustationsmenü.

39057 Eppan, Josef-Innerhofer-Straße 2, Tel. 0471 662249,
www.zur-rose.com, geschl. So & Mo mittags

Der Autor bedankt sich bei allen, die ihm bei seinen Recherchen geholfen, das Manuskript auf Fehler durchgesehen und wertvolle Informationen beigesteuert haben. Insbesondere bei Franz Angerer aus Sulden im Vinschgau für seine Hintergrundinformationen zum Alpenwall und für die Südtiroler Idiomatik in den Dialogen. Zudem bei Sophie Gräfin Goëss-Enzenberg – vor allem für ihre Restauranttipps. Bei Marianne und Kurt für ihre vielfältige Unterstützung. Und für die zur Verfügung gestellten Rezepte ein herzliches Dankeschön an Jörg Trafoier und Sonya Egger-Trafoier vom «Kuppelrain» in Kastelbell, an die Familie Alber vom «Vögele» in Bozen und an Flora Oberhauser vom «Thaler arôme» in Bozen.

Alle Angaben in diesem Buch wurden vom Autor mit größter Sorgfalt zusammengestellt. Sollten sich dennoch Fehler eingeschlichen haben, bittet er dies zu entschuldigen. Außerdem unterliegen insbesondere Telefonnummern sowie Angaben zu Weingütern und Restaurants häufigen Veränderungen. Der Autor kann keine Verantwortung für die Richtigkeit der Angaben übernehmen. Was die handelnden Personen im Roman betrifft, so sind diese frei erfunden. Jede Ähnlichkeit oder Namensgleichheit mit lebenden Personen wäre rein zufällig und unbeabsichtigt.

## Weitere Titel von Michael Böckler

*Baron Emilio von Ritzfeld-Hechenstein*

Tod oder Reben

Mord in bester Lage

Mörderischer Jahrgang

Falscher Tropfen

Christiane Franke/
Cornelia Kuhnert
**Krabbenbrot und Seemannstod**

Ein Ostfriesen-Krimi

Im Hafen von Neuharlingersiel liegt der Chef der Krabbenschälfabrik – mausetot. Für die Ermittler steht schnell fest: Hauke Matthiesen soll den Mord aus Eifersucht begangen haben. Doch Haukes Freunde, Dorfpolizist Rudi, der gutmütige Postbote Henner und seine neue Nachbarin, Lehrerin Rosa, wollen das nicht glauben. Sie sind überzeugt, dass die Kripo Wittmund den Falschen am Wickel hat. Und weil niemand ihnen zuhört, krempeln sie eben selbst die Ärmel hoch und ermitteln. Mit ihren eigenen Methoden.

*288 Seiten*

**«Endlich ein neues, originelles Ermittlerteam an der Küste!»**

*Klaus-Peter Wolf*

**«Diejenigen, die Ostfriesland lieben, und alle, die dort noch nie gefroren haben, werden von diesem Trio so begeistert sein wie ich!»**

*Gisa Pauly*

Claudia Rikl

**Der stumme Bruder**

*480 Seiten*

Der zweite Fall der packenden Krimiserie um Michael Herzberg und sein Team führt uns in einen kleinen Ort in Mecklenburg. Dort soll ein mächtiger Agrarunternehmer in aller Stille beerdigt werden. Schnell fallen dem Kommissar Ungereimtheiten auf, die auf einen Mord hindeuten. Die Einwohner von Lichtenfels jedoch schweigen sich aus: Niemand scheint aus dem Tod des Gutsbesitzers und glühenden Nazis einen Vorteil zu ziehen. Erst als Herzberg die Ältesten des Dorfes zum Reden bringt, kommt Bewegung in den Fall. In den letzten Kriegstagen des Jahres 1945 nämlich, als die Rote Armee durch Mecklenburg zog, geschah in Lichtenfels ein Verbrechen, dessen Schrecken seine Zeugen für lange Zeit verstummen ließ …

Weitere Informationen finden Sie unter **rowohlt.de**